파워
오브
도그

THE POWER OF THE DOG THOMAS SAVAGE

파워
오브
도그

민음사

토머스 새비지 장편소설
장성주 옮김

아내에게

칼에 맞아 죽지 않게 이 목숨 건져 주시고
저의 하나뿐인 소중한 것, 개의 아가리에서 빼내 주소서.

—시편 22장 20절

차례

1장

소 불까기는 언제나 필이 도맡았다. 필은 먼저 소의 불알주머니를 잘라서 아무렇게나 내던졌다. 뒤이어 불알 두 개를 하나씩 잡아당겨 겉을 둘러싼 무지갯빛 막을 가르고 속의 알을 꺼낸 다음, 낙인용 인두가 벌겋게 달궈지는 모닥불 속으로 던져 넣었다. 신기하게도 피는 거의 흐르지 않았다. 잠깐의 시간이 흐르면 불알은 커다란 팝콘처럼 폭발했다. 거기에 소금과 후추를 살짝 쳐서 먹는 사람도 있다고 했다. "이게 '산골짝 석화'라는 거야." 필은 특유의 교활한 미소를 머금고 그렇게 말하고는, 젊은 소몰이꾼들에게 혹시 농탕질 할 아가씨가 있거든 알아서들 먹어 두는 게 좋을 거라고 했다.

소 묶기를 맡은 필의 동생 조지는 형의 충고에 얼굴을 붉혔다. 형이 삯일꾼들 앞에서 그런 소리를 해서 더 부끄러웠다. 조지는 퉁퉁한 몸집에 무뚝뚝하고 점잖은 사내였고, 필은 그런 동생을 갈구는 것이 즐거웠다. 아무렴, 남을 갈구는 것이야말로 필에게는 사는 낙이 아니던가!

불까기처럼 까다로운 작업을 할 때에는 아무도 장갑을 끼지 않았지만, 다른 일을 할 때면 소몰이꾼들은 손이 밧줄에 쓸리거나 거스러미가 박히거나 베이거나 물집이 생기지 않도록 거의 항상 장갑을 끼었다. 밧줄을 묶을 때, 울타리를 세울 때, 낙인을 찍을 때, 소 떼가 먹을 건초를 나를 때에도, 심지어는 단순히 말을 달릴 때나 마소를 몰 때에도 장갑을 끼었다. 이는 모두의 불문율이었지만, 필만은 예외였다. 필은 물집이니 상처니 거스러미 따위에 눈도 깜짝하지 않으며 제 몸 다칠 걱정에 장갑을 끼는 이들을 비웃었다. 필의 손은 거칠고, 억세고, 날렵했다.

일꾼들과 카우보이들은 시어스 로벅이나 몽고메리 워드 같은 우편 판매 회사의 카탈로그를 보고 주문한 말가죽 장갑을 끼었다. 필이 '시어스 호박'이니 '멋대가리 워드'니 하는 이름으로 조롱하는 회사들이었다. 일과가 끝난 저녁이나 일요일, 빨래와 면도를 하려고 받아 놓은 더운물의 김이 자욱하게 피어오르고 시내에 나들이 가는 이들의 면도 로션 냄새가 향긋하게 감도는 합숙소에서, 사내들은 주문서의 빈칸을 채우느라 쩔쩔맸다. 떡 벌어진 어깨를 어린애처럼 움츠리고 연필 꽁무니를 입에 물고 잘근거리며, 제 눈에도 괴발개발인 글씨에 인상을 찌푸리기도 하며, 주문품의 무게를 계산하고 받을 곳의 우편번호를 찾느라 골머리를 앓았다. 그러다 결국 포기하고 한숨지으며 글쓰기와 셈에 더 밝은 동료에게 그 고역을 떠넘기는 경우도 잦았는데, 개중에는 고등학교를 문턱이나마 밟은 이가 있어서 부모나 그리운 누이 앞으로 보내는 편지도 남들 대신 써 주곤 했다.

그러나 주문서가 우편물로 변하는 일은 얼마나 신기했던가.

어쩌면 새 장갑과 시내에 나들이 갈 때 신을 새 구두, 축음기에 얹을 레코드판, 바람이 산마루에서 내려온 늑대처럼 울부짖는 겨울 밤에 외로움을 달래 줄 악기, 그런 것들이 들어 있을지도 모르는 소포가 시애틀이나 포틀랜드에서 도착하기를 기다리는 시간은 또 얼마나 흐뭇하고 애가 탔던가.

저희 회사 최고의 기타. 라틴 스타일 음악과 코드를 연주해 보세요. 폭이 넓은 흑단 지판, 부채꼴 울림살을 내장하여 소리가 낭랑한 가문비 원목 상판, 자단목 측판과 하판, 천연 소뿔로 두른 테두리까지. 그야말로 진정한 '미(美)의 화신'입니다.

도로를 따라 60킬로미터나 내려가야 나오는 우체국에 주문 품이 도착하기를 기다리는 동안 일꾼들은 이런 설명을 읽고 또 읽으며, 주문 용지에 채워 넣은 이름들을 거듭 되새기며 기대감에 부풀었다. 천연 소뿔로 두른 테두리라니!

"뭐야, 다들 너덜너덜한 카탈로그나 뒤적거리고 있었어?" 난로 옆에 서서 발을 쿵쿵 굴러 신발에 묻은 눈을 털며, 필은 그렇게 묻곤 했다. 그러고는 합숙소 안을 휘 둘러보았다. 양다리를 벌리고 서서, 장갑도 안 낀 맨손을 열중쉬어 자세로 단단히 모은 채로. 지난 세월 맨손으로 일하는 필의 습관을 흉내 낸 애송이가 몇몇 있었는데, 아마도 그가 알아보고 웃어 주거나 고개를 끄덕여 주기를 바라고 한 짓이었을 테지만 그런 흉내는 필의 눈에 띄지 못한 채 묻혔고, 결국에는 그 애송이들도 다시 장갑을 꼈다. "너덜너덜한 카탈로그나 뒤적거리고 있었냐고."

"예, 필." 일꾼들은 필을 이름으로 부르는 것이 뿌듯했지만,

코르셋과 속옷 바람인 요염한 여자 모델의 사진에 정신이 팔린 것까지 들키기는 싫었기에 그와 말을 주고받는 틈을 타 슬그머니 카탈로그를 덮었다. 욕구에 초연한 필을 일꾼들은 얼마나 우러러 보았던가! 이 골짜기 인근에서 가장 큰 목장의 공동 소유주인 필은 원하는 것은 무엇이든, 예컨대 자동차라면 로지어든 피어스애로든 다 살 수 있었지만, 차 따위는 욕심내지 않았다. 언젠가 동생인 조지가 피어스애로 자동차를 사고 싶다는 뜻을 비쳤을 때 필은 말했다. "무슨 유대인 놈처럼 보이고 싶냐?" 대화는 그것으로 끝이었다. 그랬다, 필은 차를 몰지 않았다. 기다란 통나무를 쌓아 지은 창고의 벽, 그 벽의 못에 등자로 묶어 걸어 둔 필의 안장은, 이십 년은 족히 묵은 헌것이었다. 박차는 수수한 철제였다. 멋들어진 은 상감 같은 세공이 전혀 없는, 남들이 꿈에라도 갖고 싶어 하는 박차하고는 다른 물건이었다. 신발도 장화 대신 수수한 구두만 신으며 장식이 화려한 카우보이 장화를 비웃었지만 사실 소싯적의 필은 어느 카우보이 못잖게 말을 달릴 줄 알았고, 밧줄 던지는 솜씨도 조지보다 훌륭했다. 막대한 재산과 번듯한 배경을 지녔으면서도 그는 소탈한 사람, 여느 삯일꾼과 마찬가지로 멜빵바지에 샴브레이 셔츠를 입는 사람이었다. 그는 일 년에 세 번은 동생인 조지가 모는 차를 타고 헌든에 있는 이발소에 갔다. 낡은 리오 트럭 조수석에 빳빳한 나들이용 슈트 차림의 필이 인디언처럼 빳빳하게 앉아 있으면 그의 쥐색 중절모 챙 아래로 우뚝한 코가 매부리처럼 불거졌고, 턱은 앞으로 쑥 나와 있었다. 화이티 저드네 이발소의 의자에도 꼭 그렇게 앉아서 길고 갸름하고 거칠거칠한 손을 서늘한 팔걸이에 미동도 없이 얹어 놓고 있노라면, 의자 주변의 하얀 타일 바닥에 그때껏 기른 머리카락이 떨어져 수북이 쌓여 갔다.

한번은 번쩍거리는 넥타이핀을 꽂은 멋쟁이 외판원이 머리를 깎다가 키들키들 웃으며 이발사 화이티에게 필에 관해 물은 적이 있었다.

"나 같으면 그렇게 안 웃을 거요, 선생." 화이티가 툭 던지듯 말했다. "필은 선생 같은 사람은 한 쉰 번쯤 너끈히 샀다가 팔았다가 할 양반이오, 이 협곡 일대에서는 자기 동생 빼고 아무라도 그렇게 할걸. 나는 필이 우리 가게 의자에 앉는 것만으로도 자랑스럽다고, 아주 어깨가 다 으쓱해." 싹둑 싹둑 싹둑. "필하고 그 동생은 짝꿍 같은 사이요."

화이티 말마따나 둘은 짝꿍이었고, 짝꿍 이상이자 형제 이상이었다. 가축을 몰 때면 나란히 말을 탔고, 대화를 나눌 때면 처음 보는 사이인 양 고등학교 시절과 캘리포니아주에 있는 어느 대학교에 다니던 시절의 이야기를 주고받았다. 사실 그 대학교는 필이 졸업하던 해에 조지가 성적 불량으로 제적당한 곳이었다. 필은 둘이 함께 알던 친구들에게 자기가 무슨 장난을 쳤는지 떠올리곤 했다. 짓궂은 해코지였다. 필은 머리가 비상한 학생, 조지는 느리지만 꾸준한 학생이었다.

매년 가을에 거세한 수소를 팔 때나 품종을 개량할 모건종(種) 씨말을 살 때, 형제는 협의 비슷한 방식으로 결정을 내렸다. 해마다 개울가의 버드나무 수풀이 암적색으로 물들고 먼 곳의 산불에서 피어오른 연무가 산마루에 베일처럼 걸리는 10월이면 필은 사냥 나갈 생각에 마음이 들떴다. 짐말을 탄 형제가 무른 평지를 가로질러 산 쪽으로 향하는 모습이 눈에 띌 때 필은 길이가 짧따란 카빈총이나 30구경 장총을 차고 있었다. 둘은 형제간에 드물지 않은 방식으로 사이좋게 지냈는데 키가 홀쭉하고 여윈 필은 한 낮의 하늘처럼 파란 눈으로 저 멀리를 응시하다가 코앞의 땅을 살피고, 통통하고 우직한 조지는 통통하고 우직한 갈색 말을 타고 종종거리며 그 뒤를 따라가는 식이었다. 내기를 할 때도 있었다. 엘크를 누가 맨 먼저 발견하고 쏘아 맞힐 것인가? 필은 엘크 간이라면 사족을 못 쓰지 않던가! 밤이면 형제는 수목 한계선 아래쪽에 캠프를 차리고 모닥불 앞에 양반다리로 앉아서, 지나간 시절과 결코 실현되지 않을 새 창고 공사 계획에 관하여 두런두런 이야기했다. 새 창고를 지으려면 먼저 헌 창고를 허물어야 했으므로. 형제는 나란히 침낭을 깔고 누워 어둠 속에서 졸졸 흘러가는 시냇물 소리에 함께 귀를 기울였다. 폭이 어른 남자 한 걸음에도 못 미치는 그 시냇물이 바로 미주리강의 수원이었다. 그렇게 잠이 들었다가 깨어나 보면 서리가 내려 있었다.

그렇게 세월을 보낸 끝에 필은 바야흐로 마흔 살이 되었다. 형제는 지금도 어려서부터 함께 쓰던 방에서, 어려서부터 쓰던 각자의 놋쇠 침대에 누워 나란히 잠을 잤다. 필이 '노친네들'로 부르는 양친이 솔트레이크시티에서 으뜸가는 호텔의 스위트룸을 말년의 안식처로 정하고 떠난 후로 휑뎅그렁해진 널따란 통나무 저택에는 이제 형제의 침대가 삐걱거리는 소리만 들릴 뿐이었다. 호텔에서 '노인장'은 소일거리 삼아 주식 투자를 했고 '노마님'은 마작을 하거나 예전처럼 한껏 차려입고 만찬회에 참석했다. 문을 잠가 놓은 노친네들의 큰방에 수북이 쌓인 흙먼지는 집 앞 도로를 통통거리며 달려가는 자동차 — 하루가 다르게 수가 늘어 가는 기계들 — 에서 날려 온 것이었다. 공기가 갈수록 퀴퀴해지는 그 방 안에서 노마님이 키우던 제라늄은 시들어 죽었고, 검은 대리석 시계는 바늘이 멈추었다.

형제는 요리사인 루이스 부인을 계속 고용했다. 본채 뒤편의 오두막집에 사는 부인은 짬을 내어 주인집을 대강 청소해 주었는데 비질을 한 번 할 때마다 불평을 한마디씩 구시렁거리는 식이었다. 마지막으로 남았던 하녀 한 명은 위층의 조그만 방에서 지내며 식사 시중을 들었으나 이제는 떠나고 없었다. 노총각들만 사는 집에 하녀가 있으면 남의 눈에 석연찮게 보일까 봐 내보낸 것이었지만, 어차피 형제는 지금도 마치 집 안을 돌아다니는 여성이 있는 양 뜨악할 정도로 점잖게 행동했다. 조지는 일주일에 한 번 목욕을 할 때 옷을 다 입은 채 욕실에 들어가 문을 잠갔다. 물소리만 찰박찰박 낼 뿐 노래도 흥얼거리지 않고 조용히 목욕을 끝낸 후에는 다시 옷을 다 입고 욕실을 나섰지만, 더운 김이 고자질하듯 그의 뒤를 따랐다. 필은 절대 욕조에 몸을 담그지 않았다. 자신이 목욕하는 걸 남한테 알리기 싫어서였다. 그 대신 한 달에 한 번 개울의 깊숙한 물구덩이에 가서 몸을 씻었는데 이곳을 아는 사람은 그와 조지, 그리고 오래전의 어떤 사람 한 명뿐이었다. 필은 그곳에 가기 전에 혹시 보는 눈이 있는지 주위를 살폈고, 다 씻고 나서는 그냥 볕에 몸을 말렸다. 수건을 걸치고 갔다가는 뭘 하러 가는 길인지 광고하는 셈이었으므로. 가을과 봄에는 이따금 얼음장을 깨고 들어가야 할 때도 있었다. 겨울에는 몇 달이나 씻지 않고 그냥 버텼다. 형제는 동기간에 벗은 몸을 보인 적이 한 번도 없었다. 밤에 옷을 벗을 때에는 반드시 먼저 전등불을 껐다. 그 골짜기의 모든 집을 통틀어 첫 번째로 단 전등 불이었다.

요즘 들어 형제는 아침은 일꾼들과 함께 부엌 뒷방에서 먹었지만 저녁은 만찬이든 간단한 식사든 예전처럼 정찬실에서 하얀 식탁보 위에 차려 먹었고, 포크와 나이프는 은으로 만든 것을 사용했다. 오랜 습관을 버리는 일, 또는 자신의 신분을 잊어버리는 일은 쉽지도 바람직하지도 않았다. 버뱅크 집안은 머나먼 동부 매사추세츠주 보스턴의 상류층과 연이 닿는 사람들이었다.

필은 이따금 멍한 표정으로 의자에 앉아 몸을 앞뒤로 꺼떡거리는 조지 때문에 걱정이 됐다. 조지의 시선은 느닷없이 50킬로미터쯤 떨어진 곳에 있는 3500미터 높이의 '올드 톰'이라는 산에 가서 꽂히곤 했다. 사람들의 사랑을 한 몸에 받는 그 산을 평원 너머로 바라보며 조지는 몸을 꺼떡, 꺼떡, 꺼떡거렸다.

"어이, 노땅, 왜 그래?" 필은 그렇게 묻곤 했다. "또 정신이 딴 데 가 있어?"

"뭐라고?"

"또 정신이 딴 데 가 있냐고."

"아니, 아니야." 조지는 무거운 다리를 느릿느릿 꼬며 대답하곤 했다.

"크리비지나 한판 할까?" 형제는 오랜 세월 함께 카드를 치며 점수를 꼼꼼히 기록해 왔다.

필이 보기에 조지의 문제는 정신을 좀처럼 집중하지 못하는 것이었다. 필과 달리 조지는 독서가가 아니었다. 조지에게는 《새터데이 이브닝 포스트》 같은 주간지 정도가 한계였다. 무슨 어린애처럼, 조지는 동물이나 자연을 다룬 이야기에서 감동을 받았다. 필은 《아시아》나 《멘토》, 《사이언티픽 아메리칸》 같은 교양 잡지와 동부의 고상한 친척들이 크리스마스에 여남은 권씩 보내주는 여행서 및 철학서를 읽었다. 필은 예리하고 예민하고 호기심이 강한 정신 — 명철한 정신 — 의 소유자였기에 소를 사러 온 상인이나 외판원을 당황케 했다. 그들은 필처럼 옷을 입고 필처럼 말하는 사람, 필 같은 머리와 손을 지닌 사람은 틀림없이 어리석은 까막눈일 거라 지레짐작했기 때문이었다. 그러나 필을 잘 모르던 사람들은 그의 습관과 외모 덕분에 귀족에 대한 자신들의 선입견을 고쳐 자기 멋대로 사는 귀족도 있다는 것을 받아들였다.

조지는 취미도, 열중하는 관심사도 없었다. 필은 목공 일을 즐겼다. 들에서 벤 건초 — 큰조아재비나 겨이삭, 토끼풀 — 를 쌓아 두는 탑은 그가 자귀와 대패로 굵다란 통나무를 깎아서 손수 지은 것이었다. 장갑도 끼지 않은 날랜 손으로, 그는 높이가 손가락 한 마디도 안 되는 조그마한 의자를 18세기 영국에서 유행한 세러턴 양식이나 애덤 양식으로 조각했다. 필의 손가락은 거미의 다리처럼 재게 움직이다가 아주 잠깐, 마치 생각에 빠진 듯이 멈추곤 했다. 아마도 손가락 하나하나가 도톰한 끝마디에 제 나름의 지능을 품고 있었기 때문일 것이다. 그의 조각칼은 좀처럼 삐끗하는 법이 없었는데 혹시 삐끗하여 손을 베더라도 요오드나 페놀나트륨은 바를 생각도 하지 않았다. 그 두 가지를 비롯하여 집에 약이 거의 없었던 까닭은 버뱅크 집안 전체가 약을 신뢰하지 않기 때문이었다. 자잘한 상처는 그가 뒷주머니에 넣고 다니는 파란 손수건으로 닦기만 하면 금세 나았다.

필을 아는 사람들 중에는 이렇게 말하는 이도 있었다. "아깝기도 하지!" 목장 일이란 일단 그 목장의 소유주에게는 고되거나 도전 정신을 발휘할 구석이 조금도 없었고, 필요한 것은 그저 체력뿐 머리를 쓸 일은 없다시피 했다. 사람들은 필이 뭐든 될 수 있었을 거라며 감탄했다. 의사, 교사, 장인, 심지어 예술가까지도. 스라소니를 총으로 잡아 가죽을 벗기고 박제하는 필의 솜씨는 박제사가 무색할 만큼 훌륭했다.《사이언티픽 아메리칸》에 실린 수학퍼즐은 식은 죽 먹기로 풀었다. 그럴 때면 연필이 날아가는 것처럼 보일 정도로 빠르게 움직였다. 체스 두는 법은 백과사전을 뒤적이며 혼자 터득했고, 그렇게 익힌 실력으로 두 주씩 늦게 배달되는《보스턴 이브닝 트랜스크립트》의 체스 퍼즐을 한 시간에 걸쳐 곧잘 풀곤 했다. 그는 집 창고에 차려 놓은 대장간에서 무늬가복잡한 철제 장식물과 장작 받침쇠, 검이나 삼지창 모양의 부지깽이 같은 철물을 손수 도안하고 망치질까지 했다. 그는 자신의 타고난 재능을 조지와 나누어 가졌으면 좋았을 거라고 생각했다. 불붙은 듯 열광하는 법이 결코 없는 조지, 비유를 들자면 불커녕 연기를 피우는 일도 드문 조지, 이제는 리오 트럭을 몰고 헌든에 가서 은행장을 만난 후에 슈거볼 카페에서 점심을 먹는 날도 고대하지 않는 동생 조지와 나누어 가졌으면 좋았을 거라고.

"체스라도 배워 볼래, 뚱뚱?"언젠가 필은 벽난로 앞에서 함께 보내는 저녁 시간을 기대하며 조지에게 그렇게 물었다. '뚱뚱'은 조지가 들으면 정색하고 화를 내는 별명이었다.

"아니. 별로 안 내켜, 필."

"왜 그래, 뚱뚱? 너한테는 체스가 좀 어려울 것 같아서?"

"나는 게임 같은 거 잘한 적이 없잖아."

"전에 크리비지는 했잖아. 가끔 피너클도 하지 않았어?"

"그래, 했었지. 안 그래?"그 말을 끝으로 조지는《새터데이이브닝 포스트》를 펼쳐 들고 싸구려 공상 이야기에 빠져들었다.

필은 휘파람 부는 솜씨도 훌륭해서 음정이 꼭 피리처럼 정확했다. 그는 휘파람으로 흥겨운 가락을 불며 방으로 들어가서 밴조

를 꺼내 들고 「개똥지빠귀」나 「오래된 마을의 나른한 날」 같은 곡
을 뚱땅거리곤 했다. 밴조 치는 법을 혼자 터득한 필의 손가락이
현 위를 뛰어다니는 모습은 보기에 썩 훌륭했다. 전에는 그가 밴
조를 칠 때 조지가 살금살금 방으로 들어와 자기가 쓰는 놋쇠 침
대에 누워 가만히 귀를 기울이는 날도 드물지 않았다. 그러나 요
즈음은 사정이 달랐다.

요즈음 필은 한두 곡을 치고 나면 앉아 있던 침대 모서리에서
일어나 똑바로 선 채 밴조를 치워 놓고는, 바스락거리는 라이그래
스 풀 사이로 난 길을 따라 일꾼 합숙소로 향했다.

"어이, 친구들." 필은 가스등의 새하얀 불빛에 눈을 껌벅거리
며 그렇게 인사하곤 했다.

전에는 삯일꾼 중 한 명이 꼭 일어서서 필에게 의자를 가져다
주었다. 그런 의자는 본채에서 쓰다 버린 물건이었다.

"에이…… 안 그래도 돼." 필은 늘 그렇게 사양했지만 의자를
권하는 사람은 꼭 있었다. 헛수고였다. 필은 의자뿐 아니라 누구
의 선물도 받지 않았으므로. 필이 찾아오면 매춘부나 정치, 말, 연
애 등에 관한 대화는 뚝 끊어지고 침묵이 흘렀고, 그러다가 난로
의 장작이 저절로 움직여서 낸 **덜컹!** 소리에 그 침묵이 더욱 도드
라질 즈음, 누군가 한 명은 침묵에 주눅이 든 나머지 말을 꺼내야
한다는 의무감을 느끼게 마련이었다.

"작년에 대통령이 된 이 쿨리지라는 사람, 어떻게 생각하세
요?" 누군가 필에게 물었다. 《보스턴 이브닝 트랜스크립트》가 결
국에는 합숙소까지 흘러들었다는 뜻이었다. 잡지가 그저 휴지와
불쏘시개로 쓰일 뿐, 읽히는 경우는 어쩌다 한번인 그곳으로.

그럴 때면 필은 인상을 찌푸린 채 대꾸 없이 한 손으로 담배

를 멋들어지게 말았다. 그는 계산된 침묵의 힘을 알았다. "뭐, 이 거 하나는 분명해." 담배에 불을 붙이며. "주둥이를 꽉 다물고 버 티는 걸 보면 배짱 하나는 좋은 인간이다, 이거지." 그러고 나서 필은 껄껄 웃었고, 인부들은 자기들끼리 띄엄띄엄 대화를 나누었 다. 어쩌면 쿨리지에 관하여 이야기하는지도 몰랐다. 그러다가 어 린 축에 드는 인부 한 명이 필에게 공치사를 할 생각으로 어떤 안 장을 주문하는 게 좋은지 물을 때도 있었다. 말에 안장을 고정하 는 뱃대끈은 중앙 묶기가 좋은가요, 아니면 4분의 3 묶기가 좋은 가요? 비세일리아 안장은 정말로 광고에 적힌 것만큼 좋은 물건 인가요?

결국은 필도 살짝 지친 표정을 짓곤 했다. "음, 이제 자네들도 슬슬 졸리겠지."

"에이, 아니에요, 필." 그리하여 이야기는 더 이어졌다. 이튿 날에 할 작업 이야기, 계절이 봄일 경우에는 목초용 예초기를 정 비하는 이야기, 야생마 무리가 어디에 있을지 등에 관한 이야기였 다. 그도 아니면 필이 브롱코 헨리의 일화를 들려줄 때도 있었다. 말타기의 명수이자 최고의 카우보이였던 브롱코 헨리는 필에게 가죽 밧줄 땋는 법을 가르쳐 준 장본인이었다. 요즘 들어 필은 일 꾼들에게 이야기를 다 들려주고 나면 문득 창밖으로 눈을 돌려서, 속삭이듯 사락거리는 라이그래스 공터 너머 본채의 불 켜진 방 창 문을 바라보았다. 그렇게 필이 지켜보는 사이에 그 창문은 느닷없 이 캄캄해졌다. 조지 녀석, 형을 기다리지도 않고 먼저 잠들다니!

"그래, 친구들." 필은 서글픈 미소를 머금고 말했다. "이제 그 만 잘 시간이야."

필이 자리를 뜨고 나면 새로 온 소몰이꾼들 가운데 떠벌리기를 좋아하는 애송이 하나가 대뜸 입을 열었다. "있잖아요…… 필저 자식은 좀 외로움을 타는 거 아닐까요? 아까 우리끼리 있을 때 얘기했잖아요, 저런 자식이 평생 누구한테 사랑받은 적이 있을 것 같아요? 저 자식도 누굴 사랑한 적이 있을까요?" 숙소에서 가장 나이가 많은 인부는 그 애송이를 가만히 쳐다보았다. 방금 애송이가 지껄인 말은 적절치 않았다. 아예 추잡했다. 사랑 따위가 필과 무슨 상관이란 말인가? 숙소에서 가장 나이가 많은 그는 아래로 손을 뻗어 발치에 잠든 조그마한 갈색 암캐의 머리를 다독였다. "필이 사랑을 아느니 모르느니 하는 소리는 입에 담고 싶지도 않아. 그리고 나 같으면 필을 '자식'이라고 부르지 않을 거다. 그건 싸가지 없는 짓이니까."

"에이, 젠장." 애송이가 얼굴을 붉히며 중얼거렸다.

"넌 예의를 갖추는 법부터 배워야 할 거다. 사랑이 뭔지는 까마득히 더 배워야 할 거고."

가을이 되면 형제는 삯일꾼들과 함께 불깐 수소 천 마리를 몰고 비치라는 작은 마을의 가축 계류장까지 40킬로미터 길을 갔다. 날씨가 지독하지 않으면, 그러니까 북쪽에서부터 비가 퍼붓거나 진눈깨비가 얼굴을 긁어 대거나 차가운 공기 때문에 혈액 순환이 제대로 안 되는 경우가 아니면 그 일은 야유회나 소풍과 비슷한 구석이 있었다. 젊은 인부들의 머릿속은 요리사인 루이스 부인이 산쑥을 닮은 세이지브러시의 그림자가 덤불 밑동으로 숨는 정오에 먹으라며 싸 준 점심 도시락 생각으로 가득했다. 그들 머릿속 한구석에는 가축 계류장 앞 큰길 너머에 있는 술집과 매춘부들이 지내는 그 술집 2층의 방도 있었다.

해가 발갛게 떠올라 작고 마른 풀잎에 내려앉은 서리가 달아 나듯 사라질 즈음이면, 소 떼는 이미 1킬로미터 가까운 길이로 늘어서 있었다. 어둠이 건 황홀한 주문과 사람을 자기 내면으로 돌려세우는 새벽의 성스러운 기운에 사로잡힌 채로, 소몰이꾼들과 버뱅크 형제는 다 함께 침묵을 지키며, 소 떼가 걸어가는 자박 자박 자박 소리와 갈라진 소 발굽이 세이지브러시를 밟아 부러뜨리는 우두둑 소리, 가죽 안장이 움직이는 삐걱삐걱 소리와 독일제 은 재갈의 사슬이 내는 짤랑짤랑 소리에 가만히 귀를 기울였다. 동녘의 산 위로 떠오르는 해가 드러낸 세상은 한 사람이 가슴에 품기에는 너무도 광활하고 적대적이어서 젊은 몰이꾼들은 고향 집과 그 집 부엌의 화덕, 어머니의 목소리, 학교의 외투 보관실, 쉬는 시간에 놀러 나온 아이들의 환호성 같은 기억에 매달렸다. 그러다가 고개를 꼿꼿이 들고서, 그들은 버려진 채 비바람에 시달리는 통나무 오두막을 지그시 바라보았다. 그곳은 여름이면 들에 떠도는 말들이 잠시 그늘을 찾아 머무는 쉼터이자, 오래전 그들과 비슷한 처지였을 남자가 끝내 꿈을 이루지 못하고 등진 집터였다. 도로가 가시철사 울타리 근처에 이르러 굽이진 곳에는 총알구멍이 숭숭 뚫린 녹슨 표지판이 서 있었고, 그 표지판을 보면 이제는 생산되지 않는 씹는담배를 입에 넣고 싶은 충동이 일었다. 대열 맨 앞, 안장 머리 위로 몸을 숙이고 말을 모는 사람은 숙소에서 가장 나이가 많은 인부였다. 희끗희끗한 머리에 주름 진 얼굴을 한 그 역시 한때는 젊은 몰이꾼들처럼 꿈꾸었을 것이다. 보금자리를, 땅 몇 뙈기, 집, 소 몇 마리, 푸르른 들판, 아내로 삼을 여자를. 그리고 어쩌면, 아이도.

이윽고 해가 산 위로 불쑥 솟아 새날의 온기가 희망을 덥혀

주면 그들은 두런두런 이야기를 나누고 껄껄 웃고 농담을 주고받았다. 꿈은 이루어질 것이다. 저 앞쪽에서 안장에 구부정하니 앉아 가는 저 양반처럼 나이를 먹었을 즈음에는, 보금자리를 이룰 것이다. 우선 밑천을 마련하고, 계획을 짤 것이다. 그러는 동안에도 그들이 탄 말은 주둥이를 계류장 쪽으로, 술집 쪽으로, 그 술집 2층의 여자들 쪽으로 향하고 있었다.

어두운 새벽에는 버뱅크 형제도 침묵을 지켰다. 어둠 속에서 서로 알아볼 단서는 단 하나, 한쪽은 홀쭉하고 한쪽은 퉁퉁한 저마다의 윤곽뿐이었다. 그 어렴풋한 윤곽과 오래 들어 귀에 익은 안장 삐걱거리는 소리뿐. 그래서 필은 느긋하게 생각했다. 소몰이 여행의 첫머리는 늘 이처럼 고즈넉했다고, 생각이 내면으로 향하여 과거를 더듬어 갔다고. 그리고 지금 이 정적은 필에게 과거가 변하지 않았다고, 그리 많이 변하지는 않았다고 알려 주었다. 그랬다, 필은 자동차를 혐오했다. 요즘 들어 막무가내로 소 떼를 뚫고 지나가려 하는 암녹색 스턴스나이트 세단 같은 것들을. 필이 보기에 자동차라는 물건은 쓸데없이 빠르기만 했다. 한번은 운전사가 겁도 없이 울린 경적 소리에 소 떼가 어찌나 겁을 먹었던지, 필이 느릿느릿 움직이는 자동차 옆으로 달려가 적갈색 말의 안장 위로 쑥 일어서서는 운전사에게 속이 후련하도록 욕을 퍼부은 적도 있었다. 뒷자리에 앉은 사람들이 흠칫 놀라 옹송그리는 꼴이 어찌나 고소하던지!

"얼이 죽을 벼락부자 놈들." 필은 그렇게 구시렁거렸다. "조지, 저 개놈의 자식이 빵빵거리는 거 들었냐? 하느님 맙소사, 소들은 저 소리를 들으면 살이 쭉쭉 빠지는데 그딴 건 안중에도 없다, 이거지. 자동차라는 자동차는 몽땅 다 터져서 박살 나는 꼴을 봐야 속이 풀리겠어."

그러나 조지는 자신의 (다른 모든 소유물과 마찬가지로) 리오 트럭을 애지중지했기에 소 떼의 등 너머로 시선을 돌렸다. "어휴, 젠장. 작작 좀 해, 필. 사람은 시대에 맞춰서 살아야지."

"시대 좋아하네!" 필은 그렇게 말하고 침을 뱉었다. 십 년 전에는 남자다운 남자가 마부석에 앉아 고삐를 쥐고 훌륭한 말 네 마리를 모는 제대로 된 마차가 다녔다. "그 마부 이름이 뭐였지, 조지?" 필이 조지에게 물었다. 사람 이름을 좀처럼 잊어버리지 않는 필이었지만 새날 아침의 대화를 트려면 구실이 필요했다.

"하먼." 조지가 대답했다.

"그래, 맞아." 그 기억이 형제를 과거로 돌려놓았다. 그들이 아이였을 적으로, 브롱코 헨리의 추억이 생생한 시절로, 토지를 개혁하기로 마음먹은 정부가 냄새 나는 인디언들의 마지막 잔당을 인디언 보호 구역에 처박기 전의 그 시대로. 필은 인디언들이 타고 가던 늙고 등이 굽은 말과 나이 지긋한 인디언들이 다닥다닥 붙어 앉아 금방이라도 주저앉을 것 같던 낡은 2인승 마차를 지금도 기억했다. 아이다호 남부의 보호 구역으로 향하던 인디언들은 꼬박 일주일 동안 목장 저택 앞을 띄엄띄엄 지나가며 흙먼지를 일으키고 목장의 개들에게 짖을 빌미를 주었다. 다만 추장은, 왠지 음흉해 보이던 그 늙은이는 부족과 함께 떠나지 않았다. 이미 저세상에 있었으므로.

지금처럼 소 떼를 몰고 가는 길에 필은 인디언들이 쓰던 화살촉을 날카로운 눈으로 발견하고 주워서 자신의 훌륭한 컬렉션에 추가한 적이 여러 번 있었다는 사실을 걸핏하면 조지에게 일깨워 주었다. 조지가 화살촉을 발견한 적이 있는지는 기억이 나지 않았다. 필은 그 생각을 하며 혼자 씩 웃었다. 조지가 무슨 수로 발견하겠는가? 언제나 소들의 먼지투성이 등 너머로 앞쪽만 똑바로 보며 가는데. 바로 지금 그러는 것처럼.

필은 슬슬 궁금해졌다. 오늘의 대화는 대관절 어디서부터 시작해야 할까? 이날은 실로 특별한 날이었다. 브롱코 헨리 이야기부터 꺼내 볼까? 아니면 작년에 있었던 사고, 그러니까 소 떼의 물결을 뚫고 지나가려던 자동차가 도로를 벗어나 도랑에 빠졌던 일부터? 승객은 여자 둘에 남자 하나, 모두 필이 그때껏 본 적도 없었던 흉측하게 생긴 헐렁한 반바지 차림으로, 옆으로 눕다시피 한 자동차를 멍한 눈으로 바라볼 뿐이었다. 그때 필은 조지가 소 떼의 선두에 있어서 기뻤다. 그렇지 않았다면 조지가 그들의 자동차를 밧줄로 묶어 도랑에서 꺼내 주었을 테고, 그들은 사고에서 아무런 교훈도 얻지 못했을 테니까.

아니면 가장 중요한 사실, 바로 이날이 형제가 함께 소를 몬 지 이십오 년째 되는 날이라는 것부터 알려 주면서 하루를 시작해 볼까? 이십오 년! 그 세월을 형제는 얼마나 자랑스러워했던가, 그 오랜 세월을! 맨 처음 소몰이 왕복 여행에 나선 해가 1900년이었다는 사실은 필에게 특별한 의미를 지녔다. 우수리 없이 딱 떨어지는 1900년. 세상에! 맙소사! 그때 브롱코 헨리는 지금의 필이나 조지만큼도 나이가 많지 않았다. 실은, 오늘 멋지게 차려입고 형제와 함께 길을 나선 저 애송이 몰이꾼들과 비슷한 또래였다. 요즘 애송이들은 낭쿼 분수라는 것을 몰랐다. 자기가 카우보이인지 활동사진 배우인지 헷갈릴 정도로. 필은 이때껏 활동사진을 한 번도 보지 않았고 앞으로도 볼 마음이 없었지만 요즘 애송이들은 인부 숙소에 활동사진 잡지를 쌓아 놓고 지냈고, 윌리엄 S. 하트라는 남자 배우를 무슨 우상처럼 떠받들었다. 모자에 주름을 잡아서 쓰질 않나, 목에는 실크 손수건을 감고 다니고, 승마용 가죽 덧바지는 또 어찌나 화려한지! 애송이들 가운데 한 녀석은 멋들어지게 자수를 놓은 맞춤 장화를 우편으로 주문했다는 이야기도 들렸다. 발이나 넣고 다닐 물건에 한 달 치 품삯을 다 퍼붓다니. 그런 주제에 왜 자기가 시골에 처박혀 사는지 궁금해하다니! 뭐, 그게 너희 팔자지. 필은 그렇게 중얼거렸다. 무식한 인간일수록 필요 이상으로 꾸며야 한다는 강박을 느끼게 마련이었다.

조지가 소 떼 오른편으로 살짝 옮겨 간 탓에 필은 터벅터벅 걷는 소들의 행렬을 대각선으로 통과하여 동생에게 다가가며, 소들이 화를 내지 않도록 콧노래를 살살 흥얼거렸다. "야, 조지." 필이 씩 웃었다. "오늘이 그날인 것 같다."

둘은 형제치고는 말 타는 모양새가 꽤 달라서, 자기 말의 안장에 앉는 방법도 사뭇 달랐다. 형은 느긋하게 구부정하니 앉아서 장갑을 안 낀 맨손으로 고삐를 느슨하게 잡았다. 동생은 허리를 꼿꼿이 펴고 앉아 배에 힘을 주고서, 앞쪽을 똑바로 바라보았다. "그날?" 조지가 고개를 돌리며 물었다. "그날이라니 **무슨 소리야**, 필?"

"무슨 소리냐고? 방금 무슨 소리냐고 했냐, 뚱뚱? 오늘이 이십오 년째 되는 날이잖아. 우수리 없는 1900년에 시작했으니까. 1, 9, 땡, 땡. 기억 안 나냐?"

"실은, 잊어버렸어."

저런, 어떻게 그걸 다 잊어버렸을까. 필은 궁금했다. 일 년 내내 머릿속에 무슨 생각을 담고 살았기에? "이십오 주년이야. 말하자면 은혼식이나 뭐 그런 걸 치를 시간이란 말이지. 안 그냐?" 익살을 부릴 때나 화가 날 때 필은 자기 말을 강조하려고 일부러 문법에 안 맞는 말을 쓰곤 했다.

"오래전 일이라." 조지는 그렇게만 논평했다.

"흠, 그렇게 **까마득히** 오래전은 아니지." 필이 이십오 주년 이야기를 꺼낸 까닭은 동생과 자신이 아이였던 시절로부터 시간이 얼마나 흘렀는지 강조하고 싶어서가 아니었다. 필 스스로는 자신이 열두 살이고 조지가 열 살이던 그때로부터 한 살도 더 늙지 않은 기분이었다. 그는 단지 그때보다 무시무시할 정도로 영리해졌을 뿐이었다. "그래도 이 말은 해 두고 싶다, 조지. 우린 정말 멋진 세월을 보냈어."

"내 생각에도 그런 것 같아." 조지는 셔츠 가슴 주머니에서 불 더럼 담뱃갑을 꺼냈다. 그러고는 고삐 줄을 양쪽 다 안장 머리에 묶은 다음, 장갑을 벗고 담배를 말기 시작했다. 굵직한 연통 모양 담배가 완성되었다.

필은 그런 동생을 보며 코웃음을 쳤다. 은혼식 어쩌고 하는 소리를 혼자 계속할 마음은 털끝만큼도 없었다. 조지는 도대체 뭐가 문제라서 저렇게 시큰둥할까? 속이라도 안 좋은 걸까? 올가을에 함께 야영할 친구로는 더없이 어울리는 녀석이로군! 여름에도 한철 내내 저렇게 이상하게 굴더니. "그래, 뚱뚱. 넌 한 손으로 담배 마는 법을 끝내 못 배웠구나." 그 한마디를 끝으로 필은 느닷없이 말을 돌려 애송이들과 이야기를 나누러 소 떼를 뚫고 달려갔다. 그렇게 가는 동안 애송이들에게 브롱코 헨리 이야기를 들려주려고 준비 운동 삼아 입을 뻐끔거렸다. 브롱코 헨리가 고열에 시달리는 와중에도 남들은 평생 한 번 볼까 말까 할 정도로 멋지게 말을 달렸다는, 심지어 마흔여덟이라는 나이에 그랬다는 이야기를. 맙소사. 가끔 필은 모든 사연을 다 털어놓고 싶어서 안달이 나곤 했다. 그가 술을 증오하는 한 가지 이유였다. 그는 술이 두려웠다. 술에 취해 무심코 털어놓을지도 모르는 사연이.

그때 조그마한 회색 새 한 마리가 덤불에서 파드닥 날아올랐다. 필의 적갈색 말이 놀라서 비틀거렸다. 필은 더럭 화가 치밀었다. 욕지기 같은 비통함과 함께. "멍청한 놈 같으니!" 그렇게 외치며 필은 고삐를 홱 당기고는 박차로 말의 옆구리를 세게 찼다. 이십오 년, 브롱코 헨리와 나란히 말을 달리던 시절로부터 흐른 세월이었다.

이제 해가 높이 솟아 그림자가 짤따래진 지금, 그들 앞에 무덥고 긴 낮이 기다리고 있었다. 지나간 세월 또한 길기는 마찬가지라고 필은 생각했다. 그 세월이 드리운 그림자 또한.

만약 바람이 마침맞게 불고 당신의 코가 예민하다면, 비치의 가축 계류장을 눈으로 보기 전에 먼저 냄새로 알아챘을 것이다. 계류장은 매년 이맘때면 거의 말라붙는 강 근처에 자리 잡고 있었다. 강둑으로부터 멀찍이 물러난 강물의 표면은 너무나 잔잔해서 공활한 하늘이 비쳐 보였고, 이따금 검은부리까치가 날개를 치며 그 수면 위를 지나 동물의 주검을 찾으러 날아가곤 했다. 야생토끼병에 걸려 죽은 땅다람쥐나 토끼, 아니면 그 일대에서 '검은다리병'으로 부르는 병에 걸려 퉁퉁 부은 송아지 주검 따위였다. 그랬다, 만약 바람이 마침맞게 불고 코가 예민하다면, 물 냄새뿐 아니라 계류장과 강이 만나는 지점에 졸졸 흐르며 물을 오염시키는 걸쭉한 도랑의 석회 유황 소독제 냄새까지 맡을 법도 했다.

만약 햇빛이 마침맞게 비치고 당신의 눈이 밝다면, 때로는 그

마을의 모습을 지평선 바로 위에 나타나는 신기루로 먼저 알아보았을 것이다. 가축 계류장과 화물 하역장에 점점이 서 있는 열차 화물칸, 정면만 그럴듯하게 꾸며 놓고 위층에 객실을 운영하는 술집 두 곳, 키 작은 종탑이 있는 하얗고 허름한 학교 건물 따위의 모습을. 세이지브러시 덤불이 그 모두를 둘러싼 가운데 홀로 탁 트인 공터는 남자애들이 공을 차고 여자애들은 줄넘기를 하는 운동장이었다. 그 운동장 맞은편에 '더 인(The Inn)'이라는 건물이 있었고 그 건물 뒤쪽 민둥산의 비탈에서는 비쩍 마른 야생말 무리가 풀을 뜯었으며, 쉬지 않고 부는 바람이 그 말들의 헝클어진 갈기털과 꼬리털을 더욱 헝클어 놓았다. 여름과 겨울이면 그 바람은 비명 같은 소리를 지르며 산기슭에 있는 묘지 위의 비탈을 불어 내려왔다. 들짐승이 무덤을 파헤치거나 꽃이 담긴 이곳저곳의 유리병을 쓰러뜨리지 않도록, 녹슨 가시철사와 삭아 가는 말뚝으로 된 울타리가 지키는 묘지였다. 원래 과일 절임 병이었던 유리병에는 봄이면 삼색제비꽃, 여름이면 카스틸레야가 꽂혀 있었으나 무슨 꽃인지는 죽은 지 얼마 안 된 이들만 알아볼 수 있었다. 이곳의 뜨거운 햇볕 아래 꽃들은 순식간에 시들었고 꽃에 담긴 애도는 덧없이 사라졌으며, 유리병 속의 줄기는 곧바로 썩어서 흐물흐물해졌다.

판 지 얼마 안 된 무덤 앞을 종이꽃으로 꾸밀 생각을 한 이는 영리한 사람이었다. 과일 절임 병을 거꾸로 세워 꽃에 씌워서 비를 막을 생각까지 한 것을 보면.

누군가 평원 저 멀리 피어오른 먼지구름을 보았다는 소문, 논을 펑펑 쓰는 소몰이꾼 한 무리가 소 떼를 잔뜩 몰고 온다는 소문이 돌면 비치 사람들은 늘 맥박이 조금 빨라졌다. 술집 두 곳에서는 바텐더들이 바 뒤편에 늘어선 싸구려 밀주의 잔량을 확인하고 는 캐나다에서 몰래 들여온 진짜 위스키를 꺼냈다. 주머니가 두둑한 이들을 위한 술이었다. 남들 앞에서 으스대기 좋아하는 목장주를 위한 술.

"경고하는데," 바텐더가 전날 밤 솔트레이크시티에서 열차를 타고 비치에 도착한 외판원에게 말했다. "큰길에서 어슬렁거리지 말고 소 떼가 들어올 때 괜히 가서 멀뚱멀뚱 구경하지도 마시오. 안 그럼 소들이 놀라서 계류장에 몰아넣을 때 애를 먹거든. 이삼 년 전에는 소 떼를 구경하던 친구 하나가 소몰이꾼이 쏜 총알이 머리 바로 위로 날아가는 꼴을 당했지. 나 원, 숨을 곳을 찾아 꽁지 빠지게 달아나던 그 꼴을 봤어야 하는 건데!"

"무슨 서부의 무법 지대 같은 소리를 하시네." 외판원이 비꼬는 투로 말했다. 그는 술집과 학교, 더 인이라는 여관에 전기 조명용 소형 발전기를 팔러 온 길이었지만, 사겠다는 사람은 아무도 없었다.

"웬걸, 서부의 무법 지대가 **맞아요**. 내가 알기로 이 골짜기 일대에 전깃불이 들어오는 집은 버뱅크 목장뿐이거든. 우리 같은 사람은 다 남포등을 쓴다고."

"버뱅크 목장이라." 외판원은 그렇게 중얼거리며 바 뒤편에 걸린 여자 그림 달력을 건너다보았다.

"오늘 오후에 들어오는 게 그 목장 패거리요. 소가 천 마리나 되지. 소몰이꾼은 한 여덟, 열 명이고. 거기다 목장주 형제까지. 내 말 귀담아듣고 안에 계시오, 괜히 소란 피우지 말고. 뭘로 줄까, 돌리?" 바텐더가 금발 머리 여자에게 물었다. "이야, 향기가 끝내주는데."

"고마워요. 플로리다 워터 향수를 뿌려 봤어요, 술은 늘 마시는 진으로 부탁할게요."

"버뱅크 목장 패거리가 들어오는 중이라던데."

"위층에서 봤어요. 아휴, 무서워 죽겠지 뭐예요."

"뭐, 이제 거들어 줄 친구도 생겼잖아."

"거들어 주긴요. 아프대요."

"허? 혹시 전에 앨마가 걸렸던 그 병 아니야? 앨마 기억나지?"

"결핵요? 에이, 아니에요. 달거리하는 거예요."

사람들의 맥박이 조금 더 빨라지는 곳은 또 있었다. 더 인이라는 조그마한 여관에 딸린 식당, 이곳 비치에 하나뿐인 그 식당 안이었다. 식당도 그 위층의 객실도 손님을 받을 준비가 되어 있었다. 데스크의 숙박부는 아무것도 적히지 않은 새 면이 펼쳐져 있었고 그 옆에는 삼나무 향기가 풍기는, 새로 깎은 연필이 놓여 있었다.

2장

　비치에 부는 바람은 여름에도 겨울에도 게으름을 피우는 법이 없었고, 부지런하기는 더 인 뒤편의 오두막 창고 지붕에 달린 풍차 역시 마찬가지였다. 풍차의 날개가 바람 쪽으로 향하도록 꼬리 날개를 당겨 주는 톱니바퀴와 사슬은 고든 씨 가족이 비치에 자리 잡기 한참 전부터 고장 난 상태였다. 겨울과 여름이면 풍차는 쉬지 않고 돌아갔고, 이 우스꽝스러운 장치와 연결된 축은 의미 없이 느릿느릿 위아래로 움직이기만 할 뿐 무슨 일을 하는 것도, 어디에 고정된 것도 아닌 채로, 어쩌다 잠시 이 마을에 발이 묶인 여행객들이 밤잠을 설치도록 몹시도 고통스럽게 삐걱거리고 또 삐걱거렸다. 고든 씨 가족이 이사를 온 직후에 가장인 조니 고든은 그 풍차를 철거하려다 그만 매서운 반대에 맞닥뜨렸다. 창고의 처마에 흔들거리는 사다리를 걸치고 올라가 풍차를 꼼꼼히 살펴보는데, 느닷없이 짓궂은 돌풍이 불어와 풍차 날개가 휙 돌아가 그를 때리는 바람에 재킷이 찢어지고 어깨를 다쳤던 것이다. 그 일이 있은 후로 그는 풍차를 건드리지 않았다.

"애초에 여기로 이사를 오지 말았어야 했어." 조니는 아내 로즈에게 툭하면 그렇게 말했고, 그럴 때면 로즈는 아름다운 눈으로 남편을 보며 다시는 그런 말을 하지 말라고 눈빛으로 애원할 뿐, 입으로는 아무 소리도 내지 않았다. 눈이 정말로 예뻤다, 젊은 로즈는.

그러나 조니가 맨 처음 로즈에게 반한 까닭은 단지 눈 때문만은 아니었다. 그 무렵 조니는 시카고의 작고 허름한 병원에서 수련의 과정을 밟는 중이었었다. 환자는 대개 흑인이거나 구빈원 출신이었다. 하루의 대부분을 함께하는 고통과 불결함과 누추함에서 벗어나려고 조니는 한 주에도 몇 번씩 저녁에 영화를 보러 갔다. 그러면서 생각했다. 아아, 영화배우 메리 픽퍼드처럼 다정하고 상냥하고 심지 굳은 여성을 만날 수만 있다면, 미소와 눈빛으로 사람의 마음을 녹이는 미스 픽퍼드, 그녀의 보조개와 눈길을 지닌 여성을! 언젠가 조니는 살짝 술에 취한 상태로 젊은 의사 둘에게 자신의 꿈을 털어놓았다가 비웃음을 산 적이 있었다. "넌 말이 너무 많아서 안 돼." 친구들은 그렇게 충고했다. 그럼에도 조니는 그 꿈을 꼭 부여안은 채 아름답게 꾸몄고, 나중에는 꿈의 완성형에 담쟁이덩굴로 덮인 작은 집과 하얀 말뚝 울타리까지 담기에 이르렀다.

그러니 상상해 보라! 어느 날 저녁 조니는 극장 맨 앞줄에 앉아 있었고, 눈앞의 은막에서 말없이 깜박이는 이야기를 발랄한 음률과 쿵쿵거리는 저음으로 설명하고 강조하는 피아노는 그의 사리에서 그리 멀지 않은 곳에 있었다. 극장 안에 불이 켜지고 나서도 조니는 잠시 동안 꿈속에 머물렀다. 이윽고 피아노를 치던 젊은 여성이 모자를 고쳐 쓰고 머리를 매만지며, 머리를 자꾸 매만 지며, 뒤로 돌아섰다. 이럴 수가! 그 여성은 조니의 자리에서 채 3미터도 떨어지지 않은 곳에 앉아 있었다. 조니가 극장에 올 때마다 그곳에 앉아 있었던 것이다. 둘은 서로를 물끄러미 바라보았고, 이내 조니가 빙긋이 웃었다.

조니는 로즈를 자기 방으로 초대하지 않았다. 그런 초대에 응할 여성으로 보이지 않아서였다. 물론 그를 비웃었던 그 두 친구라면 냉큼 방에 가서 같이 놀자고 했을 테지만.

"거절하면 그걸로 끝인 거고." 그들은 그렇게 말했을 것이다.

조니는 그런 식으로 다가가고 싶지 않았다. 그리고 그의 직감이 옳았다. 주일이면 교회에 가서 피아노 반주를 도맡는 아가씨한테 방에 놀러 오라고 하다니, 상상도 못 할 일이었다.

조니는 대뜸 자신이 의사라고 밝혔다. 로즈에게 좋은 인상을 주고 싶어서, 체면을 세우고 싶어서였다. "호숫가에 유원지가 있는데요." 조니가 넌지시 말을 꺼냈다. "꽤 멋지다고 들었습니다. 유원지 좋아하십니까?"

"좋아하는 편이에요!"

"그럼, **제일** 좋아하시는 건 뭔가요?"

"꽃이에요."

"흐음."

"힌트를 드리려고 한 말은 아니었어요. 먼저 물어보셨잖아요."

로즈의 아버지는 조니를 샅샅이 뜯어보는 기색이 뚜렷했다. 의사라는 말을 들었으면서도 그랬다. "귀가가 너무 늦지는 않을 겁니다, 아버님." 로즈의 아버지는 그렇게 말하는 조니를 흘깃 보고는 신문을 들고 다른 방으로 갔다.

"저기, 고든 씨." 로즈의 어머니가 말을 꺼냈다.

"고든 박사입니다, 어머님."

"……하나뿐인 딸이에요. 얼마나 소중한 아이인지 아실 거라 믿어요. 언젠가 우리하고 똑같은 기분을 느낄 날이 올 거예요."

"여부가 있겠습니까." 조니는 자기가 갖다 준 제비꽃을 코트에 핀으로 다는 로즈의 모습을 가만히 지켜보며, 숨도 제대로 쉬지 못했다. 그토록 애정을 담아 움직이는 손끝을 그때껏 본 적이 없었으므로.

로즈의 어머니는 한숨을 내쉬었다. "저 애는 꽃이라면 아무튼 사족을 못 써요. 어렸을 적엔 남의 꽃을 마구 건드리고 다녔죠."

조니는 로즈에 관해 한 가지는 단언할 수 있었다. 로즈는 물러서는 법을 몰랐다! 어떤 놀이 기구 앞에서도 물러서지 않았다. 로즈는 롤러코스터를, 맙소사, 속이 뒤집히는 그 기구를 타고 나서 곧바로 바이킹에 올랐고, 그 기구의 흔들리는 운동에 익숙해지고 나서는 모든 놀이 기구를 한 바퀴 돌았다. "엄마야!" 조니에게 몸이 딱 붙은 채로 로즈가 외쳤다. 조니는 그녀가 가슴에 단 제비꽃의 향기를 느꼈다. "한 가지는 확실하네요." 가빴던 숨이 가라앉았을 때 로즈가 말했다. "배짱이 부족하다고 자기 입으로 말하는 남자치고는, 고든 씨는 이 무서운 기구들을 다 돌 만큼 배짱 있는 분이세요!"

"어, 그게, 당신하고 같이 있으면 배짱이 넘치거든요."

그러나 로즈는 조니가 기형 인간들을 볼거리 삼아 전시하는 천막에 들어가자고 했을 때에는 거절했고, 조니 역시 로즈가 기형 인간들을 어떻게 생각하는지 알고 싶어 떠보았을 뿐이었다. 조니는 기형 인간 전시관을 끔찍이 싫어했다. 그 사람들이 웃을 때면 더욱 끔찍했다.

그래서 두 사람은 기형 인간 전시관 앞에서 발길을 돌려, 턱수염을 뾰족하게 기른 청년이 부르는 새로 나온 오페레타의 노래를 들으러 갔다. 그곳에서 조니와 로즈는 나란히 오페레타 「붉은 풍차」의 곡조를 콧노래로 흥얼거렸다. 로즈는 조니가 보고 첫눈에 반했던 조그맣고 예쁜 모자, 아마도 꽃으로 장식했던 것 같은 그 모자를 쓰고 있지 않았다. 그 대신 무슨 집시처럼 머리에 스카프를 두르고 있었다.

"이건 머리띠예요." 로즈는 조니가 더 자세히 보도록 뒤로 물러섰다. "마음에 드세요?"

"제 눈에는 아주 멋져 보이네요."

"잡지에서 보고 샀어요. 밴더빌트 부인이 쓰는 거랑 똑같아요."

"아니, 그…… 장담하는데 밴더빌트 부인보다 당신한테 훨씬 더 잘 어울려요."

"저는 입 밖에도 못 꺼낼 말이네요."

"정말입니다." 조니의 목소리는 진지했다. 대부호의 아내인 밴더빌트 부인이 으리으리한 롤스로이스 승용차에 타려고 걸어가는 사진은 조니도 전에 어디서 본 기억이 났다. 그런데 맙소사, 로즈는 정말로 밴더빌트 부인과 생김새가 살짝 비슷했다. 다만 입김만 불어도 날아갈 듯이 가녀린 밴더빌트 부인이었다. "로즈 씨는, 밴더빌트 부인을 정말로 닮았어요."

"정말요?"

조니는 웃고 말았다. "예, 그런데 당신도 그렇게 생각하는군요."

"제 비밀을 들켜 버렸네요." 그 별것 아닌 머리띠가 로즈에게는 자랑스러운 휘장이었다.

"남들한테는 저 대신 말해 주세요, 저는 마, 말을 더, 더듬거든요!" 그 무렵에 유행하던 노래의 가사이자 누구나 즐겨 하는 농담이었다. 조니는 그 말을 하고서 껄껄 웃었다.

그러나 막상 저녁 데이트를 몇 차례 하고 나서 로즈가 청혼을 받아들였을 때, 곧 키스를 받으리라는 것을 아는 사람처럼 두 눈이 반짝이고 입술이 살짝 벌어진 그녀를 보며, 조니는 왈칵 눈물이 차올랐다. 그가 느끼기에 자신의 삶은, 앞으로 어떻게 풀리든 간에, 로즈 없이는 완전치 않았다. 그런데 두려웠다. 그녀가 걱정돼서였을까, 아니면 스스로가? 그는 알 수가 없었다.

"하나만 말해 두겠네, 젊은이." 로즈의 아버지가 말했다. "우리 딸을 언제나 소중하게 대해야 하네."

"걱정 마십시오, 아버님, 언제까지나 그럴 겁니다."

"우리 집에 처음 전화했을 때 말인데," 로즈의 아버지가 지그시 인상을 찌푸렸다. "자네 살짝 취한 상태더군."

"아버님은 참 예리하시군요. 솔직히 인정하겠습니다. 용기를 얻으려고 한잔 마셨습니다."

"음주는 몹쓸 습관이야."

"술은 그냥 약입니다, 아버님. 제대로만 쓰면요."

수련의 과정을 마쳤을 때 조니는 병원에 남아 달라는 요청을 받지 못했다. 요청을 못 받을 줄 이미 알았으면서도 그는 낙담했다. 그래도 그 일 덕분에 그는 자신과 현실 사이의 접점이 얼마나 미약한지 또렷이 깨달았는지도 몰랐다. 만약 로즈를 더 일찍 만났다면, 또 그가 즐겨 쓰는 표현대로 인생이라는 자빠진 수레의 바퀴를 어깨로 열심히 밀어 올렸다면, 병원에 남을 수 있었을 거라는 기분이 들었다. 하긴, 로즈를 만나기 전까지 그는 이른바 일을 하는 시늉만 낼 뿐이었다. 아니면 원장의 눈에 그렇게 보였거나.

"존, 그래도 자네를 생각해서 한마디만 해 두겠네." 원장은 그렇게 말하고는 책상 위에 늘 놔두는 두개골 너머로 조니를 바라보았다. "나도 눈치라면 빠지지 않는 사람이야. 그래서 아는데, 자네는 내가 이때껏 본 젊은 친구들 중에 가장 천성적으로 상냥한 친구야."

"상냥하다고요?" 조니가 물었다. "상냥하다고 하셨습니까? 저는 까맣게 몰랐습니다, 원장님, 제가 상냥하다는 걸요."

"몰랐을 테지." 원장이 파이프 담배를 피우며 말했다. 조니도 원장처럼 파이프 담배를 피우고 싶었다. 그처럼 권위가 느껴지는 방식으로. "그래서 천성적으로 상냥하다고 한 거야. 최신 정신 의학을 공부하는 친구들이 말하길 그런 상냥함은 특정한 예민함에서 비롯된다더군. 그런데……."

"그런데 뭡니까, 원장님?"

"우리는 가끔 예민함을 통제해야 해. 예민함은 위험을 초래하는 수가 있거든. 그게 의사가 되려는 사람한테 특별히 유용한 특성인지 아닌지는 잘 모르겠네. 아쉽지만, 그게 현실이야."

"그럼 저는 어떻게 해야 할까요, 원장님? 취직을 하려면요."

"어디 시골 마을 같은 데로 가게, 존. 시골 마을 같은 데서 일하는 거야. 마음이 단단해질 때까지."

조니는 존이라는 호칭이 어색했다. 존이라는 이름이 자신에게 안 어울린다고 느꼈다. 그에게는 조니가 더 편했고, 어쩌면 그것이 그의 문제인지도 몰랐다. '조니'처럼 가벼운 이름을 지닌 사람을 누가 신용하겠는가. 세상의 조니들은 껄껄 웃고 엉엉 울며 인생을 경중경중 살아갔지만, 하나같이 경중경중 살 뿐이었다.

조니는 적당한 시골 마을을 찾았다. 바로 이곳이었다. 비치. 그렇게 찾은 이 마을을 두고 그는 툭하면 말했다. "애초에 여기로 이사를 오지 말았어야 했어." 그러면 로즈는 말없이 남편을 바라보았다.

비치는 자기 실력에 자신이 없는 젊은 의사가 자리를 잡고 돈을 벌기에 더없이 적당한 곳으로 보였다. 철도가 지나는 곳이기 때문이었다. 조니는 비치에서 북쪽으로 40킬로미터 거리의 관청 소재지인 헌든에 있는 호텔에 로즈를 묵게 하고 자신은 비치를 돌아다니며 사전 조사를 했다. 사람들 모두 마을에 의사가 온다는 말에 들뜬 것처럼 보였다.

"이십오 년 동안 의사 없이 살았어요." 술집에서 만난 사람들의 말이었다.

"정말 오래됐군요." 조니가 말했다.

게다가 맙소사, 사람들 말에 따르면 마을 뒤편으로 완만하게 비탈진 산의 건너편에는 관개 시설 없이 농사를 짓는 건지 농사꾼들이 살았고, 서쪽에는 큰 목장도 있었다. 노던 퍼시픽 철도 회사의 지선이 이쪽으로 뻗어 와 유니언 퍼시픽 철도 회사의 노선과 이어질 거라는 소문도 돈다고 했다. 그 교차점에 있는 비치는 커질 수밖에 없는 운명이라고 사람들은 말했다. 측량 기사들이 장비를 가져와 측량을 하고 간 지가 한 달도 안 됐다고, 그 기사들은 참으로 싹싹한 젊은이들이었다고!

술집의 열띤 분위기에 혹한 조니는 새 친구들에게 또다시 술을 한 잔씩 돌렸고, 친구들이 다 함께 그의 탁 트인 미래를 축하하며 건배하는 바람에 목이 멜 지경이었다. 그의 미래는 저 바깥의 대지처럼 탁 트여 있었다. 그런데 조니와 그의 아내가 살 집이 있을까?

그 친구한테 아내가 있다고? 저런, 잘됐군.

조니는 아내의 사진을 꺼냈다.

아무튼, 조니는 정말로 운이 좋았다. "아, 그렇지." 바텐더가 말했다. "오래된 여관이 하나 있는데 한번 가 보세요. 전에는 더 인이라고 부르던 곳이에요."

더 인이라는 그 조그만 여관은 2층에 똑같은 크기의 작은 방이 여섯 칸 있었고 방마다 철제 침대와 세면대, 옷장이 있었으며, 각 방의 창문 옆에는 불이 났을 때 잡고 탈출하도록 친친 감은 밧줄이 구비되어 있었다. 건물 자체는 하도 오래 비어 있었던 탓에 초등학생들 사이에서 유령이 나오는 곳으로 이름을 날리기에 이르렀다. 아이들은 불빛을 보았다고, 창문에 비친 얼굴을 보았다고 했다. 개중에 담이 큰 아이 하나는 돌을 던져 2층 창문을 깨뜨렸을 때 비명 비슷한 소리를 들었다고 했다. 그 여관은 오래된 갈색 널빤지 위로 달빛이 쏟아지는 밤, 그 달빛에 창문이 번들거리고 더 인이라고 적힌 간판 위의 하얗게 탈색된 사슴뿔이 희끄무레하게 도드라지는 밤이면 더욱 으스스했다. 그런 밤이면 유독 뭔가 나오는 곳처럼 보였다.

그러나 환한 낮에는 충분히 멀쩡하고 안전해 보였다. 건물 뒤편의 오두막 창고 지붕에 불쑥 솟은 풍차 덕분에 실용적인 분위기마저 느껴졌기에, 조니는 진료 업무가 자리를 잡을 때까지 이곳을 다시 여관으로 운영해도 좋겠다는 생각이 들었다. 그렇게 되면 활에 화살을 두 개 거는 셈이었다. 그의 생각은 비현실적이었을까? 정말로?

여관 건물은 헌든에 있는 은행이 소유했다. 조니는 은행의 담당자를 만나기가 무섭게 거래에 합의했다. 건물 계약금과 왕진을 갈 때 필요한 중고 포드 자동차 대금은 그가 의사가 되기를 바랐던 고모의 유산으로 충당했다. 그러고도 여관 2층의 방 한 칸을 진료소로 꾸밀 돈이 남았다. 눕히면 진찰대로 변하는 철제 의자 하나. 유리 진열장 속에서 씩 웃고 있는 인체 골격 모형 한 벌.

이제 마지막 한 획을 그을 차례였다. "로즈, 와서 이것 좀 봐." 빙그레 웃으며, 조니는 건물 옆에 캘리포니아양귀비를 심던 아내가 무릎을 펴고 일어서는 모습을 지켜보았다. 사람들이 말하길 캘리포니아양귀비는 척박한 산성 토양에서도 잘 자라는 드문 종이라고 했다. 조니의 손에는 위쪽에 가로대가 달린 말뚝을 박으려고 땅을 팔 때 쓰던 삽이 여태 들려 있었다. 교수대를 닮은 그 말뚝의 가로대에는 그가 손수 대패질하고 사포질하고 페인트칠까지 한 다음 자유롭게 흔들리도록 고리 나사 네 개를 박은 명판이 매달린 채로 대롱거렸고, 그 명판에는 이렇게 적혀 있었다.

존 고든, 의학 박사

"저런, 여기는 바람이 너무 세게 불어서 그런가 봐요." 로즈는 흔들거리는 명판을 보며 말했다. "그래도 지금은 바람 소리가 거의 안 들리네요. 아 참, 서 명판 멋있어요."

"바람은 익숙해질 거야. 조금만 지나면." 그런 다음 부부는 다시 안으로 들어가 청소를 시작했다. 해묵은 유령들과 싸울 무기는 소독약인 리졸과 대량의 뜨거운 비눗물이었다.

조니는 아들을 제 손으로 받았다. 그는 아내의 배 속에 깃든 복된 아들을 손수 세상으로 인도한 후에 아내와 함께 그 아들에게 약간 흐리멍덩한 느낌이 나는 피터라는 이름을 지어 주는 실수를 저질렀는데, 이는 로즈의 아버지 이름이 피터이기 때문이었다. 이로써 그 건강한 노인은 피트라는 애칭을 얻었다.

조니는 아기를 안고 침대에 누워 젖을 먹이는 아내의 모습보다 더 사랑스러운 광경을 그때껏 본 적이 없었다. 그는 아내의 시중을 들고 침대 곁에 앉아 아내에게 바이런의 시를 읽어 주며 출생이라는 신비와 아름다움에 매료되었다. 모두가 얼마나 그를 축하해 주었던가, 포드 차의 운전석에 앉아 함박웃음을 지으며 시가를 나누어 주던 그의 등은 또 얼마나 꼿꼿했던가. 언젠가 거울에 비친 자기 얼굴에 눈길이 닿았을 때, 그는 눈을 돌리지 않고 스스로를 물끄러미 바라보며 생각했다. 그의 아내는 하던 일이 뭐든 간에 손을 멈추고 고개를 들어 그를 볼 때면 늘 웃는 표정이었는데, 어떻게 그럴 수 있을까 하는 생각이 들었다. 그는 자기보다 먼저 그 사실을 알아차린 사람이 한 명이라도 있었을지 궁금했다.

양귀비꽃은 피었다가, 졌다가, 시들었다. 겨울바람이 먼 산맥에서 포효하며 불어 내려오면 땅거죽을 덮은 눈은 바람에 날려 자취를 감추었고, 그러고 나면 양귀비꽃이 다시 싹을 틔우고 피었다가, 졌다가, 시들었다. 서로 간에 말을 꺼내지는 않았으나 고든 부부는 자신들의 금발 머리 아들이 일어서서 걷는 것도 말문이 트이는 것도 더디다는 사실 때문에 불안했다. 그러다 마침내 일어서서 걸었을 때—그것도 어느 날 갑자기!—아이는 무릎을 거의 쓰지 않고 기계처럼 뻣뻣하게 걸었다. 걷기가 인간의 본능이 아니라 고생 끝에 터득한 기술이라고 암시하는 걸음걸이였다. 그리고 마침내 말문이 트였을 때, 혀 짧은 소리는 거의 내지 않고 어른처럼 신중한 억양으로 말하는 아들을 보며 부부는 깜짝 놀라는 한편으로, 아들이 이마가 살짝 튀어나오고 커다란 눈은 멍해 보이고 멀리서 나는 소리를 가만히 듣는 것처럼 보이는 불안한 습관이 있기는 하지만, 실은 늦된 아이가 아니라 조숙한 아이였다며 안심했다. 네 살이 되자 아이는 읽기를 터득했다.

　오래지 않아 조니는 특이한 사실을 하나 깨달았으나 처음에는 이 때문에 속이 상하지는 않았다. 거물 목장주들과 그들의 처자식은 의사에게 진찰을 받을 일이 있으면 차를 몰고 헌든까지 가서는, 이왕 거기까지 간 김에 쇼핑도 하고 헌든 하우스 호텔이나 슈거볼 카페 같은 식당에서 저녁도 먹었다. 호텔 로비의 커다란 초록색 가죽 의자에 앉아 친구와 환담을 나누는 일, 널따란 통유리 창 너머로 뭔지 모를 용무 때문에 바삐 오가는 도회지 사람들과 호텔 앞 길모퉁이를 돌아 천천히 다가오는 자기 집 자동차를 구경하는 일이 그들에게는 즐거움이었다. 그들은 자동차를 타고 시가지를 천천히 도는 것도 좋아했다. 그럴 때면 황색 벽돌로 지은 고딕식 법원 건물 앞의 널찍하고 깔끔한 잔디밭, 보안관이 상습적인 주정뱅이나 부랑자를 가둬 놓는 법원 뒤편의 구치소를 보고 감탄하곤 했다. 그들은 주택가의 가로수 길을 음미하듯 둘러보았고 약국 진열창 앞에 서서 창틀의 고무 패킹을 보고 신기해서 어쩔 줄을 몰랐으며, 기차역까지 걸어가서는 열차가 들어와 멈춰서는 광경을 구경하기도 했다. 지축이 흔들리는 느낌! 귀가 먹을 듯이 우렁찬 기관차의 증기 소리! 구경을 다 마치면 욕실 딸린 방을 예약한 헌든 하우스 호텔로 돌아와 호화로운 시설을 마음껏 즐

기다가, 그날 저녁에 보러 갈 영화 생각에 빙그레 웃었다. 더 인에서는 그런 호사를 누릴 수 없었다. 비치에는, 바람이 울부짖는 그곳에는 그런 즐길 거리가 하나도 없었다. 체념과 좌절의 냄새가 감도는 곳에는 들르는 것조차 마음이 편치 않았다.

비치에서 진료를 하는 동안 내내 조니 고든은 충실했다. 히포크라테스 선서를 더없이 충실히 지키며, 도움을 청하는 사람이 있으면 돈을 받든 못 받든 결코 거절하지 않았다. 그가 진료하던 산 너머의 건지(乾地) 농사꾼들은 어째선지 삶의 경로가 그와 비슷했다. 그들은 철도 회사가 인쇄하여 뿌린 색색의 전단지에 홀려 서부로 왔다. 전단지가 보장한 헐값의 토지는 분명히 있었으나 비가 올지 안 올지는 하늘만 아는 서부로. 그곳에서는 개울과 강의 물길을 쥐락펴락하는 거물 목장주들만이 번영을 누렸다. 그러나 노르웨이나 스웨덴, 오스트리아에서 온 이민자 출신인 건지 농사꾼들은 배를 곯을지언정 적어도 가축 분뇨 냄새가 없는 깨끗한 환경에서 곯았다.

"정말이야, 로즈." 조니는 말하곤 했다. "그 사람들은 정말로 깨끗이 해 놓고 살아. 그래, 바닥에 떨어진 음식을 주워 먹어도 탈이 안 날걸. 나중에 내가 왕진 갈 때 같이 차를 타고 한번 가 보자, 소풍 삼아서."

건지 농사꾼들의 부름을 받고 달려간 조니는 부러진 뼈를 맞추고 원형 톱날에 잘리거나 찢긴 팔을 꿰맸다. 원래는 도시에 살던 이 서툰 농사꾼들은 말과 소에게 사타구니를 걷어차이기도 했다. 아낙들은 아이를 낳았다. 조니가 포드 자동차를 몰고 도착해 보면 분만 기구를 소독할 물이 이미 끓고 있었다. 그가 껄껄 웃으며 방금 받은 아기를 칭찬할 때면 아기는 자신을 둘러싼 세상에 벌써부터 화가 나서 흐느껴 울었다. 그는 낡아서 상판이 벗어진 부엌 테이블 앞에 아기 아버지와 함께 앉아 축배를 들면서, 그들이 아내가 겪은 고통을 눈치채지 못하게끔 농담을 건넸다. '엉클 샘의 멜빵 색깔이 왜 빨강, 파랑, 하양인지 알아요?' 같은 농담을. 그러고는 노래를 흥얼거리며 포드 자동차 뒷좌석에 아로니아 열매로 담근 술 한두 단지를 싣고 위태위태하게 차를 달려 비치로 돌아왔다. "진료비는 나중에 여유가 생기면 주겠지." 조니는 그렇게 로즈를 안심시켰다. 그리고 농사꾼들은 정말로 진료비를 지불했다. 여유가 생기면.

그러나 더 인 앞의 교수대 모양 말뚝에 걸린 명판은 비바람에 하도 시달린 탓에 이제는 글자를 알아볼 수가 없었다. 현관 위의 새하얀 사슴뿔 한 쌍은 어느 밤 거센 바람에 날려 떨어졌다. 더 인 건물 자체는 페인트칠을 새로 해야 할 몰골이었으나 실내는 구석구석까지 질릴 정도로 깨끗했고 유리창은 반짝거렸다. 중요한 것은 조니가 받는 진료비가 아니라 갖가지 직물과 반짇고리 따위를 팔러 왔다가 잠시 머무는 외판원들, 또 이따금 들러서 하룻밤 묵고 아침을 먹는 가축 상인들이 내는 돈이었다. 더 인의 살림은 그들이 꾸려 갔다.

피터는 아이들이 으레 하는 잔병치레뿐 아니라 오한과 고열까지 달고 산 탓에 체력이 약했고, 팔다리는 연약한 골수를 감싼 뼈밖에 안 보일 만큼 앙상했다. 조니는 늘 아파서 골골거리는 아들이 자신의 의술 수준을 보여 주는 증거로 여겨지지는 않을지 궁금했고, 혹시 옛날 속담 책에 의사 아들이 툭하면 아프다는 역설 ─ 구둣방 아들이 맨발로 돌아다닌다는 식의 역설 ─ 이 있지는 않은지도 궁금했다. 그러나 피터는 칭얼대지도 보채지도 않고 부모가 쥐어 주는 장난감을 고분고분히 갖고 놀았다. 아이는 따돌림이 무엇인지 일찌감치 깨닫고는, 모든 것을 다 보는지 아니면 아무것도 안 보는지 알 수 없는 우묵하고 무감정한 눈으로 삶을 관조했다. 공놀이에는 절대 끼지 않고 책 읽기와 고독을 즐겼으며, 햇빛을 끔찍이 싫어해서 볕에 나갈 때면 언제나 일단 멈춰 서서 눈을 찡그리고 눈썹 위로 손차양을 했다.

　비치 주민들은 저녁이면 일찍 불을 껐기 때문에—목이 기다란 램프의 유리 갓 주둥이에 대고 숨을 한 번 훅 불면 단번에 꺼졌기에—세상에 남은 빛은 병실 창문 안쪽의 불빛이나 기차역 근처 선로 분기점의 유리 덮개 속에서 흔들리는 불꽃뿐이었고, 가끔은 달빛이 전부일 때도 있었다. 피터가 집 밖에 나가기를 좋아하는 시간은 바로 이 무렵이었다.

　"밖에 나가서 뭘 했니?" 로즈나 조니가 그렇게 물을 때 피터의 대답은 늘 똑같았다. 아무것도 안 했어요.

　아무것도 안 했다는 대답을 부부는 걸었다는 뜻으로 받아들였다. 정처 없이 걸었다는 뜻으로. 그러나 한번은 부엌 시계의 긴 바늘이 돌고 돌아 꼬박 두 시간이 흘렀고, 조니는 문득 불안에 사로잡혔다. 아랫배 부근이 뒤틀리는 것처럼 불안했다. 그는 앉아서 십오 분 동안 손톱을 깎았다. 자신이 느끼는 기묘한 두려움을 아내에게 털어놓을 엄두가 나지 않아서였다. "애가 뭘 하는지 볼 겸 산책 좀 하고 올게." 조니가 말했다.

　평탄한 대지가 달빛으로 부옇게 물든 가운데 세이지브러시 덤불에 이르게 맺힌 밤이슬이 달빛을 머금고 반짝이며 저 앞쪽으로 이어진 발자국을 수면에 비친 달처럼 또렷이 드러냈다. 조니가 생각하기에 아들을 불러낼 만한 것은 강밖에 떠오르지 않았고, 강둑에 있는 것 중에는 외따로 자란 버드나무 수풀밖에 없었다. 아이가 있을 곳은 분명 **그곳**이었다. 만약 없다면, 글쎄, 어쩐다? 버드나무 수풀로 다가가는 사이에 그의 걸음은 차츰 느려졌다.

그리고 조니는 바로 그곳에서 아들을 발견했다. 아이는 강에서 가장 가까운 버드나무에 등을 기대고 앉아 있었다. 그곳의 강물은 강 한복판의 모래톱에 걸린 나무 그루터기에 부딪혀 갈라져서 거칠게 흐르며 반짝거렸고, 아마도 그 콸콸 흐르는 강물 소리가 조니의 조심스러운 발소리를 삼킨 모양이었다. 왜냐하면, 아이는 꼼짝도 않고 앉아 있었으므로. 얼굴이 서늘한 빛에 물든 채로, 우묵한 눈은 툭 불거진 관자놀이가 드리운 도미노 말처럼 네모난 그늘에 가려진 채로. 조니는 자신이 지금 하나의 수수께끼에 발을 들이는 중인 것을 깨닫고 망설였다. 아들이 세면대 위의 울퉁불퉁한 거울에 비친 자기 얼굴을 가만히 보는 모습을 몇 번인가 마주쳤을 때에도 그는 바로 지금처럼 망설였다. 아이의 무덤덤한 눈빛만으로는 무언가 찾는 중인지, 자기 생김새를 뜯어보는지, 아니면 그저 자기 얼굴을 친구로 삼고 싶어 하는지 알 길이 없었다. 그러다 고개를 돌렸을 때, 아이는 당황한 기색이 없었다. 자신의 행동에서 이상한 구석도 잘못된 구석도, 그 무엇도 느끼지 못하는 모양이었다. 양심의 가책을 느낀 것은 오히려 조니 쪽이었고, 그래서 그는 몇 차례 목격한 그 일을 로즈에게 털어놓고 마음의 부담을 덜고 싶었으나 막상 말을 꺼내려 할 때마다 번번이 입을 다물고 말았다.

이제 아이가 입은 외투의 천이 늘어진 모양새에서, 아이의 표정을 가린 그림자에서, 또한 아이 머리 위에 반쪽짜리 거미줄처럼 부채꼴로 펼쳐진 시커먼 버드나무 가지에 깃든 어떤 기운에서, 조니는 종교적인 분위기를, 기도에 몰입한 수도승을 보는 기분을 느꼈다. 아들의 습관적인 고립이 어쩌면 의사나 과학자의 무심한 태도가 아니라 신비주의자나 사제의 내적 침잠일지도 모른다는 생각에 그는 충격을 받았다. 아들에게 말을 걸었을 때, 그는 불경하게 들리는 자신의 목소리에 깜짝 놀랐다. "피터?"

"금방 들어갈 생각이었어요." 태연한 목소리였다.

"여기서 뭘 하고 있었는지 궁금하구나."

"관찰하고 있었어요."

"관찰하다니, 뭘?"

"달을요."

닭장의 닭들이 불구이거나 별난 구석이 있는 동족을 죽을 때까지 쪼아 대듯이, 동급생 아이들은 피터를 괴롭히고 조롱하고 암사내라며 놀려 댔다. 독기를 품은 그 말은 피터가 어디를 가든 따라다녔다. 그러나 피터가 아이들에게 덤빈 적은 아버지가 주정뱅이라는 말을 들었을 때뿐이었다. 피터보다 몸놀림이 날쌨던 또래 아이들은 슬쩍 피했다가 피터를 둥그렇게 에워싸고 서서는, 신이 나서 눈을 반짝이며, 모질게 파고드는 '이' 소리를 똑같은 입모양으로 발음했다. 피터는 알았다. 그 아이들의 아버지들도 그리고 할아버지들도 일찍이 또 다른 원을 이루고 서서, 누군가 다른 외톨이를, 다른 괴짜를 괴롭혔으리라는 것을. 그 아이들의 아이들도 장차 똑같은 원을 이루고 서리라는 것을.

의사 선생 조니

알고 보니 주정뱅이.

피터는 다시금 아이들에게 달려들었다. 앙상한 어깨를 숙이고 달려들다가, 갑자기 멈춰 서서 꼼짝도 하지 않은 채로, 아이들을 한 명 한 명 돌아보았다. 날마다 50달러짜리 고급 안장이 얹힌 말을 타고 등교하는 프레드를. 화장실 벽에 낙서를 하고 구멍을 뚫어 피터와 비슷하게 성적이 좋은 여자아이들을 훔쳐보는 딕, 그 술집 바텐더의 아들을. 몸무게가 벌써 90킬로그램에 육박하고 툭하면 씩 웃지만 말수는 적은 음흉한 래리를. 그렇게 아이들을 찬찬히 돌아보며 피터는 노회한 늙은이에게나 어울릴 지혜를 터득했다. 그들을 대적할 때에는 자신의 방식대로 해야 한다는 것이었다. 그들의 방식이 아니라. 피터가 깨달은 또 한 가지는, 지금 느끼는 이 새롭고 차갑고 불편부당한 증오의 표적이 단지 눈앞의 아이들만이 아니라 평범하고 부유하고 남부러울 것 없이 안온하게 살아가는 자들, 그러면서 그가 남몰래 그리는 '고든'이라는 성의 이미지를 감히 더럽히려 드는 자들 모두라는 사실이었다.

그 이미지는 피터가 그 지역 사람들은 거의 이름도 들어 본 적 없는 오래된 잡지 ─《타운 앤드 컨트리》나《인터내셔널 스튜디오》,《멘토》,《센추리》─ 에서 오린 사진과 그림과 광고로 스크랩북을 만들면서 점점 뚜렷한 상을 갖추었다. 그런 잡지는 모두 골짜기 위쪽에 사는 특이한 부인이 학교에 기증한 것으로, 외투 보관실의 그늘진 구석에 임자 없는 덧신이나 분실된 장갑 따위와 함께 들춰 보는 이 없이 쌓여 있었다. 다정하고 차분한 여성이자 자신의 어린 시절과 그 시절에 애지중지 키우던 고양이를 자주 떠올리던 교사는 그 잡지를 오리지 못할 이유가 없다고 생각했다. 이제는 스스로에게도 다른 학생들에게도 아무 쓸모가 없는 잡동사니였으므로. 피터가 하얀 손으로 골라서 오리고 붙이는 그림들의 특징은 사치와 풍요였다. 거기에는 항해 중인 국제 여객선, 역을 나서는 최신형 열차, 보석 장신구, 영국 시골의 저택, 묵직한 고급 천으로 만든 커튼, 가죽 여행 가방, 캘리포니아주 뉴포트비치의 해변과 멋쟁이 피서객들이 타고 온 로코모빌, 이소타프라스키니, 미네르바 같은 고급 승용차 따위가 찍혀 있었다. 그러나 피터의 선택을 특징짓는 것은 사치와 풍요만은 아니었다. 그런 그림과 사진과 광고에는 각각 아버지 또는 어머니를 연상케 하는 인물이 들어 있어서, 보고 있으면 테라스에 선 어머니가 조각상처럼 다듬어진 잔디밭 너머를 바라보는 모습이나 으리으리한 호텔에 체크인 하는 아버지의 모습이 떠올랐다. 그렇게 피터는 가족의 좌절과 그칠 줄 모르고 흐느끼는 바람 소리에 맞서 꿈의 책을 지었다. 그것은 도래할 세상의 청사진이었다. 피터는 훌륭한 외과 의사가 되어 그 세상을 불러올 사람이었다. 그 세상이 오면 그는 프랑스의 학자들 앞에서 논문을 발표하고, 모르는 사람들이 그의 아름다운 어머니와 상냥한 아버지에 관해 이야기하는 동안 옆에 조용히 비켜서 있을 터였다.

이제 피터는 학교에서 아이들이 그의 아버지가 매춘부와 대화를 나눴다는 말을 해도 꿈쩍도 하지 않았다.

그리고 피터의 아버지는 실제로 그런 일을 했다. 대화한 상대는 원래 솔트레이크시티의 번듯한 유곽에서 일하던 여자였다. 그곳의 경기가 한풀 꺾인 데다 일터에서 싸움까지 몇 차례 벌인 탓에, 여자는 열차를 타고 헌든으로 와서 '레드 화이트 앤드 블루 룸스'라는 곳에서 일했다. 헌든에 자리를 잡고 나서는 열심히 기도하는 습관이 생겨서 침대 옆에 무릎을 꿇고 기도하는 모습도 여러 번 눈에 띄었다. 밤이면 교회를 찾아간 탓에(문을 닫지 않는 교회가 두 곳 있었기에) 정신 나간 사람으로 여겨지기도 했다. 무릎 꿇고 기도하는 습관으로 눈길을 끌지만 않았어도 마지막 고용주인 마담의 날카로운 눈에 폐결핵 증상을 들키지는 않았을 것이다. 마담은 영업장의 위생 상태를 중요시했기에, 이름이 앨마인 그 병든 여인에게 일손이 몹시 달릴뿐더러 고객들도 그리 까다롭지 않은 비치로 가라고 제안했다.

"하느님이 도와주실지도 모르지." 마담은 그렇게 제안했다. "넌 그분을 끔찍이 믿고 따르니까."

앨마는 판지로 만든 여행 가방에 기모노처럼 생긴 가운 몇 벌과 밀로 바이올렛 담배 몇 갑, 그리고 자신을 집에서 쫓아낸 아버지의 낡은 사진을 챙겨 비치에 도착했다. 아버지 말씀을 귀담아들었더라면 얼마나 좋았을까. 아버지가 그토록 모질게 훈육했던 것도 다 딸을 사랑하는 마음 때문이었을 텐데.

일찌감치 한잔 걸치러 술집에 들른 '의사 선생 조니'는 앨마의 병이 폐결핵이 아닌 것을 단박에 알아보았다. 눈빛과 안색, 그리고 정신 상태가 곧 증거였다. 조니는 진단에 관한 한 놀라운 재능이 있었다. 훗날 전문의들의 시대에 태어났더라면, 그는 의사로서 승승장구하며 묵직한 에스파냐산 가구와 페르시아산 양탄자를 갖춘 진료실에서 일할 인재였다. 그렇게 어긋난 장소와 어긋난 시대에 태어나는 사람들이 가끔 있었다. 환자를 진찰할 때 그는 귓속에 휘파람이 들리는 듯했다. 아마도 청진기를 통해서. 그리고 그 진단의 재능은 그에게서 아들에게로 전해졌다.

조니는 매춘부 앨마를 한쪽으로 데리고 가 술을 한잔 사 주었다. "저기 말이죠, 당신은 이렇게 일을 하고 있으면 안 돼요."

"하느님께서 일하라고 하신걸요." 앨마는 짤막하게 말하고는 술을 홀짝였다.

"당신만을 위해서 하는 말이 아니에요."

"남들이 어떻게 되든 내 책임은 아니잖아요."

"아뇨, 그렇지 않아요. 책임이 있는 걸 당신도 알잖아요, 안 그러면 하느님 이야기는 꺼내지도 않았을걸요. 하느님의 뜻이 뭔지 당신은 알아요."

앨마는 머리가 아픈 듯 손끝으로 관자놀이를 눌렀다. "하느님께서 나한테 거짓말을 하셨다면, 그럼 난 어떡해야 하죠?" 며칠 동안 앓아누웠던 앨마는 이제 비틀거리기까지 했다.

"아무하고도 만나지 마세요, 당분간은." 그렇게 한 달이 지났고, 여러 날이 더 흘러갔다.

"어차피 일주일밖에 못 살아." 조니가 로즈에게 말했다. "한 며칠 더 버틸지도 모르지만 다시 일어나긴 틀렸어. 술집 주인은 가게에서 송장 치우는 꼴은 못 본다고 하는데, 어차피 임종을 맞기에 적당한 곳은 아니야. 그 좁아터진 방은." 조니는 로즈를 흘깃 보고는 스위트 카포랄 담배를 한 개비 꺼냈다. "하긴, 그 여자한테 그 정도면 감지덕지라고 할 사람도 있겠지만."

"당신 정말 냉정한 사람이네요, 안 그래요, 존?" 로즈가 말했다. "그 여자분이 쓰실 방은 내가 벌써 준비해 놨어요."

조니는 한쪽 입꼬리만 올라가도록 씩 웃으며 다가가 아내의 턱을 살짝 위로 올렸다. "역시, 우리 밴더빌트 부인은 달라."

"아뇨, 고든 부인이에요. 존 고든 씨의 부인."

이제 사람들은 미친 기도쟁이 매춘부가 숨을 거둔 곳이라는 이유로 더 인을 '매음굴 여관'이라 불렀고, 헌든과 비치의 여러 정숙한 여성들은 길거리에서 로즈 — 남편이 의사이거나 말거나 — 를 말로 찔러 죽이는 일에 조금도 거리낌이 없었다. 그리고 정말이지, 로즈의 미모 — 나비처럼 쓸모없고 경솔한 그 미모 — 는 봐 주기가 힘들었다. 스스럼없는 미소와 당당한 자세 역시도.

"어이구, 우리 아들이야 당연히 훌륭한 의사감이지." 조니는 혼자 앞날의 계획을 세우며 그렇게 말했다. "애가 평소에 책을 어떻게 읽는지 알아? 눈도 깜빡이질 않아. 당신도 눈치챘어? 바로 그거야, 부릅뜬 눈. 우리 아들은 사실을 사랑해."

피터는 정말로 사실을 사랑해서, 자기 방에 틀어박혀 브리태니커 백과사전을 읽었다. 열두 살에 이미 베살리우스의 해부학 그림을 베껴 그렸고 히포크라테스와 베르길리우스의 책, 또 아버지가 이제는 포장도 뜯어보지 않는 의학 저널도 띄엄띄엄 읽었다.

"음, 그 애는 내가 꿈도 못 꿔 본 경지에까지 이를 거야." 조니의 가슴은 자부심으로 뿌듯했고, 머릿속에는 아들이 미래에 누빌 환상적인 풍경이 한가득 펼쳐졌다. "당신은 두고 보기만 해."

"당신도 훌륭한 사람이에요." 로즈가 남편을 일깨워 주었다.

"훌륭한 사람이라고? 예전에 누군가 나더러 상냥한 사람이라고 하더군, 훌륭한 사람이 아니라. 난 스스로를 속이지 않아. 그게 나의 장점이지. 당신도 아는지 모르겠지만, 남자라면 보통은 자기 아들이 자기보다 더 낫기를 바라게 마련이야. 로즈, 나는 우리 아들의 재능을 이미 알아봤어. 그리고 나서는 자신감이라는 게 통 생기질 않더군. 하지만 누구나 모자란 구석이 있는 법이니까."

그렇게 사람들은 스스로의 실패를 용납하곤 했다. 실패를 인정함으로써.

이따금 술에 취했을 때 조니는 자신이 거물 목장주들과 동급이라고 느꼈다. 그들에게는 돈이 있었지만, 그에게는 학위가 있었다. 목장주들이 소 떼를 몰고 마을에 들어올 때면 그는 먼지구름이 가라앉을 때까지 기다렸다가 소몰이꾼들이 시끌벅적하게 떠드는 술집으로 어슬렁어슬렁 걸어 들어가서는, 이야기를 시작했다. 바텐더의 말을 빌리자면 '참견질'이었다. 그는 의사다운 검은 슈트에 풀 먹인 셔츠 칼라 차림으로 몰이꾼 우두머리와 나란히 바 앞에 서서, 정치와 교육과 유럽의 정세 따위에 관한 자기 생각을 미주알고주알 떠들어 댔다.

"두고 보십시오. 유럽에서 전쟁이 일어나 우리 미국도 참전할 겁니다. 선생님도 가서 싸울 거고 저도 가서 싸우겠지요." 사람들은 조니가 미쳤다고 생각했다. 그는 자기 발음이 점점 어눌해지고 옷에 술을 흘리고 자꾸만 남의 팔을 건드리는 사이에 사람들이 자신을 피해 슬슬 물러나는 것을 알아채지 못하는 듯했다. 그를 딱하게 여기는 이들도 있었다. 개중에는 비치에 온 지 얼마 안됐을 때 처음 보는 거대한 소 떼를 구경하고 싶은 마음에 멍하니 큰길로 걸어 나갔던 조니의 모습을 기억하는 이도 있었다. 그리고 그날 누군가 그의 머리 바로 위로 총을 쏘고 욕을 퍼붓는 바람에 그가 부리나케 달아나 화물 하역장 뒤에 납작 수그리고 있던 모습도. 맙소사, 그는 그곳에 몇 시간은 숨어 있었을 것이다.

그런데 한번은 조니가 말상대로 삼을 목장주를 잘못 고른 적이 있었다. 술잔을 들고 서 있던 그 목장주는 조니가 이제 막 자기 머릿속을 배회하기 시작한 허깨비에 관해 떠드는 동안 슬슬 짜증이 솟는 기색이 역력했다. 그 허깨비란 다름 아닌 비치 사람들의 수준 낮은 시민 의식이었다. 조니는 궁금했다. 도대체 왜 학교를 말끔하게 페인트칠하지 않는 걸까요? 왜 언덕에다 쓰레기를 아무렇게나 버려서 남들이 다 보게 할까요, 이 아름다운 땅을 더럽히는 짓인데?

"저 바깥을 한번 보십시오!" 조니는 그렇게 외치며 술집 문 너머로 눈을 돌려 방금 버린 깡통과 깨진 유리가 햇빛에 반짝이는 언덕 비탈을 바라보았다. "3미터만 더 가면 묘지가 있는 곳에 쓰레기를 버린 겁니다. 꼴불견이지요, 저는 저 광경을 그렇게 부릅니다."

목장주가 입을 열었다. "나는 당신을 그렇게 부르고 싶군."

"뭐라고 하셨습니까, 선생님?" 조니는 무슨 말인지 알아듣지 못해 물었다.

목장주는 아무 대꾸도 안 했지만, 술집 안의 사람들 사이에는 조그맣게 맞장구치는 소리가 들렸다.

"그럼 꽃을 예로 들어 보겠습니다." 조니의 충고가 이어졌다. "조그만 마을에 들어섰는데 온 사방에 꽃이 보이는 겁니다, 그러면 그 마을 주민들에게 이른바 시민 의식이라는 게 있다는 걸 알수 있습니다. 원래 도시를 뜻하는 시티(city)는 고전 라틴어 키와타스(civatas)*에서 유래했지요. 기차역을 봐도 마찬가지입니다. 헌든의 기차역만 해도 깔끔한 초록 잔디밭에 멋진 화단이 있잖습니까. 자동차를 타고 시골 마을을 지나가던 사람들이 화단의 꽃을

---

* 원래는 키위타스(civitas)이지만, 뒤에 나오는 그리스어 인용 부분과 마찬가지로 조니가 잘못 알았거나 술에 취해 실수했음을 보여 주려고 작가가 일부러 틀리게 쓴 것으로 보인다.(옮긴이)

보면 그 마을에 몹시도 좋은 인상을 품은 채 떠날 겁니다, 그러다 보면 그중 일부가 나중에 그 마을로 돌아와 정착한다고 해도 놀랄 일이 아니지요, 안 그렇습니까?" 조니는 말을 멈추고 자기 술잔을 물끄러미 내려다보았다. 술집 안에 감도는 침묵이 그에게는 응원이었다. "꽃을 예로 들어 보겠습니다." 조니가 다시 말을 시작했다. "저희가 한 일을 한번 보세요, 저와 제 아내와 제 아들이 한 일을." 조니는 아내와 아들과 함께 더 인을 식물로 꾸몄다. 그 정도는 사람들도 알아채지 않았을까? 포치에는 홉 덩굴이 난간을 타고 올라가며 자랐는데, 이 덩굴은 올바른 방향으로 감기도록 손을 쓰지 않으면 수북이 웃자라서 제 무게를 못 이기고 땅에 떨어져 초록빛 무더기로 변해 버렸다. 그랬다, 조니네 가족은 홉 덩굴뿐 아니라 캘리포니아양귀비와 금련화도 심었다. 비치에서는 물만 주면 어떤 꽃이든 잘 자랐다. "저희가 바깥에 나와서 꽃에 물을 주는 걸 선생님도 분명 보셨을 텐데요."

목장주가 다시 입을 열었다. "몇 년 전에 내가 당신 머리 위로 총을 쐈을 때 하던 일이 그건가?"

"뭐라고 하셨습니까, 선생님?"

"그러니까, 내가 당신 머리 위로 총을 쐈을 때 꽃에 물을 주고 있었냔 말이야."

"그때 총을 쏜 분이 선생님이셨군요? 음, 솔직히, 그건 제가 자초한 일이었습니다. 그때는 아직 이곳의 관습에 어두웠으니까요."

"정말로?" 목장주가 물었다.

"겨울이 오면 꽃이 피질 않습니다, 아시지요? 그래서 제 아들과 제 아내는 말입니다, 바로 그 이유 때문에 가을이면 마을에서 멀리 떨어진 들판까지 가서 어떤 사람들은 잡초라며 무시하는 풀을 모아다가, 염색을 합니다. 그러면 겨울 내내 꽃을 감상할 수 있으니까요."

"정말로?" 목장주가 중얼거리자 누군가 헛기침을 했다.

"그게 다가 아닙니다." 조니는 그렇게 말하고는 위스키 병을 조심스레 기울여 잔이 가득 차도록 따랐다. "제 아들은 외과 의사의 손을 타고났습니다. 아주 섬세한 손을요. 그 아이는 주름 종이를 접어서 조화를 만들 줄 아는데요, 선생님, 겨울에 저희 집 저녁 식탁을 장식하는 게 바로 그 종이꽃입니다. 한번 상상해 보십시오. 열두 살짜리 남자애가 베살리우스의 해부학 그림을 따라 그리고, 어른들이나 읽을 어려운 책을 읽는단 말입니다, 고작 열두 살짜리가! 상상이 가십니까."

"그러면서 종이꽃도 접는다, 이거지." 목장주가 말했다.

"뭐라고요?" 조니는 바에 서 있는 사람들을, 그들의 얼굴을 하나하나 돌아보았다. 이제 그는 사람들에게 더 권위 있는 모습을 보여야겠다는 생각이 불쑥 들었고, 그래서 그리스 고전에 나오는 꽃에 관한 문구를 인용했다.

"방금 뭐라고 했지?" 목장주가 물었다.

조니는 빙긋 웃으며 눈을 반짝였다. "그건 그리스 고전에 나오는 말입니다, 선생님. 의사는 그리스어도 공부하거든요. 고된 수련의 한 부분이지요."

"내 귀에는 그리스어처럼 안 들리는데."

"그리스어가 맞습니다, 선생님."

목장주가 껄껄 웃었다. "그렇다면 당신은 학교로 다시 돌아가는 게 좋겠군, 어디에 처박혀 있는 학교인지는 모르겠지만. 그런 종류의 꽃을 가리키는 그리스어는 포토스(πόθος)야. 무덤에 놓는 꽃이라는 뜻이지."

　목장주의 그 웃음소리가 마치 총소리 같았기에, 조니는 쭈뼛거리며 서 있었다. 그는 어찌 된 영문인지 이해하려고 안간힘을 쓰며, 혹시라도 자신을 위로하는 이가 있는지 알고 싶어 사람들의 얼굴을 유심히 보았다. 그런 표정을 한 사람은 한 명도 없었다. "저기, 선생님⋯⋯."

　이제는 목장주가 말할 차례였다. 실내는 다시 조용해졌다. 답답할 정도로 조용했다. "의사 양반, 혹시 이런 말은 들어 보셨나?" 목장주가 오비디우스의 시에 나오는 구절을 라틴어로 말했다. "어떻게 생각하시나?"

　조니는 목장주가 말한 라틴어 구절을 알아듣고 얼굴이 벌게졌다. "왜 저한테 그런 말씀을 하십니까?"

　"왜냐면 나는 진실을 있는 그대로 말해야 한다고 믿기 때문이야, 의사 양반. 여기 있는 친구들한테 방금 그 말의 뜻을 가르쳐 주겠나?"

　"아니요, 그럴 생각 없습니다."

　"그럼 내가 가르쳐 주지. 그건 당신이 멍청이라는 뜻이야. 멍청하기로 따지면 당신의 그 암사내 같은 아들놈도 마찬가지고."

　조니는 모자를 벗고 머리를 매만진 다음, 모자를 다시 썼다. 그러는 동안에도 시선은 목장주에게서 거두지 않았다. "제 아들은 암사내가 아닙니다."

　"이 동네 아이들은 그 애가 암사내라던데."

　"그건 그 애가 책을 많이 읽기 때문입니다. 사색을 즐기기 때문이고요."

"그보다는 사내놈인 주제에 종이꽃을 만들기 때문이겠지. 파울볼하고 뜬공도 구분할 줄 모르기 때문이고."

조니처럼 키가 작은 남자가 누구에게 덤벼드는 것은 어리석은 짓이었다. "감히 내 아들한테 암사내라니!" 같은 말을 하는 것도 어리석었는데 왜냐하면 그 목장주는 속에 있는 말을 다 내뱉는 사람이기 때문이었다. 누구에게든, 어디서든, 언제든.

목장주는 조니의 빳빳하고 새하얀 셔츠 앞섶을 붙잡고 그를 탈탈 털듯이 흔들어 댔다. 그러던 목장주가 팔을 쭉 뻗으며 손을 놓자 조니는 젖은 걸레처럼 휙 날아가 반대편 벽에 부딪혔고, 스르르 바닥에 쓰러졌다. 그곳에서 그는 일어서려고 버둥거리다가, 다시 벌러덩 자빠졌다. 그러다 잠시 후, 누구하고도 눈을 마주치지 않은 채로, 그는 똑바로 일어서서 사람들이 지켜보는 가운데 휘청휘청 길을 건넌 다음, 공터를 질러 더 인으로 향했다. 죽은 땅다람쥐를 발견하고 모여 있던 까치 몇 마리가 그의 걸음을 피해 흩어지며 깍깍거렸다.

"어머나 세상에, 무슨 일이에요?" 로즈가 외쳤다. "누구예요, 누가 당신 셔츠를 다 찢어 놓은 거예요?"

"싸움에 휘말렸어, 로즈."

"어떡해, 다쳤어요?"

"아니야, 로즈. 난 멀쩡해. 그냥 누워서 좀 쉬어야겠어."

"눕고 싶다고요, 존? 다치지도 않았다면서 왜요?"

"나도 모르겠어. 그래도 눕고 싶어." 조니는 앉아 있던 의자에서 일어섰다. "우리 아들은 어디 있어, 로즈?"

"모르겠어요."

"어디 있을지 짐작은 가?"

로즈는 나직이 대답했다. "강가에 내려가 있을 것 같아요."

"내가 싸움하는 꼴을 우리 아들이 보지 말았어야 하는데."

"아니에요, 그런 걱정은 안 해도 돼요."

"로즈…… 로즈?"

"예, 존."

"로즈, 방금 그 말은 진심이 아니었어. 우리 아들이 내가 싸우는 걸 볼까 봐 걱정한 게 아니었어. 어쩌면 나는, 진실을 마주할 힘이 없어서 문제인 게 아닐까?"

"존, 난 당신이 무슨 말을 하는지 모르겠어요."

"내가 방금 그랬잖아, 내가 싸우는 꼴을 피터가 보지 말았어야 한다고. 그렇게 말했잖아."

"그랬죠."

"그 말은 진심이 아니었어."

"왜요? 그 애한테 싸움을 보여 주긴 싫을 거 아니에요."

"아니, 보여 주고 싶어."

"왜요, 왜 그런 생각을 해요?"

조니의 표정이 일그러졌다. "그 애한테 내가 끝까지 싸웠다는 걸 보여 주려고."

"더 나은 본보기도 많잖아요. 당신도 알면서."

"만약 내가 훌륭한 싸움꾼이라면 누구든 때려눕힐 수 있겠지. 내 셔츠를 찢고 나를 벽에 밀치고 내 아들을…… 내 아들을 암사내라고 모욕하는 놈은 누구든." 조니는 눈을 감았다. "이런, 말해 버렸군."

"무슨 말을 했다는 거예요, 존?"

"진실을 다 말해 버렸다는 거야. 내가 피터한테 보여 주기 싫었던 건 제 아비가 벽에 부딪혀 쓰러지는 꼴이었어, 사람들이 빤히 구경하는 와중에."

"그 애는 못 봤어요, 존."

"혹시 알아, 봤을지? 그렇게 왁자지껄 시끄러운 곳이었는데? 사람들이 시끄러운 소리를 들으면 어떻게 하는지 알잖아, 얼마나 잔뜩 모여드는지."

"분명 강가에 내려가 있었을 거예요. 늘 가는 데가 있으니까."

"나 원, 이런 굴욕이 있나." 조니는 그렇게 말하고는 아내의 눈을 물끄러미 바라보았다. "끔찍해, 정말로 끔찍한 굴욕이야. 남자애한테는."

"굴욕이라고요? 피터한테요, 아니면 당신한테요? 우리가 스스로를 낮추면 굴욕을 당할 일이 뭐가 있겠어요? 그리스도께서도 그렇게 하라고 하셨잖아요."

"그리스도라니, 맙소사. 냉찜질하게 수건 좀 적셔 주겠어?"

로즈는 수건을 찬물에 적셔 남편의 얼굴에 얹어 주고는, 남편이 잠들 때까지 곁을 지켰다. 나중에 남편이 일어나면 여느 때처럼 술을 갖다 달라고 할 거라는 생각이 들었다. 로즈는 앞으로 며칠 동안 남편이 제대로 몸을 가누도록 술의 양을 세심하게 조절할 작정이었다. 남편은 그녀가 가늠한 적당량 이상을 요구하는 법이 없었다.

그러나 잠에서 깬 조니는 침대에 누워 멍하니 천장만 볼 뿐 아무것도 요구하지 않았다. 아무것도. 이번에는 로즈가 남편에게 술을 한잔 마시라고 권했다. 로즈의 남편은 위스키가 고통을 없애 준다는 말을 자주 했고, 지금 그는 고통 속에 있었으므로.

"됐어." 조니가 말했다.

로즈는 남편에게 수프를 갖다 주었다. 수프는 손도 닿지 않은 채 식어 버렸다. 조니는 이불 위로 두 손을 깍지 낀 채 누워 있었다. 날이 저물어 어둠이 번지는 동안 기러기 떼가 남쪽으로 날아갔다. 공터 건너의 술집에서는 경쾌하게 똥땅거리는 자동 피아노 연주 음이 들려왔다.

"로즈, 창문 좀 닫아 줘."

조니의 말에 응답한 사람은 로즈가 아니라 피터였다. "드릴 게 있어서 왔어요, 아버지."

조니는 눈을 뜨고 빙그레 웃었다. 방 한복판에 아들이 서 있었다. "나한테 줄 게 있다고?"

"이렇게 어두운데 잘 보이세요, 아버지?"

"그럼, 보이고말고."

"아버지께 드리려고 만든 거예요. 올여름에요."

조니가 몸을 일으켜 앉자 아들이 다가와 등 뒤에 베개를 받쳐 주었다. "이렇게 하니까 좋구나, 피터. 베개 말이다. 그래, 손에 들고 있는 게 뭐지?"

"그림이에요, 아버지."

아버지라. 조니는 속으로 생각했다. 맙소사, 얼마나 무거운 말인지. 얼마나 무거운 책임인지. 그렇게 생각하며 그림을 받아 들었다. 그림은 다 해서 열 장이었고, 모두 강가에 자라는 식물의 뿌리 구조를 그린 것들이었다. 조니는 눈을 감고 입술을 지그시 물었다. 이토록 훌륭한 그림이라니, 여기에 비하면 그 자신의 솜씨는 얼마나 형편없던가! "정말로 자랑스럽구나. 나는 이렇게 잘 그리질 못했는데."

"아버지한테 배웠는걸요." 피터가 말했다. 아들이 가고 나서 조니는 벽을 향해 돌아누웠다. 그러니까 무슨 일이 있었는지 아들도 다 알았던 것이다. 아니면 남에게서 들었거나. 그렇지 않고서야 무슨 까닭으로 선물을 가져다주겠는가? 제 아비를 동정할 생각이 아니라면?

이듬해 일 년 동안 조니는 술을 입에 대지 않았다. 더는 노래도 부르지 않았다. 얼굴은 살이 내려 수척해졌고 눈에는 관심을 바라는 빛이 조금도 보이지 않았다. 남에게 말을 거는 경우는 드물었고, 이제는 아무도 그를 조니라고 부르지 않았다. 어느 늦은 가을날 오후, 눈을 몰고 올 찬 바람의 냄새가 강렬할 무렵, 조니는 마을 뒤편의 산속에 왕진을 다녀왔다. 그곳에 사는 임신부에게서 사산된 아기를 받고 오는 길이었다.

운 좋은 아기야, 운도 좋지. 조니는 생각했다. 그 아기는 결코 좌절할 일도, 냉혹한 자연의 섭리 앞에 두려워 떨 일도 없었다. 약한 자가 강한 자에게 무너지는 그 섭리 앞에. 고물 포드 차를 몰고 산길을 올라 임신부가 사는, 타르지를 바른 판자로 지은 오두막까지 가는 동안 조니가 산마루에서 내려다본 저 아래쪽에는 마지막으로 남은 땅을 빼앗긴 인디언 무리가 이인승 마차와 앙상하게 늙은 말을 타고 골짜기를 떠나며 일으키는 흙먼지가 보였다. 서른 가구가 원주민 보호 구역으로 떠나고 있었다. 이제는 정부에 보호받는 처지, 쥐꼬리만 한 보조금에 기대는 신세가 되어. 그렇게 강한 자는 약한 자의 것을 빼앗았다. 어떤 이들은 뿌리째 뽑혀 나갔다.

"오늘 그 인디언들을 봤어." 그날 밤 조니가 로즈에게 말했다.

"어떻게 보면 처지가 더 나아진 거 아니겠어요?"

"어떻게 보면? 하지만 빼앗겼잖아, 다 빼앗겼다고. 로즈, 애는 어디 있어?"

"뒤쪽 창고에 있어요. 당신한테 보여 줄 게 있대요."

"램프 밑에서 공부하면 안 되는데. 눈이 나빠져서."

"존?"

"왜, 로즈?"

"존, 당신 괜찮아요?"

"그럼, 괜찮고말고."

"당신 방금 좀 이상했어요."

"이상했다고?"

"어디 딴 데로 가 버린 것 같았어요. 나만 놔두고."

"난 괜찮아." 조니는 빙긋 웃고는 로즈에게 불쑥 다가가 키스했다. "당신은 용감한 사람이야. 난 이제 가서 피터가 뭐 하는지 보고 위층으로 올라갈게."

"뭐 필요한 거 없어요? 뭐든지요."

"아니야, 괜찮아, 로즈."

지붕 위에 풍차가 돌아가는 창고는 더 인의 본채에 붙어 있었다. 조그마한 장작 난로 덕분에 온기가 감도는 창고 안에서는 연기와 등유의 냄새가 났다. 피터가 벽을 따라 달아 놓은 선반들은 시커멓고 묵직한 조니의 의학 서적 때문에 아래로 살짝 처져 있었다. 선반 위에는 박제한 땅다람쥐와 토끼 외에 비커와 증류기 같은 화학 실험 기구도 함께 놓여 있었다. 그곳에서 피터는 학교에서 겪는 나날의 수난으로부터, 아이들의 조롱과 험담으로부터 벗어나 안식을 얻었다. 그곳에서 의심할 것 없는 자신만의 세계에 빠져들었다. 창고에 있는 자기 책상 앞에 앉아 있을 때 피터의 눈은 내면을 향했다. 마치 귀가 안 들리는 사람처럼, 수줍어하면서도 집중하는 눈빛으로. 피터의 파리한 얼굴은 조니가 아들이 자라서 면도를 할 필요가 있을지 궁금해할 만큼 매끈했고, 오른쪽 관자놀이에 살짝 도드라진 정맥을 빼면 감정을 드러내는 구석도 전혀 없었다.

"네 엄마한테 들었는데 나한테 새로 보여 줄 게 있다며."

"현미경 슬라이드를 새로 만들었어요, 아버지."

조니는 피터에게 다가갔다. "피터, 너 정말 열심인 것 같구나." 아이는 나무 받침대에 고정된 손전등을 움직여 불빛이 정확히 현미경 렌즈 아래를 비추도록 조정해 두었다. "으음. 이건 아주 드문 건데." 슬라이드에는 설치류를 죽이는 바실루스균이 들어 있었다. "그림도 아주 잘 그렸다." 조니는 천천히 몸을 일으키고는 손을 뒤로 뻗어 노인처럼 허리를 짚고 나직이 끙 소리를 냈다. "피터, 네 손은 아주 섬세해. 손을 좀 보여 주렴." 조니는 피터의 손을 잡고 보드라운 손바닥을 내려다보았다. "거참, 이상하단 말이야."

"뭐가 이상한데요, 아버지?"

"아아." 조니가 빙그레 웃었다. "아버지로서 이런 말을 입에 담으려니 기분이 이상하다는 뜻이야. 아마 내 아버지도 그러셨을 것 같다. 그래서 한 번도 입 밖에 내질 않으셨겠지. 하지만 난 딱 한 번은 말하고 싶구나. 무슨 말이냐면, 피터, 난…… 난 너를 사랑한단다."

피터는 잠시 아무 말도 없이, 커다란 두 눈으로 아버지를 빤히 바라보기만 했다. 창고 안을, 온 세상을 다 비출 것처럼 커다란 두 눈으로. 그러나 오른쪽 관자놀이에서는 벌레처럼 구불구불한 파란 핏줄이 살짝 움직였다. 피터가 입을 연 것은 조니가 돌아서서 광을 나서려 할 때였다. "아버지. 저도 아버지를 사랑해요."

조니는 위아래 입술을 물고 가만히 있다가, 잠긴 목이 풀어지자 이렇게 말했다. "그래, 그럼 더 바랄 게 없지. 너한테 한 가지만 더 말하고 싶구나. 내가 무슨 말을 하려는지 혹시 알겠니?"

그들 위에서는 풍차 날개가 차갑고 메마른 바람을 맞으며 돌아가고 있었다. 아무 목적도 없이, 아무 일도 하지 않고서, 오로지 돌아가는 시늉만 하는 풍차였다. 조니는 그 풍차마저도 이기지 못했다. 이 똑똑한 아들이 태어나기 한참 전에 이미 그에게 대들어 상처를 입힌 그 풍차마저도.

"모르겠어요, 아버지." 피터가 중얼거렸다.

"가르쳐 주마, 피터. 남들이 하는 말을 절대로 마음에 담아 두지 마라. 남들은 너의 깊은 속을 절대로 모르니까."

"남들이 뭐라고 하든 마음에 담아 두지 않을게요."

"하지만 피터, 말을 꼭 그런 식으로 할 필요는 없단다. 남의 말을 아예 귀담아들을 줄 모르는 사람은…… 그런 사람은, 보통 모질게 자라서 모진 사람이 되게 마련이거든. 넌 상냥한 사람이 되어야 해, 상냥한 사람이. 넌 어쩌면 남들한테 큰 해를 입히는 사람이 될지도 몰라, 왜냐면 넌 강하니까. 너 상냥함이 뭔지 아니, 피터?"

"잘 모르겠어요, 아버지."

"그래, 그럼 가르쳐 주마. 상냥함이란 너를 사랑하는 사람이나 네 도움이 필요한 사람의 앞길에 놓인 걸림돌을 치우려고 애쓰는 거란다."

"그건 뭔지 알겠어요."

조니는 다시 입술을 물었다. "피터, 난 이때껏 걸림돌 같은 거였단다. 하지만 이제는 마음이 편하구나. 잘 알아들어 줘서 고맙다. 자, 이제 그만 가 봐야겠다." 그렇게 말해 놓고서 조니는 잠시 그곳에 가만히 서 있었다. 입가에 희미한 웃음을 머금고서. 그러다가 불쑥 걸음을 옮겨 아들의 머리에 손바닥을 짚었다. "기특한 녀석, 기특하기도 하지." 조니는 그 말을 남기고 창고를 나선 다음, 위층으로 올라가 객실 가운데 한 칸으로 들어갔다.

피터는 나중에 위층에서 아버지를 발견했다. 웬 소리를 듣고 올라갔다가.

"피터?" 로즈가 아들을 불렀다. "피터? 너 그 위에서 뭐 하니?"

피터는 대답하지 않았다. 로즈는 계단 발치에 서서 간신히 들릴 만큼 조그마한 소리로 아들을 다시 불렀다. "아버지 깨시지 않게 조용히 해야지. 많이 피곤해서."

"저 금방 내려갈게요."

아래층으로 내려온 피터는 부엌 문간에 서서, 로즈를 '어머니'라고 불렀다. 평소에 부르던 '로즈'가 아니라. 아들의 입에서 나온 그 말이 너무나 어색해서, 너무나 정중해서, 로즈는 찻물을 끓이던 스토브에서 몸을 돌려 아들 쪽을 향했다.

"왜 그러니, 피터?"

피터는 노란빛이 도는 금발 머리를 방금 막 빗은 모양이었다. 늘 지니고 다니는 검은색 주머니 빗을 오른손에 들고 있었으므로. 로즈가 다시 입을 열기 전에 피터가 엄지손가락으로 빗살을 죽 훑더니 다시, 또다시 훑었다. 로즈는 손톱이 빗살을 긁는 그 소리가 섬뜩했다. "피터, 대답 좀 하렴."

피터는 가만히 서서 어머니 너머에 있는 맞은편 벽만 바라보았다. 로즈는 아들의 시선을 따라 몸을 돌렸다. "저 벽에 뭐가 보이니?"

　피터는 가만히 서서 어머니에게 어떻게 설명해야 좋을지 궁리했다. 위층에서 아버지를 발견했다고, 천장에 목이 매달린 아버지를 바닥으로 내리려고 방금 막 밧줄을 끊었다고, 불이 났을 때 잡고 아래로 피하도록 창가에 친친 감아 둔 그 밧줄이라고.

3장

이웃은 물론이고 나중에는 여행객조차도 자살한 사람의 소문을 듣고 '그 일'이 일어난 곳이라며 더 인 쪽을 손가락질했고, 술집을 찾은 손님들은 술을 마시는 동안 빙빙 돌아가는 조그만 풍차 너머를 멍하니 바라보며, 여관 건물에서 쪼르르 달려 나와 빨랫줄에 걸린 옷이 다 말랐는지 이것저것 만져 보고 걷어 가거나 화단 앞에 구부정하니 서서 꽃에 물을 주는 몸집이 아담하고 예쁘장한 여성은 도대체 어디서 그럴 용기가 나는지 신기하게 여겼다. 개중에는 그 여성과 그녀의 어린 아들을 더 가까이서 보고 싶어 안달하는 자, 안타까운 사건의 그늘이 두 모자의 표정에 아직도 드리워져 있는지 확인하려는 자도 있었다. 그 여성은 이제 여관을 식당으로 바꾸어 운영했지만 사연이 사연이다 보니 손님은 드물었다. 식사를 하는 공간이 '그 일'이 일어난 객실 바로 아래일지도 모른다는 사실에서 사람들은 저마다 살면서 경험한 이별과 상심을 떠올리는지도 몰랐다.

그러나 조니를 직접 알던 사람들은 이내 다른 곳으로 떠나갔다. 비치와 그 주변에서는 살기가 팍팍했기 때문이었다. 자동차가 고장 나는 일이 점점 드물어지자 자기 집 창고를 개조하여 도로변 정비소 겸 주유소로 운영하던 남자는 가게 문을 닫고 사라졌고, 주유소의 빨간 가솔린펌프는 잡초에 포위되었다. 양계장은 도산했다. 기묘하게 생긴 수석과 나무 화석을 팔던 남자가 돈 구경을 하는 날은 끝내 오지 않았다. 술집에는 새 바텐더들이 들어왔다. 더 인 건물도 이제는 빨갛게 칠해져 이름도 '레드 밀(빨간 풍차)'로 바뀌어 있었다. 비치에 들렀다 가는 외판원들은 너무 지친 탓에 그 여관의 오래된 낙인을 알아차리지 못하거나, 너무 늦은 시각에 도착한 탓에 소문을 듣지 못했다. 어차피 그곳 말고 갈 곳은 상점 위층의 지저분한 방뿐이기도 했다. 생각을 딴 데로 돌리기는 유럽에서 벌어진 전쟁 또한 매한가지여서, 사람들은 묘하게 불안한 사실 한 가지를 받아들여야 할 처지였다. 전에 알고 지내던 이들, 그러니까 함께 술잔을 기울이거나 싸움질을 하거나 사랑에 빠지거나 등쳐 먹거나 하던 그런 남자들이 프랑스에서, 그것도 참호 속에서 죽었다는 사실이었다. 어쩌다 그런 일이. 사람들은 서쪽 산맥 너머로 기울어 가는 해를 바라보며 생각했다. 우리가 알고 지내던 아무개가 어쩌다 프랑스까지 가서 죽었을까?

그러다 금주법이 시행되면서 술집들이 한동안 문을 닫았을 때, 로즈 고든이 어느 술집의 2000달러짜리 자동 피아노를 사들이며 지불한 돈이 얼마였냐면, 맙소사, 고작 10달러였다! 술집은 이내 영업을 ─ 조심스레 ─ 재개했으나 이제는 밀주업자들이 허드슨 자동차로 캐나다에서 실어 나르는 술을 팔았다. 허드슨과 캐딜락, 둘 중 어느 회사의 차가 더 빨랐을까? 사람들은 그런 이야기를 나누었다. 그게, 내가 봤는데 말이지, 일전에 새로 닦은 고속도로에서 헌든에 사는 변호사 폴 매클로플린이 모는 캐딜락하고 밀주업자 제리 디스너드가 모는 허드슨이 나란히 달려가는데, 글쎄 매클로플린이 디스너드를 슬슬 제치더니…….

그렇게 전쟁과 밀주업자와 캐나다에서 시작되는 그 업자들의 야밤 드라이브 같은 소문과 함께, 오래전 레드 밀에서 일어난 자살 사건은 서서히 흐릿해져 전설과 불가사의의 영토로 접어들었다. 어떤 이는 이야기를 잘못 알아들은 나머지 조니가 총으로 자살했다고 얘기했다. 어떤 이는 조니가 의사만 손에 넣을 수 있는 독약을 마셨다고 했다. 또 어떤 이는 조니가 단순히 처자식을 버리고 자취를 감추었을 뿐이라고, 사정이야 어찌됐건 남겨진 그 자그마한 여인은 이곳에 머물며 자기 집을 식당 겸 여관으로 바꾸었으니 배짱이 두둑하고 인격도 훌륭한 사람이라고 했다. 헌든에서 온 사람들, 전쟁 통에 부자가 된 그 멋쟁이들은 머서나 스터츠 같은 멋진 자동차를 몰고 고속도로를 따라 시끄럽게 달려와서는, 밀주를 파는 술집에 들렀다가 레드 밀이라는 곳에서 프라이드치킨을 먹었다. 그 식당에서는 튀김옷에 뭔가 맛있는 걸 넣었는데, 그럼 어디 그 이야기를 한번 해 볼까!

당연히 스테이크도 내놓았다, 손님이 먹고 싶다고 하면. 입에서 살살 녹는 따끈한 비스킷도 한가득 쌓여 있고 살짝 데친 양상추 샐러드도 있었다. 주인 여자는 손님이 오면 커피를 새로 내렸기 때문에 여느 식당하고는 다르게 커다란 통 속에서 졸아든 커피는 나오지 않았다. 먹을 만큼 먹고 나서 춤을 추고 싶으면 자동 피아노가 음악을 연주했는데 하나같이 한물간 노래였다, 「집시처럼」이나 「잔 다르크」 같은. 전쟁 기간에 유행한 그런 노래는 아무

도 들으려 하지 않았다. 「둘이 마실 홍차」나 「별빛에 물들어」 같
은 최신 유행곡이라면 모를까.

남자애? 그 집 아들 말인가? 손님들 시중을 드는 건 그 아이
몫이었지만, 애 어머니가 끼어들어서 손님들한테 혹시 불편한 점
이 있는지 묻곤 했다. 다만 손님들은 어떤 것에도 불편함을 느낀
적이 없었다.

그랬다, 그 남자애만 빼고.

난들 알겠는가? 그 애는 고등학교 졸업반이거나 2학년이었
을 것이다, 아마도. 아, 손님을 보는 **시늉**은 했다. 하지만 제대로 보
지는 않았다. 아니면 보기가 싫었든가. 아니, 똑똑한 애들 중에는
그런 경우가 적지 않았다. 공부를 너무 많이 해서. 글쎄. 의사가 되
고 싶다고 했던가. **당연히** 돈이 많이 들 터였다. 누가 안 든다고 했
나? 안 그러면 뭐 하러 그 여자가 그렇게 뼈가 부서져라 일을 했겠
는가? 아니, 그 식당은 언제 한번 차를 몰고 가서 꼭 들러야 할 곳
인데 나 같으면 먼저 예약부터 할 것이다. 그리고 프라이드치킨을
주문할 것이다, 나 같으면. 어쩌면 그 여자가 피아노를 연주해 줄
지도 모른다. 전에는 피아노 연주가 직업이었다고 하니까. 사람들
말로는.

튀김용 닭을 키우는 일은 피터가 도맡았다. 건지 농사꾼들이
크림을 만들고 남은 우유를 가져다주면 시큼한 냄새가 나는 밀기
울 반죽과 섞어 닭 사료를 만드는 것도, 나중에 통통하게 살이 오
른 닭을 잡는 것도 모두 피터의 몫이었는데 왜냐하면 로즈는 닭
잡는 광경을 아예, 차마, 도저히 보지 못했기 때문이었다. 닭을 잡
을 때가 되면 로즈는 집 안으로 들어가 문과 창문을 닫고 노래를
부르다가 정 견디기 힘들면 소름 끼치는 꼬꼬댁 소리를 피해 귀까

지 틀어막았고, 그러는 동안 피터는 말없이 이쪽에 있는 닭과 저쪽에 있는 닭을 닭장 구석으로 몰아갔다. 닭들은 스스로의 운명을 잘 알았고, 로즈 또한 무슨 일이 벌어질지 알았기에 귀를 막거나 노래를 불렀다.

피터는 도끼와 모탕을 쓰는 것보다 더 상냥하고 확실하고 깨끗하게 닭의 대가리를 몸통에서 분리했다. 손을 번개같이 빠르게 뻗어 닭의 모가지를 잡은 다음, 손목 또한 번개같이 빠르게 돌렸다. 닭의 몸뚱이가 허공에서 두 번 회전한 후에 대가리를 잃은 채 땅에 떨어져 폴짝거리다 축 늘어져서 움츠러드는 동안, 먼저 버려진 닭의 대가리는 그 옆에서 놀란 눈을 반짝이며 자신의 몸통을 바라보았다. 비틀거리던 몸뚱이가 축 늘어져 움직임을 멈춘 후에야 닭은 비로소 눈을 감았고, 그것으로 끝이었다. 모든 것이 끝이었다. 피터는 자신의 깨끗한 셔츠에 닭 피를 묻힌 적이 한 번도 없었다. 깔끔하기 그지없는 이 능숙함이 피터에게는 미래의 직업을 위한 훈련이었다. 뜨거운 물에 담가 깃털을 뽑고 불에 그슬린 닭은 마음 편히 눈길을 줄 만한 음식 재료였기에, 로즈는 홀가분한 마음으로 그 닭을 튀겼다.

이제 버뱅크 목장의 단체 손님을 받을 준비가 다 끝났다. 버뱅크 목장 사람 한 명이 술집에 전화를 걸었고, 바텐더는 레드 밀에 와서 버뱅크 목장 패거리가 저녁 메뉴로 프라이드치킨을 주문하고 열두 명이 묵을 방을 예약했다는 말을 전해 주었다. 로즈는 자기 방을 비우고 부엌에 간이침대를 놓았다. 피터는 아버지의 책들을 챙겨 창고로 옮겨 갔다. 모두 준비 완료였다. 뾰족하게 깎아서 숙박부 옆에 놓아둔 연필 한 자루까지. "세상에." 로즈가 말했다. "버뱅크 목장 사람들이 해마다 들러 주면 얼마나 좋을까, 그리고 다른 목장 사람들도. 아휴!"

피터는 남에게 웃는 얼굴을 보여 주는 일이 거의 없었지만 어머니에게만은 예외였다.

비치가 눈앞에 보일 때면 젊은 일꾼들은 활기가 도는 기색이 또렷해졌다. 그곳의 지형은 골짜기보다 조금 더 평탄해서, 눈이 좋은 사람은 먼 곳의 조그마한 목장에 있는 창고와 집의 지붕을 알아보았다. 자동차 몇 대가 대열 사이를 뚫고 느릿느릿 나아갈 때면 소들은 파도가 암초에 갈라지듯이 우락부락하게 생긴 그 기계 주위로 갈라져 흘러갔다. 말에 탄 젊은 카우보이들은 자동차의 운전자와 승객에게 슬쩍 솜씨를 뽐낼 요량으로 말이 유독 불안을 느끼는 오른쪽 옆구리를 박차로 찼고, 그러면 겁을 먹은 말들은 진짜 야생마처럼 부리나케 달려갔다. 필은 그 광경을 보며 씩 웃었다. 멍청한 애송이 놈들! 그러나 필이 애송이들에게 느끼는 애정은 진심이었다. 지난날의 카우보이들이 지녔던 솜씨, 브롱코 헨리 같은 남자들의 솜씨에는 못 미칠지도 몰랐지만, 그래도 애송이들은 오늘날 구할 수 있는 일꾼들 중에는 최고였고, 어떤 의미에서는 조지가 했던 말이 더없이 옳았다. 사람은 시대에 맞춰 살아야 하는 법이었다. 자동차 같은 기계를 받아들이고, 잡화점의 널빤지 울타리 또는 버려진 창고나 헛간의 벽에 덕지덕지 붙어 있는 전단지 같은 것에도 적응해야 했다. 필이 짐작하기에 그 의사 마누라가 연 식당이 있는 이상 비치에 도착한 후에 저녁으로 먹을 푸짐한 도시락을 루이스 부인이 다시 싸 줄 일은 없을 듯싶었다. 솔직히 필 본인도 저녁으로 맛있는 프라이드치킨을 먹고 싶었다. 솔직히 말하면, 벌써부터 배에서 꼬르륵 소리가 천둥같이 울려 퍼지고 있지 않은가!

또한 그들은 술집에 들렀다가 이 지역의 예전 모습을 기억하는 단골 몇몇과 마주칠 것이 뻔했고, 그들과 느긋하게 잡담하며 술 한두 잔을 걸칠 터였다. 필은 친구들에게 술을 사는 일이 즐거웠고, 꾸역꾸역 몰려든 버뱅크 목장 패거리가 마치 자기 집인 양 스스럼없이 굴어도 되는 마을의 분위기도 마음에 들었다. 그럴 때면 떨거지 인생들은 멀찍이 떨어져 술집에 얼씬도 하지 않았다. 영어를 한마디도 못 하는 멕시코 출신 철도 노동자들이나 건지 농사를 짓는 무지렁이들, 마을 북쪽의 양치기들 같은 부류였다.

필이 혐오하는 것이 있다면 바로 술주정이었다. 이는 격식과 예절에 깐깐한 그의 천성을 거스르는 짓이었다. 자, 주정뱅이를 한번 떠올려 보자. 그는 당신에게 착 달라붙어 앞뒤가 안 맞는 말을 귀가 얼얼해질 때까지 늘어놓을 것이다. 그는 짐짓 대단한 사람 행세를 하며 건방진 소리를 주절거릴 것이다. 당신은 그런 자들을 모욕하든가 아니면 분수를 깨닫게 해 줄 어떠한 일도 마다하지 않겠지만, 그래도 그들은 계속 떠들 것이다. 필은 몇 년 전 술집의 바 앞에 서서 분위기를 만끽할 때 웬 주정뱅이가 흐느적흐느적 들어와 불쾌하게 굴기 시작했던 것을 기억했다. 사실 필은 남들이 술을 한두 잔 걸치는 것쯤은 아랑곳하지 않았다. 그 자신도 가끔은 한두 잔 걸치곤 했으므로. 그런데 이런, 젠장!

당신이 소 떼를 몰고 40킬로미터 길을 온 끝에 술을 한잔 걸치기로 작정했는데 웬 떠버리 얼간이 주정뱅이가 눈앞에 있다고 상상해 보라. 원칙상 바텐더가 쫓아내야 마땅하지만, 만약 바텐더가 가만히 있으면, 당신은 어떻게 하겠는가?

필은 그 얼간이의 됨됨이를 대번에 파악했다. 일찌감치, 그 얼간이가 비치에 자리를 잡기가 무섭게. 가만, 그게 언제였더라? 전에도 그 얼간이를 놓고 불평하는 사람은 있었다. 필은 단지 그 얼간이와 마주칠 일이 한 번도 없었던 것뿐이었다. 뭐, 마주치는 건 딱 한 번으로 충분했지만!

예전에 이곳에 출몰하던 주정뱅이는 양치기였다. 그 양치기는 암캐 한 마리를 술집에 데리고 들어왔는데 필은 인간들이 있는 집에 짐승을 들이는 짓을 끔찍이 싫어했다. 그 암캐는 양치기의 발치에 엎드려 코를 킁킁대다가, 고개를 들어 주절주절 떠드는 주인의 입을 가만히 바라보았다. 그 얼간이는 사람들의 귀가 욱신거릴 때까지 자기 개 이야기를 떠들어 댔다. 그 암캐가 얼마나 영리한지, 얼마나 빨리 달리는지, 얼마나 날쌘지, 얼마나 믿음직한지, 얼마나 고분고분한지, 그리고 정말이지 얼마나 귀여운지도.

"이 강아지는 말이죠." 양치기는 자빠지지 않으려고 바에 매달리다시피 했다. "이 강아지는요, 제 마누라나 다름없어요."

"내가 보기엔 놀랄 일도 아니군." 필이 무심하게 말했다. 그러나 양치기는 그 말에 숨은 뜻을 눈치채지 못했다. 그저 떠벌리기만 할 뿐이었다. 이내 누군가 그를 바깥으로 데려가자 술집에는 평화와 고요가 돌아왔고, 필은 한숨을 내쉬었다.

그런데 가끔은 운이 나쁜 날도 있게 마련이라, 그날 필은 아무나 들으라는 듯이, 그런데 하필이면 필 자신에게 들으라는 듯이 꽃이 어쩌고저쩌고하며 말도 안 되는 소리를 떠들어 대는 얼간이 의사에게 걸려들었다. 가엾은 필은 그렇게 꼼짝없이 붙잡혔다. 마을의 그 덜떨어진 얼간이 의사가 고양이 꼬리를 붙잡고 집어 던졌다고 해도 안 믿을 필이었건만. 그리하여 필은 그 얼간이에게 코가 있을 자리는 입술 위라고 말하는 것만큼이나 분명하게 꺼져 달라는 뜻을 전하고자 했다. 그리고 그다음은…… 뭐, 이미 엎질러진 물을 어쩌겠는가.

"나 같으면 안 그랬을 텐데." 조지가 필에게 한 말이었다.

"너야 당연히 안 그랬겠지." 필의 목소리는 명랑했다. "넌 그 놈이 지껄이는 소리를 안 들어도 됐으니까."

그의 귀여운 동생 조지는 남에게 연민을 느끼는 재능이 탁월했다. 그러잖아도 필은 남에게 연민을 느끼는 조지의 재능과 그 여자의 가게에 식사와 잠자리를 예약한 일 사이에 얼마나 깊은 연관이 있을지 궁금해하는 중이었다. 그 가게는 몇 년 전에 그 덜떨어진 주정뱅이가 자살한 곳이었으므로. 미치고 환장할 일이었다.

필이 말을 몰고 조지 곁으로 다가갔다. "그래, 뚱뚱, 드디어 네 눈앞에 펼쳐지는구나. 비치의 으리으리한 대도심이."

조지가 고개를 끄덕였다. "그래, 저기 보이네."

"읍내가 꽤 조용한데. 다들 벌써 자러 간 건가. 소 떼를 계류장에 넣기는 수월하겠군."

"그렇겠네."

필이 미간을 찌푸렸다. "너 도대체 뭐가 문제냐, 뚱뚱?"

"문제 같은 거 없어, 필."

"보니까 너, 할 말을 두 마디 이상 생각해서 이어 붙이기가 영 괴로운 것 같은데."

"내가 원래 말주변이 없잖아, 필."

"네가 축음기가 아니란 것쯤이야 척 보면 알지." 필은 동생 곁에서 말을 돌려 소 떼를 비스듬히 질러가서는, 애송이 카우보이의 말 옆으로 붙었다. "배고파서 아주 돌아가시겠다. 내 큰창자가 작은창자를 뜯어 먹고 있어." 그 말을 들은 애송이가 웃었지만, 그래도 필은 기분이 좋아지지 않았다. 이십오 주년, 은혼식과 맞먹는 기념일인데도, 이곳까지 오는 동안 내내 무언가 찜찜한 느낌이 들었다. 정확히 무엇 때문인지는 알 수가 없었다. 나이 탓일까? 필은 이제 겨우 마흔 살이었다. 시대를 따라잡지 못하고 뒤처진 탓일까? 그 생각에 웃음이 터졌다. 그는 이미 스스로에게 연민을 느끼고 있었던 것이다, 잠깐이나마!

버뱅크 목장 패거리가 위풍당당하게 비치에 들어선 때는 오후 4시였다. 마을이 그토록 조용한 경우는 드물었다. 카우보이들은 주민들이 창가에 서서 감탄하는 눈빛으로 이쪽을 보고 있는 것도, 술집 2층의 여자들이 손님을 기다리며 단장하는 중인 것도 알고 있었다. 이날은 바람조차도 평소보다 잠잠한 느낌이 들었다. 마을이 이토록 조용한 적은 거의 없었는데도, 필은 혹시 어슬렁어슬렁 걸어 나와 소 떼를 놀라게 하는 얼간이가 있을까 봐 눈을 부릅뜨고 주위를 둘러보았다. 아무도 없었다. 개 한 마리 짖지 않았다. 대열 선두의 수소들은 폭이 기다란 널빤지 문 앞에 잠시 우뚝 서서 고개를 숙이고 코를 킁킁대다가, 느닷없이 문을 휙 걷어차고 안으로 우르르 들어갔다. 십오 분 후, 소 떼는 계류장 안쪽에 안전하게 들어섰고 그들 뒤로 묵직한 널빤지 문이 닫혔다. 다 해서 8만 달러어치 수소였다.

"이렇게 조용한 적은 처음인데. 안 그러냐, 뚱뚱? 소들이 이렇게 얌전하게 들어가는 건 처음 봤어."

"진짜 그러네."

"그래, 이 수다쟁이야. 슬슬 자리를 옮겨서 혀에 낀 흙먼지를 좀 씻어 볼까?"

그 말에 젊은 소몰이꾼들은 환호했고 늙은 몰이꾼은, 숙소에서 가장 나이가 많은 그는 빙그레 웃었다. 안장에 꼿꼿이 앉아 박차를 잘그락거리며, 그들은 술집으로 향하여 입구의 가로대에 말고삐를 묶었다. 술집 안에 들어선 필이 빙그레 웃으며 말했다. "우리 패거리한테 한잔씩 돌려." 바텐더는 필의 말대로 했으나 패거리 가운데 둘은 이미 술집 옆의 바깥 계단을 통해 위층으로 올라가는 바람에 술잔을 받지 못했다. 필은 앞서 그들을 보고 눈을 찡긋했다. 아마 삼십 분 정도는 둘의 모습이 안 보일 듯싶었다.

"저기, 나는 전신국에 가서 동력차가 언제 오는지 알아볼게." 조지가 말했다. 동력차. 그것은 위선적인 말, 반은 은어이고 반은 암호였다. 기술자들이 '계산자'를 '미끄럼 막대기'로 부르고 부동산 업자들이 물건을 거래할 때 '종이 딱지를 주고받다'라고 하듯이, 목장주들은 기관차를 가리켜 '동력차'라고 했다. 동력차가 오지 않으면 소 떼는 하역장에 이미 서 있는 화물칸에 실린 채 기다려야 했다.

"늦을 거라는 전화는 이미 받았어. 뭐, 거기까지 가다가 길이나 잃지 마라." 필은 그렇게 내뱉고는, 조지가 뻣뻣한 걸음걸이로 세이지브러시 덤불이 자란 공터를 똑바로 지나 기차역 쪽으로 향하는 광경을 가만히 지켜보았다. 가엾은 조지. 필은 속으로 생각했다. 조지는 남들을 불편하게 했고 스스로도 그 사실을 알았다. 애송이들은 조지와 함께 있을 때 즐겁게 술을 들이켜지 못했고, 시끌벅적하게 놀지도 못했다. 조지와 함께 있을 때 그들은 눈을 내리깔고 말조심을 했고, 여자를 만나려면 가게 바깥으로 나가서 뒤쪽 계단을 통해 2층으로 올라갔으며, 여자들도 절대 아래층으로 내려오지 않았다. 조지가 함께 있을 때면 늘 그랬다. 주크박스에 5센트짜리 동전을 넣으려고 하는 사람조차 없었기에 조지가 가는 곳은 어디든 장례식처럼 조용하게 마련이었다. 지금 조지가 전신국에 가서 직원과 한담을 나누는 까닭은 되도록 오랫동안 사람들 눈에 띄지 않기 위해서였다. 어쨌거나 조지는 그렇게 사려가 깊었다.

그렇다고 해서 필 본인이 동년배 남자들 중 일부가 그러듯이 매춘부를 찾아가거나 음담패설을 지껄이거나 바깥에서 오입질을 하고 다닌 것은 아니었다. 그런 짓거리는 필의 성미에도 취향에도 맞지 않았다. 그 또한 버뱅크 집안의 일원이었고, 그래서 자신만의 기준이라는 것이…… 글쎄. 어쨌거나 그는 포용력이 있었고—이는 삶이 그에게 가르쳐 준 교훈이었다.—일꾼들도 이를 잘 알았으며, 그래서 일꾼들이 즐겁게 노는 모습을 지켜보는 것이 필에게는 즐거움이었다. 심지어 일꾼들이 지독히 바보같이 굴 때조차도 그러했다. 조지는 그런 꼴을 보면 불편해했다.

예컨대 날이 컴컴해질 즈음(동력차는 아예 한밤이 돼야 도착할 모양이었다.) 필이 얼른 소변을 보고 올 생각으로 술집 뒷문을 열고 나왔을 때, 애송이들 중에서도 가장 어린 애송이가 웬 자동차의 발판에 앉아 있었다. 머리를 무릎 사이로 푹 숙이고 옹송그린 꼴이 이미 단단히 취한 모양이었다. 차는 분명 애송이의 친구가 헌든에서부터 고속도로를 따라 몰고 온 것이었다. 필은 터지는 웃음을 참지 못했다. 애송이 곁에는 정신을 차리게 하려고 손으로 쿡쿡 찔러 대는 친구 하나가 붙어 있었다.

"꺼져, 꺼지라고." 애송이는 신음을 그치지 않았다. "으아, 죽겠다. 저리 꺼지란 말이야."

그래도 친구는 멈추지 않았다. "빨리 일어나. 가서 놀아야지. 시간은 지금밖에 없어."

"어휴, 꺼지라고, 제발 꺼져." 술집 안의 가스등이 비추는 하얀 빛 속에서 그 딱한 애송이의 얼굴은 초록색으로 보였다. 애송이는 이 경험을 먼 훗날까지 기억할 것이다. 술에 취해 괴로운 와중에 주크박스에서 흘러나오는 흥겨운 노래를 듣는 경험을.

필은 소변을 다 보고 안도의 한숨을 내쉬며 (너무 오래 참았던 탓에) 바지 앞단추를 채운 다음, 그 애송이에게로 걸어갔다. "재미있게 놀고 있어?"

"아아, 필." 그렇게 말하며 올려다보는 애송이의 눈은 조그마한 순무를 삶아 놓은 것처럼 빨갰다. "아아, 필."

필은 쿡쿡 웃었다. "뭘 좀 먹으면 속이 편해질 거야."

"어휴, 먹으라는 말은 꺼내지도 마요. 나 그러다 죽어요."

"죽는소리는, 제밀할." 필은 웃음이 터졌다. "진짜로 죽지 못해 살날이 눈앞에 소털같이 남은 주제에."

그나저나 저녁은 **언제쯤** 먹으려는 걸까? 말할 것도 없이 그들 모두에게는 술집에서 내놓는 달걀 피클이나 청어리나 땅콩 따위보다 더 제대로 된 음식이 필요했다. 동력차가 이미 와 있었다면 그들은 일찌감치 소를 다 실어 보내고 배를 든든히 채운 후에 잠자리에 들었을 터였다. 그러나 손전등 불빛에 의지하여 소를 싣는 것도 처음 해 보는 일은 아니었다.

"예전 기억이 떠오르는군." 필은 술집 안에서 진지하게 이야기했다. 한겨울의 한밤중에 소들을 열차에 실었을 때의 이야기였다. 브롱코 헨리가 아직 살아 있던 시절에. "기온이 영하 40도는 되는 날이었어." 필은 기억을 더듬었다. "그런 날씨에는 조심해야 돼. 그날 에인스워스 목장의 풋내기 한 놈이 술에 잔뜩 취해서는, 입으로 숨을 씩씩 몰아쉬면서 소를 쫓아 계류장을 뛰어다녔어. 그러다 허파가 꽁꽁 얼었지. 그 이튿날 죽어 버리더군." 필이 몸을 틀었다. "그런데 넌 어디에 틀어박혀 있다가 온 거야?" 필이 그렇게 물은 상대는 조지였다. 기척도 없이 나타난 조지.

"전신국에 있는 친구가 기차역 위층 살림집에서 커피나 한잔 하자고 해서. 집이 작아도 꽤 멋지더군. 집사람도 싹싹하고."

"동력차 소식은?"

"아침이 돼야 도착할 거래. 오는 길에 식당에 들러서 금방 저녁 먹으러 갈 거라고 해 뒀어."

식당의 주인 여자가 테이블 세 개를 붙여 놓은 덕분에 패거리가 다 함께 앉아도 자리가 좁지 않았다. 주인 여자가 조지와 필을 더없이 친절하게 맞이한 것을 보면 자살한 남편이 필한테 먹살을 잡혔다는 얘기를 아내에게 털어놓지 않은 모양이었다. 하긴, 세상의 어떤 남자가 그렇게 창피한 사연을 아내에게 털어놓겠는가, 젠장. 그 여자는 테이블의 좌석마다 새하얀 냅킨을 준비해 두었다. 멋진 경험이 되겠군. 필은 속으로 생각했다. 펑거볼만큼이나 냅킨을 쓸 일이 없는 이 소몰이꾼들한테는. 자, 기대하시라. 카우보이들이 그 냅킨으로 무슨 짓을 하는지 구경시켜 주는 대신 돈을 받아도 될 판이었다. 그 가게에서는 왠지 도로변의 싸구려 레스토랑 같은 분위기가 났는데, 필은 주인 여자가 빈 와인 병에 꽂아 놓은 양초를 보고 아마 그것 때문일 거라고 짐작했다.

그리고 종이꽃도. 빌어먹을 종이꽃.

필은 마음 같아서는 식당을 독차지하고 버뱅크 목장 패거리만 앉혀 두고 싶었지만, 한쪽 구석의 테이블에 다 합쳐서 여섯 명인 무리가 먼저 앉아 있다가 식당에 들어서는 필 일행을 흘끔거렸

다. 필은 모르는 사람들이 곁에서 흘끔거리고 수군거리고 교양 있
는 남녀인 척 냅킨으로 입을 살짝 닦는 꼴을 보면 도무지 견디기
가 힘들었다. 그 테이블의 여자 한 명은 담배를 피우고 있었다. 뻔
뻔하기가 철면피 같았고 천박하기 그지없었다. 게다가 젠장, 그
여자는 우아하게 보이려고 냅킨으로 입술을 톡톡 두드렸다, 진짜
숙녀인 척, 그런데 그러고 나서 다시 담배를 물다니! 공공장소에
서 담배를 피우는 여자는 못 할 짓이 없다는 것이 필의 지론이었
다. 그리고 이 여자도 예외가 아니었다. 술까지 마시는 것을 보면.

그쪽 테이블 위에도 종이꽃이 있었다. 원래 우유병이었던 것
을 감추려고 페인트를 칠한 유리병에 꽂아 놓은, 종이꽃이.

"그래, 시중드는 사람은?" 필이 큰 소리로 물었다. "동력차가
없으면 조력자라도 있어야지, 안 그래, 친구들?" 레스토랑처럼 점
잔 빼는 분위기와 냅킨에 주눅이 들었던 젊은 카우보이들이 필 쪽
을 돌아보았다. 그의 침착한 태도에 감탄한 눈빛으로.

뒤이어 용수철 문이 열리고 주인 여자의 아들이 하얀 냅킨을
팔에 걸친 깔끔하기 그지없는 모습으로 들어왔다. 다림질한 검은
색 바지에 풀 먹인 흰색 셔츠 차림인 그 소년은 버뱅크 목장 패거
리 쪽을 향해 빙그레 웃고는, 그들이 모여 앉은 테이블을 그냥 지
나쳐서 구석에 있는 손님들 쪽으로 곧장 걸어갔다. 필이 차갑게
쿡쿡 웃었다. "흐음." 필이 큰 소리로 말했다. "저 친구는 우리가
죄다 검둥이로 보이는 모양이군."

필은 적어도 한 가지는 장담할 수 있었다. 팔에 냅킨을 걸친
저 꼬맹이가 암사내라는 것이었다. 필은 여섯 명이 앉은 그 테이
블 앞에 서 있는 소년을 가만히 지켜보았다. 필의 성미에는 조금
지나치게 깍듯했고, 조금 지나치게 말쑥했고, 우습게도 조금은 거

만했다. 분명 저 꼬맹이가 자기 식으로 상상했을 법한 개구리 웨이터 인형 같은 모양새였다. 아마도 무슨 활동사진 같은 것에서, 아니면 잡지에 실린 바보 같은 이야기에서 영감을 얻었으리라.

그랬다, 그 소년은 단체 손님 여섯과 이야기를 나누면서, 필이 아는 암사내들과 마찬가지로 살짝 혀 짧은 소리를 냈으며, 자기가 한 말을 스스로 음미하는 것처럼 보였다. 유대인이나 검둥이와 잘 지내는 이들이 있는 것과 마찬가지로 암사내와 잘 지내는 이들도 있었고, 그것은 그들의 사정이었다. 그러나 필은 암사내라면 질색을 했다.

이유는 알 수 없었지만, 필은 암사내들이 불편했다. 아예 속이 거북해질 정도였다. 그놈들은 역겹게 구는 짓을 그만두고 인간답게 살아야겠다는 생각을 왜 못 하는 걸까?

그런데 참, 방금 저 암사내 꼬맹이가 필 일행 바로 옆으로 걸어가지 않았나? 계집애 같은 눈빛을 하고서, 입술은 필이 한 대 갈겨 주고 싶은 모양으로 샐쭉 내밀고서!

"그래." 필은 의자의 앞다리 두 개가 바닥에서 떨어지도록 몸을 뒤로 깊숙이 젖혔다. "저 친구는 우리가 죄다 검둥이로 보이는 모양이야."

조지는 '큰 바위 얼굴'처럼 무심한 표정으로 앉아 있었다.

흐음! 필은 그 소년의 성질을 긁을 방법이 뭔지 알았고, 속으로 그 상상을 하며 쿡쿡 웃었다. 저런 걸 자식이라고 두고 살면 어떤 기분일까! 아무렴, 필은 그 꼬맹이의 성질을 긁을 방법이 뭔지 알았다. 필의 자리는 임시로 만든 만찬 식탁의 한쪽 끄트머리였고 반대편 끄트머리는 조지의 자리였다. 목장 집의 부엌 뒷방에 있는 식탁에서 아침을 먹을 때에도 지금과 똑같이 앉았는데, 이는 노인장과 노마님이 집을 떠나 필 식으로 말하자면 '브리검 영이 지은 모르몬교의 낙원'인 솔트레이크시티에서 사교 생활을 즐기기 때문이었다.

이제 1924년 어느 가을날 저녁 8시 무렵 비치 마을의 식당에서, 필은 테이블 위로 몸을 숙여 페인트칠한 우유병에 꽂힌 종이꽃을 뽑아 들었다. 필의 트고 갈라진 손, 손가락이 기다란 그 손 안에서, 종이꽃은 정말로 우스꽝스러워 보였다. 그는 이날 낮에 정어리 통조림을 따다가 손을 베었으면서도 그 일을 누구에게 말하지 않았고, 상처의 피도 닦지 않았다. 이제 필의 그 놀랍도록 재주 있는 손 안에 종이꽃이 힘없이 놓여 있었다.

"이야, 이거 참. 도대체 어떤 아가씨가 종이꽃을 이렇게 예쁘게 접었을까?" 필은 그렇게 말하고는 고개를 숙여 콧대가 가늘고 예민하게 생긴 코에 종이꽃을 가져다 대고서, 꽃향기를 맡는 시늉을 했다.

필은 얼굴빛 하나 변하지 않는 소년을 보고 당황했다. 소년의 창백한 얼굴은 창백한 빛을 잃지 않았다. 눈에 띄게 변한 것은 소년의 관자놀이에 살짝 돋은 파란 정맥뿐이었다. 갑자기 불쑥 솟아난, 벌레처럼 생긴 핏줄. 소년은 이내 돌아서서 필 일행의 테이블 쪽으로 곧장 걸어왔다.

"종이꽃 말씀인가요? 제가 접었습니다, 손님. 어머니한테서 접는 법을 배웠거든요. 제 어머니는 꽃이라면 뭐든 척척박사예요."

필은 몸을 숙여 종이꽃을 조심스레 제자리에 꽂은 다음, 정리하는 척 만지작거렸다. "이런, 내가 실례를 했군." 그러고는 일행을 둘러보며 눈을 크게 찡긋했다.

"지금 주문하시겠습니까, 손님?"

필은 의자의 뒷다리에 의지하여 몸을 뒤로 눕혔다. 그러고는 질질 끄는 목소리로 말했다. "그건 얘기가 다 끝난 걸로 아는데. 식사는 일찌감치 예약해 뒀을 거야."

이제 조지가 말할 차례였다. 먼저 헛기침부터 하고 나서. "애야, 우린 프라이드치킨을 먹을 거다."

일꾼들은 냅킨을 무시하기로 마음먹었다. 조지는 냅킨을 본래 용도에 맞게 사용했다. 그래서 필도 자기 냅킨을 턱 아래에 받치고 접시에 고개를 박은 채 프라이드치킨을 열심히 뜯었다. 맛이 훌륭한 것은 인정할 수밖에 없었지만, 어쩌면 허기라는 양념 덕분인지도 몰랐다. 단체 손님 여섯은 이미 부리나케 차를 몰고 떠났고, 소년은 그들의 테이블을 치우고 촛불을 끄느라 부산을 떠는 중이었다. 필은 그들이 떠나는 것을 보고 속이 후련해진 나머지 오래전 브롱코 헨리가 비치에 왔다가 소 떼를 열차에 실은 후에 술에 진탕 취했던 어느 날 저녁의 재미난 이야기를 일행에게 들려주었다. 그 이튿날 길 건너편의 마구간에서 눈을 뜬 브롱코 헨리는 목에 고삐를 감은 채로, 말처럼 여물통에 묶여 있었다. 동료들 가운데 누가 그에게 장난을 쳤던 것이다. "그때는 참." 필이 껄껄 웃었다. "그 양반도 꽤 당황한 눈치더라니까."

"저기." 조지가 말을 꺼냈다. "자네들은 먼저 가. 여기 계산은 내가 할게."

"그 꼬맹이가 계산서 안 갖다 줬냐?" 필이 물었다.

"응, 아직. 다들 불빛도 환하고 음악도 나오는 곳에 가서 놀아." 조지 입에서 나온 것치고는 꽤 멋진 말이었다. "여기 계산은 내가 할게."

그리하여 일행은 드르륵 소리가 나도록 의자를 급히 뒤로 빼고 일어나 술집으로 건너갔다. 위층 여자들이 이미 아래로 내려와 바 앞에 서서 담배를 피우고 사방에 웃음을 던지며 술을 사 달라고 졸라 댔고, 필은 여자들의 말을 고분고분 따르는 애송이들을 가만히 구경했다. 그러는 동안 묘하게도 동떨어진 느낌이, 심지어 외로운 느낌이 들었고, 한편으로는 자신이 버뱅크 집안의 일원이 아니었으면 하는 마음, 어쩌면 그 비슷한 마음도 들었다. 저 애송이들은 이튿날 아침이면 다들 머리가 지끈거리는 숙취를 참으며 소 떼를 열차에 실을 테고 어쩌면 임질이나 매독에 걸릴지도 몰랐지만, 그래도 지금 이 시간을 확실히 즐기고 있었고 어쩌면, 혹시 또 알겠는가, 어쩌면 그럴 가치가 있는지도. 그들은 얼마 안 되는 품삯을 펑펑 쓰며 여자들에게 사랑을 바쳤고, 그러고 나면 노래를 불렀다.

……오늘 밤, 시골 마을의 신나는 한때.

사람들은 그 노래의 가사를 잘 알지 못해서 보통은 '라라라'로 얼버무렸지만 필은 가사를 기억했고, 그래서 빈 술잔을 가만히 들여다보며 입을 뻐끔거려 제대로 된 가사를 중얼거렸다. 기억 속의 미서 전쟁 무렵, 미국과 에스파냐가 쿠바에서 전쟁을 하던 지난 세기 끝 무렵에 그는 얼마나 되바라진 소년이었던가. 그때는 모든 도시의 모든 공원에서 관악대가 군가를 연주했고, 독립기념일인 7월 4일에는 어김없이 불꽃놀이 축제가 열렸다. 지나가 버린, 자랑스러운, 숨을 거둔 시절이었다. 그의 눈길이 브롱코 헨리에게 처음으로 머물렀던 때도 그 시절의 어느 날이 아니던가?

……오늘 밤, 시골 마을의 신나는 한때.

필은 한 번 더 소변을 보러 나갔다가 달이 막 떠오르려 하는 동쪽으로 시선을 돌렸다. 볼일을 다 마친 그는 한숨과 함께 몸을 부르르 떨고 바지 앞단추를 채운 다음, 일행을 술집 안에 다 남겨 둔 채 건물을 빙 돌아서, 세이지브러시 덤불이 자란 공터를 지나 여관으로 향했다. 정확히는 '레드 밀' 여관으로. 데스크에는 사람 그림자도 보이지 않았고, 그래서 그는 곧바로 용무를 마칠 생각으로 연필을 집어 들고 숙박부에 자기 이름과 조지의 이름을 적었다. 보아하니 조지는 이 자잘한 일을 깜박한 것 같아서였다.

위층으로 올라간 필은 첫 번째 객실과 두 번째 객실을 슬며시 들여다보았지만 조지는 어디에도 보이지 않았고, 그래서 두 번째로 확인한 객실로 들어가 신발과 바지를 벗고 이불 속으로 기어 들어갔다. 잠들지 않고 기다려야 했다. 조지의 묵직한 발소리, 귀에 익은 그 발소리가 들리면 자신이 있는 이 방으로 오라고 불러야 했으므로.

달이 떠 있었고, 방 안은 달빛으로 가득 물들어 환했다. 달빛은 손잡이가 달린 하얀 물 단지와 세면용 수반과 키가 크고 좁다란 옷장을 비추었고, 창문 밑에 걸린 밧줄 한 묶음도 비추었다. 필은 이불 속에서 이쪽저쪽으로 뒤척이다가 등을 대고 똑바로 누워 멍하니 천장을 보며, 되바라진 소년이던 시절에 들었던, 달빛이 사람을 미치게 한다는 이야기를 떠올렸다. 그는 침대에서 일어나 홀쭉한 몸에 팔다리가 긴 내복만 입은 차림으로 창가로 걸어갔다. 달이 이상해 보인다는 생각이 들었다. 조지는 도대체 어딜 갔을까? 그는 문득 혼자서 빙그레 웃었다. 예전에 노마님이 하던 말이 떠올라서였다.

가서 조지를 찾아보렴. 네 동생이 어디 있는지 찾아봐. 비슷한 구석은 하나도 없었지만, 둘은 형제였다. 그리고 둘이 공유하는 것이 적어도 하나는 있었다. 핏줄이었다.

조지는 십중팔구 전신국 직원과 함께 있을 것이었다. 필은 양말 바람으로 다른 쪽 창문을 향해 걸어갔다. 야, 조지, 너 혹시 거기에…….

기차역 위층의 창문은 캄캄했다. 동력차가 역에 들어올 때 보도록 깃발 신호기가 달빛 속에 팔을 쳐들고 있었고, 동그란 눈처럼 생긴 선로 전환기의 표시등은 달빛에 질세라 창백한 빛을 발했다. 그 너머로, 마을 뒤쪽에 솟은 산에 야트막하게 자란 풀을 달빛이 수면처럼 뒤덮은 가운데, 산기슭의 묘비들이 그 빛에 올록볼록 도드라졌다. 누군가 굴려 놓은 주사위 한 줌처럼.

까무룩 잠이 들었을까? 필이 그새 잠들었던 걸까? 왜냐하면 방 안에 서 있는 조지의 옆모습이 눈에 들어왔기 때문이었다. 그저 가만히 서 있었지만, 필은 조지가 무슨 짓을 하다가 자신에게 걸렸다는 느낌이 들었다. 뭔가 있었다. 아무 짓도 안 하고 방 한복판에 가만히 서 있을 리가 없지 않은가?

"조지?"

"으음."

필은 침대가 조지의 체중에 눌려 푹 꺼지는 것을 느꼈다. 뒤이어 조지가 몸을 뒤로 젖히더니, 끙 소리를 내며 힘겹게 장화를 벗었다. 그런 다음 침대에서 일어나 허리띠를 풀었다.

"너 어디 갔었냐?" 필이 조그마한 목소리로 물었다. "다른 녀석들은 아직 안 들어왔고?"

한참 동안 침묵이 흘렀다. 이윽고 조지가 입을 열었다. "필, 아까 저녁에 한 말, 그 여자분 아들이 어쩌고저쩌고했던 말 있잖아, 그 말 때문에 그 여자분이 우셨어."

여자분?

그 여자!

그래, 그랬던 것이다. 그러니까 그 꼬맹이가 엄마한테 달려가 일렀거나, 꼬맹이 엄마가 용수철 문 뒤에 숨어서 엿들었던 것이다. 그 여자가! 필은 막힌 코를 킁킁거리다가 콧물을 삼켰다. 조지가 '그 여자분'을 얼마나 걱정하는지는 알 수 없었지만, 필이 그 일 때문에 조지의 비난을 살 염려는 없었다. 필이 아는 한 조지는 누구도 비난하는 법이 없었고, 사람들이 조지와 함께 있을 때 불편함을 느끼는 것 또한 십중팔구는 너무나 희귀하고 인간미 없는 그 미덕 때문이었다. 사람들은 조지의 침묵을 못마땅한 기색으로 여겼기에 그를 상대로 잔소리를 하거나 언쟁을 벌일 여지를 좀처럼 찾지 못했다. 그의 침묵은 남들을 죄책감에 빠뜨렸고, 분노로 죄책감을 희석시킬 기회 또한 허용치 않았다. 인간미 없기는! 그러나 필은 본래부터 죄책감이 무엇인지 모르는 사람이었다. 그는 언제나 자기 손에 들어온 카드를 남에게 고스란히 보여 주었고, 그렇게 보여 준 카드로 게임을 했다.

만약 필이 얘기할 때 그 여자가 용수철 문 뒤에 서 있었다면……. 뭐, 애초에 엿듣지 말았어야 했다. 그리고 설령 엿들었다 한들, 그게 뭐 대순가? 남들이 자기 아들을 어떻게 보는지 안다고 해서 그 여자에게 해가 될 것은 없었다. 오히려 이번 일로 정신을 차린 그 여자가 아들에게 넌지시 충고를 하고, 이로써 아들의 행동을 바로잡을지도 몰랐다.

그런데 조지는 무슨 일로 아래층에 그렇게 오래 머물렀을까? 그 여자와 나란히 서서 이야기를 나누었을까? 그 여자가 조지의 어깨에 기대어 울었을까? 조지는 그 여자를 다독여 주며 그 여자의 몸을 더듬었을까? 그런 일이 일어났을지도 모른다는 생각에 필은 몸이 움찔했다. 조지가 이불 속으로 파고드는 사이에 필은 불쾌한 듯 입을 쩍쩍거렸다. 조지가 여자를 더듬는 광경이라니, 차마 상상도 하고 싶지 않았다.

필은 달빛으로 물든 허공에 대고 말했다. "동력차 소식은 뭐 들은 거 없냐?"

"없어." 조지가 말했다.

그 여자분이 우셨다고 했다.

그 여자가!

4장

필은 조지를 보았다.

필의 눈은 선명한 파란색이었다. 무심해 보였을까? 어떤 이는 순수하다고 했다. 그러나 필의 눈은 예리했다. 몹시도 예리해서 홍채가 각막만큼이나 민감했다. 그래서 빛이나 그림자가 살짝만 변해도 필은 대번에 알아차렸다. 그의 맨손이 나무 속 깊숙이 도사린 썩은 부분을, 그 쪼개지기 쉬운 약점을 감지하듯이, 그의 눈은 주변과 너머와 속을 꿰뚫었다. 그는 이른바 보호색이라는 대자연의 한심한 실수를 간파할 줄 알아서, 바싹 마른 굵은 가지와 이파리와 흙으로 위장한 채 가만히 서 있는 암사슴의 윤곽을 쉽게 알아보았다. 빙그레 웃으며 그는 방아쇠를 당겼다. 한쪽 발을 저는 회색 늑대가 있으면 그는 늑대의 멀쩡한 발이 흙이나 눈에 남긴 희미한 발자국을 알아보고 그 존재를 눈치챘고, 키 작은 풀이 살짝 흔들리는 기척이 느껴지면 눈을 돌려 풀뱀이 주둥이를 벌린 채 조그마한 새끼 쥐를 덮치는 광경을, 그러는 동안 어미 쥐가 찍

찍 소리를 지르며 그 주위를 빙글빙글 도는 광경을 가만히 지켜보았다. 그의 시선은 주검을 찾아 어지럽게 날아다니는 까치 떼를 좇아 움직이곤 했다. 퉁퉁 부은 짐승 주검이나 장작 헛간 뒤에 버려진 썩은 소 다리를 찾아다니는 새들이었다. 길이 막힌 개울물이 제자리 돌기를 하는 우묵한 물굽이에서 그는 바위 그늘에 '엄폐'한 송어를 찾아냈다. 그러나 필이 보는 것은 대자연의 피조물만이 아니었다. 자연 자체—자연이 스스로를 늘어놓고 정리하는, 어지럽고 천진하다고 여겨지는 방식—에서 그는 초자연적인 것을 보았다. 목장 저택 앞의 언덕에 점점이 드러난 바위에서, 언덕 자락을 여드름처럼 흉하게 뒤덮은 세이지브러시 덤불에서, 그는 질주하는 개의 놀라운 형상을 보았다. 개의 날씬한 두 뒷다리는 튼튼한 양어깨를 앞쪽으로 떠밀었다. 더운 김을 뿜으며 아래로 수그린 주둥이는 북쪽 산의 골짜기와 능선과 산그늘로 도망 다니는 겁에 질린 어떤 것—어떤 생각—을 쫓고 있었다. 그 추적이 어떻게 끝날지 필은 머릿속으로 조금도 의심치 않았다. 개는 먹잇감을 붙잡을 운명이었다. 그는 눈을 들어 산을 보기만 해도 그 개의 숨결 냄새를 맡을 수 있었다. 그러나 거대한 개가 그토록 또렷이 보이는데도 그 형상을 알아본 이는 필 말고는 딱 한 사람뿐이었고, 조지는 결코 그 한 사람이 아니었다.

"저 위에 뭐가 보이기라도 해?" 한번은 조지가 그렇게 물은 적이 있었다.

"아무것도 안 보여." 그러나 필의 살짝 올라간 입가는 불가사의에 익숙한 사람 특유의 희미한 미소를 띠고 있었다. 다른 이들이 보고 잊어버리는 사이에 필은 그렇게—관찰하고, 알아차리고, 추측하며—살아갔다.

이제 필은 대장간의 화덕 옆에 서서 널찍한 문간 너머를 바라보고 있었다. 화덕 옆쪽에 손수 못으로 바아 놓은 나무도막을 한 발로 디디고 서서, 그는 손길을 타 반질반질해진 풀무 손잡이에 한쪽 팔을 걸쳤다. 그는 몸통이 기다랬지만 허리를 굽히는 동작이 가뿐했다. 풀무는 부풀었다가 쪼그라드는 커다란 가죽 허파였고, 그 숨을 받아 커진 불길은 띠쇠를 달구어 썰매 날로 바꾸었다. 그는 흘러 나간 석탄 연기가 마른 라이그래스 풀밭 위에 지저분한 회색 퀼트 이불처럼 낮게 깔리는 광경을 가만히 지켜보았다. 코를 킁킁거리자 임박한 눈(雪)의 냄새가 느껴졌다.

　　그날은 일요일이었다. 전날 밤, 젊은 삯일꾼들은 친구들이 몰고 온 낡은 중고차를 타고 마을로 떠났다. 싸구려 슈트 차림으로, 비치나 헌든의 술집에서 환전할 수표를 챙겨서. 그것도 그만큼 멀리 갔을 때의 얘기였지만. 필은 빙그레 웃었다. 그들은 월요일 아침 식사 전까지 돌아올 예정이었다. 숙취에 시달리며, 퀭한 눈을 하고서, 어쩌면 병에 걸린 채로. 일꾼 숙소의 문에 달린 걸쇠에서 나는 찰카당 소리가 필의 귀에 들려왔고, 그 문이 열리며 나이 많은 일꾼 둘이 욕조를 끌고 나와 물을 쏟아 버리는 광경이 보였다. 쏟아진 물이 흐르다가 넓게 번져 흙으로 스며드는 것을 두 사람이 가만히 보고 있는 동안 필은 그들을 지켜보았다. 세월은 그들에게 적어도 자제심 하나는 가르쳐 주었다. 일요일이면 일꾼들은 목욕을 했고, 삽자루 끄트머리에 커피 깡통을 묶어 만든 세탁 봉으로 양말과 속옷을 치대어 빨래를 했다. 면도를 하고 얼굴에 로션까지 탁탁 두드려 바른 후에는 흔들의자에 앉아 앞뒤로 몸을 흔들었다. 글을 쓸 줄 아는 사람은 편지를 썼다. 연필을 꽉 쥐고서, 거칠거칠한 메모지의 듬성듬성한 줄 사이에 비뚤배뚤한 알파벳을 힘겹게 채워 나갔다. 나중에는 말뚝에 말편자를 던져 거는 놀이를 하거나 22구경 장총을 들고 나가 필이 남몰래 목욕을 하는 비밀 장소 근처의 버드나무 수풀에서 까치를 쏘아 맞히기도 했다. 늦봄 무렵의 어느 날, 필은 그 근처에서 얼기설기 지은 새 둥우리 ── 잔가지를 아무렇게나 쌓아 만든 둥우리 ── 와 이제 막 날갯짓을 시작하려는 새끼 까치 네 마리를 발견한 적이 있었다. 부모 까치들이 새끼들을 구슬리듯 시끄럽게 지저귀었다. 어서 날아오르라고 격려하듯이. 필은 순전히 재미 삼아 새끼 까치들을 잡아 마대에 담아서 창고로 데려왔다. 괜스레 해 본 짓이었고, 일단 집에 데려온 후에는 흥미를 잃고 버려두었다. 사람들 얘기로는 까치의 혀를 반으로 가르면 인간의 말을 한다고 했지만, 필은 그 얘기가 사실이 아닌 것을 이미 오래전에 확인했다.

(이날처럼) 일요일이었던 어느 날, 필은 숙소에 사는 일꾼 한 명에게서 좋은 계획이 있다는 말을 듣고 그에게 새끼 까치들을 넘겨주었다.

"이 못돼 처먹은 놈들." 일꾼이 으르렁거리듯 중얼거렸다. 까치 떼가 말과 소의 등에서 등으로 옮겨 다니다가 상처 난 곳을 발견하면 쪼아서 생살을 뜯어 먹기 때문이었다. 그 새들은 봄이면 지상에 머물며 건방지게 활보했다. 눈을 반짝이고 고개를 갸웃거리며, 이곳저곳을 두리번거렸다. 갓 태어난 송아지의 눈을 파먹으려고 하는 짓이었다.

그 일꾼에게는 다이너마이트 뇌관이 몇 개 있었는데, 크기가 22구경 총탄의 탄피만 했다. "내가 말이야." 그 일꾼이 말했다. "전에는 발파 일을 했거든." 그는 까치 한 마리 한 마리의 항문에 뇌관을 넣고 짤따란 도화선을 꽂았다. 모두가 그 구경을 하려고 숙소 뒤편에 모였다. 볕은 따뜻하고 날도 화창했다. 창고 앞에서 볕을 쬐던 일꾼 몇 명도 그곳으로 불려 와 성냥개비 꽁지를 씹으며 구경했다.

"무슨 일이야?" 필이 물었다.

남자들 가운데 익살을 떨기 좋아하는 한 명이 쿡쿡 웃으며 말했다. "엉덩골 발파 작업 중이에요."

"두고 봐라, 못돼 처먹은 놈들아." 엉덩골 발파 기술자가 말했다. 그는 어린 까치들을 한 마리씩 차례로 하늘에 던져 올렸다. 까치들은 묘한 방식으로 찾아온 탈출의 기회 덕분에 잠시나마 나는 기술을 익혀 솟구쳐 올랐고, 이내 낮게 날아가다가, 허공에서 한 마리씩 차례로 폭발했다. 깃털 몇 개가 재처럼 흩어져 내렸다. 그래도 신속한 죽음, 총에 맞거나 목을 비틀리는 것보다 더 빠른 죽음이었고, 모두에게 일요일의 조촐한 여흥거리가 되어 주었으니 보통의 경우와 달리 무의미한 죽음도 아니라고 필은 생각했다. "한 점의 가식도 없이 말하자면 그렇다는 얘기지." 필은 혼자서 고개를 끄덕이며 소리 내어 말했다. 혼자 있을 때 그는 자주 혼잣말을 중얼거리거나 웃곤 했는데 스스로도 알고 하는 짓이었다. 그 짓이 미친 사람의 헛소리가 아니라 남들이 연필과 종이로 그러는 것처럼 어떤 생각을 발전시키거나 확실히 굳히는 자신만의 방식인 것을 알기 때문이었다. 그러나 그 일꾼이 한 짓에 스스로도 찬성하는지 어떤지는 확실치 않았기에, 필은 까치 두 마리가 터져 죽는 데까지만 보고 나서 눈살을 찌푸리며 그 자리를 떴다.

"저 뒤에서 뭣들 하는 거야?" 조지가 물었다.

"늘 하던 짓. 표적에 대고 총 쏘는 중이야."

"총소리 같지가 않은데." 조지가 말했다. 필은 조지와 함께 쓰는 방으로 들어가 침대에 누웠다. 스스로에게 화가 났고, 어째 선지 조지에게도 화가 났다. 그들은 언제나 친한 사이였고 자신의 삶으로 상대의 삶을 더없이 보완해 주었다. 한쪽은 날씬하고 한쪽은 통통했으며, 한쪽은 영리하고 한쪽은 꾸준했다. 그렇게 일란성 쌍둥이 같은 사이였기에 필은 동생에게 솔직해질 수 없을 때 짜증이 났다. 왠지 갈피를 잃어버린 느낌에 화가 났다.

이제 필은 대장간 화덕 옆에 박아 놓은 나무토막에서 발을 뗀 다음, 옆에 있던 연장 걸이에서 적당한 망치를 골라 들고는, 기다란 띠쇠를 모루에 얹고 망치로 두들겨 버리기 시작했다. 그 꽝꽝거리는 소리를 조지가 들으면 어슬렁어슬렁 걸어 나와 틈만 나면 붙들고 있는 《새터데이 이브닝 포스트》를 다 읽었는지 어쨌는지 이야기할 거라는 생각이 들었다. 조지는 아침을 먹고 나서 그 잡지를 들고 거실의 자기 의자로 가서는, 다리를 꼬고 앉아 읽기 시작했다. 요즘 들어 조지는 하루 종일 뭔가 읽고 있어서 말을 붙이기가 여간 힘든 것이 아니었다. 그는 필과 달리 쓸모 있는 글은 전혀 읽지 않았다. 필은 사람들이 단편 소설이나 동물에 관한 이야기, 추리 소설 따위를 왜 읽는지 도무지 알 수가 없었다. 동물은 동물에 관한 이야기를 읽는 것보다 실제로 관찰하면서 더 잘 알게 되기 마련이었고, 추리는 그저 머릿속으로 추론해 보면 그만이었다.

그랬다, 이날은 실제로 눈 냄새가 났다. 그런데 바람이 불려면 아직 이르지 않은가? 갓 잡은 소를 들어 올릴 때 쓰는 윈치의 쇠줄에 바람이 스치며 우는 소리가 났다. 필은 도축장 울타리 쪽으로 시선을 돌렸다. 그 울타리는 소가죽을 살 쪽이 위로 가도록 뒤집어 널어놓는 곳이었는데 그렇게 널어 둔 가죽 위에 까치 두 마리가 앉아서, 아직 붙어 있는 살과 지방을 정신없이 뜯어 먹는 중이었다. 갑자기 불어온 바람에 두 새가 균형을 잃고 비틀거리자 필은 빙그레 웃었다. 다시 발을 똑바로 딛고 배 채우기를 재개하기 전까지 허우적대는 녀석들의 꼴이라니, 어찌나 우습던지!

필은 망치로 두들기던 띠쇠를 들고 화덕으로 돌아와서는, 아침 바람에 흔들리며 부르르 떠는 라이그래스 너머로, 아무짝에도 쓸모가 없는 그 잡풀 너머로 눈길을 돌렸다. 바로 그때, 필은 조지를 보았다.

필은 차고 쪽으로 걸어가는 조지를 보고 나무토막에서 발을 뗐다.

조지가 대체 뭘 하는 걸까?

조지가 차고의 문 한 짝을 열었다.

손을 멈추자 풀무가 한숨 소리를 내며 쪼그라들었고 화덕의 불길마저 가라앉았는데도, 필은 꼼짝 않고 조지만 바라보았다.

낡은 리오 트럭에 무슨 문제라도 있는 걸까?

으음. 필은 누구에게랄 것도 없이 중얼거렸다.

조지가 차고의 문을 한 짝만 열었다면 트럭을 수리할 거라는 뜻이었다. 점화 플러그를 뽑아 들고 주머니칼로 그을음을 벗기거나, 연료 튜브에 바람을 넣어 보거나, 그 밖의 뭔지 모를 일들을 할 거라는.

필은 조지에게도 남다른 기술과 할 일이 있어서—그런 것이 있다고 조지 스스로 느껴서—다행이라고 생각했다. 그래서 소를 사러 온 업자들과 실제로 흥정하는 일은 언제나 조지에게 맡겼고, 필 자신은 조지가 혹시 바보짓을 하지는 않는지 보려고 가만히 듣기만 했다. 얼마 전에 필은 조지가 뭘 하는지 궁금해서 바깥에 나갔다가 트럭 운전석에 앉아 있는 조지를 발견한 적이 있었다. 조지는 거기 그냥 우두커니 앉아 있을 뿐이었다. 필은 조지에게 다가갔다. "거기서 뭐 하나? 꿈이라도 꾸나?"

조지는 필을 보더니 헛기침을 하고는, 몸을 숙여 계기판 아래로 손을 뻗었다. 그 아래쪽에 뭐가 잘못되기라도 한 것처럼. "퓨즈를 갈아야 해서." 조지가 웅얼웅얼 대답했다.

"난 또 뭐라고."

"어, 별거 아니야, 아마도." 조지가 한 말이었다.

필이 기억하는 한 조지는 이때껏 일요일에 차를 수리한 적이 없었고, 요즘 들어 차에 무슨 문제가 있다는 얘기도 꺼낸 적이 없었는데 사실 그런 얘기를 할 기회는 얼마든지 있었다. 얘기할 마음만 있었다면.

필은 대장간의 널찍한 문간에 다리를 벌리고 서서, 선명한 파란색 눈으로 차고를 건너다보았다. 집 앞 언덕 밑에 있는 그 차고는 필이 손수 지은 것이었다.

이제 조지는 차고 안에 들어가 있었고, 필이 그리로 가려고 막 걸음을 떼려 하는데 차고의 반대쪽 문 한 짝이 마저 열리는 것이 아닌가! 신기한 일이었다. 일요일 오전에 차고의 문 두 짝이 다 열려 있는 광경을 보다니!

조지가 트럭에 시동을 걸고 있었다. 잠시 후, 트럭의 배기관에서 파란 연기가 쏟아져 나오더니 이윽고 회색 연기로 바뀌었고, 뒤이어 하얀 연기로 바뀌는가 싶더니 조지가 트럭을 후진시켰다. 잿빛 하늘이 낡은 리오 트럭 뒤편의 조그마한 타원형 유리창에 하얗게 비쳐 보였다. 조지는 뒤도 돌아보지 않은 채로 차를 몰고 도로 저편으로 달려갔다.

필은 트럭이 작은 점으로 변하여 멀찍이 있는 고개 너머로 사라질 때까지 가만히 바라보다가, 마무리가 덜 된 썰매 날을 대장간 벽에 거꾸로 걸어 두고 재걸음으로 집까지 걸어갔다. 방에 들어선 그는 깍지 낀 손으로 머리를 받치고 침대에 누웠다. 그렇게 잠시 누워 있다가 일어나 벽장 선반에서 밴조 케이스를 꺼낸 다음, 케이스에서 밴조를 꺼내어 잠깐 치다가 고개를 휙 들고 표정을 찌푸렸다. 현이 살짝 풀렸나?

팬스레 헛기침을 한 번 하고 나서 시선은 똑바로 앞을 향한 채로, 필은 밴조로 「개똥지빠귀」와 「즐거운 대장장이」를 연주해 보았다. 밴조 소리의 여운이 다 사라진 후에 그는 헛기침을 하고 밴조를 다시 벽장에 집어넣었다. 괜찮았다, 현은 제대로 감겨 있었다. 그는 다시 침대에 드러누웠다.

집 뒷문 앞에 걸린 트라이앵글이 쨍그랑거리며 저녁 시간을 알렸다. 부엌 뒷방으로 들어서는 일꾼들의 발소리가 필의 귀에 들려왔다. 그들 뒤로 바깥문이 쾅 소리를 내며 닫히는가 싶더니 다들 즐거운 시간을 보내는지 웃으며 농담을 주고받는 소리가 났다. 루이스 부인의 성난 목소리가 들렸다. 아마도 일꾼들이 문을 늦게 닫아 집 안에 감기를 들이느니 어쩌니 불평하는 듯했다. 오래된 농담 비슷한 얘기였다. 필은 이내 침대에서 일어나 방 안에 똑바로 섰는데 이는 혹시 루이스 부인이 방까지 찾아와 저녁을 먹으라고 부를지도 몰라서였고, 누워 있는 모습을 남에게 보이기 싫어서이기도 했다. 필은 심지어 일요일에도 그랬다. 루이스 부인이 커다란 로스트비프를 들고 정찬실로 느릿느릿 들어섰을 때, 필은 이미 테이블 앞에 앉아 선명한 파란색 눈으로 회색빛 들판 너머를 바라보고 있었다.

"조지는 차를 몰고 외출했어요." 필이 루이스 부인에게 말했다. "아직 안 돌아왔네요. 돌아와서 먹게 오븐에다 고기 한 토막하고 감자 몇 개만 따로 남겨 주세요."

"오늘 중에 돌아올 거라는 말씀이군요, 그럼."

"예, 내가 보기엔 그럴 거예요." 필이 말했다. 루이스 부인이 부엌으로 들어가 일꾼들의 시끄럽고 상스러운 말소리가 들리지 않도록 문을 닫자 필은 테이블 맞은편 조지의 자리로 가서는, 루이스 부인이 습관 탓에 무심코 썰어 놓은 조지 몫의 고기를 큼지막하게 한 조각 자르고 삶은 감자와 순무까지 넉넉히 자기 접시에 던 다음, 모두 챙겨 자기 자리로 돌아왔다. 그러고는 다시 창밖으로 눈을 돌렸다가, 이내 식사를 시작했다. 식사를 다 마치기도 전에 루이스 부인이 질척한 복숭아 파이를 가져다주었다. 바깥에는 이미 눈이 내리고 있었다.

저녁 식사가 끝나고 루이스 부인이 집 뒤편의 자기 거처로 물러간 후에, 필은 다시 침대에 드러누웠다. 그와 조지가 함께 죽인 짐승들이 대가리만 박제로 남은 채 먼지 낀 눈으로 그를 내려다보았다. 사슴이 세 마리, 엘크가 한 마리, 큰뿔야생양 한 마리, 산양 한 마리였다. 영양 대가리는 원래부터 벽에 걸려 있었다.

필은 저도 모르게 빙긋이 웃고 말았다. 형제가 아직 꼬맹이였을 때, 필이 두 살 더 많았으니 여덟 살과 여섯 살이었을 때, 필은 조지를 겁주곤 했다. 조지를 겁주려고 박제된 영양의 대가리가 살아 있다는 얘기를 들려주었다. 조지는 이따금 그 대가리가 흔들리는 것을 목격하지 않았던가? 눈을 동그랗게 뜨고 입을 오므린 채, 조지는 벽을 향해 돌아눕곤 했다.

"저놈한테서 달아날 방법은 없어." 필은 그렇게 말하곤 했다. "지금도 널 보고 있다고, 못된 대가리를 흔들, 흔들, 흔들거리면서." 그러면 조지는 자다가 그만 소변을 지리고 말았고, 필은 그 일로 조지를 놀리곤 했다. 노마님은 조지의 침대에 고무 시트를 깔아 주는 수밖에 없었다. 필은 그 시트 이야기를 꺼내면 지금도 조지의 얼굴이 붉어질 거라고 자신했다.

그러나 그 영양 말고 다른 짐승들은 모두 둘이 함께 죽었다. 노인장은 아무것도 죽인 적이 없었다. 노인장은 사냥을 할 사람이 절대 아니었고, 실은 목장주도 아니었다. 말하자면 목장을 소유한 신사였다. 그 영양은 틀림없이 누가 노인장에게 선물한 것이었다. 그에게 아부를 떨어야 할 처지였던 어떤 사람이.

짐승들이 필을 내려다보았다. 방이 너무 컴컴해서 불을 켤까 하는 생각이 들었지만 필은 캄캄해지기 전에 불을 켠 적이 이때껏 한 번도 없었고, 앞으로도 그러지 않을 작정이었다. 눈발은 점점 거세졌다. 계속 이렇게 퍼붓다가는 조지가 눈 속에 갇히지 않을 까? 조지가 스노 체인을 챙겨 갔을까?

비록 깨치는 속도는 느렸지만, 조지는 한번 외운 것은 절대 잊어버리지 않고 자기 안에 간직했다. 예컨대 '조지, 우리 1916년 에 건초를 몇 더미나 쟁였지?'라고 물으면 조지는 답을 가르쳐 주 었고, 그 답은 조지가 사무실의 뚜껑 달린 책상에 보관하는 장부 속 숫자와 일치했다. 조지는 결코 책갈피를 쓰거나 책의 모서리를 접지 않는데 이는 읽다가 멈춘 면의 쪽수를 기억했기 때문이었 다. 신기한 기계적 지혜, 조지 같은 사람들이 타고났다고 알려진 기계적 기억력이었다. 필은 조지가 자신보다 머리 돌아가는 속도 가 더 느리기 때문에 그렇게 잘 기억하는 거라고 생각했다. 조지 의 머릿속에는 생각이 그리 많지 않고, 그래서 몇 가지 기억을 고 정시키는 일에 두뇌를 통째로 사용하기 때문이라고.

그래서 조지는 거실의 현관문 옆에 서 있는 커다란 괘종시계의 추를 당겨 태엽을 감는 것도 절대 잊어버리지 않았다. 매주 일요일 정확히 오후 4시에, 조지는 자기 의자에서 일어나 시계 앞으로 걸어가서는, 시계의 문자반을 똑바로 보며 시계 상판으로 손을 뻗어 그 위에 숨겨 놓은 열쇠를 집은 다음, 폭이 좁고 기다란 유리문에 열쇠를 꽂고 돌려 문을 열고, 번득이는 빛의 무늬를 그리며 왕복하는 묵직한 놋쇠 진자, 꼭짓점끼리 마주 보는 쐐기 두 개의 모양으로 만들어진 그 진자를 혹시라도 건드리지 않도록, 퉁퉁하고 부드러운 손을 조심스레 시계 안쪽으로 집어넣었다. 그러고는 추의 사슬 두 줄을 차례로, 꼭 밧줄을 잡고 올라가는 사람처럼 두 손으로 번갈아 쥐고 당겼다. 천천히, 지그시, 확실하게. 작은 문을 잠그고 조그마한 열쇠를 숨겨 놓고 나서 조지는 시계의 문자반을 다시금 똑바로 들여다본 다음, 자신의 정확한 회중시계를 꺼내어 시간을 확인했다.

그게 다였다! 그러나 멋진 구경거리였다. 한 남자가 우스꽝스러운 시계의 태엽을 감는 모습을 관찰하는 일 이상이었다. 그것은 한 남자가 세상이 지금까지와 마찬가지로 흘러가고 있는 것을, 또한 앞으로도 그러리라는 것을 확인하는 모습을 관찰하는 경험이었다.

노마님과 노인장이 어느 해 한겨울에 필을 상대로 한바탕 언쟁을 벌이고 일주일 만에 솔트레이크시티의 멋진 호텔로 보금자리를 옮겼을 때, 괘종시계는 잠깐 동안 돌보는 이 없이 버려졌다. 태엽은 언제나 노인장이 감았기 때문이었다. 노인장 없이 4시가 되면 무슨 일이 일어날지 궁금했던 필은 핑계를 만들어 3시부터 거실에 머물며, 4시에 무슨 일이 일어날지 궁금해하는 티가 너무 나지 않도록 잠시《아시아》를 읽었다. 그는 자기 패를 미리 들키는 것을 끔찍이 싫어했다. 시계 종소리가 3시 45분을 알렸을 때 그는 이미 같은 문장을 읽고 또 읽는 중이었다. 만약 4시가 되었는데 조지가 꼼짝도 하지 않으면,《새터데이 이브닝 포스트》를 들고 가만히 앉아 있으면 어떻게 해야 할까? 조지에게 말을 해야 할까, 아니면 그가 직접 추를 당겨야 할까? 아니, 필은 그런 종류의 책임을 짊어지고 싶지 않았고, 자신이 군이 짊어져야 하는 것으로 여기지도 않았다.

나직하게 찰칵하는 소리, 시계 속의 조그마한 기어들이 돌아가는 소리가 났다. 짧은 공백이 그 뒤를 이었다. 이윽고 4시를 알리는 종소리가 울려 퍼졌다.

댕.

필이 헛기침을 했다. 기침 소리는 실내를 떠돌다 사그라졌다. 필은 시간이 썩어 가는 냄새가 코끝에 느껴지는 것만 같았다. 이내 조지가 자리에서 일어섰다. 조지는 어디까지 읽었는지 확인도 하지 않고《새터데이 이브닝 포스트》를 의자에 내려놓은 다음, 괘종시계 쪽으로 걸어갔다.

조지는 태엽 감기의 모든 과정을 노인장과 마찬가지로 위엄 있게 끝마쳤고, 필은《아시아》로 얼굴을 가린 채 빙그레 웃었다. 조지는 오랫동안 노인장을 관찰했던 것이다, 자신이 그의 빈자리를 거뜬히 메꿀 지금 이 순간이 오기를 기다리며. 필은 염려할 필요가 없었던 셈이지만 그래도 가끔은 확인하고 싶게 마련이었다. 남들이 자신이 생각하는 모습 그대로인지, 아니면 그 생각은 자신만의 착각이고 남들에게는 본모습이 있으며 이는 자신의 생각과 다른 것이 아닌지를.

한순간 필은 자리에서 일어나 조지를 칭찬해 주고 싶었다. 자신을 실망시키지 않았으므로. 자신이 바라던 동생의 모습, 자신이 생각했던 모습, 그럴 줄 알았던 모습에 부응해 주었으므로. 그러나 물론 그 생각을 행동으로 옮기지는 않았다. 둘 사이에 감정을 말로 표현하는 일은 전에도 없었고 앞으로도 없을 것이기 때문이었다. 그들 형제가 맺은 관계의 토대는 말이 아니었다. 필은 말수가 너무 많은 인간이 바보 천치가 아닌 경우를 이때껏 한 번도 본 적이 없었다.

그러므로 너무 황급히 출발한 점을 제외하면, 조지가 스노 체인을 챙겼을지 염려할 까닭은 없었다. 체인은 보통 엉키는 일이 없도록 차고 벽에 박아 둔 대못 두 개에 기다랗게 걸어 두었다. 이 또한 조지다운 꼼꼼함이었다. 그러나 눈이 계속 이렇게 쏟아진다면, 또 조지가 체인을 안 가져갔다면?

어차피 신선한 공기를 좀 쏘여야겠다는 생각이 들던 참이었기에, 필은 평소 모자와 쌍안경을 얹어 놓는 자리인 책장 맨 위 칸에서 자기 모자를 집어 꾹 눌러쓴 다음, 낡은 파란색 데님 점퍼를 걸치고 거실을 통과하여 괘종시계 앞을 지나 바깥으로 나섰다. 눈이 꽤 거세게 퍼부었다, 정말로 거세게. 그는 멈춰 서서 숨을 깊이 들이마시고 쏟아지는 눈 속을 바라보았다. 그러다 헛기침을 하고 침을 뱉었다. 길 잃은 소 두 마리가 가시철사 울타리 너머 언덕에 웅크리고 있었다.

필은 눈보라를 피해 차고 안에 들어가 섰다. 차고의 콘크리트 바닥은 리오 트럭이 오랜 세월 동안 실어 나른 흙먼지에 묻혀 보이지 않았고, 산마루처럼 불룩 솟은 무더기 두 개의 정체는 트럭의 펜더인가 뭔가 하는 부분에서 떨어진 흙먼지였다.

그리고 차고 벽의 대못에는 스노 체인이 걸려 있지 않았다.

없는 게 당연했다. 조지가 잊지 않았으리라는 것을 필은 알았다. 조지는 괘종시계 태엽을 감는 것도 잊지 않았는데, 왜냐하면 필이 시계 앞을 지나가며 흘끗 확인한 태엽 추가 이미 시계 속 보이지 않는 곳까지 올라가 있었기 때문이었다. 조지는 길을 떠나기 전에 미리 추를 당겨 놓았던 것이다. 4시 전까지 집에 돌아오지 않을 작정으로! 조지는 어딘가 까마득히 먼 곳에서 차가 고장 나 집까지 꼬박 걸어오는 꼴을 당해도 싼 놈이었다. 그렇게 조지가 마침내 집에 도착했을 때 필은 괜찮은지 어떤지 한마디도 묻지 않을 작정이었다, 절대로! 죽어도 그럴 일은 없었다, 절대로! 필은 발을 쿵쿵 구르며 집으로 돌아가 침대에 누웠다.

자정이 막 지났을 때 자동차 한 대가 옆 마당에 들어섰다.

옳지!

그러나 그 차는 한바탕 놀러 나갔던 젊은 일꾼들만 태우고 왔다. 일꾼들이 떠들고 노래하는 소리에 이어 누군가 '야 젠장 웃기지 좀 마라.'라고 외치는 소리가 들릴 때까지, 그때까지도 필은 일꾼들이 조지를 구조하여 집에 데리고 왔을 거라 짐작했지만, 만약 조지가 함께 있었다면 그들이 저렇게 노래를 부를 리가 없었다. 필은 일어나서 침대에 앉아 기다란 다리를 옆으로 휙 틀어 바닥에 발을 디디며, 바깥에 나가서 일꾼들에게 혹시 조지를 못 봤냐고 물어야 할지 생각했다. 그런데 일꾼들이 그 말을 귀담아듣기나 할까? 게다가 모양새도 좋지 않았다. 일꾼들에게는 알릴 필요가 전혀 없었다. 조지가 사라진 것을. 필은 다시 침대에 누워 깍지 낀 손으로 뒤통수를 받쳤다.

시계 종소리가 2시를 알렸다.

뒤이어 조지가 도착했다. 조지는 방으로 곧장 들어와 불도 안 켠 채 옷을 벗고 바로 잠자리에 들지 않고 거실에 한동안 머물렀다. 의자에 앉아 있을까? 위쪽에 노마님의 초상화를 걸어 놓은 벽난로 앞에 서 있을까? 담배를 피우며? 뭘 하는지는 몰라도 조지는 기척도 내지 않았다. 필은 기다렸다.

오래지 않아 조지가 복도를 걸어와 방으로 들어섰다. 필은 조지가 침대에 앉는 소리를, 침대가 삐걱대는 소리를 들었다. 조지는 끙 소리를 내며 장화를 벗었다. 아니, 장화가 아니었다. 구두였다. 소리로 미루어 보아 구두 같았다. 뒤이어 필은 조지의 시커먼 그림자가 일어서는 것을 보았다. 조지가 허리띠를 풀고 있었다.

필이 느닷없이 신음을 했다. 잠에서 깨어나는 들짐승이 낼 법한 소리였다. "으어어어!" 필의 신음은 몇 번이나 터져 나왔다. "어이…… 거기 누구야?"

"진정해." 조지가 나직이 말했다. "나야."

"지금 도대체 몇 시냐?" 필은 어째선지 궁금해졌다. 조지가 거짓말을 할지, 안 할지.

"2시가 넘었어."

"젠장! 이런 시간에 사람을 깨우다니."

"뭐, 다시 자면 되잖아."

"아니, 담배나 한 대 피워야겠다. 잘 만큼 잤으니까." 필의 손은 어둠 속에서도 헤매는 법이 없었다. 뻗어 나간 손이 종이와 담배가 든 쌈지를 대번에 알아보고 집어 들었다. 성냥을 그어 불을 붙이고 나서, 필은 담배를 한 모금 빨고 쿨룩거렸다. "도로에서 눈 때문에 고생하진 않았고?"

"별로."

"어디까지 갔다 왔는데?"

"비치. 거기에 볼일이 있어서."

"비치에?" 그 순간 필은 원칙을 어겼다. 캐묻고 말았던 것이다. 그러나 그는 가벼운 목소리와 쾌활한 말투로 자신의 실수를 가렸다. "거긴 무슨 일로 갔냐, 조지 도련님? 혹시 여자라도 만나고 다니는 거 아니야?"

짧은 침묵, 뒤이어 문 아래로 들이치는 바람 소리. "고든 부인하고 얘기하다가 왔어."

"그래. 그 여자가 네 어깨에 기대서 울었겠지, 아무렴."

"그랬어."

그 여자! 아무래도 그 여자가 세상을 끝장내려는 모양이었다. 필이 알던 세상을.

형제가 아직 꼬맹이였던 시절부터 동부의 친척들은 몇 년에 한 번씩 오락거리 삼아 버뱅크 목장으로 여행을 오곤 했고, 그럴 때면 자기네 친구도 데려왔는데 보통은 여자애들이었다. 필과 조지가 남자 구실을 할 나이가 되었을 무렵에는 노마님이 무슨 생각을 하는지가 훤히 보였고, 여자애들이 무슨 생각을 하는지도 훤히 보였다. 필 식으로 말하면 '가난뱅이 귀족'인 그들은 자신들의 빈 주머니를 다시 채우러 이곳을 찾았다. 그들은 하나같이 입에 돼지 갈비라도 물고 말하는 것처럼 발음이 꼴사나웠다. 필은 남자든 여자든 친구가 필요한 사람이 아니었기에 그들이 목장에 처음 왔을 때부터 혼자 산 위의 숲으로 덜렁 올라가 버렸고, 그렇다 보니 노마님이 준비한 소풍에 그들을 데리고 가는 일은 조지 몫이었다.

조지는 그들을 데리고 주 경계를 넘어 옐로스톤 공원까지 가야 할 신세였다. 맙소사! 조지가 친척들과 가난뱅이 귀족 무리를 이끌고 옐로스톤 공원에 처음 갔을 때는 아직 구닥다리 육두마차가 돌아다니던 시절이었다.

조지는 거울에 비친 자기 얼굴만 보고도 여자애들이 원하는 것은 그가 아니라 버뱅크라는 성과 재산, 즉 여생을 남의 험담이나 하며 보내도 될 만큼 안락한 보금자리라는 사실을 깨달았다. 아아, 오랜 세월에 걸쳐 그들은 조지를 꼬드겨 야밤에 함께 말을 타러 나가곤 했다. 조지의 아기를 밴 채로 쫓겨나도 싼 짓이었지만, 물론 상류층이라는 사람들은 그렇게 호락호락하지 않았다. 밑바닥 인생들만 그런 꼴을 당했다.

그러나 조지는 그런 함정을 용케 피해 갔고, 필이 알기로는 자기 앞으로 오는 편지에 답장을 쓴 적도 없었다. 보스턴이나 그보다 더 번듯한 교외 지역의 주소를 달고 드문드문 날아드는 연서의 내용은 일전에 얼마나 '즐거운' 시간을 보냈고 서부는 얼마나 '신기한' 곳이며 친애하는 조지, 그럴 수만 있다면 얼마나 멋질까요, 겨울 '휴가철'에 당신이 어쩌고저쩌고하는 식이었다. 필은 조지가 턱시도를 빼입은 모습을 떠올리기만 해도 코웃음을 참지 못했다. 아무리 상상해도 펭귄이 토마토 수프 깡통에 그려진 여자와 춤을 추는 광경밖에 떠오르지 않았다. 노마님은 그런 사람들을 가리켜 '신흥 계급'이라고 했다.

'서부의 하늘에 떠 있던 달은 절대 못 잊을 거예요.' 그 빌어먹을 멍청이들 가운데 하나가 조지에게 보내는 편지에 적은 말이었다. 글쎄, 달을 잊지 못하는 그 아가씨를 조지가 잊어버린 것만은 확실했다.

그러니 한번 생각해 보라, 그럴 마음이 있다면. 동부 해안에서 가장 잘 빠진 여자를 아내로 맞을 수도 있었던 조지가, 하필이면 남편을 자살로 여읜 데다 과거 어느 싸구려 술집에서 피아노 연주자로 일했던, 그러니까 건반이나 만지작거렸던 난잡한 여자와 엮이려 하는 이유가 도대체 뭔지를. 노마님은 목이 쉬어라 악을 쓸 것이다. 저 음탕한 여자를 이 집에서 끌어내라고. 그 여자를 친척들한테 소개해야 할 때가 오면? 필은 격식을 비웃는 한편으로 제대로 된 격식을 존중하는 사람이었고, 그래서 조지가 난잡한 여자를 만난다면 적어도 그 사실을 비밀에 부치지 말고 먼저 그 여자를 사람들 앞에 소개해야 한다고 믿었다. 그 여자의 꿍꿍이 속이 뭔지 조지는 모르는 걸까? 누가 나서서 직접 얘기해 줘야 할까? 여자가 필요하다면, 몸이 달아서 어쩔 줄 모를 만큼 원하는 게 그거라면, 조지는 혼인 증명서 같은 것 없이도 얼마든지 얻을 수 있었다.

필은 혼자서 쿡쿡 웃었다. 어떤 이야기가 기억났기 때문이었다. 한 남자가 시골 마을의 보안관을 찾아가 혼인 증명서를 발급받았는데 남자가 돌아간 후에 보안관은 혼인 증명서가 아니라 사냥 허가증을 발급한 것을 알아차렸고, 그래서 남자와 그 아내가 묵는 호텔로 부리나케 달려가 방문을 두들기며 이렇게 외쳤다는 이야기였다. '아직 안 했으면 하지 마시오, 그걸 하라는 허가증이 아니오.'

아무렴, 혼인 증명서 같은 것은 필요치 않았다.

아니면 **벌써** 임신이라도 시킨 걸까?

뭐, 그것도 다 피해 갈 방법이 있었지만 그 방법을 쓰려면 가슴이 머리보다 더 차가워야 했는데, 조지의 경우는 그 반대라는 생각이 필은 가끔 들었다.

노마님이 알았다가는 피를 토할 일이었다.

《새터데이 이브닝 포스트》는 펼친 흔적조차 보이지 않았다. 그 잡지가 든 갈색 종이 원통은 테이블 위에 장작 다발처럼 쌓여 갔다. 일요일 아침 식사가 끝나면 조지는 필에게 말 한마디 없이 차를 몰고 나가서 한밤중까지 돌아오지 않을 때도 있었다. 일꾼 한 명이 필에게 조지와 그 여자 — 이름이 로즈인 그 여자 — 가 헌든 시내를 돌아다니다 사람들 눈에 띄었다는 소문을 전해 주었 지만, 필은 고개를 돌리고 못 들은 척했다.

조지가 그 여자를 실제로 어떻게 보는지, 그 여자한테서 진짜 로 바라는 게 뭔지는 뻔한 것 같기도 했다. 왜냐면 그 여자를 목장 에 데리고 온 적이 없기 때문이었다. 만약 조지가 진심이라면 틀 림없이 그 여자를 목장에 데려왔을 것이다. 당연히 그랬을 것이 다, 컴컴한 밤에 헌든의 길거리를 둘이서 몰래 돌아다닐 것이 아 니라.

일요일이면 필은 목공 일을 하며 긴 시간을 보냈다. 소가죽을 꼬아서 밧줄을 만들기도 했다. 사무실 벽에 붙일 목장 지도도 새 로 그리기 시작했는데 이는 조지를 위한 선물이었다. 어쩌면 조지 에게 가족에 대한 의무를 일깨워 줄지도 모를 선물. 필은 휘파람 도 부쩍 많이 불었고 침대에 누워 생각하는 시간도 길어졌다.

12월 초, 눈에 이어 갑작스런 한파가 몰아닥쳤다. 느지막이 솟은 태양은 저택 앞의 세이지브러시 언덕 위에 걸린 채 좀처럼 움직이지 않았다. 그 언덕 꼭대기, 저택 앞쪽 유리창과 앞쪽 포치 에서 보이는 꼭대기에, 필과 조지가 평평한 이판암을 둥글게 쌓아 만든 돌무덤이 있었다. 바로 6월 21일 하짓날 해가 떠오르는 정확한 지점이었다. 맙소사, 형제가 그 돌무덤을 만든 때가 언제였던가? 1901년? 아무튼 그 무렵이었을 것이다. 한파가 덮친 이날 아침에는 태양이 돌무덤의 한참 남쪽에서 꾸물거렸다. 아침 식사를 마친 후에도 거실에 불을 켜 놓아야 할 정도로 컴컴했고, 털털거리는 발전기 엔진 소리가 언덕에 부딪혀 메아리쳤다. 필은 앞쪽 포치로 나가 코를 훌쩍이며 서 있었다. 들판 너머에서 코요테 우는 소리가―이렇게 아침까지 우는 경우는 드물었는데―들려왔고, 뒤이어 멍청한 개들이 따라 짖기 시작했다. 필은 엄지손톱에 성냥을 그어 불을 붙인 다음, 현관 지붕을 떠받친 굵은 기둥의 온도계를 들여다보았다. 영하 45도! 조지에게 할 얘기가 생겼다. 하루의 대화를 시작할 화젯거리였다.

"야, 조지. 오늘은 나도 장갑을 꺼내야겠다."

"웬일로?"

"영하 45도야, 이 꼬맹이야! 예전 그 시절이랑 똑같다고!"

"필." 조지가 말했다.

"뭐가 궁금해서 그래, 이 양반아?"

"필, 혹시 노마님한테 편지 썼어?"

"어. 며칠 전에 한 줄 적어서 보냈지."

"로즈 이야기를 한 것 같던데."

"로즈? 아, 로즈. 뭐, 솔직히 말해서, 네가 그 여자랑 엮인 걸 노마님이 알면 뭐라고 할지 너도 나만큼 잘 알잖아. 노마님이 어떻게 생각할지, 어떤 심정일지도. 조지, 우리 식구들은 언제나 가깝게 지냈잖아. 가정적인 사람들, 안 그러냐? 노마님 기분이 어떨지 생각해 봐라."

"노마님 기분이 어떻긴. 선대 버뱅크 부인이 후대 버뱅크 부인한테 느끼는 기분이겠지."

"뭐라고?" 필이 고개를 번쩍 쳐들었다. 더 똑똑히 들으려고.

"우리 일요일에 결혼했어." 조지가 말했다. "비치에 있는 로즈네 집은 그 사람이 이미 처분했고."

필은 충격이 너무 컸던 나머지 그대로 바깥으로 걸어 나가서는, 마구간으로 들어가 우뚝 섰다. 마침 이날 아침에는 그의 전용 말조차도 자기 주인을 처음 보는 양 마구간 안쪽으로 슬슬 피하며 빌어먹을 바보 천치처럼 굴었고, 그래서 필은 말을 끌어내어 밧줄로 바짝 묶어 놓은 다음 따끔한 맛을 보여 주려고 안장깔개로 머리를 때리고 또 때렸다. 이 빌어먹을 바보 천치 놈아. 그러고 나서 필은 말을 한 번 더 후려쳤다. 말은 밧줄이 팽팽해지도록 버둥대며 흰자위가 다 보이게 눈을 뒤룩거렸다.

5장

울고 있는 로즈를 발견했을 때, 조지는 자기 깜냥에는 너무 버거운 문제와 맞닥뜨린 것을 알아차렸다. 그는 화내는 사람은 웬만큼 상대해 봤다고 자부했지만, 우는 사람을 위로해 본 경험은 없다시피 했다. "저," 조지가 말을 꺼냈다. "저녁 값을 계산하려고 합니다만." 로즈가 그를 돌아보았다. 그러고는 고개를 저었다. "그럼," 조지가 말했다. "나중에 청구서를 보내 주시겠습니까?

로즈는 고개를 끄덕이고는 돌아섰다. 조지는 대담한 행동을 했다. 손을 뻗어 로즈의 팔을 다독이고는, 빙긋이 웃고 나서, 그 자리를 떠나 강가로 걸어 내려갔다. 생각을 하려고. 산책이라고는 생전 안 하던 그가. 전에는 그 강가를 한 번도 걸어 본 적 없는, 느린 강물이 강 한복판의 모래톱에 부딪혀 갈라지며 내는 나직한 물소리를 한 번도 들어 본 적 없는 그가. 혹시 누가 보면 어떡하지. 그는 생각했다. 달빛 속에 있는 그를, 전에는 한 번도 온 적 없는 강둑에 앉아 있는 그의 모습을. 흠. 그는 생각했다. 누가 보면 어떡하지.

몇 주 후에 조지를 다시 보았을 때 로즈는 깜짝 놀랐다.

로즈가 운영하는 가게는 여관 겸 식당이었고, 그래서 사람들은 스스럼없이 그곳에 들어섰다. 대중을 상대로 영업을 하는 한 사생활하고는 영영 작별이었다.

그런데 조지 버뱅크는 노크를 했다. 그러고는 말했다. "부인을 만나러 와야겠다는 생각이 들었습니다."

"어서 들어오세요." 로즈는 불안했다. 조지 버뱅크가 무슨 일로 찾아왔을까. 로즈는 식대 청구서를 보냈다. 그리고 수표를 받았다. 로즈의 상상 속에서 조지 버뱅크의 차는 술집 앞을 지나다가 이미 사람들의 눈에 띄었고, 그녀의 평판은 이미 내리막길을 미끄러져 내려가는 중이었다. "정오에 단체 손님이 오기로 해서요. 저기, 제가 음식 준비를 하느라 좀 바빠서."

"고든 부인, 저는 폐를 끼칠 생각은 없습니다."

그럼 왜 안 가고 버티는 걸까, 도대체 왜, 폐 끼칠 생각이 없다면서?

"주방으로 와서 앉으시겠어요?"

"예, 감사합니다." 조지 버뱅크가 말했다.

주방 창가의 송판 테이블은 로즈와 피터가 식사를 하는 곳이었다. "이 자리도 괜찮으시겠어요? 저는 비스킷 반죽을 만들어야 해서요."

"가서 비스킷 만드십시오. 저는 그냥 여기 앉아 있겠습니다."

그리하여 조지는 송판 테이블 앞에 앉아서, 소스 병의 상표에 적힌 설명을 읽기 시작했다. 피터는 소스와 양념을 무척이나 좋아했다. 건강에 최고로 유익한 이 소스는. 조지는 소스 병의 설명을 읽어 내려갔다. 고기 요리 및 치즈, 생선에 가장 잘 어울립니다. 설명을 다 읽은 조지는 오일클로스 식탁보에 그려진 꽃을 손끝으로 문질렀다. "올가을은 확실히 가물었지요." 조지가 말을 꺼냈다. "보니까 강물의 수위도 낮아졌더군요."

"전에는 이런 적이 없었나 보조? 요전 날 마을 사람들이 하는 말을 들었는데 이렇게 비가 안 오는 가을은 처음이랬어요."

"맞습니다, 그 사람들 말이." 조지가 동의했다. "건조한 가을이었지요."

"버뱅크 씨는 날씨 같은 것도 미리 알아 두셔야겠네요."

조지는 밀가루가 묻은 로즈의 손이 보기 좋았다. "예, 날씨도 미리 알아 둬야 합니다. 그렇고말고요." 스스로도 인정하다시피 조지는 눈물에 대해 잘 모르는 만큼이나 사랑에 대해서도 잘 알지 못했지만, 그래도 그곳에 앉아 있으니 즐거웠다. 그리고 자기 딴에는 훨씬 더 흥미진진한 주제로 넘어가기 직전인 지금 이 대화도 즐거웠다. 바꾸어 말하면, 그는 사랑에 관하여 알아야 할 것을 다 알았다. 사랑하는 사람이 있는 곳에 자신도 함께 있는 기쁨을.

"피터는 학교에 있어요, 유리창을 청소하는 날이라서요." 로즈는 잠시 손을 멈추고 생각했다. 피터가 집에 없다는 말을 조지 버뱅크가 혹시 추파로 오해하지는 않을까 하고.

"아드님이 굉장히 자랑스러우실 것 같습니다. 저도 소문을 들었거든요."

로즈는 피터를 감싸고 싶은 마음이 더럭 치솟았고, 그러자 눈물이 차올라 눈가가 시큰했다. "제 아들의 소문을 들으셨다고요?"

"예, 영리한 아이라고 들었습니다."

자동차 두 대가 여관 건물 앞에 와서 섰다. 헌든에서 온 손님들이었다. 문이 열리면서 문 위쪽에 붙은 조그마한 종이 손님이 왔다는 신호를 보냈고, 뒤이어 추위 때문에 호들갑을 떨다가 난로의 온기에 안도하는 사람들의 목소리가 들려왔다. "가서 손님들을 안내해야겠어요. 피터는 조금 이따가 올 거라서요."

조지가 가만히 들어 보니 식당에 있는 사람들은 꽤 시끄러운 패거리 같았다. 다시 주방으로 돌아온 로즈가 말했다. "손님들이 와인을 가져오셨네요. 안 그러면 좋겠는데. 새로 시행되는 금주법에 걸릴지 어떨지는 잘 모르지만, 수상쩍어 보일 것 같아요. 혹시 누가 들르기라도 하면요."

조지가 천천히 의자에서 일어섰다. "제가 가서 한마디 할까요?"

로즈는 웃음이 터졌다. 너무 놀라서. "아니요, 별말씀을요! 그 얘기는 제가 따로 할게요." 상상을 해 보세요. 로즈는 생각했다. 조지 버뱅크가 난데없이 손님들 앞에 들이닥치면 어떻게 되겠어요. 우리 여관 주방에서 걸어 나오면.

"말씀대로 하겠습니다." 조지가 말했다.

"피터가 왜 이리 늦는지 모르겠네요."

조지는 비스킷이 구워지는 냄새에 코를 쿵쿵댔다. "아마 유리창 닦는 일이 다 안 끝났나 봅니다."

"게다가 손님들이 일찍 오셨어요." 시끄러운 데다 부지런하기까지.

"제가 보기에는," 조지가 의견을 밝혔다. "와인만 마신 게 아닌가 봅니다. 목소리가 큰 걸로 봐서는 더 독한 술도 마신 것 같군요."

손님들은 예약한 시간보다 더 일찍 도착했고, 점점 더 목청이 커졌다. 헌든에서 온 무리였다. 그중 장의사는 시어도어 루스벨트 전 대통령을 닮았는데 희희낙락 웃는 얼굴이 시신을 보면서도 그대로일 것 같은 사람이었다. 약사와 금발 여성 두 명도 함께 있었다. 무리 가운데 한 명은 헌든에서 으뜸가는 치과 의사로, 얼마 전 휴양지에서나 입을 새하얀 리넨 슈트 차림에 지팡이까지 들고 사우스 퍼시픽 스트리트를 걷는 모습이 눈에 띄어 남들의 입길에 오르내렸다. 그리고 이 추운 가을날 오후에 그 치과 의사와 함께 온 여성은 그의 아내가 아니라 진료실에서 그를 거드는 콘수엘라라는 여성이었다. 콘수엘라는 헌든에서 유명한 라틴계 미인인 반면에 치과 의사의 아내는 야만인들을 개종시키는 선교 사업에 열심인 여성으로, 화창한 일요일 오후면 치과 의사인 남편과 함께 적갈색 캐딜락 승용차를 타고 헌든 일대를 드라이브하기 좋아했다. 차 뒷좌석에 자기 교회 목사를 함께 태우고서. 이날 그 치과 의사의 아내는 다른 주에 사는 친구의 병문안을 간 참이었다. 이들이 바로 새로운 계층, 헌든의 신흥 유한계급이었다. 쉬지 않고 싸돌아다니는 그들은 새로 문을 연 가게라면 모르는 곳이 없었다. 그린 랜턴이니 레드 루스터니 하는 그런 식당들은 실내조명이 어두침침하고 문을 열었다가 금방 닫는 수상쩍은 곳, 자욱한 담배 연기 속에 소규모 악단이 외설적인 음악을 연주하는 곳이었다. 그들은 신흥 자본이 낳은 신흥 계급이었지만 개중에는 으리으리한 차를 타고 흙길을 질주하는 젊은 목장주 아들도 있었고, 이들은 무슨 수를 썼는지 집안 명의의 수표책을 들고 다녔다. 그중 어떤 이들은 동틀 녘에 밤샘 파티에서 돌아오는 모습이 눈에 띄곤 했는데 그들의 스포츠카 뒷좌석에는 예쁘장한 젊은 여성이 앉아서 발로 운전대를 조종했고, 술에 취한 남녀 한 쌍이 차가 출렁거리는 와중에 환호하며 그 아가씨를 부추겼다. 그 끝이 어디일지는 아무도 몰랐다. 사람들이 밤새 깨어 있으면서 가물거리는 라디오 주파수에 귀를 기울이는 이 시대에는.

"식당에 피아노를 놓지 말걸 그랬어요. 저 소리 좀 들어 보세요!"

로즈가 주방에서 식당으로 통하는 용수철 문을 지나가는 사이에 조지가 슬쩍 훔쳐본 손님들은 이제 뭔지 모를 야단스러운 춤을 추고 있었고, 보아하니 그리 잘 추지도 못했다. 온 바닥이 쿵쿵 울리는 느낌이 주방까지 또렷이 전해졌다.

"어떡하지, 피터가 빨리 와야 하는데. 저는 닭을 튀기고 샐러드는 피터가 내가면 되거든요. 가끔은 그렇게라도 해야 해요, 먹고살려면요." 로즈는 말을 멈추고 잠시 생각했다. "버뱅크 씨, 제가 가서 피터를 불러와야겠어요."

"와, 예쁘다!" 식당에서 손님들이 외쳤다.

"화끈하게 흔들어 봐!" 누군가 소리쳤다.

조지가 말했다. "고든 부인, 샐러드는 제가 내가겠습니다."

로즈가 뭐라고 대꾸하기도 전에, 조지는 카운터에 놓인 접시 두 개를 들고 어깨로 용수철 문을 밀었다. 로즈가 조지 너머로 흘끗 보니 라틴계 미녀가 기다란 흑옥 구슬 목걸이를 휘날리며 다리를 높이 쳐들고 있었다.

조지의 등 뒤에서 흔들리던 용수철 문이 멈춰 서자 로즈는 문 앞으로 다가갔다. 조지가 방금 한 짓 때문에 겁에 질린 채로.

쿵쾅대는 소음과 웃음소리는 조금 더 이어졌고, 사람들의 목소리도 더 커졌다. 그러다가 갑작스레 철저한 침묵이 내려앉았다.

피아노가 만든 화음은 미완성인 채로 사그라졌다. 그 침묵 속에서 조지의 목소리가 로즈의 귀를 건드렸다. "안녕들 하십니까." 조지는 그렇게 인사하고 껄껄 웃었다. "아무래도 제가 이 식당의 신참 웨이터인 것 같군요. 잘 지내시죠, 의사 선생님?"

조지가 샐러드를 더 가지러 주방으로 돌아왔을 때, 로즈는 개수대를 짚은 채 몸을 앞으로 숙이고 있었다. 조지는 대번에 로즈에게 다가갔다. 로즈가 울고 있을 거라는 섣부른 판단 때문이었다. 전에도 울고 있는 로즈를 발견한 적이 있었으므로. 로즈는 역시나 흐느끼고 있었지만, 이번에는 웃다가 지쳐서 흐느끼는 중이었다. "진짜 자연스러웠어요." 로즈가 소곤거렸다. "다들 기절초풍했지 뭐예요. 누가 상상이나 했을지……." 그러고는 다시 배를 잡고 웃었다. "진짜로 자연스러웠어요."

그럼요! 조지는 속으로 중얼거렸다. 그의 솜씨는 **썩** 훌륭했다. 그때껏 아무한테서도 재미있다는 말을 못 들어 본 사람치고는.

"버뱅크 씨." 나중에 주방에서 함께 커피를 마시며 로즈가 말했다. "제가 근심에 빠졌을 때 버뱅크 씨는 두 번이나 이곳에 계셨어요. 그런데 저는요, 자주 근심에 빠지는 사람이 아니에요."

일찍이 조니 고든이 그의 셔츠를 찢고 그를 걸레 뭉치처럼 벽에 던져 버린 자가 누구인지 털어놓았다면, 로즈는 결코 조지 버뱅크에게 곁을 허락하지 않았을 것이다. 그러나 조니는 털어놓지 않았다. 사람의 이름을 입 밖에 내면 그 사람의 얼굴이 떠오르는 것 같아서였다. 그가 느끼는 굴욕감은 가해자의 얼굴이 떠오르지 않을 때, 운명이 그러하듯이 하나의 힘으로 존재할 때 한결 더 견디기가 쉬웠다. 로즈는 말수가 적은 조지와 함께 있는 것이 즐거

위지면서 ─심지어 그가 오기를 고대하게 되면서 ─일전의 종이
꽃 사건을 합리화하기에 이르렀다. 어쩌면 필 버뱅크 씨는 별생각
없이 그랬는지도 몰랐다. 다 큰 남자가 어린 남자애를 모욕할 이
유가 뭐란 말인가? 로즈가 너무 예민했던 것은 아닐까? 예전 학교
운동장에서 들었던 아이들의 조롱을 섣부르게 떠올린 탓이었을
까? 흠잡을 데 없이 평범한 대화였는데 예전에 아들이 받았던 조
롱을 떠올리고 그만 상심했던 걸까? 다 큰 남자가 어린 남자애를
모욕할 리가 없잖은가!

조지가 진지한 부탁을 꺼냈다. "당신을 로즈라고 불러도 될
까요? 그리고 저를 조지라고 불러 주시겠습니까?"

"물론이에요, 조지."

그다음 일요일, 진지한 부탁이 또 나왔다. "저와 결혼해 주시
겠습니까?"

로즈는 그 말에 놀라는 척할 사람이 아니었다. "조지, 솔직하
게 말할게요. 나는 내 남편을 사랑했어요. 한 여자가 두 남자를 사
랑하는 게 가능한 일인지, 나는 모르겠어요."

"물론 그러시겠지요. 어떻게 알겠습니까? 하지만 저를 좋아
하시는 마음이 있다면, 나중에는 혹시 또 모르잖습니까? 그리고
저는 아드님이 공부를 계속하게 도와 드릴 수도 있습니다. 어떤
학교를 가든지요."

"그건 내 힘으로도 할 수 있어요. 먼저 간 존한테도 중요한 일
이었으니까요, 피터를 계속 공부시키는 거요. 어쩌면 존이 마지막
까지 믿었던 일인지도 몰라요."

"제 얘기는 뭐냐면, 그 애가 공부를 계속하도록 돕겠다는 겁
니다, 돈을 빌려 드리든 어떻게 하든, 당신이 원하는 방식으로요.

저하고 결혼을 하든 안 하든 상관없어요. 아시겠습니까, 이렇게 당신하고 같이 있고, 이렇게 같이 웃고 얘기를 나누고, 저는요, 이럴 수만 있으면 당신하고 그 애한테 뭘 해 줘도 하나도 아깝지가 않습니다."

"왜 못 알아들으세요, 저는 당신의 돈을 바라지 않아요."

"참 이상하지요. 전에는 제가 가진 게 그것뿐인 줄 알았습니다. 돈 말입니다. 당신하고 이렇게 같이 앉아서 웃고 얘기를 나누기 전까지는요. 참 이상해요, 요즘은 혼자 있을 때도 기분이 아주 좋거든요."

로즈는 조지의 넓적한 발을 내려다보았다. 그의 구두는 낡았지만 새로 닦아서 광이 났다. 로즈는 눈을 들어 조지의 손을 보았다. 그 두 손은 너비와 길이가 거의 비슷할 정도로 통통했고, 따뜻했다. 추운 바깥에 있다가 막 들어왔을 때조차도. 문득 로즈는 조지가 어릴 적에 어떻게 생긴 아이였을지 눈앞에 또렷이 그려지는 듯했다.

조지가 말했다. "부탁이니까 울지 마세요."

"안 울어요. 그냥, 내가 참 운이 좋다는 생각을 하고 있었어요. 살면서 상냥한 남자를 둘이나 만나다니."

낡은 리오 트럭을 몰고 집으로 돌아오는 길에 조지는 뮤지컬 「핑크 레이디」에 나오는 왈츠 곡을 휘파람으로 불고 또 불었다. 로즈가 춤을 가르쳐 준다고 하면 어떻게 해야 할까, 그러겠다고 하면. 조지가 눈을 가늘게 뜨고 올려다본 밤하늘의 별들은 어찌나 환했던지, 별빛이 마치 땅에 똑바로 내리꽂히는 창 같았다. 로즈와 함께 보내는 크리스마스는 또 얼마나 멋질까!

늙은 버뱅크 부부는 여느 은퇴한 목장주들보다 운이 좋았다. 그들 가운데 여럿이 길고 추운 겨울과 울부짖는 바람과 인적 없는 황야의 고독감에 끝내는 무너져서 ── 류머티즘 때문에 다리를 절고 관절염에 걸린 손가락은 죽은 새의 발톱처럼 굳은살 박인 손바닥에 오그라든 몰골로, 젊은것들이 자신들은 결코 다시 못 할 방식으로 말을 달리고 올가미를 던지고 사냥을 하고 경영을 하며 세상을 차지하는 꼴을 꼼짝없이 지켜보면서 ── 은퇴 후에는 알코올 의존증에 빠져들었고, 비치나 헌든에 있는 술집을 찾아 바 뒤편의 잔인한 거울에 비친 자신의 늙고 사납고 의기소침한 얼굴을 물끄러미 바라보았다. 그리하여 그들 가운데 자수성가한 이들은 일찍이 벗어나고 싶어서 평생을 바쳤던 계급에 속한 이들과 나란히 술을 마시는 처지가 되어, 이들과 다를 바 없는 망각을 갈구하며, 같은 황혼 속으로 가라앉았다. 그러면서 곰곰이 생각했다. 번듯한 묘원과 무연고자 묘역을 가르는 것은 고작 말뚝 울타리 하나라는 사실을.

집에서 그들은 감시하고 트집 잡고 툭하면 심사가 뒤틀렸고, 수표책을 쥐고 놓을 줄을 몰랐으며, 언제나 부루퉁한 채로, 자기 아들딸은 틀림없이 부모가 죽기를 바랄 거라고 믿었다. 아들딸 자신들마저 늙어 버리기 전에.

늙은 버뱅크 부부가 다른 이들보다 더 부자라서 운이 좋은 것은 아니었다. 현금을 20만 달러쯤 주무르는 목장주만 해도 그들 말고 대여섯 명은 있었다. 예컨대 톰 바트가 그런 사람이었는데, 그는 돈을 펑펑 쓰고 호텔 방을 빌려 밤샘 파티를 벌인다는 소문이 돌았는데도 그렇게 부자였다. 바트 집안과 버뱅크 집안은 헌든의 길거리에서 어쩌다 부딪히는 경우가 아니면 만날 일이 거의 없었는데, 그럴 때 공손히 비켜서서 길을 양보하는 쪽은 한평생 파티광으로 이름을 날린 톰 바트였다. 노마님의 우아한 자태와 노인장의 맵시 있게 재단한 양복 앞에서 그는 뻣뻣하게 굳은 채 헤헤거릴 뿐, 말도 제대로 못 했다. 조지는 하고많은 사람 중에 하필이면 톰 바트를 남몰래 동경했다. 필은 그를 멍청이로 여겼기에 '떠버리 촌놈'이라고 불렀다.

아니, 버뱅크 부부가 더 부자이기 때문은 아니었다. 그들이 교육을 잘 받았고 사교계에도 연줄이 닿았기 때문이었고, 독서와 사색이 위스키의 자리를 대신했기 때문이었다. 그들은 빅트롤라 축음기로 넬리 멜바와 아멜리타 갈리쿠르치의 아리아를 들었고, 《타운 앤드 컨트리》나 《인터내셔널 스튜디오》, 《멘토》, 《센추리》 같은 잡지를 탐독했으며, 그런 잡지들이 테이블에 한가득 쌓이면 누군가 차에 싣고 비치까지 가서 그곳의 학교에 기증하고 왔다. 어떤 이들은 분노와 좌절로 표출하는 특이한 열정의 자리를 그 집에서는 시사에 관한 진지한 토론이 대신 차지했다. 이따금 토론의 분위기가 너무 격해지면 부부는 입을 다물고 갑작스레 내려앉은 침묵 속에 서로를 물끄러미 바라보았다.

부부는 필과 어울려 살 만한 사람들이 아니었고 필의 비위를 맞출 방법도 알지 못했으며, 필의 눈빛은 그들로 하여금 퇴물이 된 기분을 느끼게 했다. 불쾌한 충돌을 몇 차례 겪고 나서 노부부는 솔트레이크시티에 있는 호텔의 고급 스위트룸을 계약한 다음 객실에 원래 있던 가구를 (충분히 고급스러웠는데도) 모두 빼고 자기들이 쓰던 가구로 채웠고, 그곳에서 지내며 수준이 비슷한 사람들과 교류했다. 은퇴한 목장주나 벌목업자, 자신들이 미국 서부를 훤히 아는 만큼이나 오스트레일리아와 남아프리카 사정에 밝은 광산업자 같은 부류였다. 그들은 동부에 사는 친척들과 자주 서신을 주고받았고 동부에서 발행하는 석간신문인 《보스턴 이브닝 트랜스크립트》를 구독했으며, 볕을 쬐며 산책하거나 호텔 꼭대기 층 스위트룸의 커다란 창문 너머로 눈 덮인 산을 바라보며 시간을 보냈다. 그러나 어쩌다 가끔 긴 침묵이 이어질 때면 문득 한쪽이 다른 쪽을 돌아보며 재빨리, 용기를 북돋는 미소를 짧게 지어 보였고, 상대도 미소로 화답했다. 그러고 나면 다시 침묵이 이어졌다.

노마님은 조지가 결혼할지도 모른다는 소식이 담긴 편지를 읽다가 눈이 동그래지다 못해 눈썹이 하늘로 날아오를 뻔했다. 필이 보낸 첫 번째 편지를 받고 나서, 노마님은 조지에게 보낼 편지를 몇 통이나 썼다가 다 찢어 버리고 마지막 한 통만 부쳤다. 노마님은 생각했다. 다 큰 남자한테 남들이 정혼자를 인정할 때까지 결혼하지 말라는 편지를 쓰다니, 얼마나 황당무계한 일인지. 필이 보낸 편지에 그 여성이 과거 술집에서 피아노를 연주했고 사춘기 아들을 두었다고 적혀 있다는 이유만으로. 그 여성의 전남편에 관한 언급은 없었다. 마지막으로 쓴 편지에서 노마님은 조지에게 오랫동안 그 집안의 가훈 구실을 했던 "차분히 생각해 보렴."이라는 문구를 적었고, 일이 어떻게 되든 자신들을 결혼식에 초대해 달라는 말도 적었다. "우리가 식에 불참하면 이상해 보이지 않겠니." 노마님이 그렇게 적은 편지를 보여 주자 노인장은 방 안을 서성거리다가 멈춰 섰다.

노인장이 편지를 훑어보고 말했다. "조지는 남의 눈에 이상하게 보이든 말든 신경을 안 쓸 것 같은데. 이때껏 이상한 짓을 해 본 적이 없는 아이잖아. 한번 해 보는 게 뭐 대수겠어?"

"필은 신경 쓸 거예요."

노인장이 노마님 쪽으로 돌아섰다. 그가 이제부터 꺼내려는 질문은 전에도 곧잘 머릿속에 떠오르곤 했다. 그는 그 질문을 문장으로 만들어 소리 내어 말하려고 입을 연 적이 수도 없이 많았다. 그러다 아내와 눈이 마주치면 번번이 입을 꾹 다물었고, 결국 말하지 못한 채 이날에 이르렀다. 아내가 그 질문을 스스로에 대한 비난으로 느낄까 봐 걱정해서였다. "당신 혹시⋯⋯?" 소스라치게 놀라며, 노인장은 자신이 품은 질문이 실은 아내의 머릿속에도 도사리고 있었다는 것을 퍼뜩 깨달았다. 그리고 정작 그 질문을 소리 내어 말한 사람은 아내였다.

"혹시 필한테 무슨 문제가—어딘가 잘못된 구석이—있는 것 같으냐고요?"

노인장은 가슴에 구멍이 난 듯 휑한 공허감을 느끼면서도, 한편으로는 그 문제를 터놓고 의논하게 된 것에 안도했다. "혹시 있다고 해도 당신 잘못은 아니야."

"당신 잘못도 아니에요." 노마님은 그렇게 말하고 자기 시계를 보았다. "지금 몇 신지 말해 줄래요, 이 조그만 시계 정말 짜증나네요. 바늘도 잘 안 보이는데 느리기까지 하니." 부부는 편지를 부치고 출발할 준비를 했다. 여행 가방을 싸고 청소부에게는 제라늄 화분에 물을 주도록 일러두었다. 조지에게는 비치 역에서 보자는 전보를 미리 보냈다.

조지가 역 플랫폼에 마중 나와 있었다. 그는 몸집이 부해 보이는 들소 털가죽 코트 차림으로 빙그레 웃으며 어둠을 헤치고 걸어와서는, 플랫폼 바닥의 마른눈을 쓸고 가는 겨울바람 속으로 몸을 숙였다. "어서 오세요, 어머니." 조지가 몸을 숙여 어머니의 볼에 입을 맞추었다. "어서 오세요, 아버지." 조지는 노인장하고는 정중하게 악수를 했다. "이것 참, 벌써 눈이 오네요."

"다시 보니 좋구나." 노인장이 말했다.

"저도요. 차는 역 옆에다 대 놨어요, 어딘지 아시죠?"

"늘 대는 거기 말이지?" 노인장이 물었다.

노마님은 할 말을 필사적으로 떠올렸다. 먼 길을 온 소감, 기차에서 먹은 음식, 차창 바깥의 풍경, 사소한 일화 같은 것이라도. 기억나는 거라곤 객차에서 울던 아이와 짜증 내던 그 아이 어머니와 껍질을 벗긴 오렌지의 냄새뿐이었다. 이윽고 노마님이 물었다. "너 혼자 왔니?"

"제 아내도 같이 왔어요." 조지가 말했다.

"그래서, 당신이 보기에는 어때요?" 늙은 버뱅크 부부는 원래 자신들이 쓰던 큰방에 짐을 풀었다.

"시계는 고쳐 놨군. 하지만 유리창은 지금도 덜컹거리는데." 노인장은 창가 쪽으로 걸어가 바깥을 내다보았다.

"못 들었어요? 그 사람 말이에요, 당신이 보기엔 어떠냐고요."

"어떠냐고? 우리가 머무는 동안 이 방을 쓰도록 내준 걸 보면 참 사려 깊은 사람 같아. 하지만 알아 봤자 얼마나 알겠어, 고작 밤중에 한차를 타고 30킬로미터 거리를 온 사이인데."

"30킬로미터는 더 돼요. 당신이 사무실에서 조지하고 얘기하는 사이에 그 사람이 노크를 하길래, 문을 열어 주고 들어오라고 했어요. 그랬더니 너무 묘한 이야기를 하는 거예요."

"도대체 뭐라고 했길래?"

"이렇게 말했어요. '조지를 알고부터 왠지 그런 생각이 들었어요, 어머님 아버님의 상냥함에 기대도 되겠다는 생각이요.'"

"그래서?"

"그래서 기뻤어요. 조지의 상냥함을 그 사람이 알아줘서."

노인장은 등 뒤쪽에 있는 램프의 불빛이 비쳐 보이는 캄캄한 창문에서 돌아섰다. "결혼 선물은 줄 건가? 당신의 보석이나, 뭐 그런 거."

노마님은 잔기침을 하더니 가슴을 살짝 두드리며 창가로 걸어갔다. 창문턱에 놓인 화분의 제라늄은 말라 죽은 상태였다. "우리 존스 양이 죽었네요. 조금 두고 보는 게 좋겠어요. 아이가 있다니 참 안됐지 뭐예요. 얼마나 애틋할지."

"그 제라늄은 우리가 떠나기 전에도 비실거렸잖아, 기억 안 나? 아이라니 원, 별소리를……. 알 만한 사람이." 노인장은 홱 돌아서서 방 저편으로 걸어갔다가, 다시 홱 돌아서서 똑바로 돌아왔다. "한 가지는 분명히 말해 두지. 난 그 사람이 가엾다고 생각해."

"이 집을 떠난 후로 당신이 그렇게 방에서 서성거리는 건 처음 보네요." 노마님이 말했고, 뒤이어 부부는 함께 짐을 풀기 시작했다. "이 방 너무 춥지 않아요? 그동안은 추위가 뭔지도 잊고 살았는데."

노인장이 여행 가방을 풀다 말고 고개를 들었다. "이 집을 떠난 후로 당신이 추위라는 말을 입에 올리는 건 처음 보는군."

집이 춥다고 느끼기는 로즈도 마찬가지였다. 이 집에 온 첫날의 일이었다. 둘은 크리스마스가 지난 후에 헌든의 목사관에서 결혼식을 올렸다. 조지가 하객들을 초대하는 게 좋을지 물었다. 로즈는 피터를 생각하면 가족끼리만 여는 게 좋겠다고 말했다. 조지가 로즈의 사정을 이해해 주었을까? 그런 것 같았다. "좋을 대로 해요." 조지의 대답이었지만, 그때 그는 빙그레 웃고 있었다.

"그래도 당신 형님은 오시라고 해요." 로즈가 말했다.

"필은 교회에 절대 안 가요. 옷을 차려입는 걸 싫어해서."

피터도 사정을 이해해 주었다. "엄마가 아빠를 영원히 사랑하는 건 너도 알 거야. 만약 엄마가 재혼하는 것 때문에 네가 마음이 상한다면, 네가 엄마를 이해해 줄 수가 없다면, 엄마는 절대 안 할 거야." 어머니의 말에 피터는 빙긋이 웃었다. "이해해 줄 거지, 피터?"

피터는 창밖으로 눈을 돌려 학교 건물 너머 강가까지 펼쳐진 세이지브러시 공터와 자신이 자주 앉아서 미래의 계획을 세우고 달을 올려다보던 버드나무 수풀을 바라보았다. "이해해요."

로즈는 피터의 데면데면한 말투, "물론이에요."나 "예를 들면 말이죠." 같은 식의 말투가 오래전부터 고민이었다. 그리고 아들이 자신을 '엄마'가 아니라 '로즈'라고 부르는 것도 고민스러웠다. 왜 그렇게 부르냐고 물어보지 못한 까닭은 아마도 대답을 듣기가 두려워서였을 것이다. 어쩌면 자신을 향한 아들의 비뚤어진 사랑이 드러날지도 몰라서. 사실, 피터가 남몰래 품은 이미지에는 어머니라는 호칭보다 로즈라는 이름이 더 잘 어울렸다. 피터에게 그 이미지는 어머니라기보다 끔찍이 아끼는 존재이자, 유일한 목적이었다. 아버지가 죽은 후에, 아버지의 이상한 애정이 사라진 후에 어머니는 오 년이라는 긴 시간 동안 피터에게 길잡이이자 성서였던 스크랩북 속의 유일한 주제였다. 피터는 조지 버뱅크를 조금도 질투하지 않았다. 혹시 했다면, 그 질투는 피터가 자기 안의 남모르는 이미지를 부수려 하는 자들에게 느꼈던 증오와 마찬가지로 차갑게 억제된 것이었다. 재혼은 단지 로즈에게 그녀가 마땅히 누려야 할 것들을, 즉 피터가 훗날 자기 힘으로 이루어 주어야 할 것들을 일찌감치 안겨 주는 기회에 지나지 않았고, 피터로서는 로즈가 마땅히 누려야 할 것을 얻기만 하면 그만이었다. 재혼을 하면 로즈는 피터가 혐오하고 경멸하는 자들을 위해 음식을 만들어야 하는 레드 밀에서 영영 벗어날 수 있었다. 그곳에서 로즈가 주정꾼들의 농지거리와 음흉한 웃음을 슬쩍슬쩍 받아넘기며 일하는 까닭은 생계 때문이었고, 오로지 어머니를 위한 미래를 꿈꾸는 아들의 미래를 위해서였다. 이제 피터가 꿈꾸었던 것보다 훨씬 이른 앞날에 로즈는 《하퍼스 바자》 같은 잡지에 나오는 멋진 옷을 입고 여행을 다니고, 링컨이나 피어스애로 같은 고급 승용차를 타고, 국제 여객선의 최고급 객실에 묵으며, 싱싱한 생화로 꽃꽂이를 하며 살 운명이었다.

결혼식이 열리기 전까지 로즈가 헌든 하우스 호텔의 객실에 잠시 머물며 준비를 하는 동안 조지는 피터를 데리고 그린스 백화점에 가서 슈트를 사 주었다.

"이 젊은 친구가 입어 보고 싶다는 건 뭐든 다 갖다 주세요." 조지는 점원에게 그렇게 말했고, 피터는 새로 산 감색 서지 슈트 차림의 조지가 거울을 흘깃 보고 배를 쑥 당겨 넣은 다음 허리띠를 한 칸 줄여 매는 모습을 보고 빙긋이 웃었다. "네 엄마가 저녁은 우리 둘이서 먹으라더라. 다 단장하고 나서 우리를 놀래 주려나 봐. 나 참, 평소에도 예쁘기만 한데 말이지!" 조지와 피터는 슈거볼 카페에서 저녁을 먹었다. "먹고 싶은 게 있으면 뭐든 시켜.

나는 여기 오면 항상 튀긴 넙치를 먹었어. 예전하고는 맛이 조금 달라진 것 같지만. 그거 말고도 먹고 싶은 건 뭐든 시켜도 돼."이 날 이때껏 피터는 칠리 콘 카르네를 양껏 먹어 본 적이 한 번도 없었다. "이 친구한테 한 그릇 더 갖다 주세요." 조지가 웨이트리스에게 말했다. "오늘은 우리끼리 축하할 일이 있어서요."

결혼식 하객은 피터 한 사람뿐이었는데 피터가 보기에는 합당한 일이었다. 두 사람을 제외하면 이번 일의 당사자는 피터뿐이었으므로. 피터는 야단스러운 꽃가게 주인이 조지의 주문대로 설교단의 놋쇠 화병에 장식해 놓은 장미가 마음에 들었다. 조지에게 그토록 감상적인 구석이 있었다는 데에 피터는 솔직히 감동했고 식이 끝날 때까지 숨도 제대로 쉬지 못했으며, 조지가 어머니의 손을 쥐고 결혼반지를 끼울 때에는 목이 메어 침만 삼켰다. 그러나 반지를 끼고 돌아선 어머니가 환히 웃으며 감색 치마 정장의 주름을 펴고 옷매무새를 고치는 모습을 보았을 때, 전에 없이 편안하고 우아한 — 애달프도록 아름다운 — 어머니의 그 모습을 보았을 때, 피터는 가슴이 벅차올랐다. 그것은 우아하고 매혹적이고 부유한 버뱅크 부인의 자태였다. 그녀는 아름다움 속에 걸었다. 피터는 전에 아버지의 책에서 읽었던 구절을 떠올렸다. 그녀는 아름다움 속에 걸었다. 밤이 그러하듯이.

피터는 나중에 설교단의 장미를 한 송이 가져가야겠다고 생각했다. 납작하게 말린 꽃잎 몇 장을 스크랩북의 마지막 장에 붙이면 잘 어울릴 듯싶었다.

로즈는 수소문 끝에 헌든에 사는 뮬러 부인을 찾아갔다. 병원에서 영양사로 일하는 뮬러 부인은 깔끔하고 강단 있고 부지런한 여성으로, 피터가 학교를 마칠 때까지 숙식을 돌봐 달라는 로즈의 부탁을 기꺼이 수락했다.

"엄마가 주말마다 만나러 올게." 로즈는 피터에게 약속했다. "가끔은 네가 목장에 와도 좋지 않을까? 재미있지 않겠니?"

피터는 재미있을 것 같지 않다고 생각했지만, 그 생각을 입밖에 내지는 않았다. 그저 여느 때처럼 엷게 웃으며 어머니의 손을 쥐었다. 이로써 그는 자살한 자의 자식이라는 이유로 조롱당하고 따돌림당하던 비치에서 벗어났다. 헌든의 학교에는 제대로 된 도서관이 있었고, 화학과 물리학 수업도 있었다. "방이 아늑하네요."

"피터, 난 가끔 네가 내 말을 무시하는 느낌이 들더라. 엄마 말을 듣기는 하는 거니? 나는 네가 무슨 생각을 하는지 통 모르겠어."

"앞으로는 더 잘 들을게요." 피터는 이제 자신의 앞날만 챙기면 된다는 생각에 크나큰 안도감을 느꼈다. "안부 전해 주세요…… 조지 씨한테요."

"그래. 그이를 어떻게 불러야 할지 고민이겠지, 안 그러니? 그래도 너한테 정말로 잘해 주고 싶어 하는 사람이야."

로즈는 목장 저택에 처음 도착했을 때 느꼈던 추위를 기억했다. 어느 겨울날 오후, 로즈와 조지가 집에 들어섰을 때 거실 한복판에는 조지의 형이 서 있었다. 앞서 조지가 차고에 리오 트럭을 주차하는 동안 로즈는 현관 앞 계단에서 기다렸다. 발전기 엔진이 돌아가는 소리가 집 앞쪽 언덕에 부딪혀 메아리쳤다. 목장의 개들은 털털거리는 트럭 소리와 전조등 불빛에 놀라 컹컹 짖다가 본채

옆을 돌아 뛰어와서는, 여행 가방 여러 개를 들고 차고에서 느릿 느릿 걸어오는 조지를 둘러싸고 낑낑거리며 폴짝폴짝 뛰었다. 조 지는 가방을 내려놓고 현관문을 열었다. 로즈가 먼저 안으로 들어 섰다. 그런데 거실 한복판에 조지의 형이 서 있었다.

"안녕, 필. 로즈 기억나지?"

"아, 안녕하세요." 필이 말했다.

"필, 혹시 보일러 고장 났어?"

"난들 알겠냐."

거실은 널따랗고 가구가 별로 없었다. 노마님과 노인장이 자 기들 의자를 챙겨 가는 바람에 빈 자리가 휑했다. 노부부가 떠난 후로 몇 년 동안 가구 배치는 한 번도 바뀐 적이 없었다. 목장 저택 에 잘 어울린다는 말을 이따금 들었던 나바호족의 조그마한 융단 은 그들이 떠난 후에도 남았지만, 우아해지려다가 실패한 분위기 를 인디언 전통 문양으로 일신하기란 처음부터 불가능했다. 벽난 로에 장작이 쌓여 있었으나 불은 지펴져 있지 않았다. 벽난로 위 에 걸린 노마님의 초상화는 보스턴 출신 특유의 점잖은 표정으로 거실을 굽어보았으며, 로즈가 어디를 가든 놓치지 않고 그녀를 주 시했다.

"음, 내가 내려가서 보일러를 한번 봐야겠군." 조지가 말했다.

"오는 길이 편해서 참 다행이었어요." 로즈가 말했다.

필이 말했다. "조지, 노인장이 편지 보냈더라. 오늘 아침에 우 편 마차가 주고 갔어. 몇 가지 부탁할 게 있다는데, 나는 할 엄두가 안 나서. 네가 한번 볼래?"

"그건 내일 아침에 해도 되잖아." 조지가 대꾸했다.

"난 네가 올 때까지 하루 종일 기다렸는데." 필이 말했다.

"로즈." 조지가 아내를 불렀다. 벽난로 앞에 무릎을 꿇고 앉아 불쏘시개에 성냥불을 붙이며. "이리 와서 불 좀 쬐. 나는 지하실에 가서 보일러 좀 보고 올게."

"나 하나도 안 추워요, 여긴 정말 따뜻한걸요." 로즈는 그렇게 말하면서도 벽난로로 다가갔다. 혼자 남는다는 생각에 더럭 겁이 났다.

"아니야, 그냥 보기만 할 거야. 금방 올게." 조지는 좀처럼 타지 않고 버티는 침엽수 껍질 위에서 힘없이 넘실거리는 조그마한 불씨를 잠시 보다가 돌아서서는, 육중한 마호가니 가구가 잔뜩 늘어선 정찬실을 통해 바깥으로 나갔다. 문이 열렸다가 닫히는 소리에 이어 지하실 계단을 내려가는 발소리가 로즈의 귀에 들려왔다.

로즈는 앞으로 지하실과 친하게 지내야 할 처지였다. 봄만 되면 물바다로 변하는 그 지하실과. 지하실 바닥에 차오른 물은 물펌프에서 샌 기름으로 번들거리며 쥐가 사는 굴을 찾아냈고, 물에 빠져 죽은 쥐들은 지면 높이의 창문으로 스며든 손바닥만 한 햇빛 속에 퉁퉁 불은 배를 내놓은 채 둥둥 떠 다녔다. 저 아래 지하실 쪽에서 정신없이 우르릉거리는 소리가, 삽날이 콘크리트 바닥을 긁는 소름 끼치는 소리가 로즈의 귀에 들려왔고, 뒤이어 보일러 철문을 닫는 철커덩 소리가 났다. 석탄 연기의 냄새가 코끝을 스쳤다.

로즈는 덜덜 떨리는 몸을 진정시킬 수가 없었고, 이상할 정도로 지끈거리기 시작하는 머리 또한 다스릴 방법이 없었다. 필은 램프가 놓인 거실 한복판의 테이블에 바짝 붙어 앉아서, 갓 테두리에 술 장식이 달린 램프의 불빛에 의지하여 글자를 읽으려고 불편해 보이는 각도로 잡지를 들고 있었다. 잡지를 읽는 동안 필은 소리 없이 입술을 빠끔거렸다. 로즈는 무슨 말을 하든 침묵을 견디는 것보다는 나을 거라 생각했지만, 그녀의 가느다란 목소리는 목에 걸려서 좀처럼 입 밖으로 나오지 않았다. "저기, 필 아주버님." 마침내 로즈가 말을 꺼냈다. "이렇게 있으니까 참 좋네요."

필은 입술을 계속 빠끔거리며 잡지를 읽었다. 그러다가 고개를 번쩍 들고 로즈를 보며 빙그레 웃었다. 필은 조지의 육중한 발소리가 계단 어디쯤에서 들려올 때부터 이미 웃고 있었고, 그 웃음을 계속 머금은 채로, 로즈를 보며 똑똑히 말했다. "누구보고 아주버님이래."

조지가 거실에 들어섰다. "둘이 얘기하는 소리가 들리던데." 조지의 목소리는 밝았다. 그가 말하는 사이에 부엌 문이 열리고 요리사인 루이스 부인이, 뭔가 처량한 노래 같은 것을 흥얼거리며, 세 명분의 식탁을 차리러 어슬렁어슬렁 걸어 나왔다.

저녁을 먹고 나서 필은 거실 램프 옆에 붙어 앉아 잠시 잡지를 읽었다. 그러다가 벌떡 일어서더니 복도를 성큼성큼 걸어 자기 방으로 가서는, 문을 닫고 밴조를 꺼내어 조율했다. 그는 웃음을 참을 수가 없었다. 그 여자와 함께 집에 도착한 조지, 첫 대면을 부드럽게 마치려고 머리를 굴렸을 조지를 떠올리니 저절로 웃음이 나왔다. 뭐라고 했더라? 로즈 기억나지? 그게 다였다. 로즈라니, 무슨 그딴 이름이! 어느 집 요리사나 하면 딱 어울릴 이름이었다. 그는 웃음을 참을 수가 없었다. 차가운 벽난로 앞에 한쪽 무릎을 꿇은 조지를 떠올리면 웃음이 절로 나왔다. 자신들이 도착하기 전에 불을 피워 놓지 않은 필에게, 거실에 아늑한 환대의 분위기를 미리 만들어 놓지 않은 필에게 살짝 실망했을 조지를 떠올리면. 하하하. 만약 필이 내키지 않는 일을 할 거라고 기대했다면, 이는 조지가 아직도 자기 형이 어떤 사람인지 잘 모른다는 뜻이었다. 필은 저녁 식탁에서 곁눈질로 자신을 흘끔거리던 로즈가 떠올라 자꾸 웃음이 나왔다. 그는 자신이 어떻게 보일지를, 자신의 행색이 로즈의 비위를 뒤집어 놓으리라는 것을 잘 알았다. 전에는 노마님의 비위를 뒤집어 놓곤 했으므로. 구겨진 셔츠, 까치집이 된 머리, 삐죽삐죽 자란 수염, 안 씻어서 지저분한 손 때문이었다. 그 여자는 필이 남들과 다르기에 남들이 하는 대로 행동하지 않는다는 사실을 일찌감치 눈치채야 할 처지였다. 필은 식탁의 냅킨을 손도 대지 않고 반듯한 채로 남겨 두고, 멀리 있는 음식은 건네 달라고 부탁하는 법 없이 손을 쭉 뻗어 집어 가고, 코를 풀고 싶을 때에는 그냥 풀어 버린다는 사실을. 동부에 사는 멋쟁이 친척들이 그런 필을 참고 견딘다면 그 여자도 마땅히 참고 견뎌야 했다. 그리고 만약 식탁을 떠나기 전에 목례를 하고 자리에서 일어나 "실례하겠습니다."라고 말하는 일 없이 쌩하니 나가 버리는 남자에게 익숙하지 않다면, 이제 그 여자는 늦게라도 적응해야 할 처지였다. 아무렴(필은 웃음이 절로 나왔다.), 그 여자 앞에는 놀랄 일이 몇 가지 기다리고 있었다.

필은 그 여자의 속내를 간파했다. 그 여자를 처음 봤을 때 이미 간파했기에, 어디서 아주버님 타령이냐고 했던 자신의 말을 조지에게 고해바쳐 감히 그들 형제 사이에 쐐기를 박기에는 자신감이 턱없이 부족한 여자인 것 또한 훤히 알았다. 그 여자는 조지를 떠보거나 화를 자극하거나 핏줄에 대한 애착을 간섭하거나 하는 일 없이 꽤 몸을 사릴 텐데, 왜냐면 조지가 자기 돈줄이기 때문이었다. 게다가 그 여자가 기회를 틈타 조지 앞에서 질질 짠다고 한들, 그게 무슨 득이 되겠는가? 이 집은 조지뿐 아니라 필의 것이기도 했고 예금 역시 둘의 소유였으며, 목장 또한 공동으로 소유하다 보니 자금 융통이나 물 사용권, 목초지 점유권 같은 문제를 해결하지 않는 이상 나눠 가지기가 불가능했다. 만약 그 여자가 사서 고생하기를 좋아한다면 지옥문을 제대로 열어젖힌 셈이었다. 이제 필은 그 여자가 눈앞에 선히 그려졌다. 조지가 사 주었을 것이 뻔한 꼴사나운 옷을 입고서 겨울 저녁 느직이 이 집에 처음 발을 들이던, 곧 죽을 것처럼 겁에 질렸던 그 여자의 모습이.

필은 걸핏하면 혼자서 웃고 혼자서 중얼거리는 습관을 굳이 남에게 숨기려 하지 않았다. 그의 표현대로라면 "나 자신과 친구하기"였다. 그는 자신이 듣기에 우스운 남의 말을 따라 하며 그 말을 음미하기를 즐겼다. 그런 필이 이제, 가성치고는 섬뜩할 만큼 감쪽같은 여자 목소리로 로즈의 성대모사를 시작했다. 그 여자가 뭐라고 했더라? **오는 길이 편해서 참 다행이었어요.** 필은 이곳까지 오는 길이 얼마나 편했을지 상상이 갔다. 트럭의 차창에 둘러친 방한 커튼의 찢어진 고리 구멍 틈새로 눈과 바람이 빈 자리를 찾아 파고들었을 그 길이. 발은 반쯤 얼고 손은 뻣뻣해서 움직이지도 않고, 추위에 몸이 욱신거리고, 낡은 리오 트럭의 희미한 전조등 불빛은 도로에 얼어붙은 다른 차의 바퀴 자국을 비추다 꺼져 버렸을 것이다. 설상가상으로, 필은 대화를 트려고 애쓰는 사람들을 질색하고 싫어했다. 그의 머릿속에서 대화란 사람들이 스스로 남들과 어울린다는 느낌을 받고 남의 환심을 얻으려고 사용하는 미끼였으므로. 그 여자는 자신이 버뱅크 집안에 어울리지 않는 것을 알았다. 문제는, 조지가 그 사실을 깨달을 때까지는 얼마나 걸릴까 하는 것이었다.

그리고 조지가 지하실에서 올라왔을 때, 보일러에 석탄을 넣고 올라와 "둘이 얘기하는 소리가 들리던데."라며 흡족한 표정을 지었을 때. 아아, 조지는 그렇게 쉽게 흡족해졌으니 그걸로 그만이었다. 그리고 그 여자와 필은 얘기를 나누었으니 그걸로 그만이었고.

필은 헛기침을 하고 나서 씩 웃고는 밴조로 「개똥지빠귀」를 연주하며, 방 건너편의 빈 침대를 바라보았다. 그 너머의 어둠 속에, 도축장이 있었다. 이제 슬슬 소를 잡을 때였다. 냉동고에 남은 고기는 뒷다리 한 짝이 다였다.

그러다가 필의 왼손 손가락이 밴조의 지판을 누른 채 느닷없이 멈추었고, 오른손 손가락도 거미처럼 구부러진 모양으로 현 위에 멈추었다. 그의 시선은 자기 방과 큰방 사이의 욕실 문 아래로 흘러나온 불빛에 꽂혀 있었다. 조지일까, 아니면 로즈?

노부부가 건너편의 큰방을 쓰던 시절, 두 사람은 욕실을 쓰고 몸단장을 다 마치면 필의 방 쪽으로 난 문을 항상 열어 두었다. 필이나 조지가 욕실을 쓸 일이 있으면 언제든 환영한다는 뜻이었다. 물론 필은 욕실에 발도 들이지 않았는데 노마님의 물건들이 왠지 께름칙했기 때문이었다. 노마님의 향수와 화장비누, 이름의 머리글자를 멋들어진 자수로 새겨 놓은 수건 같은 것들이. 그곳에서 나는 여자 냄새는 너무 독해서 노인장의 면도 거품 컵과 기다란 면도칼로도 소독할 수가 없었다. 빨아서 수건걸이에 널어놓은 하늘거리는 여성 옷가지를 보면 필은 그만 돌아서고 말았다. 필은 노마님이 그런 것들을 안 보이는 곳에 좀 치워 놓으면 좋겠다고 생각했고, 노마님이 일부러 여성스러운 말투로 말을 하고 여성스럽게 걸을 때면 그런 짓은 안 보이는 곳에 가서 좀 했으면 하는 생각마저 들었다. 아니, 필은 아예 복도 끄트머리에 있는 변소를 이용했다. 살풍경하고 기능적인 그 조그마한 변소에서는 실용적인 비누 냄새와 잿빛으로 변한 롤러식 수건의 축축한 냄새가 났다. 노마님이 이 집에 사는 동안 조지가 욕실에서 아무렇지 않게 목욕을 했다는 사실이 필에게는 수수께끼였다. 그런데 이제 조지는 그 여자 앞에서 벗은 몸을 드러낼 참이었다. 그 전에 먼저 불빛을 낮추려나?

필은 귀를 쫑긋 세웠다. 큰방의 문이 잠기는 소리가 났다.

자물쇠를 채운 사람은 조지일까, 아니면 그 여자? 틀림없이 그 여자였다, 큰방 문은 그 후로 한참 동안 잠긴 상태에 머물렀으므로. 예전하고는 다르게. 자물쇠를 풀기는커녕 문손잡이를 조심스레 돌려 방문이 잠겼는지, 그러니까 말하자면 필이 못 들어오게 잠겼는지 확인한 손도 틀림없이 그 여자의 것이었다. 설령 문을 잠근 사람이 조지였다고 해도 뒤에서 조종한 장본인이 그 여자라는 데에 필은 목숨도 걸 수 있었다. 필은 침대에 누워서, 어둠 속에 몸이 뻣뻣하게 굳은 채로 상상했다. 곁에 나란히 누운 조지에게 자기 몸을 더듬도록 허락하는 그 여자를, 어쩌면 아기를 만드는 짓까지 허락할 그 여자를.

6장

필은 조지보다 이 년 일찍 대학에 입학하여 신입생일 때 이
미 학교의 역사에 남을 사건을 일으켰다. 그 시절에 50만 달러는
엄청난 거금이었는데, 입학 등록을 마친 필이 캘리포니아주의 햇
살을 받으며 기숙사로 걸어갈 즈음, 앞서 말한 버뱅크 목장의 자
산 가치는 소문에 소문을 타고 전해져 남학생 사교 클럽 회원들
의 머릿속에서 두 배쯤으로 부풀어 있었다. 필이 가져온 촌스러운
옷—솔트레이크시티의 고등학교에 다닐 때 입던 옷—들은 그
가 유행을 무시할 정도로 부자라는 사실을 강조할 뿐이었고, 그래
서 사교 클럽 회원들은 차례로 그를 초대하여 자기네 클럽에 가입
하라고 부추겼다. 남학생들은 필에게 입에 발린 칭찬을 퍼붓고 맥
주를 권하고 시가를 내밀었고, 어떤 청년들은 자기네가 열광하며
좋아하는 고대 이집트 신들의 신상을 선물하기도 했다.

그리하여 필은 안 가 본 클럽이 없었다. 호들갑의 끝이 궁금
했던 그는 사교 클럽의 가죽 의자에 기다란 다리를 꼰 채 차분하

고 시큰둥하게 앉아서, 야구나 자동차에 관한 회원들의 수다를 내심 흥미 있게 들었다. 회원들이 초대한 여학교 학생들이 줄지어 앞을 지나갈 때면 그는 무시했다. "경진 대회에 나온 암소들 같더라." 나중에 필이 그 여학생들을 두고 한 말이었다. 사교 클럽들은 저마다 필이 무슨 트로피인 양 눈독을 들이며, 다른 클럽이 뭔가 비겁한 술수를 써서 그를 채 갈까 봐 의심했다. 그들이 가입시키려 안달한 이 필이라는 친구는 클럽 기숙사가 증축 공사를 하거나 아예 새 건물을 세우거나 휴게실의 내장 공사를 새로 하도록 훗날 기부금을 쾌척할 가능성이, 그리고 — 무엇보다도 — 비슷한 수준의 부잣집 자제들을 끌어들일 가능성이 있었다. 부는 부를 끌어들이는 법이므로.

이른바 '가입 권유 주간'의 마지막 날 저녁, 신입생들이 가입하기로 결심한 클럽의 이름을 쪽지에 적어 상자에 넣는 자리에서, 필은 역사에 길이 남을 자그마한 소동을 일으켰다.

필이 이 마지막 날에 함께 저녁을 먹은 클럽의 남학생들은 자연스레 그가 자기네 클럽을 택하리라 생각했고 — 아니라면 왜 마지막 날 그들의 클럽을 찾았겠는가? — 그래서 어느새 필의 왼쪽 자리에는 사교 클럽의 회장이, 오른쪽 자리에는 웬 교수가 앉아 있었다. 제 손으로 학비를 벌어 대학에 진학한 남학생들은 하얀 웨이터 재킷 차림으로 프라이드치킨과 따끈한 비스킷을 날랐다.

사교 클럽의 회장이 '우애'라는 말의 의미에 관하여 짧게 연설했다. 그 남학생은 우애가 좋은 것이라고 했다. 사람은 홀로 살아가도록 태어나지 않았다는 말도 했다.

뒤이어 한바탕 박수가 쏟아진 후에 교수가 자리에서 일어서더니 물을 한 모금 마시고는, 연장자인 자신에게 그 클럽의 회원이었던 것이 어떤 의미인지에 관해 이야기했다. 회원들 간의 두터운 우애 덕분에 자신은 여러 난관을 무사히 통과할 수 있었다는 이야기였다. 교수는 박수 소리와 함께 자리에 앉았다.

이내 촛불에 불이 밝혀지고 전등불이 꺼졌다. 형제 같은 회원들은 일어서서 클럽의 단합가를 숙련된 화음으로 불렀다. 고개를 살짝 숙이고 노래를 부르다가, 마지막에는 다 함께 손을 잡았다.

촛불이 꺼지고 전등이 다시 켜졌다. 필은 쑥스러운 기색도 없이 눈물을 보이는 몇몇 회원을 보며 속으로 즐거워했다. 그러다가 의자에서 일어섰다.

"제가 한 말씀 드리겠습니다." 필의 말에 박수가 쏟아졌다.

"여러분." 필은 새파란 눈으로 좌중을 날카롭게 훑으며 말을 시작했다. "저는 여러분이 왜 저를 이곳에 초대했는지 압니다. 여러분은 제 돈 때문에 저를 이곳에 초대했습니다. 그게 아니라면 도대체 무엇 때문입니까? 여러분은 제 머릿속에 뇌가 들어 있는지 없는지조차 알지 못합니다. 여러분은 저에 관해 아무것도 모릅니다. 그런데도 저를 초대했습니다."

필이 말했다. 당신들은 나에게 관심을 보이며 그 관심을 내가 칭찬으로 받아들일 줄 알았을 거라고. 사실 필은 그들의 관심을 있는 그대로 받아들였다. 모욕으로.

실내에는 숨소리를 빼면 아무 소리도 들리지 않았다.

"그러한 까닭에, 여러분. 저는 이만 가 보겠습니다."

그 말을 남기고 필은 정찬실에서 나와 클럽 기숙사를 떠났다.

아마도 그래서였을 것이다. 이 년 후, 조지는—이제는 그가 신입생이 되어—자기 방에 앉아 사교 클럽 선배들이 방문하기를 기다렸다. 그는 두 발을 단정히 바닥에 붙인 채 자기 방에 앉아 있었다. 공부용 책상 앞에 앉아 넓적한 손을 내려다보며, 노크를 하고 들어서는 사람이 누구든 반갑게 웃을 준비를 했다. 아예 반갑게 인사하는 표정으로 얼굴이 굳어 있었다. 복도 이쪽저쪽에서 벌써부터 노크 소리와 말소리, 활기 넘치는 웃음소리와 계단을 내려가는 발소리가 들려왔다.

그 주가 시작하자마자 조지는 최신 유행을 관찰하고 즉시 양복점으로 달려가서는, 가쁜 숨을 쉬며 옷을 사서 탈의실로 들어가 갈아입었다. 그러고는 변신한 모습으로 걸어 나왔다.

그리하여 이제 조지는 기다리고 있었다. 새로 산 구두 속의 넓적한 발을 바닥에 단정히 붙이고 앉은 채로.

"나 때문일 거야." 나중에 필이 조지에게 한 말이었다. "다들 내가 한 짓을 기억했기 때문일 거야. 네 잘못이 절대 아니야."

그러나 조지는 형의 말을 결코 믿지 않았고, 그 방에서 기다리던 시간을 결코 잊지 않았다. 체격이 통통한 청년이었던 자신을, 넓적한 발을 바닥에 단정히 붙이고 앉아 있었던 자신의 모습을. 마침내 바깥의 복도가 쥐 죽은 듯 조용해지자 조지는 새 잠옷으로 갈아입고 잠자리에 들었다. 열린 창문 바깥에서는 젊은이들의 목소리와 노랫소리가 들려왔고, 캘리포니아의 밤은 세이지브러시의 씁쓸한 냄새가 아니라 이름 모를 꽃들의 향기로 묵직했다.

2월의 태양이 눈 덮인 골짜기 위로 환하게 빛났다. 낡은 리오 트럭의 앞 유리창에 비친 해는 아예 눈이 부실 정도로 새하얬다. 조지와 로즈는 그 햇빛에 눈을 찡그린 채 은행에서 열리는 회의에 참석하러 헌든으로 향하는 중이었다. 조지는 들소 털가죽 코트에 목이 긴 장갑을 끼고 털 귀마개와 나들이용 모자를 쓴 차림이었다. 로즈는 물개 가죽 케이프와 여기에 어울리는 물개 가죽 모자를 귀밑까지 눌러쓰고 커다란 엄지장갑을 낀 차림새였다. 무릎의 두툼한 담요는 조지가 덮어 준 것이었다. 그들을 태운 낡은 트럭이 도로의 꽁꽁 언 바퀴 자국을 따라 뒤뚱뒤뚱 나아가다가 시속 30킬로미터를 넘으면 스노 체인에서 드르륵드르륵 소리가 났다. 조지는 미간을 찌푸린 채 앞쪽 도로와 라디에이터의 눈금 표시 장치를 주시했다. 부동액 대신 넣는 알코올의 잔량을 가리키는 빨간 눈금이 위험선 아래로 한참 내려와 있었다. 자동차라는 물건은 하고한 날 열을 받아 퍼져 버렸고, 라디에이터는 얼어붙었다가 퍼져 버리기를 반복했다. 어떤 이들은 꿀물이 훌륭한 냉각수이고 잘 얼지도 않는다고 했다. 간혹 등유를 쓰는 사람도 있었지만 조지가 아는 한 등유는 호스를 부식시켰고, 엔진으로 흘러들면 폭발하는 수도 있었다. 조지는 메탄올을 써서 지금껏 좋은 결과를 거두었다. "그래도 알코올처럼 증발해 버릴 걱정 없이 라디에이터에 넣을 게 있으면 좋을 텐데." 조지의 의견이었다. "가끔은 프랭클린 같은 차로 바꿔야겠다는 생각이 들 때도 있어." 프랭클린은 엔진이 공랭식인 멋진 차였지만, 조지가 듣기로는 그 나름의 단점도 있었다. 냉각수를 안 쓰는 방식이다 보니 겨울에 뜨거운 물을 부어 엔진을 덥힐 수가 없어서, 일단 주행 기어를 넣은 채 말 몇 마리로 끌어야 시동이 걸렸던 것이다. "실은 나도 잘 모르겠어." 조지는 솔직히 인정했다. "어떻게 보면 자동차가 없었던 시절이 더 편했던 것 같기도 해. 그때는 차를 가질 필요가 없었거든. 왜냐면 차를 갖고 싶은지 어떤지조차 몰랐으니까."

로즈가 깔깔 소리를 내며 웃었다.

"뭐가 그렇게 웃겨?"

"당신요. 당신은 정말 재미있는 사람이에요."

조지는 기분이 좋아서 씩 웃었다. "사실 진짜 갖고 싶은 차는 피어스애로야."

"사요, 그럼."

"내가 원래 자동차를 좋아했거든."

"그럼 정말로 사야겠네요."

"내가 그 차를 몰면 좀 우스워 보일까 봐서." 조지가 말했다.

잠시 침묵이 흘렀다. 그러다 로즈가 갑자기 입을 열었다. "여긴 참 좋은 곳 같아요."

"좋다고? 뭐가?"

"소풍 오기 좋은 곳 같아요."

조지는 쿡쿡 웃으며 눈 덮인 들판 너머로 시선을 돌렸다. 저 멀리 눈을 뒤집어쓴 어느 집 건초 더미의 갈색 옆면이 점점이 보였고, 그보다 가까운 곳에는 소 떼가 보였다. 소들이 한 곳으로 모이는 사이에 소 떼 전체의 형태는 정해진 모양 없이 변하고 또 변했다. 산토끼가 파 놓은 지 얼마 안 된 도로변 눈밭의 통로는 얼마 못 가 끊어졌다. 세이지브러시는 초록빛이 연해진 데다 금방이라도 부러질 것처럼 앙상했고, 잔가지와 이파리 하나까지 추위에 얼어붙어 있었다.

"왜요, 경치가 저렇게 좋은데. 저 산 말이에요. 여기서 차 좀 세워 봐요." 그 말을 들은 조지가 돌아보니 로즈는 뒷좌석으로 몸을 뻗어 담요 뭉텅이 아래를 뒤지고 있었다. 그녀가 꺼낸 것은 종이 봉지와 보온병이었다. "따뜻한 커피랑 샌드위치예요."

"이런, 감쪽같이 속았군. 하지만 아직 12시도 안 됐는데! 난 평생 제시간이 아니면 식사를 안 하고 산 사람이야, 이래 봬도."

커피는 맛이 기가 막혔고 따뜻하기까지 했다. 조지가 보기에 그 커피는 마신 후에 피우는 담배마저 더 맛있게 바꿔 주는 듯했다. "차 안에서 소풍 기분을 내는 사람들이 온 미국에 우리 말고 또 있을까. 난 모르겠어." 조지는 한시라도 빨리 은행 회의에 참석하여 결혼 소식을 알리고 싶어서 안달이 났다. 그 소식을 들은 은행장 포스터 씨의 표정을 보고 싶었다. "전에는 이렇게 은행 일을 보러 가는 게 정말 싫었는데. 회의가 끝나면 이 사람 저 사람 다 나서서 자기 집에 저녁을 먹으러 가자고 권했거든. 내가 딱해 보여서 그런 게 뻔하지, 뭐. 가 보면 부인들은 나를 어떻게 대해야 할지 몰라 쩔쩔매는데 말이야. 외톨이는 원래 갈 만한 데가 별로 없어. 나야 말재주도 워낙 없고. 말은 필이 잘하지. 그래서 보통은 초대해 준 사람한테 다른 일이 있다고 둘러대고 집으로 가든가, 아니면 헌든 하우스에서 저녁을 먹었어." 조지는 잠시 입을 다물었다. "로즈?"

"왜요?"

"아니, 아무것도 아니야." 조지는 하마터면 소름 끼치는 고백을 할 뻔했다. 헌든 하우스에서 저녁을 먹을 때 혼자 있는 모습을 아무에게도 보이고 싶지 않아서 칸막이 좌석에 들어가 커튼을 쳤다는 말을, 하마터면 로즈에게 털어놓을 뻔했다. "그냥, 외톨이가 아니라서 참 좋다는 말을 하고 싶었어."

"우린 두 번 다시 외톨이가 되지 않을 거예요, 조지."

"나는 있잖아, 사람들을 초대하고 싶었어, 가끔은. 우리 목장에 와서 같이 식사라도 하자고. 문제는, 누구부터 초대해야 좋을지 모르겠더라고, 다들 하나같이 착하고 친절해서 말이야. 가끔은 그냥 집에 누가 있었으면 했던 것 같아. 그러니까, 우리만 아는 친구 같은 사람. 하녀를 고용해도 됐을 거야, 전에 그랬던 것처럼. 그랬으면 하녀가 식사 시중을 들었겠지, 우리가 어머니하고 같이 살던 시절처럼. 어디다 종을 달아 놓고 그 종을 울리면 하녀가 오는 거야. 그런 식이지."

"당신이 보기엔 하녀가 꼭 있어야 할 것 같아요?"

"꼭 필요할 것 같지는 않아. 그래도 있으면 편하기는 할 텐데, 그건 당신 좋을 대로 하면 돼."

"있으면 좋을 것 같긴 해요."

"한번 생각해 봐, 하녀가 있으면 당신은 상을 차릴 걱정 같은 건 안 해도 돼. 식사가 끝나면 바로 자리를 떠서 우리끼리 이야기를 할 수도 있어. 당신만 괜찮다면 피아노를 쳐도 좋고. 우리가 피아노를 사면 말이야. 그래, 난 피아노가 참 좋더라. 당신이 피아노를 칠 때 말이야. 우리 어머니는 피아노 연주 같은 건 생전 못 했거든. 우리 집에선 축음기를 들었어." 조지는 입을 다물고 로즈를 보았다. "내가 말을 너무 많이 했나?"

"난 당신 얘기를 듣는 게 좋은걸요."

"말을 너무 많이 하는 습관은 들이고 싶지 않거든. 당신도 알겠지만." 뒤이어 조지는 앞 유리창에 비친 로즈의 얼굴에 재빨리 나타났다가 사라지는 미소를 보았다. 시선은 앞쪽을 똑바로 향한 채로, 어마어마한 다정함에 압도된 채로, 조지는 손을 뻗어 로즈의 손을 쥐었다. 잠깐 동안 그는 이제야 비로소 알아차린 아내의 한 가지 습관 때문에 말도 나오지 않을 만큼 멍한 상태였다. 언제든, 무슨 일을 하던 중이든, 심지어 트럭 조수석에 앉아 샌드위치 포장을 벗길 때조차도, 고개를 들어 그를 볼 때면 아내는 언제나 빙긋이 웃고 있었다. 그는 자기보다 먼저 그 사실을 알아차린 사람이 한 명이라도 있었을지 궁금했다.

헌든에 들어섰을 때 맨 먼저 눈에 띄는 것은 곡물 저장탑으로, 뾰족하게 솟은 금속 지붕이 햇살에 반짝였다. 다음은 선로 변에 서 있는 석탄 이송 장치였다. 시커멓고 커다란 그 장치를 보면 거대한 짐승의 새끼가 떠올랐다. 그다음에 보이는 커다란 고딕 양식 벽돌 건물은 사범 학교였는데, 바로 이 학교가 헌든 특유의 분위기를 자아냈다. 몬태나주 각지에서 모인 청춘 남녀가 말끔한 차림으로 그곳에서 공부를 했으며, 가끔은 아이스크림 가게에 들러서 철사를 꼬아 만든 묵직한 다리가 달린 스툴에 앉아 책 이야기를 나누거나 손을 잡고 데이트를 했다. 트럭이 벽돌로 지은 병원 건물 앞을 지날 때에는 바람이 실어다 준 찐 감자와 로스트비프와 클로로포름의 냄새가 로즈와 조지의 코를 간지럽혔다. 스노 체인은 드르륵드르륵 소리를 내며 돌아갔다. 로즈가 느낀 기분은 이 도시로 들어서는 목장주라면 누구나 공감할 만큼 흔한 것이었다. 그것은 상점의 화려한 진열창, 당구장의 유리창 안쪽에서 바깥을 응시하는 거칠어 보이는 남자들, 보석상 입구 위에 붙은 거대한 시계, 개들이 신나서 뛰어다니는 차고 옆의 눈 덮인 공터, 그리고 겨울인 지금은 말라붙었지만 여름이면 얕게 돋을새김한 사자 대가리의 주둥이에서 뿜어져 나오는 물이 가리비 모양 받침대에 쏟아져 말들—이제는 보기 힘든 그 짐승들—의 목을 축여 주는 콘크리트 분수대가 고양시키는, 사명감과 기대감이 섞인 낯선 기분이었다.

헌든 하우스 호텔 앞의 주차장에는 자동차들이 사선으로 세워져 있었고, 호텔 안의 으리으리한 초록색 가죽 소파에는 늙어서 은퇴한 목장주들이 앉아 있었다. 그들은 그곳에 앉아서 자동차뿐 아니라 추위에 오들오들 떨며 종종걸음으로 지나가는 보행자들마저도 눈에 거슬린다는 표정으로 바깥을 내다보았다. 하긴, 차가 저렇게 많으니 저러고 다닐 만도 하지. 늙은 목장주들은 노쇠한 관절이 더 편히 쉬도록 소파에서 몸을 이리저리 꿈지럭거리며 자기들끼리 수군거렸다. 도시 것들은 옷을 너무 적게 걸치고 다닌다니까. 그런 노인들 사이에는 투덜거리는 소리와 코웃음 치는 소리가 끊이지 않았는데 이는 화낼 일이 많기 때문이었다. 정부 때문에, 시대 때문에, 물가 때문에, 그리고 사랑하는 자식과 손자들 때문에. 노인들은 자기 자식과 손자가 증손자를 데리고 자주 들르지 않아서 화가 났고, 그들이 기껏 들를 때면 일이 바빠서 그간 짬을 내기가 힘들었다는 변명 때문에 화가 났다. 뭐 그리 대단한 일을 한다고! 노인들은 궁금했던 것을 물어볼 기회가 거의 없었고, 목장에 바로 돌아가야 한다는 젊은것들 때문에 만찬의 주최자가 될 기회도 거의 없었으며, 어린 증손자를 데리고 극장에 가거나 시내에 나들이를 갈 기회 또한 거의 없었다. 젊은것들은 목장에 바로 돌아가야 할 제 나름의 사정이 있었다, 아니면 그냥 핑계였거나. 그러니 노인들이 재혼을 하거나 유언장을 고쳐 쓴다 해도 젊은것들의 자업자득이 아닌가! 그때는 젊은 것들도 태도가 깍듯해지겠지! 그런 기회에 냉큼 달려들 여자라면 헌든에 널리고 널렸으니까!

아아, 그러나 그랬다가는 젊은것들이 화가 날 테고, 노인들은 더욱 쓸쓸해질 것이다. 그때는 아예 증손자를 볼 기회조차 없을 것이다.

헌든 하우스 호텔의 현관과 식당 사이 벽에는 우묵 들어간 벽감이 있었는데 이곳에 공인 속기사가 상주하며 소송장과 유언장을 작성해 주었다. 남자 화장실 출입문이 열리고 닫힐 때면 어김없이 놋쇠로 만든 도어체크가 급하게 쉭쉭거리거나 천천히 한숨을 쉬었고, 열리고 닫히는 문 틈새로 로비 바닥과 똑같이 하얀 타일을 깐 화장실 바닥이 언뜻언뜻 보이곤 했다. 사람들은 서로 웃음과 인사를 주고받았으나 그중 도시의 들뜬 분위기가 낯선 이들은 웃음에 당황한 기색이 섞여 있었다.

이날 헌든 하우스는 평소보다 훨씬 더 부산했다. 붐비는 로비에서는 어린애들이 부모 곁을 떠나 후다닥 달려가다가 다리를 쭉 펴고 타일 바닥 위를 선 채로 죽 미끄러졌다. 안내 데스크의 직원이 수시로 나와서 제지해 보았지만 아이들은 도통 말을 듣지 않았고, 직원은 씩씩거리며 노려보는 수밖에 없었다.

"오늘은 사람이 꽤 많네." 조지가 낡은 리오 트럭의 속도를 줄이며 말했다. "어디의 높으신 양반이 들르기라도 하나."

그 답은 바로 눈앞에 있었다. 호텔 모퉁이 너머 옆문 앞에, 커다란 검정 리무진 두 대가 서 있었다. 둘 다 기사가 딸린 리무진이었다. "그래, 저건 주지사 일행이 타는 차야. 호텔에서 무슨 연회를 한다고 했었지. 내가 깜박했군."

"깜박하다니, 뭘요?"

"주지사한테 답장하는 걸 깜박했어. 나도 오늘 이 연회에 참석하기로 돼 있는데, 그만 깜박했지 뭐야. 당신 생각하랴, 결혼식 생각하랴, 생각할 게 많아서 답장을 안 했어. 뭐, 어차피 오늘은 은행 회의에 가야 하니까 어쩔 수 없지."

"그럼 주지사님하고 아는 사이란 말이에요?"

"어, 전에 헬레나에서 몇 번 만난 적이 있어. 노인장하고 친하거든. 한통속이나 마찬가지야."

조지는 빨간 벽돌로 지은 은행 건물 앞에 트럭을 세우고 운전석에서 내렸다. 그 건물 안에, 중역들이 모여 돈 이야기를 나누는 외따로 떨어진 방이 있었다. 이야기가 끝나면 그들은 다 함께 슈거볼 카페에 가서 점심을 먹었는데 이는 그 식당이 늘 가는 곳이기 때문이었고, 주문하는 메뉴도 튀긴 넙치 아니면 스테이크, 후식은 파이였다. "호텔에서 3시에 봐. 피터한테 안부 전해 주고, 혹시 갖고 싶은 게 있는지도 물어보고."

로즈가 운전석으로 자리를 옮겼다. "당신 생각을 하면서 기다릴게요."

조지는 로즈의 얼굴을 보았다. "내 생각을? 그래 줄 거야, 로즈?" 조지의 표정이 환해졌다. "어, 그거 참 좋은 말이네."

로즈가 몸을 뻗어 조지에게 키스를 했고, 조지는 얼굴이 빨개졌다. 멋진 날, 참으로 멋진 날이 아닌가! 소풍을, 그러니까, 겨울의 한복판에서 소풍을 즐기고, 이제는 도시의 한복판에서 사랑스러운 여성과 키스를 하다니, 자산 가치가 1500만 달러나 되는 은행 앞에서. 이 얼마나 신기한지. 사람에게 조그마한 인내심만 있어도 정말로 신기하고 멋진 일들이 일어났다. "당신도 내 생각을 하면서 기다려 줘요."

"나 말이야, 실은 당신한테 할 말이 있었어. 여기까지 오는 동안 내내. 당신이 얼마나 자랑스러운지, 당신이 곁에 있어서 내가 얼마나 행복한지, 당신한테 얘기해 주고 싶었어." 그 말을 남기고 조지는 로즈에게서 돌아서서, 감당치 못할 더 여린 마음이 그의 목소리를 타고 입 밖으로 나오기 전에 은행으로 들어섰다.

피터가 지내는 하숙집의 학생들은 조그마한 팻말에 반듯하게 적힌 지시에 따라 집 안에 들어가기 전에 먼저 신발의 흙을 털었고, 화장실을 나설 때에는 전등불을 껐다. 대화하는 소리는 병원이나 영안실에서처럼 나직하고 점잖았다. 활기가 넘치는 집은 아니었으나 그 집의 고요와 질서는 피터에게 더없이 어울렸다. 그곳에서 피터는 사색에 잠겼다.

로즈는 집에 들어서기 전에 정중하게 노크를 했고, 피터 역시 집주인인 양 정중하게 어머니를 안으로 들인 다음 어머니의 볼에 입을 맞추었다. 피터의 얼굴은 비누로 씻어서 말갛게 빛이 났고 셔츠는 풀을 먹여 빳빳했고, 구두도 반짝거렸다. 피터를 따라 위층으로 올라간 로즈는 생판 모르는 남의 방에 온 느낌이 들었다. 척 봐도 뜨내기 투숙자를 위해 만든 그 방은 버리기에는 너무 멀쩡하고 계속 쓰기에는 너무 허접한 물건들로 채워져 있었다. 방의 분위기는 침실보다 거실에 가까웠다. 장식이 화려한 놋쇠 침대는 고급 조산원 같은 곳에나 어울릴 법했다. 한쪽 구석의 테이블은 기단부가 대나무 줄기 한 묶음이었는데 중간이 등나무 덩굴로 묶여 있고 위쪽이 넓게 퍼져 상판을 받치는 구조로, 상판 위의 채색 화병에는 금칠을 한 부들이 몇 줄기 꽂혀 있었다. 벽지는 마른 피처럼 검붉은 색이었고 벽면 두 곳에 그림이 걸려 있었다. 하나는 세상의 빛이신 그리스도가 상심하고 어리둥절한 표정으로 그려진 그림이었다. 반대편의 명판의 위쪽에는 프란스 할스의 「웃는 기사」를 조잡하게 모사한 그림이 걸려 있었는데, 그 밑에는 위의 그림과 함께 조화시켜 생각하기 힘든 문장이 적혀 있었다.

이 아늑한 방에서 편히 잠들지어다

아아, 그대여, 그대가 누구든······.

"여기서 지내는 게 행복하니?" 로즈가 물었다. 적절해 보이
는 질문이었다. 로즈는 아들이 공부할 때 쓰는 테이블 옆의 딱딱
한 의자에 앉아서 그렇게 물었다. 테이블 위에는 연필이 가지런히
놓여 있었고 종이 한 장, 책 한 권도 줄에서 벗어나 있지 않았다.
피터는 무엇이든 제자리가 아닌 곳에는 놓지 않았고 물건을 잃어
버리지도 않았으며, 지각도 하지 않고 뭘 깜박하는 법도 없었다.

"이보다 더 행복할 순 없을 거예요. 친구도 새로 사귀었어요."

"친구 얘기 좀 해 주렴." 이 얼마나 훈훈한 소식인지!

"그 애 아버지는 학교 선생님이세요. 그 애는 나중에 교수가
되고 싶대요. 저한테 체스를 가르쳐 줬는데요, 둘이서 자주 같이
둬요. 체스에는 운이라는 게 없어요. 기술이 다예요."

"그럼 네가 아주 잘할 것 같은데."

"앞으로 잘하게 될 거예요."

"학교는?"

"아주 좋아요."

로즈는 아들이 그보다 더 격한 감정을 표현한 적이 이때껏 있
었는지 궁금했다.

로즈가 주말 동안 목장에 와서 지내라고 권할 때마다 피터는
사양했다. 공부를 해야 한다고, 읽을 책이 있다고, 다른 계획이 있
다고 했고, 로즈는 그 계획이 뭐냐고 묻지 않았다. 로즈가 보기에
아들이 목장을 피하는 원인은 틀림없이 필이었지만, 필의 이름을
입 밖에 꺼낼 엄두는 차마 나지 않았다.

"로즈는 어때요, 행복해요?" 이번에는 피터가 물었다.

예상치 못한 질문이었다. 그래서 로즈는 쭈뼛쭈뼛 말했다. "조지는 나한테 아주 잘해 줘. 그래, 오늘도 차를 타고 오면서 아주 즐거웠어. 잠깐 멈춰서 소풍도 즐겼지, 산을 보면서. 그래도 눈은 정말 많이 쌓였더라. 내가 샌드위치를 만들고 따뜻한 커피도 준비했어, 그래서 얘기를 나누면서 같이 먹었어. 너도 알잖아, 조지가 같이 있으면 참 편한 사람이란 걸." 그러나 정작 피터의 질문에는 대답하지 않았다. 로즈는 피터의 시선을 느끼며 딴청을 피웠다. "세상에, 도금한 부들 같은 장식품은 예전에 다 없어진 줄 알았는데!" 갑작스레 방 안에 울려 퍼진 로즈의 웃음소리는 뜨악했고, 그 소리에 로즈는 문득 자신이 이 방에서 뭘 하고 있는지 궁금해졌다. 피터는 이 스산한 방에서 뭘 하는 걸까? 필이라는 껄끄러운 문제에 관해 드러내 놓고 얘기할 날이 마침내 올 때까지, 피터는 여름 내내 이 핑계 저 핑계를 대며 이 방에 틀어박혀 있을 작정일까? 이 방이 로즈와 피터에게 대관절 무엇이기에? 그 방이 그들 가족에게, 즉 로즈와 피터와 조니 고든에게 의미 있는 장소인 까닭은 단 하나였다. 유리문이 달린 책장 속, 한때는 찰스 디킨스와 월터 스콧의 책들이 꽂혀 있었을 자리에 가지런히 늘어선 조니의 의학 서적들 때문이었다. 그리고 두개골 때문이기도 했다.

"네 아버지의 책들 말인데. 방학을 보내러 목장에 올 때 저 책들도 가져올 거니?"

"다 가져갈 거예요. 두개골도 같이." 그 두개골은 일찍이 조니 고든이 자랑스러워한 인체 골격 표본, 조니가 의사라는 증거였던 그 골격 표본에서 유일하게 남은 부분이었다. 인간의 해골은 오로지 의사만이 정식으로 소유할 수 있기 때문이었다. 그것은 의사만 누리는 섬뜩한 특권이었다. 나머지 뼈들은 피터가 자루에 넣어 비치의 땅에 묻었다. 로즈는 뼈가 묻힌 자리가 어디인지 조금도 알고 싶지 않았다.

헌든 하우스 호텔의 연회장은 유리 쌍닫이문이 활짝 열려 있었고, 그 너머로 은제 식사 도구가 잘그락대는 소리와 호텔의 묵직한 그릇이 덜그럭대는 소리 속에서 웨이트리스들이 주지사 일행의 뒷정리를 하는 중이었다. 그들 중 한 명은 태연한 표정으로 주지사의 전용 접시를 슬쩍할 계획을 세웠다. 접시는 근무복 주머니에 이미 챙겨 둔 티스푼보다 더 커다란 표적이었다. 웨이트리스는 그 접시를 나중에 손자에게 줄 생각이었다. 훗날 값진 물건이 될지도 몰랐으므로. 웨이트리스는 자신의 근무 태도에 만족한 주지사가 선물로 준 것이라고 얘기할 생각이었다.

남자들은 두런두런 이야기를 나누며, 또 고급 시가를 흔들어 자기가 방금 한 말을 강조하며 어슬렁어슬렁 연회장을 나섰다. 이들은 헌든시를 대표하는 명사들, 시의 발전을 이끄는 사람들, 이른바 지역 유지들이었다. 영리한 사람들은 아니었다. 그랬더라면 애초에 헌든 같은 곳에 기반을 닦지도 않았을 터이므로. 그래도 헌든에서는 가장 영리한 그들은 상점 주인이나 장의사, 의사, 치과의사 등이었다. 그중 포부가 더 큰 부류는 적어도 주립 대학교의 문턱 정도는 밟은 학력에 지금은 종잣돈을 5만 달러나 10만 달러쯤 모으려고 혈안이 되어 있었다. 이날—높으신 분과 함께 걷는 이 순간—그들의 목적은 여느 때보다 더 분명했다. 돈이 목적이 아니었다면 과연 그들이 주지사와 한자리에 앉아 콩과 크림 치킨과 삼색 아이스크림을 먹으러 이곳까지 왔을까? 그럴 리가 없었다. 절대로, 천만의 말씀! 도시에서 가장 큰 부자인 그들의 우두

머리는 갖가지 사업을 벌이는 은행의 은행장이었는데, 조지 버뱅크와 마찬가지로 이날 열리는 회의에 참석해야 했다. 우두머리가 부재한 이때, 졸개들은 감히 주지사에게 다가갈 엄두를 내지 못했다. 그저 주지사를 둘러싸고 걸어가며 전에 들었던 이야기, 그가 주에서 으뜸가는 부자와 함께 전용 객차를 타고 워싱턴까지 철도 여행을 했다는 이야기를 떠올리며 주눅 들어 있었다. 그 객차에는 욕조부터 시작하여 온갖 호화로운 설비가 있었다. 워싱턴까지 가는 길에는 자라 요리가 나왔고, 샴페인이 물처럼 흘렀으며, 꽃 장식은 정해진 역에 도착할 때마다 성성한 것으로 바뀌었다.

주지사는 직함이 가져다준 고독 속에서 정치 생각만 하고 정치 이야기만 하는 보좌진 때문에, 또 슬슬 시작되는 치통 때문에 신물이 난 상태였다가, 『몬태나주 명사 인명록』에서 윗자리를 차지한 집안의 자제인 조지 버뱅크에게 인사를 받고 비로소 기분이 밝아졌다.

"오랜만이군." 주지사는 활짝 웃으며 조지의 널따란 등을 철썩철썩 두드렸다.

"잘 지내셨습니까, 주지사님." 두 사람은 대등한 사이처럼 이야기를 나누었다. 저마다 지닌 명망 덕분이었다. 서로 상대의 안부를 물은 후에는 가족들의 안부를 물었다. 주지사는 올겨울 추위가 얼마나 심한지 물었고, 둘은 복 받은 것처럼 따뜻한 이번 겨울과 끔찍했던 1919년 겨울을 비교했다. 지금도 기억이 생생한 그해 겨울에는 건초가 바닥나 소들이 굶주린 채 얼어 죽었고, 야생마들은 눈을 파헤치고 돌멩이를 주워 먹었다.

"어디였더라?" 주지사가 기억을 더듬었다. "우리가 마지막으로 얘기를 나눈 자리 말이야."

"워싱턴의 상원 의회 식당이었잖아요. 아버지하고 저는 비프 스튜를 먹었죠."

주지사가 쿡쿡 웃었다. "따지고 보면 세상에 맛있는 비프스 튜만 한 것도 없다네, 조지."

"그럼요, 그게 진리죠."

"조지, 그 스튜는 의회 식당의 간판 메뉴야. 우리 나중에 같이 맛있는 스튜나 한 번 더 먹자고."

"좋은 생각이네요. 제 아내도 좋아할 거예요."

"방금 아내라고 했나?" 주지사가 뒤로 물러나며 물었다. 그의 얼굴에 웃음이 번졌다. 조지의 말은 처음 듣는 소식이었다. 그런 소식을 전해 주는 것이 주지사 보좌관의 일이건만. 그의 보좌관은 도대체 뭘 보좌하는 인간일까? "축하하네. 나는 그런 줄도 몰랐어."

"결혼식은 조촐하게 했어요. 그게, 제 아내가 과부였거든요."

주지사는 고개를 끄덕이며 시가를 씹었다. 조지의 아내가 과부였다는 걸 알고 나니 몇몇 의문이 풀리는 듯했다. "조촐한 결혼식이었다, 그 말이지."

"하나도 거창하지 않았어요. 그 사람이 그렇게 하자고 해서요."

"그래, 조지." 주지사가 껄껄 웃었다. "이제 자네도 슬슬 우리처럼 길들여질 처지로군. 이야, 이 친구, 아주! 그래, 우리 부부가 자네 부부를 초대해서 같이 저녁을 먹어야겠군. 메뉴가 스튜는 아닐 거야, 조지. 스튜는 나중에 먹자고!"

그러나 조지에게는 그 나름의 생각이 있었다.

헌든은 산으로 둘러싸인 도시여서 해가 지기가 무섭게 캄캄해졌다. 그래서 조지와 로즈는 일을 다 보지도 못한 채 어두운 밤을 맞았다. 상점의 진열창이 따뜻한 빛으로 손님을 유혹했다. 조지는 마구 제작소에 들러 새 굴레를 한 벌 사고 목장의 어느 몰이꾼이 수선해 달라고 맡겨 놓았던 안장을 찾아왔다. 로즈는 조지가 데려다 준 식료품점에서 과일 통조림을 몇 상자나 샀는데 왜냐면 버뱅크 목장에서는 일꾼들을 잘 먹이기 때문이었고, 그 일꾼들은 다른 목장 일꾼들에게 자기네가 얼마나 잘 먹는지 자랑하기 때문이었다. 로즈는 이 지역에서 귀한 대접을 받는 배 통조림을 고른 다음, 단단한 반절 복숭아 통조림을 골랐다. 그 복숭아는 과육이 몹시 단단한 데다 진한 설탕 시럽 때문에 미끌미끌해서 숟가락을 한 번만 잘못 놀려도 휙 날아가 식탁보에 떨어지곤 했다. 레드 밀을 경영하던 시절에 로즈는 식재료를 뭉텅이로 사곤 했다. 돼지 반 마리, 달걀 열두 판, 햄 네 짝, 감자 네 포대, 라즈베리 잼 몇 항아리 같은 식이었다. 그러나 레드 밀의 주인이던 시절에 로즈는 자기 차례가 올 때까지 기다렸다가 점원의 응대를 받았다. 이제는 달랐다. 이제 버뱅크 부인이 된 로즈는 자신에게 아부하는 점원을 보고 당황했고, 어떤 것이 마음에 드냐고 물으며 몸소 응대하는 가게 주인을 보고 놀랐다. "예전 버뱅크 노부인께서는 고급품을 많이 구입하셨지요." 가게 주인은 게 통조림과 랍스터 통조림, 비계로 보존 처리한 살코기 병조림, 치즈 따위가 놓인 선반을 손으로 건드렸다. "버뱅크 씨 댁에서는 식탁을 언제나 멋지게 차리시니까요." 로즈는 이것 반 상자와 저것 반 상자 식으로 주문한 자신이 경멸스러웠다. 왜 스스로가 경멸스러웠는지는 정확히 알 수 없었다. 어쩌면, 어쩌면 조니 고든은 못난 사람 대접을 받았는데 버뱅크 집안은, 아무것도 궁하지 않은 그들은 더 잘난 사람으로 대접받기 때문인지도 몰랐다. 조니 고든의 아내에게는 아무도 랍스터 통조림을 권하지 않았고, 다른 손님을 제쳐 두고 먼저 응대해 주지도 않았다.

조지와 로즈는 슈거볼 카페에서 저녁을 먹었다. 크림색 금속 레일로 격자 장식을 한 높다란 천장에서 두 사람 위로 드리워진, 꼼짝도 않는 커다란 실링팬 두 대가 여름이 오려면 아직 멀었다고 일깨워 주었다. 널따란 식당 안에 손님은 그들 부부와 남자 여행객 둘뿐이었다. 남자들의 테이블 앞에 서서 농담을 주고받는, 깔끔치 못한 웨이트리스는 로즈와 조지의 주문을 받으러 뛰어오지 않는 것으로 보아 헌든으로 온 지 얼마 안 된 모양이었다.

"그러고 보니까 이상하네. 난 바로 몇 시간 전에 여기서 새참을 먹었거든. 점심 말이야, 여기 사람들 말로는." 조지가 껄껄 웃었다. "그런데 말이지. 난 아까 먹었던 넙치를 또 먹을 거야."

"같은 걸 또 먹는다고요, 조지?" 로즈는 조지가 말을 할 때마다 그가 더 좋아졌다. 말을 꺼내기 어려워하는 조지의 모습을 보면 말주변이 없다는 소리를 들으며 자란 게 아닐까 의심스러웠다.(그랬을 공산이 아주 컸다.) 상대의 마음에 드는 말을 생각해 내려고 저렇게까지 애를 쓰다니!

식사가 끝나고 나서 조지가 말했다. "여기서 잠깐만 기다려. 바깥이 엄청 춥거든. 내가 나가서 차 안에 커튼을 쳐 놓을게. 당신은 그 커피 마저 마셔."

새로 산 굴레와 수선한 안장은 트럭 뒷좌석에 실려 있었고, 이 때문에 조지가 차 옆문의 커튼을 치자 말의 퀴퀴한 땀 냄새가 차 안에 갇혀 맴돌았다. 목장을 떠올리게 하는 냄새였다. 생기라고는 눈곱만큼도 없는, 그들의 목적지인 목장을. 개들이 달려 나와 짖어 댈 것이다, 자기들의 잠자리인 컴컴한 달그림자 속에서 튀어나와서. 로즈와 조지는 차고를 나서서 나란히 터벅터벅 걸어 갈 것이다, 밤의 적막에 홀린 채로. 커다란 현관문을 열고 조용한 거실로 들어설 것이다. 먼저 들어선 조지가 전등 스위치를 더듬더듬 찾을 것이다. 갑자기 켜진 불빛 아래 거실은 여느 때처럼 생경해 보일 것이다. 전등불 때문에 지하실의 발전기가 털털거리며 연기를 피울 테고, 두 사람은 큰방으로 올라가 부랴부랴 옷을 갈아입을 것이다, 그 소동을 일으킨 전등불을 어서 끄려고. 그리고 나서 다시 고요해지면 로즈는 필이 코를 쿵쿵대고 기침하는 소리를 들을 것이다. 늦게까지 잠들지 않고 그들을 기다렸던 필이 코를 쿵쿵대고 기침하는 소리를.

도시가 그들 뒤로 멀어지고 마지막 불빛마저 차 뒤로 사라질 무렵, 로즈는 사람들 생각에 조금 울적해졌다. 그저 창문 너머로 보았을 뿐인 사람들이었다. 함께 앉아서 오순도순 식사를 하는 사람들.

"음, 드디어 집으로 돌아가는군." 조지가 말했다. "자, 출발합니다!"

"참 즐거운 나들이였어요." 로즈는 케이프를 어깨 위로 여미며 몸을 부르르 떨었다. 따뜻한 공기가 축 가라앉아 있던 피터의 방이 떠올랐다. 묘하게 온실 같던 그 방의 분위기가, 그리고 사람 두개골도. "달빛이 예쁘네요."

"저기, 로즈, 내가 생각해 봤는데."

"뭘요?"

"기억날지 모르겠는데…… 우리 전에 피아노 얘기를 한 적

있잖아."

"기억나요."

"로즈, 제일 좋은 피아노가 어떤 거야? 난 전부터 당신이 피아노를 치는 게 좋았어. 들으면 생기가 막 돌거든, 당신도 알지?"

"피아노야 당연히 갖고 싶지만, 내 실력에 최고급 피아노는 너무 아까워요."

"무슨 소릴! 당신 실력은 최고야. 어휴, 우리 어머니는 축음기로 음악 듣는 걸 좋아했는데, 악기 연주는 하나도 못 했어, 로즈. 당신이 피아노를 친다는 얘기를 했더니 어머니가 자기도 칠 줄 알면 좋겠다던데. 어머니가 나한테 재주 있는 아내를 얻어서 좋겠다고 했어. 정말로 그렇게 말했어. 재주 있는 아내라고."

"내 자랑을 하느라 허풍을 떤 건 아니죠?"

"감히 어떻게 그러겠어? 그리고 당신, 누구 앞에서 연주할 건지 알아?"

"당신 앞에서죠."

"당연하지, 그거야. 그런데 주지사도 당신 연주를 들을 거야. 주지사 부인도 같이."

"어머나 세상에, 조지!" 로즈는 말문이 막혔다.

"다음 달 1일에 우리 집에 올 거야. 당신도 만나고 싶어 할 것 같아서. 괜찮은 사람이야." 조지는 한동안 말없이 운전만 하다가, 다시 입을 열었다. "방금 지나친 곳이 우리가 아까 소풍 갔던 곳이야. 겨울 소풍 말이야, 로즈."

"저기가 거기였어요?" 로즈는 소풍 장소보다 훨씬 더 중요한 어떤 것을 자신들이 지나쳐 버렸다는 느낌에 오싹해지는 한편으로, 달빛 속에 어렴풋이 보일 목장 저택이, 온통 통나무로 만들어진 그 거대한 집이 가까워진다는 생각에 다시금 마음을 다잡았다. 또다시 개들이 짖어 댈 터였다. 로즈와 조지가 모르는 사람인 양, 떠돌이 집시라도 되는 양. 그 소리를 들으며 두 사람은 집 안으로 들어서고, 그다음은 필이 기침을 하고 코를 킁킁대는 소리가 로즈의 귀에 들려올 차례였다.

비치 기차역의 역장이 작업 지시에 따라 화물을 버뱅크 목장까지 싣고 갈 트럭을 헌든에서 수배하는 동안, 솔트레이크시티를 출발하여 비치에 도착한 '메이슨 앤드 햄린' 피아노는 혹시 모를 눈에 대비하여 회색 방수포를 뒤집어쓴 채 특송 화물 트럭의 짐칸에 머물렀다. 역장은 화물의 무게가 1톤은 돼 보인다고 했다. 그가 헌든에 전화를 몇 통 돌린 후에 조지에게 전화하여 말하길, 운송회사에 남는 일손이 없을뿐더러 가끔 화물을 옮기던 기중기 기사 또한 얼마 전 결혼식을 올리고 남들이 하는 대로 신혼여행을 떠나는 바람에 며칠 동안은 부를 수 없는 상황이라고 했다. 그래도 회사에서는 용달차와 함께 용달차 운전사를 도와줄 인부를 수배하는 중인데 왜냐하면 운전사가 절대로 혼자서는 출발하지 않겠다고 버티기 때문이라는 말도 전해 주었다. 비치같이 외진 곳에서 피아노를 옮기려면 도와줄 사람이 아무리 많아도 부족하다는 것이 운전사의 주장이었다. 조지가 기억하기에 그 운전사는 키가 하도 커서 남들을 머리 위에서 굽어보다시피 하는 남자였다.

나중에 운송 회사가 역장에게 전화를 걸어 용달차 운전사를 도와줄 일꾼을 구했다고 전했다. 체격이 통통한 그 젊은 남자는 스웨덴 출신 이민자로 일솜씨는 서툴러도 의욕은 넘쳤다. 그러나 솔리드 타이어가 달린 체인 구동식 트럭을 모는 용달차 운전사와 함께 비치에 도착한 그 남자는 피아노 상자를 잘못 드는 바람에 상자를 특송 트럭에서 내리기도 전에 그만 허리를 다치고 말았다. 역 플랫폼에 쓰러져 고통스러워하던 남자의 얼굴은 창백했고, 이마에는 굵은 땀이 맺혀 있었다. 허리가 부러졌을까? 천만다행히도 마침 비치의 어느 술집에서 친구들과 술을 마시던 그 지역 보안관이 그 스웨덴 출신 남자를 차에 싣고 헌든의 병원에 데려다주었다. 보안관 일행이 술집에서 남자 몇 명을 데려와 용달차 운전사와 역장과 함께 힘을 모아 피아노를 용달차로 옮겼지만, 나중에 용달차 운전사가 조지에게 털어놓길, 피아노 운반같이 특수한 작업을 하면서 그들의 허리가 부러지지 않은 것은 기적이었다. 운전사는 비치에서 버뱅크 목장으로 오던 길에 트럭의 구동 체인이 망가졌다고 했다. 그래서 영하의 추위에 발이 묶여 있다가 결국에는 임시변통으로 그 빌어먹을 체인에 핀을 박아 수리했다는 얘기였다.

피아노가 도착했을 때 집에는 로즈뿐이었다. 운전사는 로즈가 권한 커피를 사양했다. "신장에 안 좋아서요." 운전사가 설명했다. 자기 아버지도 커피는 절대 안 마셨다는 말과 함께. "제가 피아노를 나르는 일은 이번이 마지막일 겁니다."

"드릴 말씀이 없네요." 로즈는 미안해서 낯을 들기가 힘들었다. "저 때문에 이런 고생을 하시다니."

"남자분들은 언제쯤 오실까요?" 운전사가 잉거솔 회중시계를 꺼내며 물었다.

"정오까지는 꼭 올 거예요."

"그 친구 허리가 안 부러진 건 기적입니다. 어린 자식도 셋이나 있는데."

피아노를 용달차에서 내릴 무렵에는 눈이 내렸다. 목장 일꾼들이 뒷마당에서 각목과 밧줄을 가져다가 용달차 짐칸과 지면 사이에 경사로를 만드는 동안 운전사는 그들을 굽어보며 이래라저래라 지시를 내렸다. "젠장, 그런 식으로 들면 안 돼. 그 스웨덴 친구도 그러다가 허리를 다쳤단 말이야."

조지도 인부들과 함께 힘을 모았고, 그렇게 마침내 피아노를 현관 계단 위로 끌어당겨 상자를 연 다음, 악기를 한 뼘씩 한 뼘씩 거실로 옮긴 후에, 먼저 다리부터 조립했다. 그러는 동안 내내 필은 자기 방에서 나오지 않았다. "비치역의 그 친구는 화물이 피아노라는 말을 안 하더군요." 운전사가 툭 던진 말이었다. "다른 데서는 운임을 보통, 어, 시간당 10달러는 받습니다. 잘못하면 허리가 부러지는 일이니까 그럴 만도 하지요."

하녀들은 매춘부들이 그렇듯이 남쪽의 소농 집안이나 작은 목장 출신이었다. 그곳의 땅은 토질이 형편없는 염기성 땅, 흙먼지 땅, 회전초와 엉겅퀴의 땅이었다. 그 땅에서 태어난 뚱하고 시무룩하고 머리가 잘 안 돌아가는 여자애들은 자기 운명을 혐오했고 자기 아버지를 혐오했으며, 스스로가 덜어야 할 입 하나라는 사실도 혐오했다. 혐오할 것은 그것 말고도 많았다.

하녀들은 판지로 만든 여행 가방을 들고 머리를 — 세상이 그들에게서 기대하는 모습대로 — 질끈 묶은 차림으로 도착하여 설거지를 하고 바닥을 닦고 침대를 정리하고 식사 시중을 들었고, 제 나름의 계획을 이제 곧 실현할 거라는 삯일꾼들과 킬킬거리기도 했다. 한곳에 오래 머무는 경우는 드물었다. 하녀들은 자신의 팍팍한 처지를 이내 파악했다. 삯일꾼과 결혼을 할 수는 없었다,

목장에는 결혼한 남자가 머물 자리가 없었으므로. 결혼을 한 성직자와 마찬가지로 가정을 꾸린 일꾼은 일에 집중하지 못하고 걸핏하면 아내가 있는 집으로 달려갔다. 아이를 배고 자취를 감추는 하녀도 있었다. 자기 집으로 돌아가 또다시 질질 짜며 부모와 싸우는 하녀도 있었다. 어떤 경우는 매음굴인 딕시 룸스로 흘러 들어가 짧은 시간은 2달러, 하룻밤은 10달러를 받았다. 경제학 원리의 흥미로운 사례였다.

조지가 지역 신문《헌든 레코더》에 낸 구인 광고를 보고 찾아온 롤라는 여행 가방에 잠옷 한 벌과 애지중지하는 영화 잡지 한 묶음을 챙겨와 위층의 손바닥만 한 자기 방에서 그 잡지들을 읽고 또 읽었다. 영화계의 스타들 중에도 빈털터리로 출발한 사람이 많았지만, 이제 그들은 고급 리무진을 타고 돈을 물처럼 펑펑 쓰고 값진 동물들의 털가죽을 두르고 다녔다. 롤라는 눈치가 빠르고 겁이 많았고, 안짱걸음으로 걸었지만 그래도 부지런히 돌아다녔다. 목소리는 상대의 기분을 거스르지 않으려고 속삭이는 소리를 넘는 경우가 드물었다. 롤라는 루이스 부인을 무서워했는데, 부인이 우울한 격언을 중얼거리거나 예쁘장한 여자애들이 캘리포니아주 같은 곳에서 여행 가방 속의 토막 난 시체로 발견됐다는 이야기를 들려주었기 때문이었다. 윙크를 하며 일요일에 같이 말을 타고 나가자고 꾀는 삯일꾼들 역시 무섭기는 마찬가지였다.

롤라가 집에 있는 덕분에 로즈는 식단을 정하는 것과 애가 셋인 젊은 스웨덴 이민자 출신 인부의 허리를 다치게 한 피아노를 연습하는 것만 빼면 할 일이 없었다. 천만다행히도 그 인부의 허리는 부러지지는 않았다. 새까만 색에 광택이 흐르는 피아노는 로즈가 보면대에 올려놓는 한 장짜리 악보의 짧은 곡들을 연주하기에는 지나치게 고급스러웠다. 로즈의 레퍼토리는 초라했다. 슈트라우스의 왈츠 몇 곡, 군대 행진곡, 「로사리오」나 「집시처럼」 같은 유행가의 감상적인 반주 정도였다. 조지는 그런 노래를 좋아해서 나중에 주지사 부부 앞에서도 연주해 달라고 청할 것이 뻔했다. 로즈는 조지가 자신의 하찮은 재주에 품은 자부심 때문에 겁이 났다. 조지의 음악적 안목은 로즈가 음을 틀려도 한 번도 알아차리지 못하는 수준이었으므로. 로즈는 이왕 연주할 거라면 잘해야겠다는 생각에 피아노를 부지런히 연습하기 시작했다. 조지가 자랑스러워하도록.

로즈가 피아노를 칠 때면 필은 자리에서 일어나 거실을 떠났다. 그는 로즈가 음을 틀린 순간을 더없이 정확하게 파악하고 일어섰기 때문에, 로즈는 그가 집을 나섰거나 아니면 자기 방에 들어가 문을 닫은 것을 확인하기 전에는 다시 피아노를 칠 엄두가 나지 않았다. 로즈는 필의 취향이 조지보다 훨씬 더 고상한 것은 아닌지, 그래서 필이 자신을 속으로 비웃는 것은 아닌지 의심스러웠다. 로즈가 주지사에게 잘 보이려고 연습하는 것을 알고서.

문, 문, 문, 또 문. 집에는 바깥으로 통하는 문이 다섯 개 있었는데 로즈는 각각의 문이 열리고 닫히는 소리를 모두 구별했다. 필이 애용하는 뒷문이 열리면 그칠 줄 모르는 북풍이 불어 들어와 바닥의 융단이 뱀처럼 펄럭거렸다. 어느 날 오후에 로즈는 필이 집에 들어오는 기척을 느꼈다. 필은 남자치고는 작은, 발등이 높은 발로 빠르게 사뿐사뿐 걷기 때문에 기척을 알아채기가 쉬웠다. 필이 방에 들어가 문을 닫는 소리가 났다. 닫힌 문이 필의 악의와 위압감을 차단해 준 덕분에 로즈는 피아노 의자에 앉아 연습을 시작했다. 그러나 자신이 치는 피아노 소리를 꼼꼼히 듣던 로즈는 이내 다른 소리, 즉 필이 치는 밴조 소리를 눈치챘고, 자신이 칠 때 필도 함께 치는 것을 알아차렸다. 로즈는 손을 멈추고 건반을 내려다보았다. 뚱땅거리던 밴조 소리도 멈추었다. 조심스레, 로즈가 다시 연주를 시작했다. 밴조 소리가 다시 들렸다. 로즈가 멈추면 밴조도 멈췄다. 그 순간 서늘한 깨달음이 로즈의 뒷덜미를 스멀스멀 기어 올라왔다. 필은 로즈가 연습하는 바로 그 곡을 치고 있었다. 심지어 더 훌륭하게.

필은 악보를 읽을 줄 몰랐고 읽을 필요도 없었다. 필은 어떤 곡이든 듣기만 해도 따라서 연주하는 능력이 있었고, 단 한 번만 들어도 작곡가의 의도와 구성을 대번에 파악했다. 그는 일찍이 빅트롤라 축음기의 비늘살 문으로 흘러나와 그의 귀에 곧잘 들려오던 모차르트 음악의 구조 또한 그런 식으로 파악했다. 그 시절의 오래된 레코드판은 모차르트의 음악을 편곡하여 오케스트라가 금관부와 목관부만 연주하는 식으로 녹음했는데, 이는 당시의 밀랍 레코드판이 현악기의 소리를 담지 못했기 때문이었다. 필은 로즈의 이도 저도 아닌 피아노 연주를 들으며 코웃음을 쳤다. 보나 마나 싸구려 술집 같은 곳에서 쳤을 법한 곡들이었다. 필은 로즈가 그토록 열심히 연습하는 이유 또한 훤히 알았다.

귀여운 조지가 무심코 비밀을 털어놓은 덕분이었다.

"'대장 나리'가 저녁 먹으러 올 거야." 조지가 한 말이었다.

"이런, 이제 우리도 사교계라는 데에 들어가는 건가? 식탁에 놓인 핑거볼도 막 써야 되고 그러는 거야?" 필은 그렇게 말하고는 큰소리로 웃었다. 그러니까 이번 일은 피아노도 뚱땅거릴 줄 아는 자기 아내를 사교계에 선보이려는 조지 도련님의 꿍꿍이였던 것이다! 필은 그 여자가 치는 새로 산 피아노의 소리를 들으며, 어이 없는 실수가 연거푸 터지고 건너뛴 음이 빵 부스러기처럼 떨어지는 연주를 들으며, 쾌감에 젖었다. 그러다 그 여자가 연습을 끝내면 그는 방금 들은 곡을 밴조로 정확하게 연주했다.

로즈는 며칠이 지나서야 필이 하는 짓을 알아차렸고, 그 후로는 필이 집에 없을 때에만 피아노를 쳤다. 필은 자신이 집 뒷문을 열었을 때 로즈가 연주를 멈추는 것을 몇 번이나 눈치챘다. 문을 여는 것만으로도 로즈의 연주를 더 훌륭하게 따라 하는 것과 다름없는 효과가 있었다. 그 여자의 성질을 긁는 일은 그렇게 식은 죽먹기였다. 손을 떠는 꼴이 어찌나 고소하던지, 손을 떨다 못해 커피까지 엎지르지 않던가! 필은 스스로를 동정하는 인간들을 혐오했다.

그 한심한 여자는 저녁 식사 자리에서는 옷을 빼입어야 한다는 생각에 사로잡혀 살았는데, 사람들한테 예쁘다는 말을 곧잘 들었을 그 머리의 안쪽에 무슨 문제가 있다는 것은 주지사를 위해 피아노를 연습하는 꼴만 봐도 짐작이 갔다.(주지사는 원래 시골뜨기 변호사였다가 입만 산 정치인들의 눈에 들어 그런대로 번듯한 집안 출신 여자와 결혼한 인간이었다.) 심지어 조지 녀석도 결혼을 하고부터는 깨끗한 셔츠를 차려입었다. 필은 자신이 전에도 그랬고 앞으로도 그럴 차림으로 저녁 식탁 앞에 앉을 때 조지와 작은 마님 본인의 표정이 이지러지는 것을 눈치챘다. 그 조그만 인형 아가씨가 착각을 하는 모양이었다. 그들이 사는 곳은 목장이지 바보들이 놀러 가는 휴양지 호텔이 아닌데도.

대장간에서 조지가 꺼낸 말을 듣고 필은 깜짝 놀랐다. 필은 화덕 앞에 서서 나무토막을 디딘 한쪽 발에 지그시 체중을 싣고

서, 기다란 팔을 풀무 손잡이에 느긋하게 걸치고 있었다. 그 자세로 허리를 가뿐히 숙여 풀무질을 하는 동안 입으로는 씹는담배를 우물거렸다. 석탄불이 이글거리는 화덕 속에는 원래 모습보다 더 멋지게 변한 쇳덩이가 도사리고 있었다. 대장간은 부지깽이와 장작 받침쇠, 필의 번뜩이는 생각이 손을 거처 표현된 것일 뿐 딱히 쓸모는 없는 물건 등으로 가득했다. 그는 맨손으로 망치와 집게를 쥐고 일했기에 그의 두뇌가 품은 또렷한 이미지를 가죽이나 천으로 된 장갑이 가리는 일은 결코 없었다. 쇠가 적당히 달아올라 체리처럼 검붉은 색을 띨 때까지 기다리며 그는 눈 덮인 언덕을 내다보았고, 몽실몽실한 석탄 연기가 널찍한 문간으로 흘러 나가 천천히 지면을 뒤덮는 광경을 지켜보았다. 그러다가 조지가 대장간에 걸어 들어와 주위를 두리번거리다가 톱질 모탕에 앉았을 때, 필은 입을 꾹 다문 채 인사도 하지 않았다. 조지는 늘 한참 동안 뜸을 들이다가 말을 꺼냈는데 이는 머리 회전이 느리기 때문이었다. 그러나 필은 조지의 심란한 마음을 훤히 들여다보았고 그 이유도 알고 있었다. 조지 꼬맹이는 이제 결혼 생활이 꼭 기대 같지는 않다는 것을 깨달은 모양이었다. 조지는 거의 매 주말마다 트럭에 마누라를 태우고 사랑하는 어머니를 그리워하는 마누라의 귀한 아들을 만나러 헌든까지 가야 했다. 직접 운전해서 가면 될 텐데, 그 여자는 왜 조지가 《새터데이 이브닝 포스트》를 읽게 놔두지 않는 걸까? 겨울 도로에 겁을 먹었기 때문이었다. 조만간 무서운 일을 하나 만들어 줄 사람은 따로 있었건만!

무엇이 조지를 집에서 몰아내어 이곳까지 오게 했을까? 뚱땅거리는 피아노 소리? 그 조그만 여자는 곧 연주를 시작할 테고, 실수를 저지를 테고, 다시 시작할 것이다. 그리고 똑같은 실수를 또 저지를 것이다. 듣는 사람의 신경이 곤두설 정도로. 가엾은 조지 도련님은 거실에 앉아 마누라가 실수하기를 기다리는 신세였다.

아니면 혹시 조지는 여름이 되어 헌든의 그 꼬맹이가 집을 살금살금 들락거릴 날이 올까 봐서, 그렇게 되면 자신이 마누라의 첫 남자가 아닌 것을 끊임없이 떠올리게 될까 봐서 걱정인 걸까? 필은 자신만큼이나 조지도 암사내를 싫어하리라고 직감했다. 그런데 이제 딱 암사내 같은 놈 하나가 집에 눌러앉을 판이었다. 빈둥거리면서, 남의 말을 엿들으면서. 필은 암사내들의 걸음걸이도 말하는 꼬락서니도 혐오했다.

필이 보기에 조지가 대장 나리와 함께할 저녁 식사를 슬슬 걱정하는 것도 이상한 일은 아니었다. **그나저나** 그 여자가 무슨 수로 그런 자리를 만들었는지가 궁금했다. 하긴, 남자가 여자를 머리가 이상해질 정도로 사랑하면, 여자는 남자에게 뭔가 해 주지 않는 방식으로 주지사를 저녁에 초대한다거나 하는 짓을 시킬 수도 있었다. 필이 『리시스트라테』*를 읽고 배운 교훈이었다. 얼마나 우스울까, 그 저녁 식사 자리는. 짜증 나는 대화는 필이 시종 도맡아야 할 테고, 그러다 보면 우리 미스 선술집 피아니스트가 나서서 시시껄렁한 곡들을 피아노로 뚱땅거리며 매일 하는 실수를 또 할 것이다. 뭐, 그래도 상관없었다. 조지에게는 따끔한 교훈이 될 테니까. 필은 속물이 아니었지만, 결혼은 계급에 맞게 해야 한다고 생각하는 편이었다. 그런데 대장 나리의 마나님께 어떻게 생각하냐고 물으면 뭐라고 할까?

* 아리스토파네스의 희극으로, 아테네와 스파르타의 부인들이 남자들에게 전쟁을 그만두지 않으면 동침하지 않겠다고 선언하여 두 나라 사이에 평화를 이룩하는 내용을 그렸다.(옮긴이)

조지는 톱질 모탕 위에 앉아 있었다. 역시, 그에게는 뭔가 고민이 있었다. 차마 말하고 싶지 않은 어떤 것이. 만약 둘이서만 얘기하고 싶다면 빨리 얘기하는 편이 나았다, 왜냐면 이제 곧 인부 합숙소에서 누군가 나올 것이므로. 일요일에 소 떼에게 건초를 먹이고 나면 일꾼들은 오후를 자유 시간 — 가죽 마구에 기름을 먹이고 빨래를 하고 (까막눈이 아니라면) 편지를 쓰고 합숙소를 청소하고, 낄낄 웃으면서도 속으로는 내심 진짜라고 믿는 잡지의 카우보이 이야기를 읽는 시간 — 으로 보냈지만, 조지가 집 밖에 있으면 그들은 합숙소에서도 편히 쉬지 못했다. 조지에게는 스스로도 알지 못하는 기이한 권위가 있었다. 남을 불안하게 만드는 능력이었다. 어쩌면 조지가 하도 말수가 적다 보니 남들이 그의 침묵을 견디다 못해 스스로의 내면을, 또 그 내면에 있다고 늘 의식하는 죄책감을 돌아보기 때문인지도 몰랐다. 이제 곧 일꾼들이 합숙소에서 나와 바삐 일하는 척하려고 창고 쪽으로 걸어갈 참이었다. 필의 표정에 웃음이 번졌다.

조지가 그 이상 괴로워하게 놔두는 것은 의미 없는 짓이었기에, 필은 조지에게 인간의 언어라는 은사를 베풀기로 마음먹었다. 말하자면, 대화의 물꼬를 트기로. "어이, 형씨, 무슨 고민을 그렇게 해?"

조지가 눈을 들어 필의 눈을 마주 보았다. 그러고는 입을 열었다. "저기, 필."

"말을 해, 이 양반아. 시원하게 털어놓으라고." 그러고 나서 필은 발음하기가 편하도록 입속의 씹는담배를 어금니 쪽으로 옮겨 물었다.

필은 조지의 고백을 듣는 것이 즐거웠다. 1917년 초의 어느 날 아침, 가축 상인들이 목장에 몰려와 자기네가 부르는 가격에 소를 팔라고 아양을 떤 적이 있었다. 그러나 필은 넓고 깊게 독서를 하는 사람이었다. 필이 조지에게 충고했다. "팔지 말고 기다려. 백악관에 사는 그 교수 출신 얼간이가 이제 곧 유럽의 전쟁판에 뛰어들 거다, 그렇게 되면 현물을 쥐고 있는 사람이 일확천금을 벌 거야."

그러나 조지는 형의 말을 늘 따르는 동생은 아니었고, 그래서 화를 내며 소를 팔았다. 그리고 4월이 되자 우드로 윌슨 대통령은 정말로 유럽에서 벌어진 치열한 전쟁에 참전한다고 선언했다. 조지는 가만히 앉아서 벌 수도 있었던 5000달러를 날렸고, 필은 마지못해 실수를 인정하는 조지의 말을 들으며 즐거워했다.

대학에 다니던 시절에도 마찬가지였다. 전 과목에서 에이(A) 학점을 받은 필은 학장이 친히 불러서 칭찬해 주는 학생이었다. 학장이 목장 경영에 관심이 있어서이기도 했다. "그런데 말이야, 버뱅크 군." 학장은 뜬금없이 그 말을 꺼내고는 창가로 가더니, 블라인드를 내려서 캘리포니아의 잔혹한 햇살을 가렸다. "자네 동생은 왜 그러는 건가? 특히 영어 말이야."

"조지한테 무슨 고민거리라도 있냐고 물으시는 겁니까?"

"그 친구 제적당하게 생겼어."

"제적이라고요?" 필은 짐짓 놀란 척하며 물었다.

"영어가 영 힘든 모양이야. 자네가 좀 도와주는 게 어떨까?"

"저는 조지가 공부에 소질이 있는지 잘 모르겠습니다."

그래도 필은 조지에게 공부 이야기를 꺼내기는 했다. "솔직히 말해서, 나 진짜 창피했다. 학장이 나한테 같은 핏줄인데 어떻게 한 명은 전 과목 에이를 받고 한 명은 성적이 바닥을 기냐고 물어보더라. 도대체 왜 그러냐, 동생아?"

조지는 얼굴이 새빨개졌다. "미안해, 필."

"미안하다고 하면 뭐가 해결되냐? 좀 집중해서 공부를 해 봐, 안 그러면 너 제적당하고 노인장한테 설교를 들어야 돼. 노인장이 실패한 인간을 어떻게 대하는지는 너도 알잖아."

"알지."

"솔직히, 내가 너라면 학기 말에 그냥 자퇴할 거다. 차라리 고등 교육이라는 걸 받을 소질이 없다고 인정하면 편하잖아. 돌 벽에 머리를 박아 봤자 무슨 소용이겠냐고, 이 꼬맹이야."

그해의 남은 학기 동안 죽어라 공부했지만, 조지는 끝내 제적당했다. 필은 거울 앞에 우두커니 서서 자기 얼굴을 보던 동생의 모습을 기억했다. 필은 우등으로 대학을 졸업했다. 필이 충고한 대로 따랐더라면 조지는 마지막 남은 자존심이라도 지킬 수 있었을 것이다.

이제 대장간의 톱질 모탕 위에 앉은 조지는 예전 그 시절처럼 자신감이 없어 보였고, 그런 조지가 장갑 낀 손을 바닥으로 뻗어서 아까까지 필이 손질하던 각목에서 떨어진 향긋한 나무 냄새가 나는 대팻밥을 한 움큼 주워 드는 모습을, 필은 가만히 지켜보았다. 조지는 쥐 둥우리처럼 얼크러진 대팻밥을 우두커니 내려다보았다. "듣기가 조금 불편할 수도 있어." 조지가 웅얼웅얼 말을 꺼냈다. "내가 하려는 얘기가."

"그냥 시원하게 털어놔."

"대장 나리 때문에 그래. 주지사 말이야." 조지가 말했다.

결국은 그 얘기였다. 그러니까 필의 직감이 옳았던 것이다. "대장 나리가 어쨌다는 건데?"

"굳이 말하자면 대장 나리가 아니라, 대장 나리 부인 때문에."

"얘기해 봐." 입꼬리가 웃는 표정을 지을 때처럼 살짝 위로 올라가는가 싶더니, 필이 담배를 씹기 시작했다.

"생각해 봤는데, 대장 나리는 별 상관 없을 것 같은데, 그 사람 부인은 신경을 쓸 것 같아서."

"신경을 쓰다니, 뭐에?"

"저녁 식사 자리에 옷을 좀 깔끔하게 입고 오지 않으면 그 부인이 불편해할 것 같아."

필이 젓던 풀무는 호흡이 거의 흐트러지지 않았다. 필은 그저 조지를 지긋이 바라보기만 했다. 조지가 쥐 둥우리 같은 대팻밥을 바닥에 떨어뜨리고 추운 겨울 오후의 흐린 빛 속으로 걸어 들어갈 때까지.

7장

처음에 로즈는 생각의 흐름이 왜 자꾸 과거로만 향하는지 알 수가 없었다. 복도의 우산꽂이부터 벨소리가 울리면 근엄하게 걸어가서 끝이 올라가는 정중한 목소리로 언제나 '윌슨 댁입니다…….'라며 받던 전화기까지 집 안에 있는 모든 것을 자랑스럽게 여기던 아버지가 생각났고, 집 안에서 기르는 화초의 건강을 염려하던 어머니도 생각났다. 어머니는 집배원이 《레이디스 홈 저널》을 배달하는 날이면 무슨 명절이라도 되는 것처럼 평소보다 옷을 더 잘 차려입었다. 그리고 집배원에게는 무슨 선물처럼 고맙다는 인사를 건넸다. 그렇게 주부 대상 잡지를 갖다 주던 집배원과 집 안의 화초를 생각하다가 문득, 로즈는 묘하게 조용했던 어느 일요일 오후와 그때 옆집에서 들려왔던 피아노 소리를 떠올렸다. 그 나지막한 음계 연습 소리의 주인공은 로즈의 가장 친한 친구로, 함께 피아노를 연탄하고 가끔은 꿈풀이 해몽 책을 들고 로즈네 집에 놀러 오기도 했다. 위층에 있는 로즈의 방에서 둘은 꿈을 해석하며 소리 죽여 웃었다.

어머니의 목소리가 들렸다. "너희 거기서 뭐 하니? 웃는 소리가 바깥까지 다 들리네. 해티 브런디지가 전화했는데 내일 자기 집에서 이스턴 스타 친목회 총회를 한다지 뭐니, 세상에, 그런데 로즈 너한테 꽃꽂이를 해 달래. 모르는 사이 같으면 돈을 내라고 할 텐데. 진심으로 하는 말이야. 내가 보기엔 너 아무래도 나중에 꽃집에서 일해야 할 것 같다. 네 아버지 저녁은 또 뭘 차려 줘야 할까? 남은 건 먹기 싫어하는데."

뒤이어 고등학교 시절 기억이 떠올랐다. 학급 사진을 주고받던 일과 졸업 앨범 릴레이 서명과 초여름의 졸업식과 갓 깎은 잔디 냄새와 눈물이 그렁그렁한 몇몇 소녀들, 그리고 아이들 사이를 위엄 있게 활보하며 치맛단의 주름 장식과 머리 리본을 바로잡아 주던 영어 선생님 미스 커크패트릭. "오늘은 남녀 학생 모두 가장 단정한 모습을 보여야 해." 미스 커크패트릭은 몰래 립스틱을 바른 여학생이 있는지 보려고 눈에 불을 켜고 돌아다녔다. "로즈, 올해는 꽃이 정말 예쁘구나." 강당 바깥에서는 남자애들이 접는 의자를 들고 시끄럽게 우르르 지나갔고 학교 관리인은 그 아이들을 야단쳤다.

로즈는 고별사를 낭독하는 졸업생 대표가 아니었고 송별사를 낭독하는 재학생 대표도 아닌, 그런 영예하고는 애초에 거리가 먼 학생이었다. 수학 시간에는 꼿꼿이 앉아 삼각형과 사다리꼴을 반듯하게 그리고 깨알 같은 글씨로 필기도 열심히 했지만, 사실 기하라는 과목을 이해하지는 못했다. 그러나 졸업식 행사 안내장에는 로즈의 이름도 올라 있었다. 외따로 떨어진 곳에.

꽃꽂이: 미스 로즈 윌슨

지난 사 년 동안 엘크스나 이글스, 우드멘 같은 사교 클럽이 기증한 꽃으로 꽃꽂이 장식을 도맡은 학생은 로즈였다.

"이 자리의 학생 여러분은 제가 누군지 다들 알 겁니다." 교장이 연설을 시작했다. "몇몇은 너무 잘 알아서 탈이지요……."

유쾌한 웃음소리가 좌중을 휩쓸었다. 남학생 가운데 몇몇은 교장을 지나치게 잘 알았다. 교장실과 니스 칠을 한 그 방의 목조 장식, 쉭쉭대는 스팀 히터 소리, 링컨 대통령 흉상과 먼지가 앉은 성조기까지도. 교육자로서 신념을 지닌 노인이었던 교장은 이제 어둠 속에서 빛을 향해 나아가야 한다는 성서 구절을 이야기하고 있었다.

바야흐로 졸업식 날이었다. "그 옷 정말 잘 어울려요, 엄마. 아빠, 그렇게 입으니까 진짜 젊어 보여요."

"그래, 젊어 보이네." 로즈의 어머니가 중얼거렸다. "이 모자 진짜 괜찮은 것 같니? 요즘은 여성용 모자에 새 깃털을 꽂는 게 유행이던데, 나는 그게 그렇게 싫더라."

로즈의 아버지가 껄껄 웃었다. "뭐, 언젠가는 다 늙은이가 되는 거지. 내 나이에 내보다 훨씬 더 젊어 보이는 남자도 많을걸."

"'나보다'라고 해야죠." 어머니가 중얼거렸다. "'내보다'가 뭐예요. 네 아버지가 졸업식 안내장을 더 받을 수 있냐고 물어보더라. 네 이름이 나온 안내장 말이야. 돈을 내야 하면 얼마든지 내겠다는데, 돈을 받고 팔지는 않겠지, 설마."

"그럼요, 더 달라고 하면 줄 거예요. 그리고 대단한 일도 아닌데요, 뭐. 꽃꽂이 정도는."

"무슨 소리! 대단한 일이 아니면 왜 네 이름이 안내장에 실려 있는데? 젊은 여성이 하는 일 중에 그보다 훌륭한 건 없을 거다. 요즘은 셔츠에 단추 하나 제대로 못 다는 아가씨들도 많아."

"나중에 네 딸한테도 보여 주면 좋잖니." 어머니가 말했다.

"자, 오늘의 계획을 발표하겠습니다." 아버지가 선언하듯 말했다. "우리 셋이서 같이 맥페이든스 레스토랑에 간 다음, 거기서 테이블을 잡고 원하는 메뉴는 뭐든 주문하는 겁니다. 어떻습니까, 숙녀 여러분?"

"피트, 정말이지 훌륭한 계획이에요."

맥페이든스 레스토랑에서 그들은 철선을 꼬아 만든 의자에 왕족처럼 당당하게 앉았다. "맥페이든이 아주 훌륭한 식당을 차렸어. 내 변변찮은 안목에는 말이야."

"당신 안목이 변변찮았던 적이 있기는 한가요." 로즈의 어머니가 빙그레 웃었다.

"봐, 테이블에 육두구 가루 통도 비치해 뒀잖아."

"젊은 사람들이 맥아 우유에 많이 뿌려 마셔서 그래요."

"이렇게 거한 저녁을 자주 먹었다가는 살이 뒤룩뒤룩 찔 것 같은데. 더는 젊어 보이기가 힘들겠어."

"말해 뭐 하겠어요." 그렇게 말한 어머니가 멀리 있는 아는 사람들에게 반가운 표정으로 눈을 동그랗게 뜨고 입 모양으로 '안녕하세요.'라고 말하면 그 사람들은 로즈네 테이블로 인사를 하러 왔다. "그 예쁜 꽃꽂이가 이 아가씨 작품이었군요."

"사 년 내리 도맡았습니다." 아버지 목소리. "이 아이는 꽃을 만지는 재주를 타고났어요."

꽃, 꽃, 목소리, 그리고 꽃. 로즈는 궁금했다. 남들도 자신처럼 그렇게 여린 추억에 매달리는지, 희미한 형상과 흐린 목소리 속에서 헤매는지. 그런데 왜일까? 스스로가 가엾어서?

왜냐하면 요즘 들어 로즈가 자신의 정체성이 흔들리는 기분을 느꼈기 때문이었다. 정확히 말하면, 로즈가 어느새 자신의 뛰어난 솜씨를 무색케 할 만큼 기괴한 재료들로 꽃꽂이를 하고 있었기 때문이었다. 조지가 산을 관찰할 때 쓰던 쌍안경을 통해 처음 본 재료들이었다. 로즈는 집 아래쪽의 말 목초지를 둘러싼 가시철사 울타리 앞에 그 풀들이 자라 있는 것을 보았다. 그 자체로는 아무것도 아닌 풀이었다. 그러나 (로즈가 스스로를 변호하듯 생각하기에는) 예술이란 본디 시시한 것들을 배치하는 일이 아니던가? 세잔의 작품은 선과 색이 다였고, 쇼팽의 음악은 소리였으며, 향수는 계산된 냄새이고 바삭거리는 리넨은 본디 아마실이 아니던가? 꽃꽂이는 피아노 연주나 매일 저녁 식탁에 앉기 전에 공들여 단장하는 옷차림이나 도로변의 우스꽝스러운 소풍과 마찬가지로 조지에게 기쁨을 주기 위한 일이었다. 로즈는 조지를 놀라게 해 주고 싶었다. 그리고 성공했다.

조지는 살면서 그런 것들을 본 적이 한 번도 없었기에 살짝 붉어진 얼굴로 진지하게 말했다. 한 마디 한 마디를 세심하게 고르면서. "이야, 이건 대단한데! 어휴, 나는…… 아주 예뻐, 내가 보기에는."

"예뻐요? 난 잘 모르겠는데. 그래도 당신 마음에 들었으면 싶었어요. 전에 이 비슷한 걸 만들곤 했거든요."

"그랬어? 전에는 사람들이 별걸 다 했구나. 그래, 난 이 꽃꽂이란 게 마음에 쏙 들어. 우리 어머니는 이런 거 절대 못했을걸. 어머니는 책 읽기를 좋아하셨어, 항상 책을 손에서 놓지 않고 온갖 것들에 관해 이야기해 주셨지." 조지는 속으로 생각했다. 내 아내는 너무 날씬해서 몸무게가 45킬로그램도 안 나갈 거야. 옆얼굴은 또 어떻게 저렇게 예쁠까. 그는 또 생각했다. 그런데 이거 잡초로 만든 거잖아. 그 생각에 이어 조지는 필이 그 꽃꽂이를 보고 어떻게 반응할지가 떠올랐고, 그 조그맣고 천진한 작품 때문에 로즈가 필의 깔깔거리는 비웃음 소리를 꼼짝없이 뒤집어쓰는 광경이 퍼뜩 떠올라 견딜 수 없이 괴로웠다. 필은 로즈의 면전에서는 웃지 않는다고 해도 일꾼 합숙소에 가서 웃을 것이다, 미친 사람처럼 깔깔거리며. 그리 오래지 않은 어느 해 크리스마스에 조지 자신을 보고 웃었을 때처럼. 그때 조지는 어머니를 기쁘게 하려는 마음에 옷 위에다 파란 실크 가운을 걸치고 가운과 같은 색의 우스꽝스러운 슬리퍼를 신었다. 어머니가 조지를 위해 준비한 그해 크리스마스 선물이었다.

그때 필이 기척도 없이 나타났다.

나중에, 합숙소에서 바로 그 웃음소리가 들려왔다. 총구에서 터져 나온 발사음의 메아리 같은 웃음소리가. 크리스마스는 조지의 가장 오래된 기억에서부터 **이미** 창피한 날이었다. 부모님은 조지에게 양지바른 곳에 가서 가지가 튼튼하고 고르게 자란 나무를 신중하게 골라 베어 오라고 당부했고, 조지가 그런 나무를 찾아 썰매에 실어서 산을 내려와 집 안으로 옮긴 다음 거실의 적당한 구석에 세워 놓으면 노마님은 입버릇처럼 "난 크리스마스가 제일 좋더라!"라며 트리 장식을 시작했다. 노마님의 손이 닿지 않는 곳은 노인장이 대신 맡아 빛나는 유리 공을 걸어 놓았으며, 실내의 모습을 포착하여 일그러진 모양으로 되비추던 그 유리 공은 크리스마스트리 저 높이 남아서, 세이지브러시 언덕 쪽으로 난 창문에 비치는 거실 안의 정경을 배경으로 빙그르르 돌아갔다. 크리스마스이브 날이면 언제나 길고 불쾌하고 그날 특유의 냄새가 났던 까닭은 아마도 집 안이 너무 컴컴해서였거나 아니면 트리 놓을 자리를 만들려고 가구를 치운 거실이 낯설어 보여서였을 텐데, 그러다 날이 저물면 해마다 하는 행사를 거행할 시간, 즉 노마님이 선물을 들고 나와 트리 아래에 쌓아 놓는 시간이었다. "트리 냄새가 어쩌면 이렇게 향긋할까!" 어머니의 눈에서, 또 어머니의 웃음에서 조지는 한때는 틀림없이 어머니였을 테지만 지금은 — 빛나는 유리 공에 비친 거실처럼 — 일그러진 잔영을 보았다. 뒤이어 식구들은 멀리 동부에 사는 친척들이 보낸 소포를 열어 선물 상자를 꺼내어 트리 아래에 놓은 다음 저녁을 먹었고, 부엌 뒷방의 일꾼 남자들이 크리스마스 선물로 받은 넥타이와 노마님이 해마다 나누어 주었고 지금도 조지가 (물론 전과 달리 봉투에 넣지는 않고) 나누어 주는 수표에 웃고 환호하는 소리가 들리고 나면 필은 자리에서 일어나 방으로 돌아가서는 문을 닫고 식구들이 선물을 여는 동안 나오지 않았지만, 그래도 노마님은 아무 일도 없는 척했다. 어머니 — 나머지 세 식구 **모두** — 는 필을 본모습 그대로 받아들이는 법을 결코 배우지 못했고 끝내는 그러기를 포기해 버렸다. 어머니 — 그들 셋 **모두** — 는 하다못해 그날 하루 저녁만큼은 자신들도 다른 집과 똑같다고 믿고 싶었다. 그런데 그렇지 않았다. 필은 자기 가족을 굼뜨고 거치적거리는 얼간이와 응원자와 몽상꾼으로 여겼고 필을 제외하면, 그들은 실제로 그런 존재였다. 어떻게 한 인간이, 어떻게 한낱 인간이, 자신이 꿰뚫어 본 남들의 내면을 남들 스스로도 보게 하는 힘을 지녔을까? 그런 권능을 필은 어디에서 얻었을까? 어디서 솟는지는 알 수 없었으나 필에게는 그런 힘이 있었다. 그날 하루 저녁만 가족들 곁에 남아 잘 지내는 척하는 것은 그에게 대수로운 일도 아니었을 것이다. 설령 그에게 크리스마스가 너무나 어색했다고 해도, 또 이름이 '애버크롬비 앤드 피치'인지 '애비 에미 앤드 새끼'인지 하는 데서 주문한 금시계나 사냥칼 같은 자기 몫의 선물이 조지의 선물, 즉 파란 실크 가운과 발가락만 간신히 가리는 요상하게 생긴 슬리퍼만큼이나 쓸모가 없었다고 해도. 그런 슬리퍼는 '뮬'이라고 했다. 노마님 말씀에 따르면.

뮬이라니!

노마님은 대체 뭐에 씌었기에 그런 걸 샀을까? 조지더러 그런 옷을 언제 입으라는 걸까? 그런 신발을 신고 갈 만한 데가 이 세상에 있기는 할까? 남자가, 설사 동부의 친척 친지들이라고 해도, 감히 그런 것을 몸에 두르고 발에 꿴 채 버젓이 돌아다닐 수 있단 말인가?

"당연히 마음에 들죠." 그때 조지는 어머니에게 그렇게 말했다. "마음에 쏙 들어요." 그러고 나서 노마님의 시선을 느낀 조지는 옷 위에 가운을 걸쳤는데 이는 노마님이 그의 어머니였기 때문이었고, 그가 결코 애정을 두려워하는 사람이 아니기 때문이었다. 그리고 그때 필이 복도 입구에 나타났다.

"이야, 우리 집에 아주 대단한 분이 납셨네." 그리고 찢어지듯 날카로운 웃음소리.

그래도 뭐. 조지는 새삼 그해 크리스마스의 기억을 떠올렸다. 지금의 나는 그때보다 훨씬 날씬하니까.

그때 노인장은 이렇게 말했다. "필, 네가 아는 세상 말고 다른 세상도 있다. 나한테도 저런 실내복 가운이 있어."

노인장을 보는 필의 눈빛은 여유가 만만했다. "당연히 있겠죠. 하지만 우리가 사는 세상은 여기잖아요. 다른 세상을 떠나 여기로 온 사람은 아버지고요. 왜 왔는지 난 당최 모르겠지만." 필이 뜸을 들이다 덧붙였다. "**아버지는 아세요?**"

노마님의 얼굴에 미소가, 세상 모든 것에 맞서는 그녀 나름의 가면이 떠올랐다. 필이 돌아서서 복도 저편으로 사라지자 노마님이 말했다. "이제 슈만하인크의 아리아를 틀 때가 된 것 같네요. 크리스마스 분위기가 안 나잖아요, 그 사람 노래 없이는."

레코드판이 돌아가는 빅트롤라 축음기가 그야말로 혼신의 힘을 다하여 노래를 토한 까닭은 천사와 목자와 성모 마리아와 사람의 아들 예수 그리스도 같은 개념들이 이 집 거실에서는 그저 미친 소리에 지나지 않기 때문이었다.

조지는 로즈에게 꽃을, 많은 꽃을, 아주 많은 꽃을 사 줄 작정이었다. 진짜 꽃을, 한 아름씩. 사람들이 자세를 고쳐 앉고 눈여겨볼 만한 꽃을, 꽃집에 있는 모든 꽃을! 나중에 필의 웃음 속에 틀림없이 배어 있을 경멸감을 깨끗이 몰아낼 만한 꽃을 아내에게 사 주고 싶었다. 왜냐하면 조지의 아내는 꽃이 아닌 것으로 꽃을 만들려 애쓴 사람이었으므로. 조지는 아내가 만든 꽃꽂이가 그래도 **반쯤**은 마음에 들지 않았던가! 심지어 뿌듯한 기분마저 들지 않았던가! 그러나, 아아, 필이 그 꽃꽂이 재료의 정체를 못 알아볼 리가 없었다. 그럴 리는 눈곱만큼도 없었다.

그리고 조지가 옳았다. 필은 늘 그렇듯이 그 꽃꽂이도 그냥 지나치지 않고 슥 훑어보았다. 그는 어떤 속임수도 놓치는 법이 없었으므로. 아무도 없는 거실에서 그는 꽃꽂이 앞에 다리를 쩍 벌리고 서서 고개를 꼿꼿이 들었다. 그러고는 무슨 냄새라도 맡는 사람처럼 코를 킁킁거렸다. 그의 앞에는 로즈가 어디선가 주워 온 넓적한 이판암이 놓여 있었고, 그가 보는 것은 그 돌 위에 놓인 사람 머리 두 배 크기의 회전초였다. 바깥쪽의 줄기들이 둥그렇게 휘어져 완벽한 구를 이루며 안쪽에 얽히고설킨 짧은 줄기들을 품고 있었다. 그 회전초 속에, 결코 무작위가 아닌 방식으로 그 여자가 고정해 놓은 새빨갛고 조그마한 날개들을 보고 필은 처음에는 그 날개의 재료가 무엇인지 알 수 없었지만, 이내 날카로운 눈으로 속임수 아래 감춰진 진짜 형태와 색을 간파했다. 그것은 넓적하고 끝이 뾰족한 잎이 달린 지저분한 핏빛 식물, 말 목초지의 울타리를 따라 무성하게 자라다가 건조한 겨울이 되면 색이 더욱 검붉어지는 그 풀이었다. 그 여자는 분명 그 풀의 검붉은 잎을 물에 담가 색을 엷게 뺐을 것이다. 인디언들이 그 잎으로 진홍색 염료를 만든다는 이야기를 필은 어디서 듣거나 읽은 적이 있었다. 빨간 풀잎은 물기가 마르는 사이에 뾰족한 잎끝이 맵시 있게 둥글려져 있었다. 손으로 잡아 찢은 그 잎들이 이제 회전초의 안쪽 가지 하나하나에 선홍색 벌새처럼 앙증맞게 앉아 있었다. 맙소사. 필은 생각했다. 이거 진짜 위험한 여자 아니야! 그는 뒤로 물러서서 더 자세히 보려고 미간을 찡그렸다. 그의 상상력은 기민했다. 하늘의 뭉실뭉실한 구름에서 그는 웃는 얼굴과 찌푸린 얼굴을 곧잘 보았고 가끔은 겁에 질린 얼굴도 보았으며, 바람은 그를 위해 노래하는 허밍 소리였다. 자연 현상을 배열하여 오감을 뒤흔드는 하나의 유형으로 탈바꿈시키는 것, 바로 그것이 필의 재능이었다. 그 재능 덕분에 그는 남몰래 '언덕 자락의 개'로 여기는 형상을 발견할 수 있었다.

"맙소사." 그렇게 중얼거리며, 필은 그 여자의 작품을 바라보았다. 그 여자는 보나마나 스스로가 대견해서 어쩔 줄을 모르겠지. 그는 생각했다. 이렇게 허접한 것들로 이렇게 멋진 걸 만들었으니. 웬걸, 그 꽃꽂이는 살아 있는 것처럼 보였다. 그가 다시 미간을 찡그렸다. 이게 뭐지? 새장 속의 새들? 혹시 둥실대는 연기일까, 불길을 둘러싼? 이렇게 허접한 것들로 이렇게 멋진 것을. 이내 그는 혼자서 중얼거렸다. '변변찮은 재료'니 '대단한 작품'이니 하는 말을.

8장

오랜 세월에 걸쳐 늙은 버뱅크 부부는 — 아마도 상류층의 도덕적 의무와 적적함 때문에 — 몇 차례 만찬회를 열었는데 그중 성공한 자리는 한 번도 없었다. 버뱅크 집안과 다른 목장주들 사이에 공통점이 없었기 때문은 아니었다. 오히려 그 지역 남녀들의 공통점이라는 것이 하나같이 만찬회에서 입에 올리기에 적당치 않았기 때문이었다. 초창기, 그러니까 손님들이 이인승 마차 — 햄블토니언종이나 스탠더드브레드종 말이 우아한 짝을 이루어 끄는 마차 — 를 타고 단체로 도착하던 시절부터 잔뜩 점잔을 떠는 남자들이 맥스웰이나 허드슨 슈퍼식스 같은 고급 자동차를 운전하여 아내와 함께 집 앞마당에 들어서던 근래에 이르기까지, 손님들은 성별에 따라 자리를 나누어 앉았다. 남편 무리와 아내 무리로 갈라진 손님들은 마치 지금껏 한 번도 본 적이 없고 앞으로도 그럴 사이처럼 따로따로 모여 있었다. 만찬이 시작되기까지의 시간은 불편했다. 여성들은 거실 한편에 줄줄이 앉고 남자들은 반대편에 앉아 있는 동안 그들 사이의 빈 공간은 적대감과 어색함으로 팽팽했다.

부인들은 자기 드레스가 격이 떨어져 보일까 봐 불안했고, 머리 모양과 손의 주름과 손톱 손질 상태 또한 걱정스럽기는 마찬가지였다. 그래서 자기 상상 속의 귀부인상에 맞추어 허리를 펴고 똑바로 앉는 데서 위안을 얻었으며, 혹시라도 꼴사나운 말이 튀어나와 망신을 당할까 봐 입을 꾹 다물었다. 버뱅크 부인이 자신이 읽은 책과 신문 기사를 화제로 삼으면 그들은 굳은 미소로 답하는 수밖에 없었다. 그들이 책도 신문도 읽지 않기 때문이었다. 이때까지는, 이 집 거실에 발이 묶이기 전까지는 그럴 이유가 하나도 없었다.

남자들 쪽에 머물던 노인장 역시 국내 정치나 미서 전쟁, 남아프리카에서 벌어진 보어 전쟁, 발칸반도에서 일어난 분쟁 같은 화제로 신사들의 반응을 이끌어내는 데에 실패했고, 에스파냐나 보어, 발칸반도에 대해 눈곱만큼도 아는 바 없는 신사들 또한 꼿꼿이 앉는 데서 위안을 얻으며 진땀을 흘렸다. 그들은 넥타이와 셔츠 칼라를 매만지거나 새로 사서 아직 발에 익지 않은 구두의 앞코로 시선을 내렸다. 빅트롤라 축음기가 연주하는 음악은 성별 간의 화합을 불러일으키지 못했다. 버뱅크 집안이 듣는 음악은 주로 오페라 「아이다」의 아리아 모음곡, 「말괄량이 소녀」나 「모자 가게 아가씨」, 「빨간 풍차」 같은 당대의 오페레타였다. 버뱅크 부부는 양탄자를 치우고 손님들에게 춤을 권했지만 그 집에는 릴이나 쇼티셰같이 빠른 춤곡의 레코드판이 없다 보니 목장주들과 부인들은 쭈뼛거리며 왈츠와 투스텝을 잠시 추었을 뿐, 마음 편한 자기네 집으로 돌아가고 싶어 애가 탔다.

학력이 짧은 그들은 대화를 위험한 것으로 여겼다. 잘 아는 것, 그러니까 목장 경영이나 마소를 키우는 법에 관한 이야기를 꺼내면 대화는 가축 번식 또는 수소와 씨말 대신 '모우(牡牛)'와 '종마'라는 점잖은 명칭을 띤 동물들의 매매 및 시세 같은 화제로 용의주도하게 흘러갈 수도 있었지만, 그런 얘기조차도 인생이란 그런 것이 전부가 아니며 결혼 또한 그저 같은 집에 함께 사는 것이 전부가 아니라는 사실을 넌지시 일깨웠고, 거실에 있는 모든 부부는 그 사실로부터 자유롭지 않았다. 딱딱한 표정으로 아무리 멀리 떨어져 앉아 있은들, 서로를 아무리 소 닭 보듯 한들 마찬가지였다. 세상이 분명 그들의 죄를 의심하고 있었다. 마음 편히 얘기할 만하면서도 상상력이나 고등 교육이 필요하지 않은 화젯거리는 드물었다. 최근에 들은 같은 업계 사람들의 부고 이야기는 그들 사이에 오래 머물렀다. 마지막으로 앓던 병의 이름과 와병 생활의 기간, 유언, 임종, 마지막 식사, 유족의 슬픔 같은 이야기들이었다.

날씨는 여러 면에서 적절한 화제였기에 일단 날씨 이야기가 나오면 반응은 거의 열광적이었다. 날씨 이야기가 시들해지기 전까지 손님들은 저마다 급격한 기온 변화나 습도, 비, 눈, 진눈깨비, 지나간 바람과 앞으로 불 바람의 속도 등에 관하여 제 나름의 견해를 밝히고 한숨을 돌렸다. 날씨에 관한 이야깃거리가 바닥나면 사람들은 하녀가 정찬실 문 앞의 종을 울리며 만찬을 알릴 때까지 우두커니 앉아 있곤 했다.

늙은 버뱅크 부부는 핑거볼이나 개인용 버터 접시 같은 것으로 손님을 당황케 해서는 안 된다는 사실을 일찌감치 깨달았다. 포크와 나이프의 개수는 꼭 필요한 만큼으로 줄였다. 여럿이 하는 식사가 여럿이 추는 춤보다 덜 어색했던 경우는 드물었다. 손님들이 버뱅크 부부의 식사 예법을 관찰하고 따라 하느라 정신이 없었으므로.

특히 식사와 대화를 동시에 하기가 유독 힘들었는데, 성공회 사제 한 명이 신도의 갑작스러운 방문 요청을 받고 근처에 들렀다가 예정에 없이 참석했던 어느 날의 만찬회를 조지는 지금도 기억했다. 그 사제는 버뱅크 집안 사람들이 종교에 별 관심이 없고 혹시라도 필요할 때에는 자기들이 먼저 찾아간다는 사실을 몰랐던 모양이었다. 양배추를 화제로 꺼낸 사람은 사제 본인이었지만(사제의 독일계 아내가 양배추를 좋아해서), 그는 만찬회 손님들이 그 화제에 관해 보여 준 열의에 어안이 벙벙해졌고 한편으로는 우쭐함도 느꼈다. 여성들은 자신이 양배추를 좋아하는지 아니면 싫어하는지를 밝혔고, 남자들은 그 채소를 도약대 삼아 어머니가 만들던 독일식 양배추 절임이나 시골집의 보잘것없는 채소밭 같은 사라진 옛 추억 속으로 첨벙 뛰어들었다. 양배추를 다듬고 절이고 잘 자라도록 기르는 비결을 서로 주고받는 동안 여성들은 저마다 고개를 끄덕이며 다른 사람에게서 들은 비결을 써먹어 보리라 다짐하기도 했다. 필이 '양배추 만찬'이라 명명한 그 자리는 늙은 버뱅크 부부가 거의 마지막으로 연 만찬회였다. 그러나 그것으로 끝은 아니었다. '진흙 구덩이 만찬'과 '불곰 만찬'도 있었으므로.

만찬이 끝나고 해방된 손님들이 뭔가 켕기는 눈빛으로 설득력 없는 이유를 대며 집으로 돌아가면, 뒤에 남은 노인장은 축음기 앞에 쭈그리고 앉아 레코드판을 정리한 다음 일어서서 턴테이블에 놓인 초록색 펠트 깔개를 가만히 내려다보다가 관 뚜껑 같은 축음기 상판을 닫았고, 노마님은 화장대 앞에 앉아 장신구를 끄르며 거울에 비친 자기 얼굴을 취기 한 점 없는 눈으로 물끄러미 마주 보았다. 이 무렵 몇 킬로미터 떨어진 도로 위의 싸늘한 자동차 안에 앉은 손님들은 쭈뼛거리던 서로의 모습이 부끄러워 골똘히 생각했다. 대체 뭐가 문제이기에 자신들은 말도 못 하고, 왈츠도 못 추고, 격식 있는 분위기에 어울리지도 못하는지를. 결혼은 왜 했을까? 왜 땅을 사고 재산을 일구느라 힘들게 일했을까, 나중에는 결국 헌든 하우스 호텔의 의자에 앉아서 뭔지는 몰라도 버젓해 보이는 일 때문에 바삐 오가는 도시 사람들이나 구경하는 신세일 텐데?

주지사가 방문하는 날이 어느새 코앞으로 다가왔다.

"누구누구 불러야 돼요?" 로즈가 조지에게 물었다. 평소 조지에게서 말을 잘한다는 칭찬을 듣던 로즈답지 않게 뜬금없는 말이었다. "나한테 명단을 줘요. 당연히 다 참석하겠죠. 주지사님이 오시는 만찬을 거절할 사람은 없으니까요. 어떡하면 좋아요, 조지!"

루이스 부인이 로즈를 거들어주기로 했다. 주지사를 한 번도 본 적이 없었던 부인은 이번 기회를 고대했다.

"그럼요, 당연히 만나실 수 있어요." 로즈가 말했다.

"감사합니다만, 저는 사양하겠습니다." 루이스 부인은 그저 주지사가 탄 차가 집 앞으로 올라오는 것까지만 보고 사라질 작정이었다. 부인은 공갈빵 비슷하게 생긴 팝오버와 돌아가신 어머니가 생전에 만들어 주셨던 닭 요리를 차리기로 했다. "한동안은 어머니가 그 닭 요리 만드는 법을 무덤까지 안고 갈 줄 알았답니다." 루이스 부인의 말이었다. 디저트로는 일꾼을 시켜 냉동고에서 가져온 얼음으로 메이플 시럽 무스를 만들 작정이었다.

"있잖아, 로즈." 조지의 머릿속에 오래전의 양배추 만찬이 떠올랐다. "당신만 괜찮으면, 다른 사람은 초대하지 말자. 당신하고 나하고 필만 있으면 돼. 필은 말을 워낙 잘하잖아, 식사가 끝나고 당신이 피아노를 치면 분위기도 좋을 테고. 사람이 많아서 좋았던 적은 한 번도 없어." 조지가 양배추 만찬에 관해 설명했다. "우리 어머니는 낯빛이 다 창백해졌어, 그때 일을 웃으면서 얘기할 때까지 몇 년이나 걸렸고."

"당신 좋을 대로 해요, 조지." 로즈는 머릿수가 많으면 든든할 거라고 철석같이 믿었다.(정찬실의 테이블은 스물네 명이 앉아도 넉넉했다.) 로즈는 손님들의 머릿수가 많으면 주지사가 좋은 인상을 받을 거라 철석같이 믿었고, 자신은 그 많은 손님들 속에 숨고 싶었다. "손님들이 계시면 마음이 더 편할 것 같아서 그래요."

"아니야, 안 그래. 더 불편할 거야. 나 가끔은 내가 괜한 짓을 벌였다는 생각이 들 때도 있어."

"걱정하지 마요, 조지."

"에이, 걱정은 무슨."

테이블에 다섯 명분의 식기가 차려지고 핑거볼과 개인용 버터 접시도 함께 놓인 4월 그날은 아침부터 눈이 무섭게 퍼부었다. 구름은 산에 걸릴 듯이 낮게 떠 있었고, 일꾼 합숙소에서 피어오르는 연기는 조금씩 옅어져 갔다. 위층에서는 머리카락 타는 냄새가 유령처럼 떠돌았는데 하녀인 롤라가 램프 불에 머리 마는 쇠막대를 달구느라 바빴기 때문이었다. 오후 2시가 되자 주지사 부부가 공식 업무나 범죄자 사면, 중요한 행사 참석 같은 용건 때문에 못 오지는 않을까 하는 로즈의 희망이 산산이 부서졌다. 주지사가 헌든에서 이제 곧 출발한다고 전화를 걸었으므로. "그 양반 목소리가 아주 신이 났던데." 조지가 로즈에게 말했고, 두 사람은 잠시 서로를 물끄러미 바라보았다. "도착하면 술부터 한잔 마시고 싶대, 두 사람 다. 주지사 부인이 담배를 피워도 너무 놀라지는 마."

장식장의 문 두 짝은 그 골짜기 일대의 다른 집에서는 구경도 못 할 고급 위스키와 진을 지키느라 잠겨 있었고, 열쇠는 식기장 안에 숨겨져 있었다. 노인장이 솔트레이크시티로 떠나기 전까지 그 열쇠나 술병을 건드린 사람은 노인장 한 명뿐이었기에 조지는 처음으로 장식장의 문을 열고 줄지어 늘어선 술병을 바라보았을 때 묘한 해방감에 젖었다. 술은 홀랜드 진, 부스 진, 하우스 오브 로즈 위스키, 시바스 리갈 위스키 등이었다. 노인장은 자기 큰아들 필과 마찬가지로 짧은 머리에 대개는 도전적인 태도를 보이는 여성들을 못마땅하게 여겼고 술을 마시는 여성 역시 마찬가지였지만, 시대의 분위기를 거스를 수는 없다 보니 여성 손님에게 오렌지 블로섬이라는 칵테일을 대접하곤 했다. 만드는 방법이 적힌 『바텐더를 위한 101가지 칵테일 교범』이라는 책 또한 장식장의 작은 문 뒤에 자리 잡고 있었다.

"이따가 도착하면 내가 칵테일을 만들게. 그동안 당신은 손님들하고 얘기 나누고 있어." 그 말과 함께 조지는 로즈의 시선을 피했다. 돌아선 남편의 등 뒤에서 로즈는 테이블에 놓인 냅킨을 만지작거렸다. 조지는 진과 비터스 병을 꺼내어 은쟁반에 놓은 다음, 아버지 이름의 머리글자가 새겨진 은제 칵테일 셰이커 쪽으로 손을 뻗었다. 사는 수준이 버뱅크 집안쯤 되는 사람들은 그런 셰이커를 선물로 주고받았다. "당신 오늘 필 못 봤지, 혹시 봤어?"

"아뇨, 못 봤어요." 로즈가 웅얼거리는 목소리로 대답했다.

"왜요?"

"십중팔구 대장간에 있겠지. 아니면 합숙소든가."

"방에는 가 봤어요?"

"어, 그럼, 방에 가 봤지. 거긴 없어."

"그럼 바깥에 있나 보죠." 당신이 알 리가 없죠. 로즈는 생각했다. 필 이야기를 할 때 내 마음이 얼마나 불편한지를. 필이 로즈에게 직접 말을 건 적이 딱 두 번인 것을 조지는 못 알아챘을까? 두 번 다 저녁 식사 때 그 긴 팔로도 안 닿을 만큼 멀리 있는 것을 달라는 부탁이었고, 그마저도 로즈 쪽을 향해 원하는 것의 이름만, '소금', '빵'만 말하고 끝이었는데? 아니면 조지는 필이 로즈에게 말을 안 하는 것을 당연하게 여길까? 둘 사이에 공통점이라고는 하나도 없고 한쪽은 남자, 한쪽은 여자라서? 그도 아니면 조지도 둘 사이의 긴장을 알면서 그저 무시하는 것으로 참고 있는 걸까? 필 이야기를 할 때 로즈는 입안이 바싹 마르고 말도 어눌해졌다. 그를 떠올리면 편안하고 질서 정연한 사고는 산산이 무너지고 감정은 어린애 수준으로 퇴화했다. 도로 저 멀리 있는 고개 꼭대기에 조그마한 점이 나타났을 때 로즈는 거의 안도감을 느꼈다. 햇빛을 받아 반짝이는 것은 주지사 전용차의 유리 아니면 금속 부분이었다.

"저기 오시네요." 로즈는 가슴이 방망이질하듯 두근거렸다.

"그러네." 그 말을 하며 조지는 넥타이를 고쳐 맸다. 로즈는 도시에 갈 때를 빼면 슈트 차림인 조지를 이날 처음 보았고, 그래서 이제부터 그와 함께 장례식에 참석하는 기분이 들었다.

웃는 표정으로 굳어 버린 얼굴을 하고서, 부부는 포치 계단을 내려간 다음 길 잃은 가축들이 마당에 들어와 연약한 잔디밭을 밟지 않도록 달아 놓은 대문 앞에 섰다. 주지사의 자동차가 진입로로 들어서서 멈추었다. 조지는 금속 버클이 달린 새 슬리퍼를 신은 로즈와 함께 자갈이 깔려 울퉁불퉁한 진입로를 가로질러 차 쪽으로 다가갔다.

먼저 내린 주지사가 아내를 위해 차 문을 열어 주었다. 그런 다음 뒤로 돌아섰다. "오랜만이야!" 주지사가 외쳤고, 남편의 목소리 뒤에서 모습을 드러낸 주지사 부인은 몸에 두른 짧은 모피의 매무새를 고친 다음, 걷기 불편한 자갈밭으로 내려섰다. 부인은 이목구비가 시원시원하게 생긴 미인으로 머리가 희끗희끗했고, 긴장한 듯 뻣뻣하게 움직이면서도 생긋 웃는 얼굴이 보기 좋았다. "초대해 줘서 정말 고마워요. 겨울 내내 숨도 제대로 못 쉬었지 뭐예요. 여기 공기는 어쩜 이렇게 맑은지!" 주지사 부인의 웃음소리에 기쁨이 묻어났다. "하지만 우리 주에서는 외출하기 전에 우산을 챙겨야 할지 설피를 신어야 할지 알 수가 없죠. 나 참!"

"와 주셔서 얼마나 기쁜지 몰라요." 로즈가 말했다.

"세상에! 이 공기!" 부인은 숨을 들이쉬고는 조지 쪽을 돌아보았다. "부모님께서 집을 많이 그리워하실 거예요. 슬슬 봄기운이 완연해지잖아요." 그러고는 물웅덩이를 가뿐히 피해 걸음을 옮겼다.

조지가 빙그레 웃었다. "두 분 다 추위 때문에 힘들어하셔서요. 몇 년 전부터요."

"그럴 만도 하지." 주지사가 맞장구를 쳤다.

"나이가 들면 추위에 약해지게 마련이죠. 그런데 솔트레이크 시티의 추위도 만만치 않을걸요. 거기서 지낼 때 추웠던 기억이 나요."

"거기도 꽤 춥지요." 조지가 인정했다.

"지난겨울에 신문에서 읽었는데 영하 30도까지 내려갔더군요. 게다가 얼마나 습한지. 호수가 있잖아요."

"부모님은 호텔에서 지내십니다. 로비에 수조를 놓고 금붕어를 키울 정도로 따뜻하게 유지하더군요."

"아, 솔트레이크시티는 정말 좋은 곳이에요, 유타 호텔도."

로즈는 조금 자포자기의 심정이 됐다. "저는 솔트레이크시티에 한 번도 못 가 봤어요." 솔직한 한마디였다.

주지사 부인이 로즈의 손을 잡았다. "괜찮아요. 나중에 우리거기서 저녁 같이해요. 멋진 자리를 준비해 놓을게요."

그들이 그 자리를 떠날 기미는 좀처럼 보이지 않았다. 집까지가려면 한참이 걸릴 판이었다. 심지어 조지는 주지사 전용차의 앞타이어를 유심히 보다가 뭔가 짚이는 데가 있는 표정으로 타이어를 툭툭 차 보기까지 하더니, 고개를 들어 주지사를 보았다. "저압타이어로 갈아 끼우셨군요!"

"음, 큰마음 먹고 끼워 봤지." 주지사는 생각에 잠긴 표정으로 말했다. "내 장담하는데, 타 보면 승차감의 차원이 달라!"

"그럴 것 같네요. 이렇게 커다란 타이어라니."

"자네는 요즘 무슨 차 타나?"

"그냥 리오 타고 다니죠."

"무슨 소린가, 조지. 리오는 훌륭한 차야."

해가 넘는데도 공기는 싸늘했고 살살 부는 바람이 그리 멀지않은 산으로부터 눈보라가 몰려올 거라 속삭이는 가운데, 두 여성은 팔짱을 낀 채로 두 남자를 보고 있었다. 왜 집으로 안 들어가는거지? 로즈는 주지사 부인을 흘깃 보고는 베일처럼 드리운 미소

아래의 권태와 피로와 짜증을 눈치챘다. 부인은 차를 타고 300킬로미터를 와서는, 한데 서서 타이어를 발로 차는 남자들을 구경하는 중이었다.

"그럼." 로즈가 빙그레 웃었다. "이제 안으로 들어가실까요?"

"훌륭한 생각입니다!" 주지사가 외쳤다. "훌륭하신 젊은 부인께서 훌륭한 생각을 하셨군요!" 그리하여 일행은 자갈길을 가로질러 걸어갔다. 여성들이 앞장을 서고 남자들은 그 뒤를 따랐다. 걷는 동안 조지는 주지사에게 피어스애로 자동차를 살 생각을 해 본 적이 있노라고 털어놓았다.

"음, 꽤 좋은 차지." 주지사가 말했다.

조지는 주지사의 코트를 거실과 분리된 사무실에 걸어 놓았다. 주지사가 기지개를 켜고 실내를 둘러보았다. 두 여성은 큰방으로 모습을 감추었고, 그 방 한복판에서 주지사 부인이 걸음을 멈추고 '헉' 소리가 나도록 숨을 들이쉬었다. "누가 여길 목장이라고 생각하겠어요, 안 그래요? 이 방에 있으면 여기가 서부의 시골이란 걸 아무도 모를 거예요, 아무도."

그 방은 널따랬고, 장밋빛 카펫이 깔려 있었다. 크림색에 가까운 흰색 벽에 장 오노레 프라고나르의 작품을 모사한 ─ 숲의 분위기가 물씬 나는 ─ 커다란 그림이 은색 액자에 끼워진 채로 북부의 차가운 햇빛을 붙들고 있었다. 커다란 유리창을 치렁치렁 둘러싼 레이스 커튼은 새틴 리본으로 묶여 있었고 레이스로 만든 램프 갓에도 비슷하게 생긴 리본 여러 개가 나비 떼처럼 앉아 있었다. 램프 한 개는 팔걸이가 한쪽만 있는 긴 의자 옆에 서 있었다. 캐노피가 달린 침대의 머리 쪽은 폭이 딱 맞는 벽감에 들어가 있었고 그 양옆을 다리가 높은 서랍장이 지켰다. 화장대 위 벽에는 몸거울만큼이나 커다란 거울이 붙어서 수천 달러어치는 너끈히 될 묵직한 은제 물건들과 즐비한 수정 병들을 태연하게 비추었다. 그 물건들의 수와 어질러진 상태, 또 늙은 버뱅크 부인이 솔트레이크시티의 호텔로 떠나며 그것들을 굳이 챙겨 갈 생각도 하지 않았다는 점은 주지사 부인이 보기에 호사스러운 삶에 대한 모욕이었다. 정작 그런 것들을 누릴 운명을 타고난 사람은 자신이건만, 지금은 빚에 기대어, 그것도 남편이 공직에 있는 동안에만 겨우 누리고 있으니 이 얼마나 기구한가! 임기가 끝나면 관용차와 관사, 요리사, 정원사, 하녀 같은 것들은 모두 사라지고 그들 부부는 다시 그저 그런 집으로 돌아갈 테고, 남편은 그저 그런 변호사 일을 계속하며 '친애하는 유권자'들의 마음이 돌아서기를 기다릴 터였다. 그런데 곁에 있는 이 조그만 여자는 보잘것없는 집안 출신이었다. 주지사 부인은 남편에게 버뱅크 부인이 어떤 사람이냐고 물었고, 남편은 여기저기 수소문한 끝에 버뱅크 부인이 하숙집 비슷한 곳의 주인이었던 것을 알아냈다. 하숙집이든 아니든 이 귀한 물건들의 주인은 이제 여기 있는 이 여자였고, 이 여자 남편은 피어스애로 세단을 살지 말지 얘기하는 사람이었다, 그것도 자기 기분이 내키는 대로. 아니, 그보다는 **이 여자의** 기분대로. 하지만 만약 검은 옷을 입고 곁에 서 있는 이 여자가 그 모든 호사에 걸맞게 사는 모습을 보여 주지 못한다면? 이 여자는 자나 깨나 시험을 치르는 기분으로, 맡은 배역을 연기하며, 언젠가는 벗겨지고 말 가면을 쓰고 살아야 하는 처지였다. 주지사 부인은 날 때부터 이 방의 주인이었던 양 행세하는 이 여자에게 은근히 이는 질투를 억누르지 못했다. "이렇게 우아한 방을 발견한다고 상상해 봐요…… 이런 목장에서!" 주지사 부인은 걸음을 멈추고 화장대 양옆에 서 있는 마이센 도자기 인형 두 개를 찬찬히 감상했다. 한쪽은 사랑의 신 큐피드, 반대쪽은 눈을 가린 큐피드였다. 앞이 보이는 큐피드의 귀에 통통한 아기 천사가 입을 대고 있었으나 뭐라고 속삭이는지는 들리지 않았다. 반대쪽 큐피드는 비슷하게 생긴 아기 천사가 씌운 화관에 눈이 가려진 채 무언가 조심스레 항의하듯 두 손을 살짝 들고 있었다. "이렇게 우아한 방을."

"과찬이세요." 로즈가 빙그레 웃었다. 주지사 부인은 몸이 뻣뻣하게 굳는 기분이 들었다. 그 웃음 또한 어질러져 있는 은제 물건들과 마찬가지로 부유함을 태연하게 받아들이는 태도였으므로. 그러나 이내 주지사 부인의 얼굴에도 미소가 번졌다. 그래, 이 아담한 부인은 일부러 초연한 척하는 건 아닐까, 격이 떨어지는 짓을 했다가 이런 호사를 못 누리는 신세가 되었을 때 견디기 쉽도록……? "구경 잘했어요, 이제 갈까요. 남자들이 우리한테 무슨 일이 생긴 줄 알겠어요!"

남자들은 시가를 피우고 있었다. 그러다가 부인들을 보고 둘 다 의자에서 벌떡 일어섰다. 조지가 입을 열었다. "제 형도 곧 올 겁니다. 먼저 들어가서 칵테일 한잔 드시죠. 형이 일 때문에 좀 늦나 봐요."

그 순간 로즈는 필이 오지 않으리라는 것을 알았다.

그때까지 로즈는 차라리 필이 없는 편이 낫지 않을까 하고 생각했다. 하기야, 필이 평소의 옷차림과 머리 모양과 추운 날씨 탓에 벌겋게 튼 데다 어쩌다 가끔만 씻는 지저분한 손을 하고 나타나면, 로즈나 조지가 무슨 수로 변명 — 변명을 할 수나 있다면 — 하겠는가? 그런데 이제 로즈는 속으로 필이 나타나기를 간절히 바랐다. 왜냐하면 자신이 말을 꺼낼 때마다 — 너무 긴장해

서 목을 쥐어짜다시피 하는 목소리로 말을 할 때마다——조지에게
들었던 지루한 만찬회의 흔해 빠진 화제만 얘기했기 때문이었다.
그나마 그런 만찬회는 귀한 손님이라고 해 봐야 다른 목장주들 정
도였건만. 대화가 지루할수록 손님들은 로즈의 피아노 연주를 더
기대할 듯싶었다. 필이 없으면 로즈의 피아노 연주가 다였다.

"날씨가 심하게 오락가락하죠." 로즈가 말을 꺼내자 주지사
부부는 동의했고, 그러는 동안 조지는 정찬실의 장식장 앞에서 유
리잔을 쨍그랑거리며 예전에 보았던 아버지의 방식대로 오렌지
블로섬을 만들었다.

"여자 같은 날씨예요." 주지사가 껄껄 웃었다. "좀처럼 마음
을 정하질 못하는 것 같으니 말이지요."

"이것 보세요, 지사님!" 부인이 짐짓 화난 척 대꾸했지만, 때
마침 조지가 칵테일을 들고 나타났다. "어머나, 이렇게 예쁜 칵테
일을! 이건 오렌지 블로섬이에요, 틀림없어요."

"예, 제대로 보셨습니다. 바로 그겁니다."

"봤지, 술부터 찾을 거랬잖아!" 주지사가 놀리듯이 외쳤다.

"숙녀분들이 좋아하시는 칵테일이라 면목 없습니다." 조지
는 쑥스러워하는 기색이 역력했다.

"어째서요?" 주지사 부인이 물었다. "숙녀들이 여기 이렇게
앉아 계신데!"

그 명료한 진실에 네 사람 모두 웃었지만, 침묵이 내려앉자
로즈는 저도 모르는 사이에 필이 앉아 있어야 할 자리를, 그저 앉
아 있기만 해야 할 자리를 보고 있었다. 그러다가 시선을 돌렸을
때 조지와 눈이 마주쳤다. 그의 눈은 우울해 보였다. 그가 헛기침
을 하더니 의자에서 일어섰다. "잠깐 나가서 형이 어디 있는지 찾

아보고 오겠습니다."

"예, 그러세요." 주지사 부인이 나직이 말하고는 술을 홀짝였다. 칵테일글라스 너머를 향하는 시선은 흐뭇해 보였다. 주지사는 의자에서 반쯤 일어섰다가 다시 앉았다. "얼마 전에 정말로 재미난 일이 있었는데 말이에요." 주지사 부인이 이야기를 시작했다. 커다란 들쥐 한 마리가 주지사 관사에 숨어 들어와 침실 벽장에다 전리품 보관소 같은 둥우리를 지어 놓고는, 연회장에서 주의 공식 문장이 새겨진 스푼을 물어다가 그곳에 쟁여 놓았다는 이야기였다. "어느 날 밤에 벽장을 열어 봤는데, 그 쥐가 뒷발로 서서 나를 똑바로 보는 거예요, 막 이빨을 드러내고, 이렇게!" 부인이 일어서서 쥐 흉내를 냈다. "아니, 그때는 웃을 일이 아니었어요……. 그래서! 남편을 불렀죠, 여기 있는 이 양반을. 그랬더니 잠옷 바람으로 뛰어오지 뭐예요! 나는 그 녀석이 이 사람한테 달려들 줄 알았는데—사람을 우습게 보는 녀석이니까요.—마침 우리 아들이 벽장에 넣어 둔 스키가 있었어요. 남편은 그 스키를 들고 용감하게 맞서 싸우다가, 결국에는 그 녀석을 때려잡았죠. 이쪽 지역에서는 쥐를 유해 조수라고 하지 않나요? 난 그때 이후로 동계 스포츠의 팬이 됐지 뭐예요……!" 로즈는 그 이야기에 그냥 웃기보다는 더 큰 호들갑을 떨어야 한다는, 상대가 미소보다 더 격한 반응을 기대했을 거라는 느낌이 들었지만, 웃음소리에 도무지 힘이 들어가지 않았다. 로즈는 가만히 귀를 기울였다. 조지가 일꾼 합숙소의 강철 문고리를 젖혀 문을 여는 소리, 안으로 들어가 필이 어디 있는지 묻는 소리, 그러고는 다시 바깥으로 나와 문을 닫는 소리를 들으려고. 그러는 사이에 한참이 흘렀다. 뒤이어 조지는 한참 동안 걸어 작업장으로 가서는, 필이 이따금 생각에 잠긴 채 앉아 있거나 손으로 뭔가 만드는 그 깊숙하고 컴컴한 건물 속을 돌아다녔다. 이제 조지는 다시 한참이 걸려 집으로 돌아왔고, 로즈는 고개를 들고 뒷문이 열리는 소리에 귀를 기울였다. 문이 열리자 늘 그랬듯이 차가운 돌풍이 조지의 걸음 소리를 앞질러 불어닥쳤다.

조지가 헛기침을 했다. "형이 일 때문에 바쁜가 봅니다. 로즈, 루이스 부인한테 조금 후에 식사를 시작할 거라고 전해 줘."

"저런, 딱해서 어떡해요! 식사가 아니라 댁의 형님 말이에요. 혹시 무슨 일이 생긴 건 아니겠죠, 설마? 형님 얘기는 많이 들었어요. 아주 영민한 사람이라죠?"

"예, 그냥 급히 처리할 일이 좀 있나 봅니다."

로즈는 남은 침착함을 모두 끌어모아 정찬실을 지나서 부엌으로 걸어갔다.

테이블 앞에 앉은 후에 주지사 부인이 다시 이야기를 시작했다. "버뱅크 씨, 아까 나가 계셨던 사이에 부인께 들려 드린 이야기가 있어요. 얼마 전에 굉장히 신기한 일이 있었거든요. 웬 쥐가……."

"예, 쥐들이 원래 그렇습니다." 조지의 말투는 진지했다. "제 어머니도 반지 몇 개하고 골무를 잃어버린 적이 있지요. 사람을 무서워하질 않습니다, 조그만 짐승 중에 그런 놈들이 또 있을지 모르겠군요."

이윽고 롤라가 커피를 담은 은 주전자를 들고 오더니, 커피잔과 함께 로즈 앞에 내려놓았다. 하느님, 부디. 로즈는 속으로 기도했다. 제 손이 떨리지 않게 해 주세요.

"이렇게 훌륭한 식사를 놓치다니 자네 형도 참 딱하군."

"뭐, 목장 일이란 게 원래 예측할 수가 없어서요. 온갖 일이 시도 때도 없이 일어나니까요."

"그래요, 아무래도 그렇겠죠. 다른 일하고는 다를 거예요, 다른 직업들하고는."

"아무렴. 목장에는 딱 정해진 근무 시간이라는 게 있을 수가 없지. 그래서 나는 목장 일꾼들마저 노조 운동 패거리에 물드는 날이 올까 봐 걱정이야."

"그렇게까지 하려고 할까요?" 주지사 부인이 남편에게 물었다.

"뭐, 모를 일이지. 노동 운동가입네 하는 놈들은 고개를 빳빳이 들고 대드니까. 당신이 말한 그 쥐새끼처럼."

"죄송해요." 로즈가 말했다. "설탕을 안 넣는다고 하셨는데."

"아니, 아니, 전혀, 아무렇지도 않습니다. 이렇게 훌륭한 커피는 어떻게 마셔도 맛있는 법이니까요."

로즈의 손은 다 함께 거실로 자리를 옮겨 커피를 한 잔 더 마실 때가 되어서야 떨리기 시작했다. 롤라가 필의 식기를 치우라는 지시를 받지 않았기 때문에, 로즈의 자리에서는 그의 빈자리가 보였다. 혹시 필에게 무슨 일이 생긴 건 아닐까? 로즈를 비웃은 죄로 죽음이라는 벌을 받은 건 아닐까? 진공청소기에 공기가 빨려들듯이, 온갖 이야기가 로즈의 머릿속으로 밀려들었다. 말이 오소리 굴에 발이 빠져 넘어지는 바람에 말 주인이 떨어져 목이 부러졌다는 이야기, 산사태가 일어나는 바람에 몇 톤이나 되는 낙석에 사람이 깔렸다는 이야기. 어쩌면 필은 개울을 건너다가 4월 날씨에 녹은 얼음이 깨지는 바람에 소리 없이 빠르게 흘러가는 얼음 밑의 급류에 빨려 들어갔는지도 몰랐다. 모두 그 일대에서는 흔한 죽음이었고, 나중에 합숙소 일꾼들이 부르는 노래의 가사가 되는 일도 흔했다. 커피 잔이 받침 접시에 부딪히는 소리에 현실로 돌아온 로즈는 잔과 접시를 옆에 내려놓은 다음, 손을 포개고 결혼반지를 만지작거렸다.

주지사 부인은 대화 주제로 삼을 만한 것을 찾아 거실을 재빨리 둘러보다가, 벽난로 위에 걸린 초상화에 시선이 멈추었다. 초상화 속 여인의 풍만한 가슴과 눈, 그리고 진주 목걸이에. "어머님의 초상화인가요, 버뱅크 씨?"

"예, 그린 지는 조금 됐습니다."

"제가 보기에는 많은 것을 성취한 여성의 얼굴이군요." 부인은 그렇게 말하고 나서 속으로 생각했다. 저렇게 알이 굵은 진주 목걸이를 가진 여자라면 성취 같은 것에 그리 연연할 필요가 없을 거라고.

"어머니는 책을 많이 읽으십니다. 편지도 많이 쓰시고요."

"편지 쓰기는 멋진 예술이지." 주지사가 말했다.

"예술이 **될 수도** 있겠죠." 부인이 남편의 말을 고쳐 주었다.

"『세계 걸작 서신집』이라는 책도 있다고. 실은 배울 점이 아주 많은 책이야."

부인이 짓궂은 표정으로 웃으며 남편을 보았다. "당신은 그 책의 도움을 받은 적이 한두 번이 아니죠. 연설문을 쓰면서."

"주 정부의 비밀을 폭로하다니!" 주지사는 껄껄 웃으며 아내에게 그만하라는 듯이 손을 저었다.

조지는 자기 어머니가 혼자 편지를 써서 헌든에 있는 병원의 건축 기금 전액을 모금했다는 이야기를 할까 하다가, 때마침 주지사 부인이 물은 말을 듣고 생각을 고쳐먹었다.

"어머니께서 피아노도 연주하셨나 보죠?"

"아니요, 아닙니다. 전혀 못하셨어요! 피아노를 칠 줄 알면 얼마나 좋을까 하시는 말씀은 수도 없이 들어 봤지만요."

"그럼 저 피아노는 혼자만 연주하시겠군요, 버뱅크 부인?"

"연주라고 할 만한 수준이 아닌걸요." 로즈는 입술이 뻣뻣하게 굳는 느낌이 들었다. "저는 원래 활동사진 극장의 반주석에서 피아노를 쳤어요. 전남편을 만나기 전에요." 로즈가 살짝 웃었다. "그 후로는 연습도 통 못 했답니다."

"무슨 소리야, 로즈." 조지가 반발했다. "요즘 연습 많이 했잖아. 별말을 다 하네."

"부인은 너무 겸손하신 것 같아요. 한 곡 들려주세요."

"나도 아주 기대되는군." 주지사가 거들었다. 피아노 연주가 이 불편한 저녁을 적절하게 마무리해 줄 거라는 생각에서였다. 피아노의 마지막 음은 곧 그들이 일어서서 작별 인사를 해도 된다는 신호였으므로. 그가 깨달은 바에 따르면 그 신호는 종종 마지막 커피 한 잔이었고, 가끔은 카드 게임의 마지막 싹쓸이였으며, 끈질기게 울리는 전화 벨소리일 때도 있었다.

로즈의 시선이 조지에게로 흘깃 향했지만 그는 자부심에서 우러난 미소를 띠고 있었고, 그래서 로즈는 자리에서 일어나 피아노 쪽으로 걸어갔다. 젊은 남자의 허리를 부러뜨릴 뻔한 피아노, 실수투성이 화음으로 필의 악랄한 모방 연주를 불러일으킨 그 피아노 쪽으로. 필을 위해 차린 식기를 빼면 휑하기 그지없는 테이블과 마찬가지로 거실에 오도카니 서 있는 피아노를 로즈는 똑바로 바라보며, 잠깐 동안 이 모든 것이 필의 흉계이고 그는 지금 어디선가 실실 웃고 있으리라는 정신 나간 생각에 사로잡혔다. 그의 확고한 악의가 로즈를 뒤쫓으며 혼돈에 빠뜨렸다. 로즈는 손이 땀으로 젖었고, 목이 바싹 말랐다. "좋아요. 해 볼게요." 그렇게 말하고 로즈는 빙긋 웃었다.

치기 쉬운 슈트라우스의 왈츠는 어떻게든 끝까지 쳤다. 잘 치려는 엄두는 감히 내지도 못하고 어린애가 알파벳을 외우듯이 기계적으로, 아무 생각도 없이.

뒤편의 세 사람은 박수를 쳤다. 그러고 나서 다음 곡을 기다렸다.

조지가 입을 열었다. "내가 좋아하는 곡 있잖아, 그걸 쳐 주지 않겠어, 로즈?"

"그게 뭐였죠?" 로즈가 물었다. 시간을, 생각할 시간을, 어깨에서 시작하여 손과 손끝으로 스멀스멀 기어 내려오는 묘하게 저릿저릿한 느낌을 의지의 힘으로 몰아낼 시간을 벌려고.

"왜, 그 집시 어쩌고 하는. 제목에 집시가 들어가는 거."

"아, 맞아요. 「집시처럼」이었죠." 로즈의 얼굴이 붉어졌다. 자신이 딴청을 피우는 것을 남편도 안다는 것을 자신도 알았으므로. 꽤 단순하면서도 애수 어린 그 곡을 연주할 때면 로즈는 한 소절이 끝날 때마다 짧은 종결부를 즉흥적으로 덧붙였고, 조그마한 폭포처럼 흘러내리는 그 음률이 곡을 악보에 적힌 음표 이상의 어떤 경지로 이끌었다. 상념으로 충만한 그 소품곡을 듣는 동안 사람들의 영혼은 노래하고 날갯짓하며 잠시나마 달콤한 갈망의 땅으로 떠났다. 조지가, 상상력도 부족하고 말주변도 없는 조지가, 아마도 로즈가 지녔을 어떤 것을 그 음률 속에서 찾아내다니 신기한 일이었고, 어쩌면 두 사람이 처음 서로를 알아가던 무렵에 로즈가 조지를 좋아하게 된 계기 또한 그 곡에 대한 조지의 애정이었는지도 몰랐다. 로즈가 조지를 위해 여관의 낡은 자동 피아노로 그 곡을 들려주던 무렵에.

전문 연주자가 하는 것처럼 잠시 양손을 비빈 로즈는 숨을 들이마시고 건반에 손가락을 얹었다가, 문득 등골이 서늘해졌다. 손끝에 아무것도 느껴지지 않고 어떻게 움직여야 할지도 몰랐다. 로즈는 무릎 위에 양손을 포개고 내려다보았다. 등 뒤에서 괘종시계가 윙윙거리며 종소리를 울리려고 준비하는 동안 로즈는 우두커니 앉아서, 그 종소리가 어떻게든 이 사악한 주술에서 자신을 풀어 주기만을 기다렸다. 그러나 시계 종소리가 울리는데도 머릿속은 여전히 하얗기만 했고, 손가락은 죽은 듯이 움직이지 않았다. 로즈는 피아노 의자에서 몸을 틀며 빙긋 웃었다. "죄송해요. 기억이 안 나네요."

조지는 놀라서 입을 헤벌렸지만, 말은 하지 않았다. 로즈가 남편의 표정에서 실망한 빛을 보기는 이때가 처음이었다. 그리고 그 최초의 실망을 돌이킬 방법은 없었다.

"아니, 별말씀을. 괜찮아요." 주지사가 말했다.

"그럼요, 나도 걸핏하면 뭘 잊어버리는걸요." 주지사 부인이 말했다.

"연설문도." 주지사가 거의 웃음소리만큼이나 톤이 높은 목소리로 말했다. "나는 연설문을 잊어버린 적도 있어."

"나는 예전 기숙 학교에 다닐 때 연극을 한 적이 있는데, 대사를 할 차례에 말이 안 나오지 뭐예요. 한 마디도."

"정말 죄송해요. 하나도 기억이 안 나서 그만."

"괜찮습니다. 조금도 신경 쓸 필요 없어요." 주지사가 말했다.

"우린 이제 출발해야겠어요. 벌써 시간이 이렇게 됐네요. 요즘은 해가 하도 일찍 져서 시간 가는 줄도 모른다니까요. 그래도

이제 곧 여름이에요, 기나긴 여름이 우리 곁에 와 있어요!" 주지사
부인이 말했다.

그들은 다시 주지사의 전용차 옆에 모여 섰다. 산 너머로 져
버린 해가 봄마저 끌고 가 버린 듯했다. 차 옆의 물웅덩이가 이미
얇은 얼음으로 덮여 있었다.

"정말, 정말 멋진 저녁이었어요. 우리 다음에 꼭 다시 봐요."
주지사 부인이 남긴 인사였다. 남자들은 악수를 했다. 조지가
부인을 위해 차 문을 열어 주었다.

"꼭 다시 들러 주세요." 로즈가 말했다.

"그럼요, 당연히 또 와야지요." 주지사가 활짝 웃으며 답했다.

조지는 차의 저압 타이어를 물끄러미 보고 있었다. 그러다가
주지사를 보고 빙긋이 웃으며 타이어를 툭툭 찼다. "타이어가 별
일 없으면 좋겠네요. 오늘 두 분 덕분에 즐거웠습니다."

"고맙네, 조지, 고마워." 주지사는 인사를 남기고 차에 올랐
다. 모두가 손을 흔들었다.

"금방 들어갈게요." 로즈는 큰방으로 향하는 조지에게 말했
다. 조지가 방에 들어가고 문이 닫힌 후에 로즈는 그가 셔츠와 구
두를 벗을 때까지—남편이 그것들을 벗으면 거실로 돌아올 엄두
를 못 내는 것을 알았기에—몇 분간 기다렸다가, 재빨리 필의 접
시와 잔과 식사 도구를 치웠다. 재빨리 그러나 소리 없이, 접시를
식기장의 제자리에 되돌려 놓고 은제 식사 도구도 쨍강거리는 소
리가 나지 않도록 살며시 집어넣었다. 혹시라도 바깥의 소리에 귀
를 기울이고 있을지 모르는 조지에게 지금 하는 짓을 들키기 싫어

서가 아니라, 필이 쓰지 않은 식기를 치우는 소리 때문에 새로운 갈등이 시작될지도 몰라서였다. 로즈는 이튿날 아침에 그 식기들을 마주할 자신이 없었다.

로즈가 정리를 마치고 와 보니 조지는 이미 잠자리에 들었지만, 불은 켜져 있었다. "미안해요. 내 연주가 너무 별로였죠."

"어, 괜찮아. 주지사를 처음 보는 자리라면 누구나 무대 공포증이 생길 만하지. 혹시 칵테일이 조금 과했던 건 아닐까?"

로즈가 이야기를 시작했다. 무대 공포증하고는 아무 상관도 없다고. 주지사 앞이라고 해 봐야 자진해서 남의 평가를 받는다는 점에서는 활동사진 극장의 연주석에 앉아 관객들을 위해 반주할 때나, 식당의 단체 손님을 위해 피아노를 칠 때와 똑같다고. 만약 로즈가 그저 자리에 없는 사람의 식기 때문에 몸이 굳어 버렸다고 솔직히 얘기했다면, 조지는 이상하게 생각했을까? 문득 피터가 헌든의 하숙방 책상 위에 놓아둔 해골이 떠올랐다. 로즈는 예전부터 그 해골이 치가 떨리게 싫었다.

욕실에서 옷을 갈아입은 로즈는 물 한 잔을 든 채로 그곳에 한참 동안 머물렀다. 머리가 지끈거리다 못해 쪼개지는 듯했다. 아스피린은 어디에도 보이지 않았다.

조지는 로즈가 이불 속으로 들어올 때까지도 아무 말이 없다가, 잠시 후에 돌아누워 고른 숨을 색색거리기 시작했다. 로즈의 숨소리도 고르게 변했다. 자신도 남편을 따라 잠이 든 것처럼. 하루 동안의 야단법석이 머릿속을 헤엄치듯 떠돌다가 어둠을 배경으로 꼴을 갖추고 점점 선명해졌다. 예전 피아노를 연주하던 곳이 술집이 아니라 활동사진 극장의 연주석이라는 말을 주지사 부인에게 왜 했을까. 어째서, 그 여자에게 조지가 남부끄럽잖은 상대

와 결혼했다는 인상을 주고 싶어서? 분명 전남편인 조니를 조금
은 생각해서 한 말이었다. 그것은 해묵은 딜레마였다. 두 번 결혼
한 사람이 빠지는 딜레마. 그래서 신학자들은 그러한 양심의 가책
을 덜어 주고자 천국에는 결혼이 없다고 주장했다.

조지가 헛기침하는 소리에 로즈는 남편이 깨어 있는 것을 알
았다. 로즈는 손을 뻗어 남편의 손을 쥐었다. 집 뒤편에서 개 한 마
리가 짖기 시작했다. 느닷없이, 울적하게. 다른 개도 함께 짖었다.
합숙소의 문고리가 철컥거리는 소리가 나더니 일꾼 한 명이 "다
물어!"라고 외쳤다. 개들은 냉큼 주둥이를 다물었고, 로즈는 집 아
래로 다시 기어 들어가는 개들의 모습을 머릿속으로 그렸다.

조지의 손이 우뚝 멈추었다.

로즈도 언뜻 무슨 소리를 들었다. 멀리서 들려오는 말발굽 소
리, 얼어붙은 대지 위에 울려 퍼지는 장송 행진곡처럼 규칙적이고
신중한 말발굽 소리였다. 쉬지 않고 커지는 그 소리는 집에 가까
워질수록 크레셴도로 연주하듯 점점 더 강해지다가, 마구간 쪽으
로 멀어지면서 디미누엔도로 여려지더니, 이내 멈추었다.

다시 개들이 짖었다. 아까와 다른 목소리가 욕을 지껄였다.

필.

로즈가 움찔했다.

조지는 헛기침을 했다.

컴컴한 마구간으로 말을 끌고 들어갈 만큼, 안장 끈을 풀고
말의 배를 둘러싼 뱃대끈도 다 풀 만큼, 안장과 안장깔개를 말 등
에서 내리고 안장을 벽에 걸 만큼, 그런 다음 말을 구유 앞에 데려
가 묶어 놓을 만큼의 시간이 흘렀다.

부부는 필이 집 뒷문으로 들어와 마치 대낮인 양 쾅 하고 문

을 닫는 소리를 들었다. 그의 재빠른 발소리가 들려왔다. 뒷문이 열리며 불어 들어온 바람이 복도를 달려가 반대편 문 밑으로 휭 소리를 내며 빠져나갔다.

필의 방 문이 닫혔다. 뒤이어 잠긴 욕실 문을 통해 기침 소리와 코 훌쩍이는 소리가 들려왔다.

이내 조지가 이불 속에서 구르듯 빠져나와 침대 모서리에 걸터앉았다.

"왜 그래요……?"

"가서 얘기 좀 해야겠어."

"얘기라뇨?"

"글쎄. 어쩌면 내가 필한테 너무 심하게 굴었는지도 몰라."

"심하게 굴었다고요?"

"로즈, 있잖아…… 필은 가진 게 별로 없는 사람이야. 나한테는 형이고."

"그럼요. 당신이 먼저 가서 얘기해야죠. 난 이해해요."

그리하여 조지는 옷을 챙겨 입고 필의 방으로 들어가서, 우두커니 서 있었다. 잠시 후에 뿌옇게 번들거리는 놋쇠 침대가 눈에 들어왔다. "필?"

필의 목소리는 한낮처럼 또렷했다. "왜?"

"생각해 봤는데 우리 이 방에서 잠깐……."

"그래. 너 이 방에 들어와 있잖아. 무슨 얘기가 하고 싶은데?"

"저기, 필? 저번에는 내가 말이 너무 심했던 것 같아." 담배 종이가 바스락거리는 소리가 조지의 귓가를 스쳤다. 성냥불이 켜졌다가 꺼졌고, 다시 캄캄해졌다.

필이 담배를 빨자 담뱃불의 불빛이 그의 얼굴을 한순간 발갛게 물들였다. 그가 말했다. "미안하다는 말은 가슴속에나 간직하도록 해, 너희 둘 다."

　이제 주지사 부부는 그날 밤에 묵을 방을 예약해 둔 헌든의 호텔로 향하는 중이었다. 한참을 오는 동안 주지사는 입을 꾹 다문 채, 사람들이 서로 즐겁게 지내려다가, 또는 그저 의사소통을 하려다가 저지르는 엄청난 실수들에 관해 생각했다. 그는 그런 일이 좀처럼 쉽지 않다는 것을 알았다. 그러나 설령 상대가 아내라고 할지라도, 그 사실을 인정했다가는 그가 남몰래 품은 믿음을 드러내는 셈이었다. 사람들이 그저 지루함을 잊을 목적으로, 또는 이익을 취하려고 모인다는 믿음이었다. 자기 집 식탁에 주지사를 앉히는 영예는 사소한 것이 아니었고, 그 또한 이를 잘 알았다. 오늘 그의 방문은 새로 탄생한 버뱅크 부인을 세상에 소개하기 위함이었을까? 그러나 그에게도 나름의 속셈은 있었으니, 버뱅크 집안이 늘 기부하는 선거 자금 수천 달러를 미리 확보해 두는 것이었다. 그런데 지금…… 그가 느끼는 감정의 정체는 뭘까? 다름 아닌 조지 버뱅크의 아내를 편들어 주고 싶은 마음이었다. "조지 버뱅크가 그렇게 예쁜 아내를 맞이할 줄은 상상도 못 했는데 말이야."

　"담배에 불 좀 붙여 줄래요?" 주지사 부인이 물었다. "그렇게 대단한 미인은 아니던데. 차 안에 웬 바람이 이렇게 분담. 아니, 내가 보기에도 미인이긴 해요, 그런데 너무 긴장했더라고요. 잘 못 마시는 칵테일도 익숙한 척하고. 술 때문에 오히려 더 긴장했을 거예요."

　"난 그런 줄도 몰랐군."

"하늘에서 머리부터 거꾸로 떨어지는 여자가 있으면 알아보시려나. 보기 싫어서 안 본 거겠죠."

"봤니 안 봤니 해서 물어보는 건데, 당신 혹시 구석의 탁자에 있던 그 꽃꽂이 봤어?"

"그것도 꽃꽂이라고 할 수 있다면요."

"그래, 당신이 보기엔 어땠어?"

"내가 보기엔…… 기발하더군요. 보는 사람한테 아무 말이든 한마디 해 달라고 시위하는 것 같았어요."

"흠, 당신은 아무 말도 안 했잖아."

"그런 말은 **당신이** 했어야죠. 다른 여자한테 기발하다는 말을 듣고 싶어 할 여자는 없어요. 차라리 사납다는 말을 듣는 게 낫지."

"기발해 보이려고 만들었다는 생각은 하나도 안 들던데."

"어련하시겠어요."

부부는 다시 입을 다물었다. 이따금 도로 오른쪽이나 왼쪽에 목장의 외로운 불빛이 보였다. 헌든의 시가지로 막 들어서려 할 때, 주지사 부인은 남편이 아내의 입에서 나올까 봐 걱정했던 바로 그 말을 꺼냈다. 남편이 속으로만 품었던 고통스러운 생각을 부인은 소리 내어 말했다.

"……오래 못 버틸 것 같아요." 부인이 말했다. 때마침 앞서 가던 자동차가 갑자기 속도를 늦추는 바람에 주지사는 브레이크를 밟아야 했고, 그 기회를 틈타 짐짓 아내의 말을 못 들은 척했다. 그러나 둘은 고작 그 정도 꾀로 속일 수 있는 사이가 아니었다. 그는 자신이 어떤 말도 놓치지 않고 다 듣는 것을 아내가 다 안다는 것을 알았다. "방금 뭐라고 했지?"

"그러니까, 그 부인은 이미 틀린 것 같다고요."

"당신은 실패할 것 같은 사람을 못 보고 넘어가는 법이 없더군. 안 그래?"

"나중에 우리가 차에 타기 전에 그 부인이 아주 이상한 말을 했어요. 뭐라더라, '두 분은 정말 상냥하시네요.'라던가."

"흠, 그 말의 어디가 어떻게 이상하다는 거야?"

주지사 부인이 남편을 돌아보며 방긋 웃었다. "그렇게 날 세울 것 없잖아요. 나 담배 한 대 더 피울게요."

개 한 마리가 어둠 속에서 뛰어나와 하마터면 그들 차에 치일 뻔했다. "저런, 젠장." 주지사가 나직이 중얼거렸다. "당신 담배 좀 줄여."

9장

따뜻한 나날이 이어지며 태양은 점점 더 북쪽으로 자리를 옮겼다. 그 덕분에 네 발을 짚고 일어서서 어미 소의 젖을 빨기도 전에 얼어 죽는 송아지의 수가 줄었다. 그해 봄에는 기형으로 태어난 송아지, 즉 추위에 등뼈가 에스(S) 자로 굽거나 발굽이 심하게 휘어 발목으로 땅을 짚고 걷는 송아지도 드물었다. 그해 봄에는 숨이 끊어진 채로 세상에 나오는 놈도 보기 힘들었다. 소가 새끼를 낳을 때마다 고개를 한쪽으로 갸우뚱 기울이고 눈을 희번덕거리는 까치 떼에게는 흉년이었다. 흉년으로 치자면 봄을 맞아 분홍빛으로 물든 버드나무 수풀 가장자리에 어슬렁거리는 비쩍 마른 코요테들에게도 마찬가지였다.

잔설이 산 위의 수목 한계선 너머로 슬금슬금 물러나고 꽃부리가 파란 종처럼 생긴 블루벨이 세이지브러시 덤불 사이로 고개를 드는 가운데, 조그만 새들은 지면을 스치듯 날며 둥우리를 틀 자리를 물색했다. 바야흐로 낙인을 찍을 시간이었다. 송아지 삼천 마리에게. 필은 송아지 천오백 마리의 불을 까고 나서 손에 쥔 자기 칼을 보며, 수도 없이 많은 소들의 애끓는 울음소리 속에서 날이 무뎌진 그 칼이 이제껏 만 오천 마리나 되는 수송아지를 거세했다는 사실에 감탄했다. 필에게는 그 칼 이전에 다른 칼이 있었고, 그 다른 칼 이전에 또 다른 칼이 있었다. 마지막 송아지가 비틀비틀 일어서서 충격과 고통 때문에 벌어진 다리로 엉금엉금 걸어 무리에 합류하는 동안, 필은 서쪽 하늘에서 급히 저물어 가는 해를 가만히 바라보았다. 울타리 안쪽에서 터져 나오는 일꾼들의 고함 소리는 사람이 자기 안의 생각에 귀를 기울이기 힘들 만큼 커다랬고, 흙먼지 또한 숨 쉬기가 힘들 만큼 자욱했다. 무려 일주일 동안 소들에게 낙인을 찍고 나서 지치지 않을 사람이 있을까? 필은 칼날에 묻은 얼마 안 되는 피를 바지에 문질러 닦고 칼을 칼집에 집어넣었다. 어느 틈에 칼에 베였는지, 엄지손가락에서 피가 조금 흘렀다. 필은 손수건을 찾아 주머니를 뒤적거렸다.

빌어먹을! 필이 중얼거렸다. 수송아지 천오백 마리의 불을 까고 이제 다 끝난 마당에 손가락을 베이다니! 그러나 필은 상처가 빨리 낫는 사람이었고, 그래서 그냥 씩 웃었다. "어이, 뚱뚱, 이제 다 끝난 것 같네." 필은 그렇게 말하고 일어서서 흙을 발로 차 꺼져 가는 모닥불에 끼얹었다.

조지는 밧줄을 다 감은 다음 자기 말 쪽으로 걸어가 안장 머리에 밧줄 타래를 묶었다. "그런 것 같네." 울타리 바깥의 땅바닥에는 개들이 앞발 사이에 주둥이를 깔고 엎드려 있었다. 쉬는 한편으로 주변을 살피던 그 개들은 이제 소의 고환에 별 관심이 없었다. 송아지를 붙잡으려고 낑낑대던 애송이 카우보이 둘이 아까 벗어 놓았던 파란 샴브레이 셔츠를 다시 걸치느라 땀투성이가 된 몸을 꿈틀거렸다.

"그래, 다 끝났다." 필이 말했다.

피터가 헌든을 떠나 목장에 오기로 한 날, 일꾼들은 소 떼를 몰고 숲으로 향했다. 암소들과 새로 찍은 낙인 흉터의 딱지가 이미 벗어지기 시작한 송아지들이었다. 세이지브러시 덤불의 새로 돋은 잎이 소 떼 행렬의 발굽에 멍들어 알싸한 냄새를 풍겼다. 저 앞쪽의 산이 널따랗고 서늘해 보였다.

그들이 소 떼를 몰고 지나가는 평원은 대부분 건지 농사꾼들의 차지였고, 그래서 예전의 산길은 녹슨 가시철사 울타리에 가로막혀 있었다. 소들은 이곳저곳에서 가시철사를 피해 방향을 틀어야 했다. 그 현실에 필은 늘 화가 났다. 건지 농사꾼들은 대개 외국 출신, 핀란드나 스웨덴 같은 데서 온 이민자들이었고, 필은 원래부터 외국인을 별로 좋아하지 않았던 데다 농사꾼이라면 딱 질색이었다. 통나무 아니면 타르지를 바른 판자로 지은 오두막집, 척박한 염기성 토양에 그늘을 만들려고 심었지만 듬성듬성 자란 나무, 농사꾼들의 — 헐렁한 멜빵바지에 너덜너덜한 신발이 고작인 — 옷차림, 그들 곁에서 작물을 심고 괭이질을 하는 아낙들, 그 모두가 필로 하여금 변해 가는 시대를 실감케 했다.

"그 망할 놈들은 '미합중국'이라는 말도 제대로 할 줄 몰라." 필이 곁에서 말을 타고 가던 애송이 카우보이에게 한 말이었다. 필은 열혈 애국자였다. "이십 년 전에는 망할 놈의 가시철사 울타리 같은 건 우리 주 어디에도 없었어. 내가 얘기하는 그 시절에는 그 비슷한 것도 없었단 말이야, 브롱코 헨리가 멀쩡하게 살아 있던 시절에는." 소 떼는 보호림을 향해 똑바로 나아가기에 앞서 또

다시 방향을 틀어야 했다. 건지 농사꾼들 가운데 여럿—실은 대부분—이 망한 까닭은 이 땅에 비가 충분히 내린 적이 없어서였고, 하늘이 그들의 기도를 들어 주지 않아서였으며, 하천의 물을 목장주들이 독차지해서였다. 필에게는 농사꾼들이 버리고 간 후에 박쥐와 쥐의 소굴로 변한 오두막집을 보는 것이 낙이었다. 가죽 경첩이 말라비틀어지면서 기우뚱 기울었던 문은 결국 떨어져 나갔고 야생마들이 땡볕을 피해 집 안으로 몰려들었다. 그 지경이 됐는데도 녹슨 가시철사 울타리는 그대로 남아 소몰이 행렬의 앞길을 막았고, 결국 신물이 난 몰이꾼들은 철사를 뜯어서 뭉친 다음 덤불로 던져 버렸다.

"참 좋은 시절이었을 것 같네요." 애송이가 말했다.

"말해 봐야 입만 아프지." 필이 툴툴거렸다.

그들 바로 앞에서, 열에 달뜬 암소가 다른 암소의 꽁무니에 앞발을 걸치고 발정 난 기색을 보였고, 그러자 등이 떡 벌어진 황소 한 마리가 무리를 헤치고 그쪽으로 다가왔다. 발정 난 암소가 다른 암소의 꽁무니에서 내려오자 황소가 그 암컷 옆에 붙어 주둥이를 킁킁댔다. 암컷이 수줍은 척 달아났지만 수컷은 재빨리 뒤쫓아 가서 올라탄 다음, 표적을 명중시키고 허리를 구부렸다. 암컷은 수컷의 육중한 몸에 눌려 휘청거리다가, 일을 끝낸 수컷이 물러나자 등을 구부린 채 비틀비틀 무리로 돌아갔다.

평소에 필은 소들의 흘레붙기를 짐짓 못 본 척했다. 가끔은 안 그럴 때도 있었다, 이날처럼. 그는 곁에 가던 애송이의 헤벌어진 입을 물끄러미 바라보았다. "부러워할 것 없어. 너도 얼마 안 있으면 마을에 갈 수 있으니까."

애송이의 얼굴이 붉어졌다.

필은 혼자서 씩 웃었다. 그가 보기에 카우보이들의 머릿속에는 온통 그 생각뿐이었다. 그래서 그들이 얻은 것은? 돈을 날렸고, 성병에 걸렸고, 아니면 매음굴 출입을 졸업한 후에 헌든의 어느 지저분한 여자에게 속아 발목이 붙잡혔고, 그것으로 끝장이었다. 그는 남자들이 고작 여자 엉덩이에 정신이 팔려 자기 인생을 결딴 내는 것을 도무지 이해할 수가 없었다. 자기 인생뿐 아니라 다른 모두의 인생까지. 분명한 사실 하나는, 조지 또한 지금 필의 곁에 있는 이 애송이보다 조금도 영리하지 않다는 것이었다. 조지는 제 발로 그 여자의 품에 걸어 들어가 발목이 잡혀서는, 이제 목장에 양아들이라는 놈까지 올 판이었다. "그래." 필이 애송이에게 말했다. "그때가 참 좋았지." 필은 뭔가 때려 부수고 싶은 심정이었다.

로즈는 일꾼들이 소 떼를 몰고 산으로 떠난 직후에 리오 트럭을 몰고 헌든으로 출발했고, 출발하기가 무섭게 걱정을 시작했다. 아직 젊었던 로즈는 필의 침묵을, 그의 혐오를 삶의 또 한 가지 신기한 측면 정도로 받아들이지 못했다. 가족 중에 말을 섞지 않고 지내는 식구가 있는 집은 분명 많았다. 그러나 이는 웬만큼 살아 봐야 알 수 있는 사실이었다. 식구에게 기대를 접을 줄도 알 만큼, 불쾌한 점을 받아들이고 장단점을 합산하여 나머지를 취하는 법도 터득할 만큼 나이를 먹은 후에.

그런데 피터는 참고 버틸 준비가 되어 있을까? 그 애가 필의 경멸과 침묵을 무슨 수로 견딜까? 로즈가 미리 귀띔해 줘야 할까? 하지만 아들에게 자신이 존중받지 못하는 모습을 보여 주고 싶은 어머니가 있을까? 세상의 어떤 어머니가, 어른들은 대처하는 법을 이미 배운 혼돈으로부터 자기 자식을 지키고 싶지 않을까?

정오가 되기 직전에 로즈는 헌든에 도착했다. 낡은 리오 트력의 운전대는 높이도 경사도 로즈가 잡기에는 애매했다. 남들에게 ─ 버뱅크 부인으로서 ─ 어떤 모습을 보일지, 즉 몸을 펴고 꼿꼿이 앉아 운전대 위로 앞을 볼지, 아니면 몸을 숙이고 운전대 사이로 앞을 볼지 결정하기가 힘들었다. 헌든 곳곳의 잔디밭에는 벌써부터 수많은 스프링클러가 빙빙 돌며 물을 뿜었고, 그 물줄기마다 무지개가 걸려 있었다. 법원 청사 앞의 깃대 꼭대기에는 성조기가 축 처져 있었고, 그 밑동에는 개 한 마리가 앉아 주둥이를 킁킁댔다. 청사 입구 계단에서 남자들 한 무리가 해를 보며 무슨 이야기를 나누다가 로즈의 트럭이 지나가자 그쪽을 돌아보았다. 남자들이 새 차를 둘러싸고 서 있는 포드 자동차 대리점의 전면 유리창에 햇빛이 반짝였다. 식료품 가게 진열창에는 점원이 피라미드 모양으로 쌓아 놓은 오렌지 무더기가 보였다. 로즈가 융숭한 대접을 받은 그 가게였다. 그러나 그곳에서조차도 로즈는 남의 이름을 사칭하는 기분이 들었다. 어른 행세를 하는, 버뱅크 부인 행세를 하는 어린애가 된 기분이.

피터는 짐을 다 싸고 기다리는 중이었다. 물을 발라 빗어 넘긴 머리가 이미 다 말라 있었다. 구두는 닦아서 반짝거렸고, 넥타이도 맨 차림새였다.

"너 요즘 끼니를 제대로 안 챙겨 먹었구나." 로즈가 말했다.

"잘 챙겨 먹어요." 피터는 빙그레 웃었다.

"세상에, 엉덩이가 이렇게 홀쭉해서 바지는 어떻게 걸치고 다니는지 모르겠네. 어떡하니, 정말."

"걱정 마세요. 저 살 하나도 안 빠졌어요."

아이 아버지가 남긴 책들. 피터를 따라 위층으로 올라간 로즈는 아무도 안 사는 듯 깔끔한 아들의 방에 들어서며 형용하기 힘든 두려움에 사로잡혔고, 그 두려움의 근원 또한 짐작이 가지 않았다. 사람이 안 사는 것 같은 이 방의 분위기는 뭘까? 남자애 방이라면 마땅히 어질러져 있어야 하는데! 혹시 아이 아버지의 책들 때문일까? 그 책들은 조니를 떠올리게 하는 고통스러운 단서이자, 조니가 실패자였다는 판결문이었다.

로즈는 피터의 깔끔한 성격이 자랑스러웠다. 그런데 이제는 그 성격이 아들을 위험에 빠뜨릴 것처럼 보였다. 아들이 살짝 혀 짧은 소리를 내는 것을 로즈는 가슴이 아플 만큼 잘 알았다. 그 발음과 깔끔한 성격을 필은 대번에 조롱할 것이 뻔했고, 그러면 너무나 기분이 상한 아들이 헌든의 이 살풍경한 방으로 돌아가 버릴지도 모른다는 생각이 들었다. "너 전보다 키가 더 자랐잖니. 그러니까 살도 좀 붙어야지."

만약 피터가 끝내 헌든으로 돌아가 버린다면, 이 도시에 소문이 돌 것은 뻔했다. 사람들은 파국이 시작되는 냄새를 맡을 터였다. 사람들은 파국의 시작을 구경하며 얼마나 즐거워하던가! 그러나 로즈는 소문에 연연해 봤자 뾰족한 수가 없다는 것을 잘 알았다. 그리고 만약 피터가 체스판과 책과 저 해골이 있는 이 황량한 방에서 더 행복하다면…… 그렇다면.

……피터가 이 방에서 행복하게만 지낸다면, 그날이 올 때까지 그럴 수만 있다면……. 그런데 그날이란 뭘까? 미래를 내다볼 능력이 없는 로즈는 법원 앞 계단에 모여 있던 남자들이 자신을 돌아보았을 때와 똑같은 뒷맛을 느꼈다. 자신이 누구이고 어디로 가는지 로즈는 알지 못했다. "이 책들, 그냥 여기 두고 갈 생각은 안 해 봤니?"

"책을 방에다 두고 가라고요? 왜요?"

"너무 많아서 책만 한 짐이잖아." 실제로도 그러했다. 브리태니커 백과사전. 의학 사전 전집, 조니가 중고로 구입한 커다랗고 묵직하고 오래돼서 퀴퀴한 냄새가 나는 그 검은색 전집. 근육에 관한 책과 뼈에 관한 책들.

"저도 생각은 해 봤어요." 피터가 웅얼거리듯 말했다. "하지만 제가 왜 그러는지 아시잖아요? 아시죠?"

"아, 그건…… 그럼, 당연히 알지."

"이따 목장으로 가는 동안 주지사님하고 저녁 먹었던 이야기 들려주세요. 그 얘기 조금밖에 안 하셨잖아요."

필의 방에 있는 두 침대의 맞은편에는 각각 비슷하게 생긴 유리문이 달린 책장이 서 있었다. 하나는 필의 것이고 하나는 조지의 것인 그 두 책장은 오래전부터 그 자리를 지켰다. 조지의 책장은 오랫동안 열린 적이 없었는데, 안에 《세인트 니컬러스 매거진》과 《아메리칸 보이》 같은 잡지만 쌓여 있기 때문이었다. 그 책장은 조지가 《새터데이 이브닝 포스트》를 읽기 시작한 후로는 열린 적이 없었다. 필은 그 책장이 조지의 인생을 보여 주는 작은 우주 같다는 생각을 자주 했다. 동생의 삶은 대체로 그가 읽은 것으로 이루어졌다. 자기 의견이라고 할 만한 것이 없다시피 한 삶이었다.

필의 책장은 책도 잡지도 품고 있지 않았다. 그 대신 주인이 오랜 세월에 걸쳐 흥미를 지녔던 것들의 진열장으로 쓰였다. 유리문 뒤에는 필이 발견한 화살촉이 초록색 펠트로 싼 받침대에 올려져 있었다. 진열한 솜씨 자체도 훌륭해서, 부채꼴로 놓인 화살촉 하나하나가 맞은편 자리의 화살촉과 크기와 재질에서 절묘한 균형을 이루었다. 가장 멋진 화살촉 하나는 화살대에 끼워져 있었다. 인디언들이 사용하던 방식 그대로. 책장 안에는 사암에 박힌 삼엽충과 양치식물의 화석도 있었다. 바닷물이 이 땅을 뒤덮었던 태곳적의 유물이었다. 늑대의 두개골도 있었고, 필이 직접 덫을 놓아 잡아서 죽인 다음 가죽을 벗겨 박제로 만든 담비는 작은 나무토막 위에 기다란 몸통을 바짝 세운 채 실감나게 앉아 있었다. 그것들 하나하나가 필이 타고난 재능과 솜씨의 면면을 보여 주었다. 남들은 보고도 놓치는 것을 잡아내는 그의 놀라운 능력을, 그의 가공할 인내심을. 선반 하나는 수정과 마노 같은 암석을 진열하는 자리였는데 그중 주먹만 한 석영 덩어리 한 개는 금맥을 한 토막 품고 있었다.

필은 걸핏하면 그 석영 덩어리를 생각하며 빙그레 웃었다. 언젠가 노인장의 친구인 솔트레이크시티의 광업 기술자가 목장에 놀러 와 며칠 묵은 적이 있었다. 필의 석영 덩어리를 손에 든 기술자는 눈이 커지다 못해 튀어나올 듯했다. "이걸 도대체 어디서 찾았나?"

"집 뒤에서요. 산 위쪽."

"광물 성분 분석은 해 봤나?"

"에이, 뭘요. 그런 걸 꼭 해야 되나요?" 하긴, 그런 걸 왜 하겠는가? 필은 그 석영 덩어리의 가치를 알아보는 사람이었는데.

"금맥은 찾아 봤나? 이 덩어리를 찾은 곳에서 말이야." 기술자가 물었다. 필은 흥분한 기색을 감추려고 애쓰는 그를 보며 슬슬 즐거워졌다.

"아, 줍고 나서 몇 년 후에 어디였는지 다시 찾아보려고 했는데요. 끝내 못 찾았어요."

"집 뒤편이라고 했지?"

"기억나는 건 딱 이 정도네요." 필이 천연덕스레 말했다. "검은 꼬리 개울 상류 쪽, 개울로 흘러드는 샘 근처였다는 거요. 보시기에 값이 좀 나갈 것 같은가요?" 필은 연청색 눈을 동그랗게 뜨며 손님에게 물었다.

"음, 다시 보니까 딱히 그런 것 같지는 않군."

그래서 필은 기다렸다. 그는 기다리기의 명수였다. 이듬해 여름에 금을 찾는 패거리가 검은 꼬리 개울 상류 쪽으로 향하는 것을 보고도 그는 놀라지 않았다. 노인장의 친구라는 기술자와 그의 얼간이 부하들이 고운 손에 물집이 잡히도록 곡괭이질을 하고 삽질을 하며 그곳에 없는 것을 찾는 광경을, 그는 창가에 서서 책장 맨 위 칸에 보관하는 쌍안경으로 구경했다. 물론 그는 금맥이 있는 곳을 알았다. 노인장의 친구가 기웃거리는 자리에서 30킬로미터는 너끈히 떨어진 곳이었다. 그는 돈 때문에 굴욕도 자초하는 자들을 경멸했다.

그 기술자와 일꾼 패거리가 금맥 찾기를 포기하고 철수하기 직전에, 필이 자신의 적갈색 말을 타고 산으로 올라갔다. 얼굴이 순무처럼 벌게진 기술자가 필사적으로 둘러대는 꼴을 보며 필은 참으로 흐뭇했다. "그때 그 석영 비슷한 걸 좀 찾아볼까 하고. 도시의 박물관에 갖다 놓으면 보기 좋을 것 같아서."

"뭐, 느긋하게 둘러보세요. 내려가실 때 잠깐 들러서 노인장도 보고 가시겠어요?" 빌어먹을 얼간이들.

이제 6월 어느 날 오후에 자기 방에 들어서다가 우뚝 멈춰 선 필의 모습을 상상해 보라. 어딘가 이상하다는 생각이 들어서였다. 뭔가 자리를 옮긴 것이 있었고, 그것은 틀림없이 조지의 책장이었다. 그냥 옮기기만 한 것이 아니라 아예 사라지고 없었다. 책장을 들어낸 곳의 바닥에 오랫동안 쌓여 복슬복슬해진 회색 먼지 덩어리가 있었고, 펠트 같은 그 먼지 덩어리 속에 어린애들이 '짤랑 구슬'로 부르던 것과 비슷한 구슬 두 개가 묻혀 있었다. 그 구슬을 보며 필은 주먹을 쥐듯 손을 오므렸다. 다시 구슬치기를 하려는 듯이. 일찍이 필은 구슬치기의 명수였다.

이렇게 나온단 말이지! 필은 복도를 성큼성큼 걸어 거실로 나와서는, 그가 조지의 아내에게 건넨 몇 마디 안 되는 말 중에 무려 두 마디나 되는 문장으로 말을 걸었다. "조지 봤어?"

로즈는 무심코 손으로 목을 가렸다. "아뇨……. 차고에 있을 것 같은데요."

조지는 고물 리오 트럭의 보닛을 열어 놓고 타이어 흙받기 위로 몸을 숙인 채 이곳저곳을 살펴보는 중이었다. 필의 발소리가 들리자 그는 몸을 숙인 자세 그대로 고개만 돌려 필 쪽을 보았다. "무슨 일이야?"

"책장 어쨌냐?"

"책장이라니?"

"다 알면서 뭘 물어봐. 네 책장."

"아아. 잠깐 무슨 말인가 했네. 로즈 아들한테 가져가서 쓰라고 했어. 자기 아버지 책을 꽂을 데가 필요하다고 해서."

자기 아버지의 책이라! "그거 내가 가져다가 고쳐서 총 보관함을 만들려고 했는데."

"내 생각엔 책을 꽂아 두는 데 쓰는 게 더 나을 것 같아." 그렇게 말하고 나서 조지는 다시 고물 리오 트럭의 흙받기 위로 깊숙이 몸을 숙였다.

자기 아버지의 책이라! 필은 자기 방 한복판에 가만히 서서 바닥의 구슬을 보다가, 몸을 굽혀 구슬을 주워서 주머니에 집어넣었다. 낸시 아가씨가 이 구슬도 같이 챙겨 가지 않았다니, 신기한 일이군!

'낸시 아가씨'는 필이 합숙소의 일꾼들에게 피터 이야기를 하며 붙여 준 별명이었다. 남자들은 그 말을 듣고 한바탕 크게 웃었고, 자기들끼리도 피터를 그 별명으로 불렀다. 그 아이가 세이지브러시 언덕을 혼자 거니는 모습, 이곳 저곳 돌아다니며 목장의 길고긴 여름에 적응하는 모습을 자기들끼리 지켜보면서. 그들이 피터를 비웃지 않을 이유가 있었겠는가? 피터는 전혀 목장 아이처럼 보이지 않았다. 얄미울 정도로 깔끔했고, 혀 짧은 소리를 냈다. 아침 식탁에서 남자들은 자기들끼리 눈을 찡긋했다.

필은 늙은 버드나무의 가지를 잘라 축축한 땅에 심으면 새 버드나무로 자라는 것을 알고 있었다. 그런 가지에서는 대번에 뿌리가 나와 뻗어 나갔다. 그와 조지가 아직 어린애였을 적에 둘은 통나무 자투리를 몰래 훔쳐다가 외진 곳에 오두막을 지어 놓고 그곳에서 몰래 담배를 피우거나 부모님과 세상 모두의 눈을 피해 숨어 있곤 했다. 엉금엉금 기다시피 해야 들어갈 만큼 조그마한 오두막이었다. 형제는 그 오두막 주위에 버드나무 가지를 심었다. 그러고는 개울이 굽이진 곳의 헤엄치기 좋은 물구덩이에서, 물살이 느린 탓에 잔잔한 수면에 하늘이 완벽하게 비치는 그 물구덩이에서 멱을 감고 나온 후에, 형제는 버드나무 수풀 사이로 쏟아지는 햇살에 몸을 말린 다음 오두막으로 숙이고 들어가 담배를 피우거나 씹는담배를 씹거나, 노마님이 봤다가는 심장마비로 쓰러질 잡지를 읽곤 했다. 그중 어떤 것은 꽤 노골적이었다. 그 무렵 형제는 열두 살, 열네 살이었을 것이다. 한 해가 지나자 조지는 오두막에 흥미를 잃었고(뭐든 싫증을 잘 내는 편이었으므로) 필만 그곳을 찾아 헤엄을 치면서 이따금 물에 비친 자신의 벗은 몸에 묘한 감동을 느끼곤 했다.

오랜 세월이 흐르는 사이에 형제가 심은 버드나무 가지는 오두막을 타고 오르며 자라났다. 나무는 오두막을 온통 휘감고 뒤덮다 못해 안으로까지 파고들어 입구를 가로막았고, 창을 가렸고, 끝내는 바닥을 똑바로 뚫고 올라와 지붕 곳곳으로 삐져나와서 이제는 어디가 버드나무이고 어디가 오두막인지 분간이 안 갈 지경이었다. 오두막의 목재가 서서히 썩어 가며 구불구불 굵다랗게 자라는 버드나무의 비료가 되어 주었기 때문이었다. 그 오두막을 아는 사람은 세상에 필과 조지 —— 그리고 또 한 사람 —— 뿐이었고, 설령 오두막 바로 앞까지 도착했다고 해도 컴컴한 그늘 속에 남아 있는 지붕과 벽의 잔해를 알아보려면 미간에 힘을 주고 눈을 가늘게 떠야 했다. 필이 먼지 덩어리 속에서 찾은 구슬처럼, 그것은 마지막으로 남은 어린 시절의 증거였다. 비밀스러운 성소였다.

실은 그 공터 자체가 신성한 수풀이 되었고, 헤엄을 치던 물구덩이는 목욕재계를 하는 장소가 되었다. 오로지 그곳에서만 필은 옷을 다 벗고 몸을 씻었다. 그곳은 소중한 장소였기에 결코 다른 인간이 발을 들여 더럽히게 해서는 안 되었다. 다행히도 그곳의 통행로는 버드나무 수풀 속으로 난 외길뿐이었는데, 수풀이 하도 무성해서 허리를 숙이고 기어가야 했다. 세상천지에서 오로지 이곳만이 필의 자리였다. 그 까닭을 굳이 물을 필요가 있을까? 다 큰 어른이 된 지금도 그는 이곳을 떠날 때면 어김없이 천진해지고 순수해진 기분에 젖었다. 그곳에서 스스로와 짧은 성찬식을 마치고 나면 그의 발걸음은 더 가벼워졌고, 휘파람 소리는 아이가 부는 것처럼 신이 났다.

그러니 상상해 보라. 그해 여름 개울가에서 알몸이 되어 물에 들어가 목욕할 준비를 하던 필이, 까치도 아니고 산토끼도 아닌 어떤 것이 바스락대는 소리를 듣고 돌아섰는데 눈앞에 '낸시 아가씨'가 서 있었을 때 느꼈을 격분을. 그 소년은 사슴처럼 우아하게 서서, 눈 또한 사슴처럼 커다랗게 뜨고 있다가, 필이 자신을 향해 돌아서자 사슴처럼 날렵하게 달아나 무성한 수풀 속으로 뛰어들었다. 필은 냉큼 허리를 굽히고 셔츠를 집어서 벌거벗은 몸을 가렸다. 그렇게 우두커니 서서 가만히 바라보았다. 소년이 서 있던 자리를, 이 성스러운 공간에 뚫린 너덜너덜한 구멍을, 그 추한 공백을. 필이 받은 충격은 분노로 변했고, 그의 목소리는 개울물 소리를 뚫고 또렷하게 울려 퍼졌다. "꺼져." 그가 외쳤다. "여기서 당장 꺼져, 이 개 같은 새끼야."

10장

마지막 남은 인디언들이 자기네 터전을 떠나 보호 구역으로 이주하고 나서 정부는 그들과 맺은 협약을 지키는 시늉도 하지 않았다. 이제 토지는 흥정하기에는 너무나 귀중했고, 인디언들의 폭력을 두려워할 이유는 하나도 없었으나 백인 유권자들의 분노를 두려워할 이유는 차고 넘치기 때문이었다. 망가진 이인승 마차와 늙어서 등이 굽은 조랑말을 타고 꾸물꾸물 고개를 넘은 마지막 인디언 무리는 조니 고든이 고물 포드 모델 티(T)의 높다란 운전석에 앉아 목격했던 바로 그들이었고, 조니 또한 머릿속으로는 그때 그들과 함께 햇볕에 갈라진 아이다호주 남부의 평원 지대로 떠난 것이나 마찬가지였다. 겨울이면 삭풍이 울부짖고 땅이 서리로 얼어붙었다가 갈라지는 그곳으로. 너무나 건조하고 척박한 그 땅에서는 나무도 거의 자라지 않았고 얕은 우물에서 긷는 식수는 황 냄새가 났다.

인디언 관리관은 하얀 페인트를 깔끔하게 칠한 목조 주택에 살면서 시간 맞춰 성조기를 게양하고 하기하는 일을 철저히 지키는 사람이었다. 그는 말쑥한 차림으로 눈을 반짝이는 두 아이와 함께 그 일을 하는 데서 기쁨을 느꼈고, 아이들은 그에게서 국기가 폭풍 속에 펄럭거리게 하거나 땅에 닿게 하면 절대 안 된다는 사실을 배웠다.

관리관은 못된 사람은 아니었지만 내무부 관리들이 방문할 경우에 대비하여 가끔은 보호 구역의 규칙을 깐깐하게 적용하는 것도 업무에 도움이 되리라고 생각했다.

술은 파는 것도 마시는 것도 금지였다. 인디언이 백인만큼 술이 세지 않다는 것은 세상이 다 아는 사실이었다.

허가 없이 보호 구역을 떠나는 것은 금지였다. 백인들이 떠돌이 인디언 때문에 폐를 입게 할 수는 없었다. 허가증은 급박한 사유가 있어야만 발급해 주었다. 인디언들은 어차피 갈 곳도 없고 재워 줄 친구도 없었기에 그 규칙이 문제가 되는 경우는 없다시피 했다.

총기 소유는 금지였다. 그곳에서는 총을 가질 이유가 없었다. 인디언들이 보호 구역에 살기 시작하면서 고기는 모두 정부가 운영하는 상점에서 조금씩 배급해 주었으므로.

그러나 에드워드 나포에게는 총이 있었다. 원래 아버지의 것이었던 그 22구경 장총은 장례식 때 망자의 물건을 모조리 불태워 버리는 관습을 유일하게 피한 유품이었다. 그 작은 장총은 암소를 키우는 움막의 한구석에 기대어져 있었다. 대단한 총은 아니었지만 명중률이 높았고, 아버지의 유품이었다. 추장이었던 아버지의 유품.

부족이 보호 구역으로 이주하지 않았다면 에드워드 역시 추장이 되었을 것이다. 그런데 보호 구역에 사는 지금도 그는 몽상에 빠질 때면 스스로를 추장으로 여겼다. 몽상 속에서 그는 어린 아들에게 자신이 어릴 적에 살던 고향에 관하여 이야기해 주었다. 아들은 한 번도 본 적이 없는 땅이었다. 그들이 이인승 마차를 타고 남쪽으로 꾸물꾸물 이주하던 당시에 아이는 어머니인 제니의 배 속에 있었으므로.

제니는 총명한 여성이었다. 제니는 백인 사냥꾼들이 상점에 맡기고 간 사슴 가죽을 무두질했고, 장갑과 모카신도 만들었다. 에드워드가 어린 아들에게 이야기를 들려줄 때면 제니는 그들 곁을 떠나 말과 소가 사는 움막으로 향하곤 했다. "왜 애한테 그런 이야기를 해 줘요?" 제니는 성난 목소리로 물었다. "왜 애를 슬프게 하냔 말이에요."

그러나 에드워드는 아이에게 이야기가 필요하다는 것을 알았다. 그것은 성장의 양식이자 꿈의 실마리였으므로. 그래서 가끔은 제니도 함께 귀를 기울였다. 소가 있는 움막으로 가 버리지 않고서.

에드워드는 어린 아들에게 진실을 가르쳐 주었다. 그가 아버지에게서 들은 진실, 천둥은 하늘에 사는 들소의 말발굽 소리이고 번개는 그 들소의 눈에 번득이는 빛이라는 진실을.

"들소요?"

"너는 기억 못 하겠지만 네 할아버지는 기억하셨단다. 그분은 **아셨어.** 나는 똑똑히 기억한단다."

"저도 기억해요." 아이가 말했다. 눈이 동그래진 채로. 세상에는 그렇게 알지 못하는 채로 기억하는 것들도 있었다.

"황당무계한 이야기네요." 제니가 말했다.

"그래도 봐, 이야기를 들려주니까 애가 이렇게 잘 자잖아." 에드워드 나포가 지적했다.

"잘 자렴." 제니가 나직이 속삭였다. "좋은 꿈 꾸고."

아이가 열두 살 되던 해의 겨울은 길고 혹독했다. 북쪽에서 마른눈을 품은 눈보라가 매섭게 불어닥쳤고 기온은 영하 40도 아래로 내려가곤 했다. 가을을 버티고 살아남을 만큼 튼튼했던 인디언 노인 몇 명이 세상을 떠나면서 겨울밤은 장례식 모닥불로 환히 밝혀졌고, 만가를 부르는 여인들의 울먹이는 목소리가 환한 밤을 가득 채웠다. 타르지를 바른 오두막집 벽에는 눈이 쌓여 갔다.

그러다가, 맙소사, 암소가 병에 걸렸다. 제니는 낡은 담요로 외투를 만들어 암소에게 덮어 주었고, 암소가 앓는 동안 에드워드와 아들은 소 움막 한구석에 불을 피워 주었다. 오두막 벽의 구멍으로 빠끔빠끔 흘러드는 연기 때문에 식구들은 눈물을 흘렸다. 소의 병이 낫기를 기다리며 기도하는 동안 에드워드는 아들에게 북쪽의 고향 이야기를 더 들려주었다. 여름의 대지, 들판 가득 피어난 보랏빛 루핀이 잔잔한 바람 속에 물결처럼 너울거리는 그 땅의 이야기를. 새벽녘에 들려오는 물떼새의 가녀린 울음소리, 또 산위로 높이 솟은 암회색 소나기구름이 비를 머금고 묵직해진 채로 불곰처럼 느릿느릿 흘러가는 하늘에 관한 이야기도.

"전에는 우리 인디언의 땅이었어. 네 할아버지는 추장이셨고."

아이는 아버지에게서 받은 장난감 마법 반지를 문질렀다. 말 발굽에 편자를 박을 때 쓰는 못을 두들겨 만든 반지였다. "그럼 거기로 달아나면 되잖아요."

에드워드 나포는 빙그레 웃었다. 현실적인 성격의 제니가 달아나자는 말을 들으면 뭐라고 할지 궁금했다. 아픈 암소를 끌고서는 빨리 달아나지도, 멀리 달아나지도 못해요. 제니는 그렇게 말할 것이다. "그 땅은, 인디언의 것이 아니야. 이제는."

"가서 한번 살펴보는 거예요. 거기 사람들이 추장님의 아들한테는 잘해 줄지도 모르잖아요."

에드워드는 불에다 미루나무 가지를 한 개 더 얹었다. 그러고는 아들을 돌아보며 말했다. "너는 그 사람들이 잘해 줄 거라고 생각하는구나." 에드워드는 불가에서 돌아와 다시 쪼그리고 앉았다. 그의 그림자가 벽에 커다랗게 드리워졌다. "그래, 만약에 우리 암소가 죽지 않고 살아남는다면, 그때 한번……."

그리고 암소는 살아남았다.

"미쳤군요. 그 땅은 이제 우리 게 아니에요." 제니가 말했다.

"그래도 애한테 보여 줄 수는 있잖아. 할아버지가 추장이셨던 곳이 어딘지, 그분이 묻힌 곳이 어딘지."

제니는 얘기하는 동안에도 쉬지 않고 사슴 가죽을 무두질했다. 장갑이나 모카신을 지을 만큼 부드러워지도록, 억센 두 손으로 가죽을 주물렀다. 제니는 연한 사슴 가죽에 바느질로 구슬을 다느라 눈이 갈수록 침침해졌다. 제니의 눈은 모닥불에서 나오는 연기 때문에 따끔거리기까지 했고, 상점에서 산 쇠테 안경은 썩 도움이 되지 않았다. 아니, 조금은 도움이 됐는지도. "당신은 미쳤어요, 애도 미쳤고."

그러나 여름이 되자 에드워드는 암소가 다 나으면 같이 하기로 아들과 약속한 일이 있다는 얘기를 다시금 꺼냈고, 제니는 그들 부자가 가는 길에 먹을 음식을 꺼내 놓았다. 콩 통조림과 아르헨티나제 콘비프 통조림, 통조림 국물에 적셔 먹을 큼지막하고 딱

딱한 비스킷이었다. 추장의 아들이라 자부하던 에드워드 나포였기에 인디언 관리관에게 자기 계획을 보고할 의무감 같은 것은 딱히 느끼지 않았다. 어쨌든 그자가 말썽을 일으킬지도 몰랐다. 그리하여 나포 부자는 어느 날 아침 동트기 전에 길을 떠났다. 어둠 속에서 쏙독새 우는 소리가 나직이 들려왔다. 여윈 개 한 마리가 모질게 짖어 댔다.

함께 가는 말이 나이가 많다 보니 두 사람은 멀리서 먼지구름이 일어 자동차가 다가온다고 알릴 때를 빼면 말을 타지 않고 걸어갔다. 그러다가 에드워드는 말이 끄는 수레에 타는 것이 남들 눈에는 자연스러워 보이겠다고 생각했다. 닳아빠진 바퀴 축 때문에 수레가 미친 듯이 덜컹거린다고 해도 그러했다. 아이는 학교에 갈 때 신는 구두를 벗어서 수레 짐칸에 던져 놓았다. 아이의 앙상한 몸에 헐렁하게 걸쳐진 멜빵바지는 하도 많이 빨아서 색이 바랬고, 커다란 모자는 안에 신문지를 대서 영리하게 크기를 조절했는데도 눈을 가릴 만큼 축 늘어졌다.

에드워드는 체크 셔츠를 입은 모습이 당당해 보였다. 그가 쓴 검은색 카우보이모자는 주름을 잡지 않아 정수리 부분이 봉긋했다.

북쪽으로 갈수록 풍경이 낯설어졌지만 에드워드는 전에 자세히 보지 않아서 그럴 거라고 생각했다. 남쪽의 보호 구역으로 향하던 길에는 풍경을 감상할 생각 같은 것은 들지 않았으므로. 아들이 한참 동안 말이 없자 그가 말을 꺼냈다. "엄마 걱정은 안 해도 돼. 바빠서 정신이 없을 거야. 소도 돌봐야 하고."

아이는 터덜터덜 걸으면서도 눈은 앞쪽을 똑바로 향했다. "엄마 생각 안 했어요. 산을 생각하고 있었어요."

에드워드도 같은 것을 생각했다. 그가 오랜 시간에 걸쳐 아이에게 설명해 주었던 산을, 산자락을 기어오르듯 자란 짙은 숲과 여름에도 눈으로 덮인 수목 한계선을. 그는 아들에게 바위와 협곡을 뒤덮고 천천히 나아가는 구름 그늘 이야기를, 바위틈에서 솟는 샘물 이야기를 들려주었다. 아이는 그 샘물이 맛도 달콤하고 사람이 마셔도 좋을 만큼 깨끗하다는 말을 듣고 몹시 좋아했다. 에드워드는 소나무 숲의 고요함에 관하여, 또 그 축복받은 땅에만 산다고 알려진 새인 캐나다어치 떼의 요란한 울음소리에 관하여 이야기해 주었다.

그는 또 이런 생각도 했다. 만약 인디언 관리관이 그들 부자를 잡으려고 사람을 보내면? 그러나 그는 산이 보이는 데까지라도 갈 수 있으면 하고 바랐다. 밤마다 두 사람은 도로를 벗어나 야영을 했다. 비탈과 비탈 사이의 오목한 땅에서, 움푹 꺼진 구덩이에서, 냇가의 버드나무 숲에 있는 공원에서. 그들은 풀이 있는 곳을 야영지로 골라 말이 배를 채우도록 했다. 그 산들을 한 번만 볼 수 있다면! 둘이 함께 볼 수만 있다면!

한번은 장총을 쏠 기회가 있었다. 에드워드는 아들이 마멋을 명중시켜 쓰러뜨렸을 때 가슴이 뿌듯했고, 그 마멋과 양파를 넣어 끓인 스튜를 먹을 때에는 배도 뿌듯했다. "총알을 마구 쏘면 안 돼." 에드워드가 당부했다. 총알은 한 상자뿐이었고 고기 통조림은 점점 줄어 갔다. 아이가 어찌나 잘 먹던지! 담배쌈지에 꿍쳐 둔 현금이 조금 있었고 집을 나서기 직전에 제니가 챙겨 준 구두 상자에는 그녀가 지은 장갑 다섯 켤레가 들어 있었다. 에드워드는 아내를 보며 빙그레 웃었다. 그에게는 아내의 마음속이 훤히 보였다. 남편과 아들의 여행을 사업상의 과감한 투자로 합리화하는 것이 아내의 의도였다.

"한 켤레에 3달러예요." 제니의 목소리는 단호했다. "구슬 장식이 달린 것하고 목이 기다란 건 5달러고요." 에드워드는 아내가 장갑을 얼마에 파는지 그때껏 모르고 살았다. 제니가 말한 가격은 그가 보기에 적잖은 돈이었다. 아내가 아들의 장래를 위해 따로 저축을 하고 있을 거라는 생각이 그의 머릿속을 퍼뜩 스쳤다. 아내는 묘하게 포부가 큰 여성이었다.

에드워드는 남에게 장갑을 사라고 내밀 용기가 자신에게 있을지 의심스러웠다. 그는 평생 장사라는 것을 해 본 적이 없었다. 뭘 판다는 생각을 하면 뜨거운 손에 뺨을 맞은 것처럼 얼굴에 피가 쏠렸다. 그는 물건을 팔아 이득을 취하는 것은 여자의 일, 긍지라는 것이 없다시피 하고 그것이 필요하지도 않은 이들의 일이라고 생각했다.

그러나 제니의 공로는 인정할 수밖에 없었다. 상자에 든 장갑은 어찌 보면 보험이었고, 그 덕분에 그는 남들이 탄 자동차가 쏜살같이 옆으로 달려갈 때에도 주눅 들지 않고 허리를 편 채 꼿꼿이 앉았다.

에드워드의 아들이 다니는 인디언 학교에서는 아이들에게 아버지를 '파파'로 부르도록 가르쳤다. "파파, 여기는 세이지브러시 냄새가 다르네요."

"당연하지. 땅 밑으로 물이 흐르거든. 세이지브러시가 그 물을 마셔서 그래." 염기성 토양의 회색빛을 띤 보호 구역의 땅을 벗어나자 푸른 초원이 펼쳐졌고, 그 초원에서 백인들의 하얀 얼굴을 한 소 떼가 풀을 뜯었다. 소들은 에드워드네 집의 암소처럼 온순했지만 몸집이 훨씬 더 실팍했다. "하지만 진짜는 따로 있단다."

에드워드는 앞쪽 먼 곳을 바라보며 빙그레 웃었다. "그 땅의 산자락에 자라는 세이지브러시 냄새를 맡을 때까지 기다려 보렴." 뒤이어 그는 쇼쇼니족 인디언 말로 '아름답다.'라고 말했다.

"파파, 저 앞에 저건 뭐예요?"

"앞에?" 둘은 말이 힘을 비축하도록 걸어가는 중이었다. 그리고 걸을 때면 보통은 시선이 땅바닥으로 향하게 마련이었다. "뭐긴, 저건 구름이잖아."

"꼼짝도 안 하잖아요, 파파."

"바람이 안 불어서 그래, 바람이." 지평선 위에 어떤 형상 하나가, 흙먼지 길로부터 화염처럼 피어오르는 아지랑이 속에서 일렁이고 있었다. 에드워드가 아들에게 설명해 준 것과 똑같은 소나기구름인지도 몰랐다. 높다랗게 솟아올랐다가 제 무게를 못 이기고 무너져 내리는 소나기구름.

말할 것도 없이, 문제는 에드워드의 눈이었다. 제니와 마찬가지로 그 또한 겨울에 오두막집을 채우는 연기 때문에 눈이 안 좋아졌던 것이다. 그리하여 자신보다 아들이 먼저 산을 보았다는 생각에 그는 처음에는 가슴이 저릿하도록 낙담했지만, 이내 기쁨에 젖었다. 그 생생한 아름다움을 아들이 먼저 발견하다니, 이 얼마나 온당한가. 무언가 보는 것은 젊은이의 일이고 늙은이는 떠드는 일을 도맡는다는 것을, 에드워드는 일찌감치 깨달았다. 그의 얼굴에 미소가 번졌다. 그랬다, 인디언 관리관은 그들을 붙잡지 못했고, 이때껏 못 잡았으니 앞으로도 잡기는 힘들 듯싶었다. 틀림없이 제니가 두 사람이 사라진 이유를 둘러대려고 그럴듯한 이야기를 지어냈을 것이다. 제니는 그런 일에 능했으므로. 제니가 바느질거리에서 눈도 돌리지 않고 지어내는 이야기는 놀랍도록 감쪽

같았고, 사람들은 그런 이야기를 철석같이 믿었다. 일찍이 제니의 어머니도 같은 재주가 있었다. 그의 장모는 자기 나름의 방식으로 착한 노인이었다.

안도감을 느낀 에드워드는 계획을 세웠다.

어차피 일단 산에 올라가면 인디언 관리관은 그들을 찾을 방법이 없었다.

에드워드는 담배쌈지에 숨겨 둔 돈으로 철사를 사서 낚시 도구와 작살을 만들기로 했다. 지금은 연어가 알을 낳으러 강으로 돌아올 시기였다. 둘이 함께 낚시를 하고 초록빛 버드나무를 태워 그 향긋한 연기로 연어를 훈제할 작정이었다. 훈제 연어를 갖고 돌아와 인디언 관리관에게 선물로 주는 것도 괜찮았다. 훈제 연어는 인디언이 좋아하는 것 가운데 드물게 백인도 좋아하는 것이었으므로.

"이제 사흘만 더 가면 산이다." 에드워드는 늙은 말에게 그렇게 일러 주었다.

딱 사흘! 아들은 그를 얼마나 칭찬했던가!

그러나 두 사람 앞에 에드워드의 기억 속에는 없었던 커다란 문이 나타났다.

필은 인디언에 대해 감상적인 생각이 눈곱만큼도 없었다. 그런 것은 대학 교수들이나 멋진 카메라를 들고 다니는 동부 출신 언간이들에게 맡겨 두면 그만이었다. 인디언은 자연의 아이들이니 어쩌니 하는 작자들에게. 맙소사, 그런 개소리를. 사실 인디언은 게으르고 손버릇이 나빴다. 목장주들은 건초를 수확하는 시기에 들일을 시킬 요량으로 인디언을 고용해 보았지만, 일솜씨만 놓고 보면 인디언은 쥐구멍에 모래를 부어 막을 줄도 모를 만큼 사리 판단에 어두웠다. 게다가 말을 다루는 솜씨도 형편없었다. 들판에 친 방수포 천막에 인디언도 함께 묵게 했을 때, 백인 일꾼들은 고약한 냄새가 난다고 불평했지만 냄새의 출처는 백인일 수도 인디언일 수도 있었다. 인디언들은 도둑질도 했다. 가축부터 부엌 식탁에 놓인 파이까지, 뭐든 다 훔쳤다. 헌든 외곽에 야영지를 만들고 살던 인디언들은 밤에 술집 문을 부수고 들어가 난장을 쳐 놓고는 했다. 결국에는 정부가 나서서 모조리 평원 지대로 보내 버린 것도 놀랄 일은 아니었다.

필은 웃음을 참을 수가 없었다. 카메라를 든 얼간이들이 찾아와 사진을 찍게 포즈를 잡아 보라고 하면 인디언들은 교활한 심사가 발동해서는, 사진을 한 장 찍을 때마다 생기가 빠져나간다거나 사진에 찍힌 모습이 자기 영혼이라고 믿는 척했다. 그러나 장담컨대 돈을 몇 푼 쥐여 주면 인디언들은 포즈를 잡았다.

이 사람들의 수공예품을 좀 보세요. 얼간이들은 그렇게 말했다. 수공예라니! 수공예는, 빌어먹을. 인디언 수공예라면 교수들보다 필이 더 훤했다. 그가 모은 화살촉과 창끝은 시중에서 구할 수 있는 가장 훌륭한 컬렉션이어서 의회 박물관에서도 손에 넣으려고 공을 들일 정도였다. 그리고 그는 언젠가 그 컬렉션을 그들에게 넘길 터였다. 그는 무엇이든 한번 싫증이 나면 그것으로 끝이었으므로. 그러나 그 컬렉션에는 필이 손수 만든 화살촉도 들어 있었다. 그가 직접 발견한 마노와 석영을 인디언이 사용하는 것과 똑같은 도구로 깎아 만든 것이었고, 솜씨 또한 인디언들이 만든 것보다 더 훌륭했다. 그런데도 인디언 수공예가 보고 싶으면 실컷 보라지! 자연의 아이들은, 염병!

인디언들은 언제나 뭘 달라고 요구했고, 노마님이 아직 목장에 살던 시절에는 헌옷과 침구를 모아 건네주곤 했지만 이내 친척에 친구까지 우르르 몰려와 앞다투어 빈손을 내밀자 결국에는 노마님도 딱 잘라 거절하는 수밖에 없었다. 정부가 그들을 몽땅 쫓아내지 않았다면 무슨 일이 벌어졌을지는 뻔했다. 그들은 목장주가 아니었다. 농부도 아니었기에 옥수수와 귀리도 분간할 줄을 몰랐다. 가장 지긋지긋한 점은 그들이 자신들의 시대가 이미 지나간 것을 모른다는 사실이었다. 이미 지나가서 다시는 돌아오지 않는다는 것을.

이날 필은 말을 타고 산기슭을 올라가 송아지 훈련장에 도착했다. 훈련장은 샘터 옆에 통나무집을 짓고 조그만 방목장을 만들어 놓은 아담하고 멋진 곳이었다. 그들은 나중에 넓은 땅에서 소를 몰 신참 카우보이 한 명을 시험 삼아 그곳에 배치해 놓았는데, 필은 신참이 잠자리에서 일어나 일을 하러 나갔는지 확인하기 위해서 일부러 아침나절 중간쯤에 그곳에 도착했다. 소 떼가 주 경계선을 넘어가지 않도록 감시하는 것이 신참의 임무였다. 그런 애송이들을 여럿 겪다 보면 남들 눈에 안 띄는 곳으로 가서 잡지를 읽거나 농땡이를 피우거나 심지어 동료들을 불러내 술까지 마시는 부류까지 있었는데, 그럴 때 맨 먼저 눈에 띄는 것은 사방으로 뿔뿔이 흩어져 버린 소 떼였다.

필은 남의 눈에 띄지 않게 몰래 산을 올라가서는, 통나무집 창문에서 보이지 않는 나무에 말을 묶은 다음 살금살금 걸었다. 잔가지가 밟혀 부러지는 소리조차 안 날 정도로! 그러고는 통나무집 문을 벌컥 열었다.

예쁘게 화장한 여자의 사진이 담긴 달력이 벽에 걸려 있었다.

작년 가을 9월의 달력이었다. 달력에는 천장에서 샌 빗물의 얼룩이 남아 있었다.

흐음.

필은 안쪽으로 걸어가서 조리용 스토브를 만져 보았다. 온기가 하나도 없었다. 접시는 설거지가 다 된 상태로 정리되어 있었고 에나멜을 칠한 철제 커피포트도 깨끗이 헹궈져서 스토브 뒤쪽에 뒤집힌 채 놓여 있었다.

흐으음.

테이블 위는 싸구려 메모지 한 묶음을 빼면 깨끗했다. 메모지 표지는 뒤로 젖혀져 묶음 밑에 깔려 있었고 맨 위 장에는 검은 연필로 편지의 첫머리가 적혀 있었다. 조그맣게 괴발개발 쓴 글씨가 어린애 아니면 천치의 필적으로 보였는데 어느 쪽인지는 분간하기 힘들었다.

사랑아는 엄마

람포불을 켜노코 이그를 적꼬 있어요. 엄마, 카우보이로 사는 거는 점말 머쪄요.

'엄마'를 제외하면 그 편지를 쓴 남자가 철자를 제대로 적은 유일한 단어는 자신의 신분, 바로 카우보이였다. 자, 이것만 봐도 알 수 있는 사실 하나. 그들은 이제 '카우보이로 사는 거'를 직업으로, 그러니까 남자의 직업으로 여기지 않았다. 브롱코 헨리가 살아 있던 시절하고는 달랐다. 이제 카우보이는 그들이 보는 활동사진과 마찬가지로 연극에 지나지 않았다. 그리고 이는 그들이 은으로 도금한 박차와 굴레 끈을 사느라 빈털터리가 되는 이유이자,

그들이 '멋대가리 워드'의 카탈로그를 보고 카우보이 노래 레코드판을 사서 축음기로 트는 이유이기도 했다. 그들은 이제 자신이 뭘 하는 사람인지 알지 못했고 꿈과 현실을 구분할 줄도 몰랐다. 그렇다 보니 누가 말을 타고 올라와 감시를 해도 이상한 일이 아니었던 것이, 왜냐하면 언젠가 필이 아침나절 중간쯤에 송아지 훈련장에 들렀을 때 카우보이입네 하는 애송이가 통나무집에서 축음기로 레코드판을 들으며 농땡이를 피우고 있었기 때문이었다. 소들은 사방으로 흩어져 난리판이 됐는데도. 어쩌면 등 뒤의 해를 불쑥 가린 필의 그림자가 그 애송이를 카우보이라는 이름의 농땡이 피우기에서 깨어나게 했는지도 몰랐다. 축음기의 소리 나팔로부터 비음 섞인 목소리로 떠돌이 신세가 어쩌고저쩌고하는 구슬픈 노래가 잠시 흐르고 나서, 애송이는 손을 뻗어 축음기를 꺼 버렸다.

그 애송이는 언변이 좋은 편이었다. "밤새 말을 타고 일했거든요." 그런 치들은 변명이 바닥나는 법이 없었다. 변치 않는 진리가 있다면 단 하나, 누구나 어떤 식으로든 변명거리가 있다는 것이었다.

"그래, 내 말 잘 들어." 필의 목소리는 부드러웠다. "옷 챙겨서, 네 가방에 다 집어넣고, 저 길을 따라 집으로 가."

그때가 작년 9월.

이제 해가 바뀐 지도 한참이었다.

엄마, 카우보이로 사는 거는 정말 머쩌요…….

필은 두고 보기로 했다. 그래도 이 애송이는 일을 하러 나갔고, 스토브는 차갑게 식어 있었다. 그러니까 어쩌면 이 애송이한 테는 그저 시간이 조금 더 필요한지두 몰랐다. 제기랄, 시대가 이 모양 이 꼴이라고 해서 인간들이 **죄다** 쓰레기일 리는 없지 않은 가! 필은 기지개를 한번 켠 다음 나지막한 통나무집 문간에 딱 버 티고 서서 골짜기 너머를 바라보며, 샘물이 바위에 부딪쳐 졸졸 흐르는 즐거운 소리에 귀를 기울였다. 그러다가 나무 쪽으로 걸어 가 자기 말에 훌쩍 올라타서는, 주 소유의 땅과 수풀을 가르는 철 사 울타리를 따라 내려갔다. 필 식으로 말하면 수풀이 아니라 '서 펄'이었다. "어디, 서펄로 가 볼까……."

필은 말에서 훌쩍 내려 울타리 문을 열러 갔다. 정부에서 설 치한 그 울타리 문은 양쪽 기둥이 콘크리트 덩어리에 박혀 세워져 있었는데, 하도 무거워서 인부 한 무리가 말 네 마리로 조금씩 움 직여 설치했다. 평생 한 번 볼까 말까 할 만큼 커다란 문이었지만 그것이야말로 정부가 할 일이었고, 그 비용을 대는 것은 바로 당 신 같은 사람들, 납세자들이었다. 소박한 가시철사 울타리가 시작 되는 곳에 그토록 거대한 울타리 문이라니! 필은 그 문의 설계안 이 통과될 때까지 어떤 공무원 나부랭이가 얼마나 많은 서류를 처 리했을지, 또 어떤 돌대가리 기술자가 얼마나 많은 시간과 돈과 자재를 낭비했을지 궁금했다. 저 괴물 같은 문, 저 거대한 장애물 을 만들려고! 울타리 문을 잠그려고 묶어 둔 필요 이상으로 기다 란 쇠사슬 역시 정부가 저지른 또 하나의 세금 낭비였다. 그 자체 는 큰돈이 아니었지만, 공산주의자나 노조 패거리 같은 정신 나간 떨거지들의 땀내 나는 손에 정보가 들어가면 수천 배로 부풀려지 기 일쑤였다. 그런데 젠장, 필은 쇠사슬을 풀다가 그만 손가락이 끼었지만 피가 날 정도는 아니었다. 그냥 피가 맺힌 정도였다.

필은 무슨 소리를 듣고 흠칫 놀라서 돌아섰다. 뭔가 낯선 것이 보였다. 두 비탈이 만나는 곳 저 아래에 말 한 마리와 함께 걸어오는 사람들이 보였다. 무슨 수레 같은 것도. 필은 그중 한 명이 검은 모자를 쓴 것을 알아보았다. 그리고 그가 아는 한 검은 모자는 오로지 인디언들만 썼다.

"똑바로 앉으렴." 에드워드가 아들에게 말했지만, 굳이 할 필요도 없는 말이었다. 아이는 이제 곧 백인과 대화할 추장의 손자로서 손색이 없도록 꼿꼿이 앉아 있었다. 아이의 조그만 등은 직선이었다. 모자는 이마가 보이도록 뒤로 젖혀져 있었다. 에드워드는 검은 카우보이모자에 묻은 흙먼지를 떨고 손으로 툭툭 두드렸다. 모자가 조금이나마 윤이 나도록.

아까까지 둘은 걷고 있었다. 그러다 커다란 울타리 문 옆에 서 있는 남자가 눈에 띄자 함께 수레에 탔다. 그들은 그 낯선 이의 눈길을 이십 분은 족히 받았다.

"저 사람은 왜 저기에 가만히 있어요?" 아이가 물었다.

"글쎄, 우리가 누군지 보려고 그러는 것 같구나."

"저 사람한테 할아버지 이야기를 할 거예요?"

"그래, 할 수도 있지."

"그럼 저 사람은 우리가 지나가게 해 줘야겠네요."

에드워드는 자신이야 어떻게 되든 상관없었다. 남의 뜻에 따라 보호 구역으로 이주하여 곰팡이 핀 빵을 사 먹고 총도 지니지 못하는 처지가 되었다면, 그렇다면 자기 힘으로는 그 이상 할 수 있는 것이 별로 없었다. 이제 그의 소원은 단 하나, 이 땅에서 그들의 이름이 존경을 받는다는 믿음, 닫힌 문을 여는 마법의 이름이

라는 믿음을 아들이 간직하는 것이었다. 아니면 아들에게 옛날이
야기를 들려주지 말라던 제니의 경고가 옳았을까?

틀림없는 사실 하나는 그들의 옛 터전에 인디언의 편에서 싸
운 백인들이, 인디언의 문제를 자기 문제처럼 여기며 머나먼 동쪽
에 있는 미합중국의 수도까지, 에드워드가 아는 인디언 중에서는
가 본 사람조차 없는 그곳까지 들고 가서 싸운 백인들이 몇몇은
있다는 것이었다. 아버지의 장례식에도 백인들이 참석했다. 그 백
인들은 귀한 손님들의 자리에 함께 서서 아버지의 담요와 모카신
과 깃털 관과 고삐 끈과 오두막집이 불타는 광경을 바라보았다.

저 남자도 그 백인들 가운데 한 명일까?

에드워드는 고삐를 당겨 늙은 말을 멈춰 세웠다. 값비싼 햄블
토니언종 말을 세우는 사람처럼, 손을 날렵하게 놀려서. "안녕하
십니까." 에드워드가 인사를 하고 씩 웃었다. 그런 다음 고삐를 아
들에게 넘겨주고 뻣뻣한 동작으로 수레에서 내렸다.

필은 아무 말도 하지 않았다.

에드워드는 주변을 둘러보았다. "비가 오려면 멀었나 보군
요." 그 말을 하고 나서 그는 커다란 울타리 문으로 다가갔다.

필이 헛기침을 했다.

에드워드는 쇠사슬에 손을 얹었다.

필이 부드러운 목소리로 말했다. "대체 어딜 가겠다고 온 거
야?"

필은 이제 에드워드와 울타리 문 사이에 서 있었다.

에드워드는 꼿꼿이 앉아 있는 아들을 돌아보았다. 모자가 흘
러내려 눈만이 아니라 긍지까지 가릴까 봐 턱을 쭉 내밀고 앉아
있는 아들을. "아들하고 같이 야영을 며칠 할까 해서요. 저 애가

제 아들입니다, 저기 있는."

필은 아이를 보는 척도 하지 않았다. 그는 담배쌈지를 꺼내어 한 손으로 담배 한 개비를——그가 늘 하는 말처럼——'제작'했다.

"……저 애가요." 에드워드가 말을 맺었다.

아이가 맑고 또렷한 목소리로 외쳤다. "우리 할아버지는 추장이셨어요."

필은 담배에 불을 붙이고 성냥을 훅 분 다음 둘로 부러뜨리더니, 검게 탄 대가리 쪽을 손가락으로 집어 불씨마저 꺼 버렸다. 그러고는 담배를 한 모금 빨았다.

"저 애 말은 사실입니다."

필은 에드워드와 울타리 문 사이에서 꼼짝도 하지 않았다. "사실? 뭐가 사실인데?"

"제 아버지는," 에드워드 나포가 말했다. "추장이셨습니다."

"그래? 그럼 이제 내 말을 들어 봐. 네 아버지가 누구였든 그건 내 알 바가 아니야. 하지만 너는, 다르지. 저 수렌지 뭔지 모를 물건에 당장 올라타, 그런 다음 네 아들하고 같이 저 늙은 말이 낼 수 있는 최고 속도로 부리나케 사라지도록 해."

에드워드는 얼굴이 웃는 표정으로 너무 단단하게 굳어 버려서 다른 표정을 지을 수가 없었다. "끽해야 이틀 있다 갈 겁니다. 저희 말 때문이에요, 쉬게 해 주려고요. 하도 늙은 말이라."

"어림도 없는 소리." 필이 말했다.

그리하여 에드워드는 뒤로 돌아섰고, 돌아선 다음에는 수레로 돌아왔다. 아들의 시선을 피하며. 아이는 에드워드가 수레의 마부석 아래로 손을 뻗을 때까지 지켜보다가 눈을 돌렸다. 그러나 그렇다 한들 이때 아버지가 어떻게 해야 했을까, 저 백인을 총으로 쏘기라도 할까? 그러면 아버지와 아들은 산속으로 들어가 평생 거기서 살아야 했다. 둘이서, 둘이 함께 쫓기는 신세가 되어. 그러나 자유롭게, 전에 없이 자유롭게!

에드워드는 마부석 아래에서 꺼낸 물건을 들고 백인 쪽으로 돌아섰지만, 그 물건은 총이 아니었다. 그는 장갑이 든 상자를 들고 백인에게 다가갔다. 눈앞에 서 있는 그 백인 남자는 옷차림이 변변찮았고, 장갑도 끼지 않은 맨손이었다. 에드워드는 빙그레 웃으며 상자 뚜껑을 열고 백인의 눈앞에 상자를 내밀었다.

"하루나 이틀만, 안 될까요?" 제니에게 뭐라고 둘러대야 할지, 에드워드는 상상도 가지 않았다. 30달러어치는 될 법한 장갑인데. 에드워드는 구슬 장식이 달린 데다 목도 기다란 장갑 한 켤레를 꺼내 들었다. "하루나 이틀만요, 선생님."

"이야. 이거 꽤 멋진 장갑인데."

"5달러짜립니다. 만드는 데 이삼 일은 걸리지요."

이상하게도 그 백인 남자는 장갑을 만져 볼 생각도 하지 않았다. 그렇다고 울타리 문에서 비켜설 생각도 안 하기는 마찬가지였다. "수레를 돌려서 당장 출발해. 나는 뇌물 같은 거 안 받아, 장갑도 안 끼고. 손님을 잘못 골랐어, 이 친구야."

그리하여 에드워드는 장갑이 든 상자를 들고 수레의 마부석으로 돌아갔다. 그러고는 늙은 말의 머리를 돌린 다음, 아들과 함께 300킬로미터가 넘게 떨어진 보호 구역으로 돌아가는 여정에 나섰다. 그는 말이 여정을 마칠 수 있을지가 궁금했다. 만약 말이 중간에 죽으면, 수레는 어떡한다? 그는 아들을 차마 보지도 못하고 그저 이렇게 말했다. "그래도 산은 봤잖니. 내 아버지의 산을, 우리 둘이서 봤으니까."

아이의 모자가 흘러내려 이마를 가렸다.

"나는 할 수 있는 게 없었단다. 너도 봤겠지만, 할 수 있는 게 없었어."

필은 가만히 지켜보았다. 저 불쌍한 인간들에게 조금은 동정심을 느끼며, 그는 안장 뒤에 묶어 놓은 재킷을 풀고 그 안에 든 점심 도시락을 꺼냈다. 루이스 부인이 싸 준 도시락은 사과 한 개와 두툼한 로스트비프 샌드위치 두 개였다. 도시락은 꿀맛이었지만 목이 막혔기에, 그는 다시 말을 타고 샘으로 올라가 목을 축일까 하고 생각했다.

버뱅크 목장의 주인 주택은 거대한 통나무집이었다. 멀리서 보면 그 집은 제1차 세계 대전 무렵 캘리포니아주에 많이 지어진 한 층 반짜리 방갈로와 비슷했다. 그러나 방갈로치고는 터무니없이 커다랬다. 주의 깊은 목격자는 걸음을 멈추고 그 집을 가만히 주시했다. 방갈로처럼 조그마한 집이 그토록 먼 거리에서 그토록 커다랗게 보이기란 불가능하기 때문이었다. 사실 그 집의 위쪽 '반 층'에는 욕실 하나와 널따란 침실 여섯 칸이 있었으며 침실 사이사이 처마 쪽으로 완만하게 경사진 지붕 아래의 벽장은 버뱅크 집안 식구들이 모은 잡동사니로 가득 차 있었다. 지붕에는 아예 널따란 포치가 나 있어서, 피터는 자기 방의 지붕창 앞에 서서 처마 끄트머리 너머로 세이지브러시 언덕의 황량한 경사면을 자주 바라보곤 했는데 그곳에는 이따금 간신히 알아볼 만한 움직임이 눈에 띄었다. 빠르게 하강하는 회색 새, 아니면 깡충깡충 뛰는 솜꼬리토끼였다. 눈이 좋은 매는 언덕 위 하늘을 활공하며 죽은 짐승이나 죽어 가는 짐승이나 어리석은 짐승을 놓치지 않았다. 언덕이 어찌나 높던지 저택 유리창에 햇빛이 들려면 해가 뜨고도 한참이 걸렸고, 소리라는 소리는 무 죄리 그 언덕에 부딪혀 메아리쳤다. 피터의 귀에는 합숙소의 문고리가 열리는 소리와 일꾼들이 욕하는 소리, 개 짖는 소리, 소 우는 소리, 발전기 털털거리는 소리까지 빠짐없이 들려왔다. 일요일이면 사격장에서 권총을 쏘는 소리와 놀이하는 사람들이 던진 말편자가 강철 막대에 부딪히는 소리도 빠지지 않았다.

서쪽 산 위로 소나기구름이 높이 솟아 있었다. 구름은 모양이 바뀌어 갔지만 잔잔한 바람 덕분에 변하는 속도가 빠르지는 않았다. 모양이 꼭 지도에서 본 영국 같기도 했고, 토끼 비슷한 동물 같기도 했다.

"조지, 비가 올까요?" 어머니가 그렇게 묻는 소리가 피터의 귀에 들려왔다. 어머니의 밝은 목소리는 아래층 포치로부터 당황스러울 만큼 또렷하게 울려 퍼졌다.

"비 냄새가 나긴 나는데." 조지의 목소리. "그래도 또 모르지." 피터는 빙긋 웃었다. 입버릇처럼 덧붙이는 그 말을 할 때 조지는 바지 주머니에 양손을 꽂고 발을 내려다보았다.

"묘목을 안에 들여놔야겠어요. 잔디도 더 심어야겠는걸요. 당신 식구들이 정원을 더 가꿀 생각을 안 했다니 이상하네요."

"우리 어머니가 해 봤어. 땅이 워낙 안 좋아서. 어휴, 어머니가 뉴잉글랜드의 나무 이야기를 얼마나 했던지. 당신도 들었으면 나무의 천국인가 했을 거야. 어머니는 느릅나무 묘목도 주문했어. 자루에 담겨서 왔는데, 나중에 시들어 죽어 버렸지. 어머니는 소귀나무라는 게 어떻게 생겼는지, 그 나무를 덮은 안개는 얼마나 짙었는지, 바다에서는 어떤 소리가 들리는지 같은 얘기도 가끔 해

줬어. 어머니가 그런 이야기를 할 때면 나한테도 바닷소리가 들리는 것 같았다고. 나도 그게 소원이었는데. 가끔은."

"소원이 있었군요."

"어, 나도 그 풍경을 다 보고 싶었어."

"당신한테 이런 이야기를 듣는 건 처음이에요."

"그럼, 전에는 해 본 적이 없지. 로즈, 전에는 내 얘기를 들어 줄 사람이 아무도 없었어." 피터의 상상 속에서 조지가 빙그레 웃었다.

집 앞에는 미루나무 두 그루가 서서 시들어 죽어 가고 있었다. 얄따란 나뭇잎은 가장자리가 검댕처럼 까맣게 변했고 얼마 안 남은 기력마저 게걸스러운 진딧물이 빨아 먹는 중이었다. 그 너머의 잔디밭은 갈색으로 변했지만, 집 옆으로 흐르는 도랑을 트면 물을 줄 수도 있었다. 그러나 물길을 길게 텄다가는 땅속의 보이지 않는 구멍으로 스민 물이 지하실에 들어찼고…… 그곳에 사는 쥐 떼를 익사시켰다. 또는 갓 태어난 새끼 고양이들을.

"비료를 쓰면 낫지 않겠어요?" 로즈가 물었다.

"어쩌면 그럴지도. 그나저나 로즈, 피터는 잘 지내?"

"피터요?"

"며칠 전에 봤는데 나무에 물을 주고 있었어. 마침 그 애 생각을 하던 참이었는데."

"잘 지내는 것 같아요. 자기 방이 마음에 드는 건 분명해요. 당신이 책장을 쓰게 해 준 건 참 잘한 일이에요."

"내가 새아버지라는 거 나도 명심하고 있어. 내 생각에 새아버지는 친아버지보다 좀 더 애써야 할 거 같아. 애쓰지도 않는 새아버지를 좋아할 애는 없을 테니까. 내가 그 애였으면 어떤 심정일지, 나도 알아."

"피터는 전부터 탐험하길 좋아했어요. 요즘도 잘 돌아다녀
요."

피터는 두 사람의 대화를 가만히, 담담한 표정으로 듣고 있
었다. 벌거벗은 필과 마주쳤을 때에도 피터는 탐험을 하던 중이었
다. 그럼에도 털 없이 매끈한 필의 몸은 똑똑히 보았다. 피터는 어
머니에게 그 일에 관하여 — 당연히 — 입도 뻥긋하지 않았고, 필
또한 입을 다물 거라는 예감이 들었다. 어떤 의미에서 피터와 필
은 하나의 유대가 생긴 셈이었다. 어쩌면 증오의 유대인지도 몰랐
지만, 피터가 아는 한 유대는 그 성질이 어떻든 쓸모가 있었다. 일
전에 피터는 어머니와 함께 언덕을 거닐다가 그곳에서 세이지 그
늘에 자란 파란 블루벨과 쇠비름과 진주색 광택이 현란한 선인장
꽃을 발견했다. 어머니가 말했다. "있잖아, 엄마는 여기 온 후로
산책을 많이 해."

"비치에 살 때는 별로 안 했잖아요." 피터는 어머니를 흘끗
보며 말했다.

"기억이 안 나는데. 내가 거기 살 땐 산책을 안 했니?"

"조지 씨의 형 때문이에요, 맞죠? 그 사람 때문에 불안해서
그러는 거잖아요."

로즈는 걸음을 멈추고 몸을 숙여 돌멩이 하나를 주웠다. 피터
가 아는 사람들은 누구나 진실과 맞닥뜨렸을 때 그렇게 움찔했다.
"그 사람 때문에 불안하다니?"

"그 사람은 거실에 들어설 때 인사도 안 하잖아요. 찬바람을
몰고 들어와서는."

"어휴, 피터, 그 사람은 원래 아무한테도 말을 안 걸어."

이제 아래층 포치에서 조지가 말하는 소리가 들려왔다. "……가 여기 온 후로 이렇게 한가한 오후는 처음이야. 내내 빈둥거리기만 했지 뭐야."

"오후를 느긋하게 즐기는 게 뭐가 나빠요? 그리고 빈둥거리긴요, 바깥에 나가서 묘목까지 찾아와 놓고는. 비료가 조금 필요할지도 모르겠어요."

"음, 생각해 볼게."

피터는 조지가 좋은 사람이라고 생각했다. 이윽고 아래층으로 내려간 피터는 두 사람이 있는 포치로 나갔다. 둘은 소리도 없이 나타난 아이를 보고 놀랐다. 그 아이 앞에서는 문조차도 살짝 열리고 닫혔다. 피터는 두 사람의 목소리가 얼마나 또렷이 들렸는지 말하려다가, 그 생각을 머릿속 한구석에 치워 두었다. 그의 세계에는 비밀이 필요했기에, 그는 비밀들을 차곡차곡 쌓아 두었다.

"피터, 걸음 소리가 어쩌면 그렇게 조용하니. 테니스화를 신어서 그런가? 조지가 가져온 묘목 좀 보렴. 나중에 너도 같이 심을래? 비료가 좀 있으면 좋을 것 같은데."

"피가 좋아요. 피는 최고의 비료거든요."

"어머나, 세상에!"

"맞아, 나도 들은 적이 있어." 조지가 말했다. "도축장 울타리 바깥에 자란 잡초를 생각해 봐. 사람 키만큼 자라잖아."

"선생님, 괜찮으시다면 제가 손수레로 도축장 우리에서 흙을 좀 가져올게요. 거기 흙에는 피가 많이 배어 있을 거예요."

"그럼, 얼마든지. 고맙다."

둘은 피터가 집 모퉁이를 돌아갈 때까지 바라보았다. 아이의 깨끗한 바지와 하얀 셔츠는 피가 밴 흙을 나르기에는 어색한 복장이었다. 그 땅의 흙 가운데 일부는 뿌려진 지 얼마 안 된 피로 축축하고, 냄새도 제법 역할 터였으므로. 해를 가리고 느리게 흘러가는 구름이 물처럼 축축하고 서늘해 보였다. "저 애가 나를 선생님이라고 부르지 말았으면 하는 생각도 가끔 들어."

"저 애 아빠의 버릇이었어요."

"저렇게 반듯한 애한테 내가 이래라저래라 할 수야 없지. 자진해서 우리에 흙을 푸러 가다니, 놀랄 일이야……. 비료로 쓸 흙을. 그러고 보니 신기하네. 피가 비료인 걸 다 알고."

"당연한 건지도 몰라요. 의사가 되고 싶은 애라면요. 저 애는……."

"저 애가 왜?"

"그게, 어딘가 차가운 구석이 있어요. 나는요, 저 애를 사랑하지만 **어떻게** 사랑해야 좋을지 모르겠어요. 나는 사랑이 저 애한테 뭔가 도움이 되면 좋겠는데, 저 애한테는 아무것도 **필요** 없는 것 같아요. 저 애 아빠한테 그런 차가운 구석이 조금만 더 있었으면 더 성공했을 텐데." 둘은 하늘을 뒤덮는 구름을 가만히 올려다보았다. "거기 있는 내 스웨터 좀 줄래요? 고마워요. 내가 지금 설명하는 게 냉정함은 아닌 것 같아요. 무심함이라고 해야 할까요? 그 아일 비난할 생각은 전혀 없어요. 존을 원망하는 것도 아니고요. 좋은 사람이었으니까요."

"나도 들어서 알아. 환자의 형편이 어려우면 치료비를 끝까지 받아 낼 생각을 안 했다고 하더군. 정말 훌륭한 사람이야."

이윽고 멀리서 천둥이 우르릉거리는 소리가 났다. "이제야 비가 오려나 보군."

"……번개가 가까이서 칠 때는요. 비 냄새까지 나는 것 같아요." 천둥소리가 또다시 들렸고, 우르릉거리는 메아리가 다 잦아들기 전에 로즈가 말했다. "저 인디언 수레가 또 나타났네요."

"……수레? 인디언 수레라니, 무슨 소리야?"

"그게, 오늘 아침에 봤어요. 정말 이상하지 뭐예요. 조지, 저 사람들이 돌무덤 옆길로 돌아서 산에 올라가는 걸 봤는데요, 둘이 얘기를 하면서 늙은 말을 끌고 갔어요. 그런데 내가 가만히 보고 있으니까 멈추더니, 수레에 타서 다시 가는 거예요. 앞만 똑바로 보면서요. 그러다가 비탈 위에 ― 저기 보이죠? ― 도착하니까, 수레에서 내려서 다시 말을 끌고 가지 뭐예요."

"아마 자존심 때문에 그랬나 보지."

"그런데 대체 어딜 가려고 그랬던 걸까요? 아침부터 말이에요. 어딘지는 몰라도 오래 있진 않았나 봐요. 그나저나 원래는 어디 사는 사람들일까요?"

"내 생각엔 보호 구역에서 왔을 것 같은데. 잠깐만, 쌍안경으로 봐야겠어." 조지는 쌍안경을 손에 들었다.

"거긴 여기서 300킬로미터는 떨어진 곳이잖아요."

"아무튼, 내가 보기엔 산에서 야영을 하려고 했던 것 같아. 근데 인디언은 보호 구역을 떠나서 돌아다니면 안 되는데."

"왜 안 돼요?"

"돌아와서…… 음, 시끄럽게 구니까. 몇 명이 고향으로 돌아와서 시끄럽게 굴기 시작하면, 다들 자기네 옛 땅으로 돌아올 거 아니야. 와서 시끄럽게 굴겠지."

조지는 그들을 계속 관찰했다. 포치의 측면을 따라 자란 홉 덩굴에 바람이 속삭이는 소리를 내며 지나갔다. 둘 다 의자에 앉은 후에도 조지는 인디언들을 계속 관찰하다가, 이내 로즈에게 쌍

안경을 건넸다. "지금 보니까 한 명은 어린애네요." 로즈가 나직이
말했다.

"몰랐어? 열한 살, 아니면 열두 살로 보이는데. 인디언들이
이 근처에 살 땐 아직 태어나지도 않았을 거야. 이곳 풍경이 어떤
지도 모르고 컸겠지."

"그럼, 저 검은 모자를 쓴 사람이 아버지일까요? 아버지가 아
들한테 고향을 보려 주려고 데려온 걸까요?"

"그런 것 같군."

"그런데 산에 올라가자마자 내려와 버리다니."

"아마 산에는 올라가지도 못했을걸." 조지가 헛기침을 했다.

"왜요? 늙은 말이라 수레를 끌 힘이 없어서요?" 이제 인디언
들은 집 앞을 지나 멀어지는 중이었고, 몇 분 후면 돌무덤 옆을 돌
아 사라질 판이었다.

"아침에 필이 산 위에 보내 놓은 카우보이가 잘하고 있는지
확인하러 갔거든. 아마 필이 저 사람들을 돌려보낸 것 같아."

"돌려보내요? 300킬로미터 길을 온 사람들을요? 왜요?"

"그게, 아까도 말했지만, 한 명 두 명 돌아오기 시작하면 좀
그렇거든. 그리고 필은 원래부터 인디언한테 너그럽질 않았어. 상
대가 누구든 간에."

"무슨 말이에요, '상대가 누구든 간에'라니요?"

"내가 제대로 봤다면 ─ 쌍안경 좀 줘 봐. ─ 둘 중에 나이가
많은 쪽은 추장의 아들일 거야."

"추장의 아들이라니!"

"추장은 정부가 인디언들을 쫓아내기 얼마 전에 죽었어. 부
족 사람들이 저 산 위의 너럭바위 밑에다 묻어 줬지. 나중에 무덤

을 한번 보러 가는 것도 좋겠군. 소풍도 할 겸."

"저 사람들도 그 무덤을 보러 왔나 봐요." 로즈가 벌떡 일어섰다. "조지, 저 애 기분이 어떨지 상상이 가지 않아요?"

"기분이라니, 로즈?"

"백인이 자기 아버지를 멋대로 돌려세웠잖아요, 추장의 아들을요. 한번 상상해 봐요. 저 애는 그 일을 평생 못 잊을 거예요."

"어, 당신 말이 맞을 거야. 하지만 법적으로는……."

법적으로는 어쨌다는 것인지 로즈는 영영 듣지 못했다. 계단을 뛰어 내려가느라 정신이 없었으므로. 일꾼 한 명이 바깥에서 말을 몰고 들어오다가 미친 사람처럼 달려가는 로즈를 보고 뭐라고 소리쳤다.

로즈의 구두는 신고 걸으라고 만든 물건이 아니었다. 굽이 높은 그 하이힐 때문에 휘청거리며, 기우뚱기우뚱 뛰어가며, 로즈는 인디언들을 외쳐 불렀다. "가지 마세요, 잠깐만요." 인디언들을 따라잡았을 때 로즈는 숨이 턱까지 차서 수레 옆에 기대섰다. 나이든 인디언을 웃는 얼굴로 올려다보며, 마침내 로즈는 숨을 돌리고 말했다. "오늘 아침에 오시는 걸 봤어요." 나이 든 인디언은 검은 모자를 벗어 로즈에게 인사했지만, 소년은 가만히 앉아 늙은 말의 귀 사이로 앞쪽만 보고 있었다. "아까 나와서 인사를 드렸어야 했는데. 추장님의 아드님이신 줄 몰라서 그만."

에드워드 나포가 입을 열었다. "제 아버지를 아십니까?"

"제 남편이 알아요. 선생님, 저희 집 뒤에서 야영을 하시면 저희한테는 영광일 거예요. 정말이에요, 저희한테는 영광이에요."

에드워드 나포는 그 여성을 가만히 내려다보았다. 자그맣고 예쁘장한 여인, 소를 키우거나 요리를 하거나 장갑을 만드는 식으로 남자에게 보탬이 될 것 같지는 않은 여인이었다. 뭐랄까, 얼굴로 봐서는 여러 번의 겨울을 넘기기 힘들지 싶은 여인이었다. 조금이라도 혹독한 겨울이 이어진다면. "감사합니다. 제 아들과 저야말로, 맥 근처에서 야영을 할 수 있다면 영광입니다." 그리하여 에드워드가 늙은 말을 돌려세우는 동안 그의 어린 아들은 한껏 뿌듯한 표정으로 아버지를 보며, 모자를 고쳐 썼다.

말이 속보로 걸을 때에는 네 다리가 대각선으로 쌍을 이루어 움직인다. 앞쪽 왼 다리와 뒤쪽 오른 다리가 동시에 앞으로 나가고, 뒤이어 반대 쌍이 움직이는 식이다. 속보는 거친 걸음이기 때문에 기수가 몸을 솟구쳐야 한다. 즉, 등자를 발로 디딘 채 몸을 일으켜 무릎을 펴는 동작으로 말의 움직임을 상쇄해야 하는데, 이는 아무리 열심히 해 봤자 깜짝 상자에서 튀어나오는 장난감 인형처럼 우스꽝스럽게 오르락내리락하는 꼴이 되게 마련이다.

그러나 구보로 달리는 말은 네 다리가 평행으로 쌍을 이루어 움직인다. 구보는 앞쪽 오른 다리와 뒤쪽 오른 다리가 동시에 앞으로 나가는 부드러운 걸음, 신속하게 흐르는 걸음이기 때문에 기수는 안장에 붙어 앉아 말의 움직임에 맞추어 편안하게 몸을 구부리면 된다. 속보는 아무리 못난 말도 할 수 있지만, 구보를 할 줄 아는 말은 많지 않다. 필의 적갈색 말은 멋지고 부드럽게 구보를 할 줄 알았고, 말이 다리 한 짝을 내디딜 때마다 전해지는 계산된 힘에서 필은 피스톤을 떠올렸다. 그는 비탈 아래로 날렵하게 말을 달렸다. 안장에 꼿꼿이 앉아 달리다가 이따금 등자를 힘주어 밟고 몸을 일으켜 저녁이 다가오는 냄새를 들이마셨다. 바위와 흙이 식어 가는 냄새였다. 이날 산에는 소나기가 내렸다. 짧은 폭우의 끝

자락이 필을 덮쳤지만 그는 비에 살며시 젖는 기분이 좋았고, 습한 공기에는 새로 자란 세이지브러시와 길가에 핀 장미색 인가목의 향기가 짙게 배어 있었다. 그는 원래부터 그런 냄새를 좋아했다. 길가를 따라 흐르는 시냇물이 바위에 부딪혀 찰박찰박 소리를 냈다. 하얀 꽃을 피운 산벚나무 옆에서 사슴 한 마리가 숲으로 뛰어들더니 납작 웅크렸다. 어리석게도 필의 눈을 피해 몸을 다 감춘 줄 알고서.

산 위의 훈련장에 머무는 애송이는 필이 샘에서 목을 축이고 숙소로 돌아와 기다리는 동안에도 돌아오지 않았으니, 어쩌면 나중에 가서는 크게 될 애송이인지도 몰랐다. 필은 들렀던 흔적이 남지 않도록 통나무집 안에 있는 물건은 아무것도 건드리지 않았고, 그곳으로 이어지는 길은 흙이 몹시도 단단하게 다져져서 새로 생긴 말발굽 자국이 눈에 띄지 않았다. 필은 조만간 다시 와서 확인할 작정이었지만 필시 헛수고일 듯싶었다. 그러나 애송이가 적기 시작한 편지는 그가 자기 일을 가볍게 여기는지도 모른다는 단서였다. 하나의 장난거리로 여길지도 모른다는.

필은 기분이 좋았다. 그래서 지름길을 택하여 목장으로 향했다. 목장 뒤편에서부터 말 목초지를 지나는 그 길을 가려면 말에서 네 번 내려서 이른바 '모르몬교 울타리 문'이라는 별명이 붙은 문들을 열어야 했다. 건지 농사꾼들이 만든 그 조잡한 가시철사 울타리 문은 필이 어렸을 적에 이미 오래되었던 마찻길을 막을 용도로 세운 물건이었지만, 이제 그 길은 다니는 사람이 하도 없다 보니—길을 막은 문이 네 개나 되다 보니—다발 풀이 무성하게 자라 있었다. 이따금 필은 그 문들을 일부러 열어 놓았다. 그가 건지 농사꾼들을 어떻게 생각하는지 보여 주려고 하는 짓이었다. 철도 회사가 뿌린 팸플릿, 스웨덴이나 핀란드나 어딘지 모를 곳에서 이민 온 자들에게 큰 보상을 약속하는 그 거짓부렁에 속아 넘어간 멍청이들을. 땅을 차지하세요! 밀농사를 지으세요! 하긴, 그 미끼를 덥석 문 놈은 한둘이 아니었다. 그들은 정부가 내놓은 땅을 한 필지나 반 필지씩 사서는, 씨앗을 사서 밭을 갈고 뿌린 다음 좀처럼 오지 않는 비가 오기를 기다렸다. 이제 남은 농사꾼은 거의 없었다. 전에 일하던 광산이나 공장으로 다시 기어 들어갔으므로. 그 땅 곳곳에 그들이 살던 오두막집이 보였다. 문이 열려서 바람이 들이쳤고, 한때는 남녀가 잠을 자고 사랑을 나누었을 침대는 녹슬어 갔다. 그들이 벽지 대신 붙였던 신문의 글자도 색이 바래 희미했다. 한쪽 구석에는 어린애가 갖고 노는 인형이 버려져 있었다. 그런 것들을 보고 있으면 솔직히 이런저런 상념에 젖게 마련이었다. 어떤 의미에서는 그 불쌍한 이들에게 연민을 느껴야 마땅했다. 그들 또한 인간이었으므로. 그러나 필이 개인적으로 용납할 수 없었던 점은 그들이 애초에 머리를 쓰지 않았다는 것, 사리를 찬찬히 따져 보지 않았다는 것이었다.

필은 마지막 문을 열다가 손등을 조금 긁혔다. 피가 희미하게 비치는 정도의 상처였지만, 이는 사소한 짜증거리가 또 생길 거라는 경고였다. 필은 그런 사소한 짜증거리가 하나로 끝나지 않는 것을 살면서 익히 목격했다. 그리고 그 경고는 옳았다. 그는 머리 위로 구부정하니 늘어진 버들가지를 피하려고 안장 머리 위로 몸을 숙이고 갔지만, 가지 하나가 교묘하게 콧등을 가로로 때렸다. 그는 그 가지를 손으로 쥐고 꺾어 버렸다.

이제 필은 말 목초지에 자란 버드나무 수풀 속으로 말을 달렸다. 그가 목욕을 하러 가는 곳까지 채 100미터도 안 남은 곳이었다. 수풀이 끝나는 곳, 큰조아재비와 겨이삭 같은 풀이 굵다랗고 튼튼하게 자란 그곳으로 나왔을 때, 그는 느닷없이 고삐를 당겨 말을 멈춰 세웠다.

필은 자기 눈을 믿을 수가 없었다.

오도카니, 다른 말 떼와 떨어져서 홀로, 낯선 인디언 조랑말 이 서 있었다. 이거야 원, 미치고 환장하겠군! 필은 기다란 몸에 붙은 모든 근육이 뻣뻣하게 굳었다. 그가 코를 킁킁거리며 냄새를 맡았다. 고개를 돌려 보니 시냇가를 따라 자란 버드나무 수풀의 우묵한 공터에 인디언들이 쳐 놓은 천막이 보였다. 그들은 모닥불 까지 피워 놓고 있었다. 가느다란 연기가 버드나무 수풀 위로 어지럽게 피어올랐다.

필은 당장 그리로 말을 달렸다. 그러고는 말 위에 앉은 채로 땅을 내려다보았다. 어린 인디언은 아무 데도 보이지 않는 것이, 아마도 천막 안에 있거나 덤불 속에서 몰래 이쪽을 훔쳐보는 모양 이었다. 늙은 인디언은 필 쪽으로 등을 돌리고 앉은 채 냉큼 돌아 볼 생각을 하지 않았다. 필의 말이 다가오는 소리를 틀림없이 들 었을 텐데도. 어쩌면 그 늙은이는 피치 못할 사태를 마지막까지 미뤄 두고 싶었는지도 몰랐다. 세상에는 그런 인간들도 있었으므 로. 늙은이는 피운 지 얼마 안 된 불 위로 몸을 숙이고 있었다. 활활 타는 불 양옆에 끝이 갈라진 버들가지가 꽂혀 있었다. 두 가지 는 또 하나의 가지, 즉 불 위에 걸쳐진 가로대를 떠받치고 있었고, 가로대에는 차축 윤활유를 담아서 파는 양철 들통이 걸려 있었다. 들통 속에 든 것은 필이 보기에 모양새도 냄새도 싱싱한 고기 같 았다. 싱싱한 쇠고기.

늙은 인디언은 꽤 멋쩍은 표정을 하고 있었다.

"여기서 썩 꺼지라고 말했을 텐데."

"하지만 그 부인께서."

"부인이 뭘 어쨌다는 건데?"

"커다란 집에 사시는 그 부인께서 말씀하셨습니다. 여기서 야영을 하라고요."

필이 코웃음을 쳤다. "그러니까 커다란 집에 사는 부인이 그래도 된다고 했다, 이거지? 너, 저 천막 당장 접어."

필은 적갈색 말의 머리를 돌려 마구간 뒷문까지 쏜살같이 달렸다.

통나무로 지은 기다란 마구간은 양쪽 끝에 커다란 문이 나 있었고, 공기가 축축했다. 서늘하고 어둑한 마구간 안에 갑작스레 들어선 탓에, 말을 우리에 넣는 동안 필의 눈앞은 컴컴하게만 보였다. 그는 안장을 벗겼고, 벗긴 안장을 벽의 안장 걸이에 걸었다. 우리의 문 쪽으로 향하는 동안 말이 고삐를 거스르며 버둥거린 탓에 그는 말을 억지로 끌고 가는 수밖에 없었다. 우리 속에서 고삐를 벗은 적갈색 말이 흙먼지를 피워 올리는 가운데 필은 컴컴한 마구간의 통로를 똑바로 걸어갔고, 아직 눈이 어둠에 적응하지 못한 탓에 하마터면 그곳에 서 있던 조지와 부딪칠 뻔했다.

조지는 열렬한 쌍안경 애호가였다. 그 집의 고급 바슈앤드롬 쌍안경은 꼭 맞는 케이스 안에 놓인 채로 조지의 기억이 시작되는 무렵부터 거실 책장 꼭대기 선반에 놓여 있었다. 같은 회사에서 만든 쌍안경 여러 개가 사라지고 또 사라졌다. 어쩌면 그 집을 떠나는 하녀나 요리사의 판지 여행 가방 속에 들어 있었는지도 몰랐다. 쌍안경은 값나가는 물건일 뿐 아니라 몰래 챙겨 가기도 쉬웠으므로. 그러나 그 집의 쌍안경은 지금도 훤히 보이는 책장 위쪽 선반에 놓여 있었다. 쌍안경을 감춰 놓는 것은 누군가 도둑질을 할 거라고 의심한다는 뜻이었는데 이는 조지가 이해할 수 없는 성질의 범죄였고, 조지는 그런 의심 때문에 괴로워하느니 차라리 쌍안경을 새로 사는 편이 더 마음이 편했다. 그는 이따금 한 시간씩이나 창가에 앉아 소 떼나 말 떼가 움직이는 모습을 관찰하며 눈더미가 언제쯤 녹을지 추측했고, 산불이 일어나는지 감시하기도 했다. 이날은 위층 창가에서 부리나케 달리는 필의 말을 지켜보다가 그가 인디언들과 얘기하는 광경을 보고는, 곧장 아래층으로 내려와 모자와 장갑을 챙겨 들고 마구간으로 간 다음 필의 말 우리 곁에 서서 기다렸다. 필은 화가 뻗칠 때면 누구 앞이든 가리지 않고 속에 있는 말을 다 쏟아냈다. 일꾼, 요리사, 가족, 손님, 친구까지. 조지는 어찌 보면 그의 방식이 옳다고 생각했다. 이것저것 속에 쌓아 두지 않고 터놓고 말하는 것이 옳다고. 그러나 입조심을 할 줄 모르는 성격을 필은 엄청난 이점으로 활용했다. 남들이 그의 입에서 폭죽처럼 터져 나올 끔찍한 진실을 두려워해서 그를 거스르기 전에 거듭 숙고했기 때문이었다. 심지어는 노인장과 노마님조차도.

그러므로 인디언들 때문에 말다툼을 벌여야 한다면 컴컴한 마구간에서 부딪치는 편이 더 나았다.

"이런 얼어 죽다 빌어먹을." 조지와 부딪힐 뻔한 필이 말했다. 기분이 상하거나 화가 날 때마다 필은 문법에 어긋난 욕을 지껄였다. "저 얼어 죽다 빌어먹을 인디언 놈들 말이야, 공터에서 뭐 하고 있는 거냐?"

"진정해." 조지의 목소리는 차분했다. "내가 그러라고 했어.

여기서 며칠 야영하다 가라고."

"네가 그러라고 했다고?" 필은 한 걸음 물러서서 조지를 위아래로 훑어보았다. "야…… 너 아주 돌았구나?"

"무슨 해를 끼치는 것도 아니잖아. 이제 1925년이 됐으니 우리도 인디언들을 정정당당하게 대하는 게 좋을 것 같아."

"우리 조지 도련님 말씀도 잘하시네, 응? 지금 그 말솜씨로 농담을 하는 거냐, 아니면 비꼬는 거냐? 어느 쪽이든 간에 머리부터 좀 굴려서 생각을 하고 말을 해."

"됐어, 필. 흥분하지 마. 남들 기분도 생각해야지."

"남들 기분? 남들 누구? 도대체 누구 기분을 생각하라는 거야?"

"우선은, 그 인디언들의 기분. 그 인디언 아이의 기분 말이야."

필은 어떤 것도 놓치지 않는 새파란 눈으로 다시금 조지를 위아래로 훑어보았다. 그의 입가에 웃음이 번졌다. "어쩌다 인디언들을 그렇게 사랑하게 되셨을까? 이것 참, 안 웃고는 못 배기겠네." 그렇게 말하고서 필은 껄껄 웃었다. "사내놈이 어디까지 눈이 멀어 버리는지, 가끔은 솔직히 꼭지가 돈단다, 조지 도련님아."

조지는 말 우리에 기대섰다. "그게 대체 무슨 소리야, 필?"

필은 젖혔던 고개를 숙이며 웃음을 그쳤다. 찢어지듯 날카롭고 메마른 그 웃음소리는 조지뿐 아니라 집에 있을 그 여자, 조만간 쫓겨날 신세가 될 그 여자를 향한 것이기도 했다. "나중에 네 꼴을 한번 찬찬히 봐. 거울 앞에 서서 네 꼴을 보면서, 찬찬히 머리를 굴려 보란 말이야. 그런 다음에 너 스스로한테 한번 물어봐. 네 마누라가 너하고 결혼한 이유가 뭘지."

조지는 눈을 한 번 깜빡거렸지만, 시선은 필에게 못 박혀 있었다. "좋을 대로 생각해, 필. 하지만 인디언들은 안 보낼 거야." 그 말을 남기고 조지는 돌아서서 마구간을 나섰다. 그러나 필은, 아아, 남의 약점을 찌르는 법을 그는 너무나 잘 알지 않던가. 맙소사, 덜 아문 상처의 딱지를 들추는 법을.

11장

오래전, 루이스 부인이 버뱅크 집안의 요리사가 되려면 아직 긴 세월이 남은 과거에, 루이스 씨는 숲에서 쓰러지는 나무에 깔려 '한창나이'에 그만 숨을 거두고 말았다. 루이스 부인은 자신이 '하늘의 영원한 집'이라 부르는 곳에서 남편과 재회하기를 꿈꾸었으나 홀몸으로 그날을 기다리는 사이에 어느새 독설과 비관과 섬뜩한 격언의 보따리로 변하고 말았다.

"맛 좋은 과일도 먹고 나면 금세 잊어버리지요." 루이스 부인은 뜬금없이 그런 말을 했다. 일거리에서, 두 손으로 치대다가 흠집투성이인 테이블의 은행나무 상판에 사정없이 내리치는 빵 반죽에서 눈을 들면서. 가끔은 이런 말도 했다. "우리가 앞날을 내다볼 수만 있다면, 아무리 깊은 강도 그렇게 깊지는 않겠지요."

로즈는 영문을 몰라 가볍게 웃었다. "앞날이 그렇게 어둡기만 하겠어요, 루이스 부인."

"진심으로 그렇게 믿으시나요, 버뱅크 부인?" 루이스 부인은 그렇게 반문하곤 했다.

"세상 참 좁군요." 언젠가 루이스 부인은 그렇게 말하며 요리용 스토브 쪽으로 무거운 걸음을 옮겼다. 부인의 커다랗고 시커먼 구두는 오랜 세월 남의 집 부엌 바닥을 누빈 끝에 휘어 버린 엄지발가락을 위한 숨구멍이었다. 부인은 석탄 더미에 편지를 던져 넣고 불 속에서 오그라들다가 재로 변하는 종이를 가만히 지켜보았다. "남편의 친구가 보낸 편지예요. 남편의 술친구였지요. 세상 참 좁아요."

루이스 부인은 트렁크 속에 넣어진 채 창고나 기차역에 버려져 한참 후에야 발견된 '행실 나쁜' 여자애들 이야기와 자신이 기억하는 옛 친구나 앙숙의 이야기로 롤라를 겁에 질리게 했다. 부인은 롤라에게 기생충이 얼마나 위험한지 알려 주려고 어떤 여자가 식사를 하는 동안 배 속의 촌충이 목까지 꾸역꾸역 올라왔다는 이야기를 들려주기도 했다. 그런 이야기를 끝맺을 때 부인은 꼭 거북이처럼 눈을 천천히 껌벅거리곤 했다.

연방 정부가 고속도로 건설 계획을 추진하면서 공동묘지가 철거된 적이 있었는데, 그때 파낸 관 중 하나에 루이스 부인의 친구가 들어 있었다. 운전에 서툰 트랙터 기사가 그만 트랙터 삽날로 그 관을 깨뜨렸을 때, 관 속에 누운 시신의 머리카락은 죽은 후에도 계속 자라서 기다래진 상태였다.

"관 속이 꽉 차 있었어." 루이스 부인이 감탄한 목소리로 말했다. "그 고운 금발로 꽉 차 있었단 말이야. 머리카락 뿌리에서 1미터 정도만 빼고. 뿌리 쪽은 백발이었거든."

롤라는 버뱅크 집안에 일하러 들어와서 처음 받은 월급 수표로 《트루 로맨스》의 정기 구독을 신청했다. 그것은 롤라의 아버지

가 읽지 못하게 금지한 잡지였다. 언젠가 롤라가 친구에게서 빌린
그 잡지를 읽다가 들켰을 때, 아버지는 롤라를 앞에 세워 놓고 잡
지를 한 장 한 장 찢도록 했다. 롤라는 매질까지는 하지 않는 아버
지가 고마웠다.

여성 둘이서 집 앞 포치에 앉아 긴 시간을 보내다 보니 롤라
와 로즈는 친한 사이가 되었다. 둘의 우정은 어쩌면 롤라가 영화
계의 스타들을 둘러싼 소문이 사실이냐고 물었을 때부터 시작되
었는지도 몰랐다. 합숙소의 남자 일꾼들이 그러했듯이 롤라 또한
종이에 인쇄된 것은 다 진실이라고 철석같이 믿었다. 진실이 아닌
것을 인쇄하는 사람은 교도소에 갇힌다고 믿었기 때문이었다.

"너는 요즘 뭐에 관심이 있니?" 로즈가 물었다.

"음, 유명한 영화배우가 있는데요. 달린 오헤어라고."

"그래, 나도 들어 본 이름 같아."

"그런데요, 잡지에서 읽었는데요⋯⋯." 롤라의 얼굴이 붉어
졌다. "그 사람은 우유로 목욕을 한대요."

"그럼 사실이겠지. 하지도 않는데 그렇게 썼을 리가 없잖아."

"저희 아버지는 그런 짓을 절대 허락하지 않으실 거예요."

"내가 보기엔 너희 아버지 생각이 옳아. 한번 그런 습관이 들
면 나중에는 사는 게 끝도 없이 피곤해질 테니까. 습관이란 게 꼬
리에 꼬리를 물고 만들어지잖아."

"두말하면 잔소리죠." 롤라가 갑자기 열띤 목소리로 말했다.
"저희 아버지는 진짜 꽉 막힌 사람이에요."

롤라는 아버지 이야기를 한참이나 늘어놓았다. 롤라가 말하
길 자기 아버지는 교회에 가려고 비치까지 내려간다고 했다. 언젠
가 집에서 키우는 개가 거친 눈보라 속으로 뛰쳐나갔을 때 롤라의

아버지는 한밤중에 개를 찾으러 나간 적이 있었다. 그때 개는 덫에 걸려 있었다. 한번은 스웨덴 출신 이민자가 돈 한 푼 없이 앓아누운 적이 있었는데 롤라의 아버지는 집에 있는 고기를 그 집에 가져다주면서 부족하면 하느님께서 더 주실 거라고 했다.

"그런데 무슨 일이 일어났는지 아세요? 사슴이 저희 집 마당에 뛰어든 거예요. 마당에 똑바로 들어와서는 꼼짝도 않고 아버지 눈을 가만히 보고 있었어요. 총으로 쏴 달라는 것처럼요."

롤라는 매주 아버지에게 편지를 썼고, 로즈는 그 애 아버지가 한 번도 답장을 보내지 않아 걱정하다가 결국 이렇게 물었다. "아버지한테서 답장은 자주 오니?"

"에이, 안 와요. 아버지는 글쓰기를 배운 적이 없거든요. 읽기도 거의 못해요. 편지는 동생들이 읽어 드려요. 그치만 어머니는 책도 많이 읽고 글도 잘 썼어요."

"그럼 넌 어머니한테서 읽고 쓰기를 배웠겠구나?"

"그럼요, 당연하죠. 학교에 들어가기도 전에 다 뗐어요. 그런데 어머니는 오래전에 돌아가셨어요, 버뱅크 부인. 아버지가 뭐라고 하셨는지 아세요?"

"뭐라고 하셨는데?"

롤라는 흐느적거리는 걸레를 손에 들고 서서, 세이지브러시 언덕을 멍하니 바라보며 대답을 시작했다. "어머니는 안 죽을 수도 있었다고 하셨어요."

"그게 무슨 소리야?"

"의사가 와 주질 않았거든요. 저희 집에 돈이 없는 걸 알았으니까요. 어휴, 저희는 돈 같은 건 있어 본 적이 없어요. 아버지 말이, 예전의 그 의사 선생님이 계셨더라면 어머니는 죽지 않았을

거렸어요."

현관문 옆의 괘종시계가 윙윙대며 11시를 알릴 준비를 했다. "예전에 계셨던 의사 선생님 성함이 뭔데?"

"그분 성함요? 뭐였더라?" 마침 울리기 시작한 시계 종소리가 롤라의 목소리를 거의 뒤덮어 버렸다. 로즈는 창밖으로 눈을 돌려 오르막길을 바라보았다. 몇 시간 전에 로즈는 포치에 서서 낡은 리오 트럭이 언덕마루를 넘어 사라지는 모습을 지켜보았다. 그보다 앞서 이른 아침에는 이상한 것을 목격했다. 욕실에 서 있던 남편의 모습이었다. 그때 조지는 로즈가 큰방으로 들어오는 소리를 듣지 못했고, 로즈의 눈에 띄었을 때에는 욕실 거울 앞에 서서 자기 얼굴을 보고 있었다. 면도를 다 마쳤는데도 우두커니 서서, 자기 얼굴만 보고 있었다. 로즈는 소리 없이 방에서 나갔다. 이윽고 조지는 시내에 나갈 때의 옷차림을 하고 방에서 나왔다. 로즈에게 같이 차를 타고 가자는 말은 하지 않았다. 로즈는 남편의 그런 행동이 이해가 가지 않았다.

"혹시, 고든 박사님 아니었니? 전에 계셨던 의사 선생님."

롤라가 화들짝 놀란 표정으로 로즈를 보았다. "예, 맞아요. 부인도 그분을 아시는군요." 롤라는 그 우연이 경이롭기만 했다. 루이스 부인의 소름 끼치는 이야기에 신빙성을 부여하는 우연이었으므로. "존 고든 선생님이셨어요."

로즈는 자신도 모르게 입이 벌어졌다. 흡사 유령의 입에서 나온 자기 이름을 들은 것 같은 기분이었다. "존이었구나."

"세상 참 좁네요." 롤라가 말했다.

그러게. 로즈는 속으로 생각했다. 좁아도 너무 좁은걸.

이제 언덕마루 너머에서 필이 적갈색 말을 타고 쏜살같이 달려왔다. 오늘이 바로 그날이었다. 조지가 없는 집에서, 로즈가 필에게 말을 걸어야 하는 날. 그리고 로즈는 얼마 전부터 겪는 끔찍한 두통의 전조인 오싹한 기분을 벌써부터 느끼는 중이었다.

진찰을 받는 동안에도 로즈는 두통을 느꼈을까? 의사는 그 점이 궁금했다.

아니요. 로즈가 대답했다. 그때는 머리가 아프지 않았다.

두통의 증상을 설명해 본다면.

로즈는 두 눈 바로 뒤쪽이 아프다고 했다. 그곳에 느껴지는 압력이 눈을 바깥쪽으로 밀어내는 듯하다고.

아, 그렇다면. 혹시 책을 많이 읽는지?

요즘은 안 그래요. 실제로 과거에 로즈는 책벌레였다. 남편과 아들에게도 자주 책을 읽어 줄 정도였다. "사별한 전남편한테요." 로즈가 덧붙였다.

의사는 로즈에게 복도 건너편에 있는 안과 전문의 진료실로 가라고 했다. "제 처남입니다." 의사가 강조하듯 말했다.

키가 작은 안과 의사는 영문을 모르겠다는 표정으로 로즈에게 크고 작은 글자들을 읽어 보라고 했다. 창문의 블라인드를 내리고 조그마한 손전등으로 로즈의 눈을 비추기도 했다. 그런 다음 쪽지 한 장과 함께 로즈를 처음 그 의사에게 돌려보냈다.

"식사 습관이 어떤지 얘기해 주시겠습니까, 버뱅크 부인?"

아침을 먹는 날이 드물다는 점만 빼면, 로즈가 보기에 유별난 구석은 없었다. 그런데 생각해 보니…… 음, 로즈는 아침을 거의 안 먹다시피 했다.

아하, 그렇다면! 공복은 두통을 유발하는 수가 있었다. 점심을 먹기 전에 머리가 아픈 적이 자주 있었는지?

……그랬다, 그런 적이 있었다. 로즈는 징오가 되기 직전에 자주 머리가 아팠다.

"우선 아침을 든든히 드시는 것부터 시작해 보십시오, 버뱅크 부인. 아침은 세끼 중에 가장 중요한 식사거든요! 제가 장담하는데……."

남자들이 아침을 먹는 시간은 6시였다. 조지와 필은 일꾼들과 함께 부엌 뒷방에서 오트밀과 팬케이크, 햄, 달걀, 커피로 아침을 먹었고, 다 먹고 나서 담배를 피우고 이를 쑤시는 십 분쯤 되는 시간 동안 조지가 일꾼들에게 그날 할 일을 지시했다. 줄지어 합숙소로 돌아가는 일꾼 중에는 담배를 피우는 사람, 여태 이를 쑤시는 사람, 폴짝폴짝 뛰며 낑낑거리는 개들에게 주려고 차가운 팬케이크를 들고 가는 사람도 있었다.

노인장과 노마님이 앞쪽 정찬실에서 8시에 아침을 먹던 시절에 그들 가족은 하얀 식탁보가 깔린 기다란 테이블에 서로 마주 앉아 본때 있는 집안 출신들이 쓰는 발음으로 이야기를 나누며 오믈렛을, 아니면 귀퉁이에 크림을 곁들인 훈제 쇠고기를 얹은 토스트를, 또는 소금에 절인 고등어와 삶은 감자를 먹었다. 딸기나 그레이프프루트가 식탁에 올라오기도 했다. 그 지역에서 보기 드문 이런 진미는 엄청난 비용과 얼어서 깨질 위험을 무릅쓰고 솔트레이크시티에서 운송해 왔다. 식사를 마치면 식구들은 냅킨으로 입을 두드리고 핑거볼의 수면에 손가락을 살짝 댄 다음, 손을 닦은 냅킨을 접고 돌돌 말아 은제 냅킨 링에 끼워 넣었다. 이 조촐한 의식을 통하여 그들은 집 전면 창문으로 내다보이는 세이지브러시 언덕의 암담한 풍경과 혹독한 겨울 날씨와 보스턴이 4000킬로미터 넘게 떨어져 있다는 사실에서 이따금 느끼는 섬뜩한 기분이 힘을 합쳐 걸어 놓은 저주로부터 조금이나마 풀려났다. 그들은 자기 삶의 질에 품은 의심을 차마 서로에게 대화로 표현하지 못한 채, 저마다 살면서 이루어 놓은 것이 비록 수지는 안 맞을지언정 썩 괜찮은 수준은 된다고 상대방이 판결해 주기를 바랄 뿐이었다. 매일 아침, 식사를 마치고 테이블이 치워지면, 언덕 너머에서 해가 느릿느릿 떠오르는 사이에 누군가 한 명이 말문을 텄다.

"오늘은 날씨가 좋을 것 같네요."

또는, "폭풍이 불 것 같은데요."

아니면, "뭐, 폭풍이야 금세 가라앉겠지, 안 그래?"

그러고 나면 노인장은 허리 뒤로 손을 깍지 낀 채 군인처럼 뻣뻣한 걸음으로, 카펫 위를 직선으로 걷기 시작했다.

저벅, 저벅, 저벅. 잽싸게 뒤로 돌아서서. 저벅, 저벅, 저벅. 노인장은 자기 발끝만 보며, 발끝에 시선을 고정한 채로 걷다가, 돌아섰다.

아침 식사 후에 노마님은 분홍색으로 꾸민 자기 방으로 물러났고, 날이 따뜻한 아침이면 긴 의자에 누워 먼 산을 바라보거나 뜨개질거리를 만지작거리며 잠시 쉬곤 했다. 노마님은 봉투가 불룩할 정도로 긴 편지를 써서 동부의 친척들에게 보냈다. 친척들은 그런 편지를 받으면 종종 궁금해했다. 그들 부부는 대체 왜 서부로 갔을까. 소를 보면 헤러퍼드종인지 쇼트혼종인지도 구분할 줄모르는, 승마도 사냥도 하지 않는, 그저 조촐한 의식만 정성껏 행하는 그들이.

로즈는 아침을 챙겨 먹으라는 의사의 지시를 조지에게 말하지 않기로 마음먹었다. 일찍이 어머니가 그랬듯이 조지도 테이블에서 같이 아침을 먹자고 할지도 몰라서였다. 로즈는 식사 시중을 드는 사람이 옆에 있으면 불편했다. 롤라가 콩이나 사탕무를 접시에 덜어 줄 때 필의 눈빛을 느끼는 경우가 자주 있었기 때문이었다. 롤라는 허리를 꼿꼿이 편 로즈의 경직된 자세를 침착하다고 여길지 몰라도, 필의 눈빛은 그것이 불편함에서 우러나온 자세인 것을 알고 있었다. 그래서 로즈는 아침마다 부엌에 들러 오트밀 한 그릇을 챙겨 방으로 돌아왔다.

어쩌면 의사가 제대로 보았는지도 몰랐다.

로즈는 균형을 잡고 있었다. 잠깐이나마 외줄 위에 평온하게 서 있었다. 그리고 줄 아래에는 안전그물이 없었다.

그러다가 다시 두통이, 득달같이 달려들었다. 아프다 못해 눈물이 찔끔 나올 지경이었다. 의사의 말이 적어도 한 가지는 옳았다. 두통은 식사 시간 직전에 덮쳐 왔다. 다시 아스피린을, 제산제를 먹을 시간이었다. 로즈는 통증을 느끼는 신경을 차단하려고 손끝으로 양쪽 관자놀이를 힘껏 눌렀다.

조니 고든의 마지막 날이 얼마 안 남았을 무렵, 그가 두 번 다시 술을 입에 대지 않겠노라 맹세했던 그때, 로즈는 몰래 잔에다 술을 따르는 남편의 모습을 목격했다. 놀라서 어쩔 줄 모르는 조니의 눈빛은 벌거벗은 것처럼 연약해 보였다. 입을 열었을 때, 그는 말을 더듬었다. 말을 더듬는 남편을 보며 로즈는 깜짝 놀랐다. 술을 마신다는 이유로 자신이 남편을 비난한 적은 그때껏 한 번도 없었기 때문이었다. "썩은 이가 있어서 그래." 조니가 변명했다. "이가 너무 아파서 죽을 지경이라."

조니의 말은 사실이었다. 그는 나중에 그 썩은 이를 뽑았다.

이제 그때의 조니와 똑같이 미칠 지경에 빠진 로즈는 술병이 늘어선 장식장으로 향하며, 먼저 식기장에 감춰진 장식장 열쇠를 열쇠고리에서 빼 들었다. 장식장의 조그만 문 앞에 쪼그려 앉아서, 로즈는 심장이 두근거리는 소리에 정신이 나갈 지경이었다. 계단 쪽에서 롤라의 발소리가 났다. 로즈는 쪼그린 자세에서 일어나 롤라가 부엌으로 들어갈 때까지 똑바로 서 있었다. 그러다가 다시 쪼그려 앉아서 위스키 병을 꺼낸 다음 겨드랑이에 숨긴 채 부랴부랴 욕실로 향했다. 로즈는 욕실 문을 잠그고 위스키를 들이켰다. 일련의 노고 때문에 숨이 찼다. 손끝으로 관자놀이를 어찌나 세게 눌렀던지 캄캄한 머릿속에서 하얀 불꽃이 춤추듯 일렁거렸다.

그런데 효과가 있었다. 로즈는 꽤 침착한 상태가 되어 세면대 위의 거울을 들여다보았다. 그 두통에 비견할 만한 통증은 피터를 낳을 때 느낀 산통뿐이었다. 그때의 고통을 로즈는 거의 기억하지 못했다. 그래도 분명 지금 이 두통만큼 예리하지는 않았고, 이렇게 오래가지도 않았다.

점심 식사는 즐거웠다.

"와, 당신 오늘은 기분이 좋아 보이네." 조지는 빙그레 웃고는 잠깐 동안 거실에 가만히 서 있었다. 그렇게 정찬실 쪽을 흘끔거리며 사람의 기척이 보이지도 들리지도 않는 것을 확인하고는, 허리를 굽혀 로즈에게 입을 맞추었다.

"오늘은 기분이 아주 좋아요." 로즈가 웅얼거리듯 말했고, 조지는 휘파람을 불며 거실을 나섰다.

롤라가 테이블을 다 치운 후에, 로즈는 위스키 병을 제자리에 갖다 놓고 열쇠를 고리에 걸며 이런 수치심을 무릅쓰면서까지 두통을 없애고 싶지는 않다고 생각했다. 아니면 그때만 그렇게 생각했는지도 몰랐다. 그 생각을 할 때에는 머리가 아프지 않았으므로. 로즈는 두 번 다시 술병에 손을 대지 않을 작정이었다.

다음번에 엄습한 두통은 로즈의 결심을 뒤흔들었고, 이때부터 로즈는 맑은 공기와 육신의 피로에서 위안을 얻을 생각으로 세이지브러시 언덕의 비탈을 정처 없이 걷기 시작했다. 처음에는 그런 산책이 정말로 도움이 되었다. 그러던 어느 날 산책 도중에, 피터가 바로 앞에서 걸어가며 높이 자란 세이지브러시 덤불 사이로 어지럽게 난 길을 찾는 사이에, 로즈는 자신의 문제가 무엇인지 깨달았다. 피터가 얘기해 준 덕분이었다. 조지의 형 때문에 불안해서 그러는 거라고.

피터는 불안이 사람의 머리를 둘로 쪼개기도 한다는 것을 자기 아버지의 책에서 읽은 모양이었다. 로즈는 입을 꼭 다물었다. 그도 그럴 것이, 자기 어머니가 존중받으며 행복하게 지낸다고 믿고 싶어 하는 피터를 걱정시킬 이유가 없지 않은가? 그러나 매일 아침 로즈는 점심 식사 자리를 어떻게 견딜지 걱정했고, 매일 점심을 먹고 나서는 저녁 식사 자리를 걱정했다. 필과 함께 테이블 앞에 앉을 생각 때문에, 그의 침묵과 그의 상스러움, 머리를 긁고 코를 킁킁대는 그의 버릇, 자신을 무시하고 조지에게만 말을 거는 그의 무례 때문에 괴로워하면서. 의자를 테이블에서 끌어당기고 다리를 등받이 너머로 넘겨서 앉는 필의 모습은 머리에 너무나 깊이 새겨져 지워지지 않았다. 쇠고기를 '소 살덩이'로 부르는 그의 말버릇 또한. 만약 이 터무니없는 두통의 원인이 그것이라면, 이 고통의 끝은 어디일까? 아니, 끝이란 **없었다**. 로즈로 하여금 손에 넣기 힘든 고급 위스키를 어떻게 구해서 채워 놓을까 고민하며 또

다시 술병이 있는 장식장을 찾게 할 그 짜릿한 고통에는. 조지가 근처를 지나다가 들른 친구에게 술을 한잔 주려다 알아챌 때까지, 로즈가 몰래 홀짝이고 물을 섞어 채워 놓은 위스키 병은 과연 몇 개나 될까?

그 끝은 어디일까? 또다시 두통이 닥쳐오면 로즈는 어떻게 해야 할까, 눈앞이 하얘지면, 피터와 함께하는 산책도 아무런 위안이 되지 않으면……. 그런데 자물쇠가 채워진 조그마한 문 뒤에 확실한 구원이 있는 것을 안다면?

조지와 로즈가 조지의 형과 한집에 사는 것은 얼마나 비정상적인가! 그런 생활이 잘 풀릴 리가 없었다. 그런 이야기는 신문과 잡지에 흔하디흔했고, 결말 또한 어디서나 목격할 수 있었다. 그러나 가족인 형을 생각하는 조지의 마음을 어떻게 거스른단 말인가? 필이 사정을 이해하고 자기 보금자리를 찾아서 나가 주면 얼마나 좋을까. 꼭 그래야 한다면 가까운 곳에라도, 자기 마음에 더 맞는 곳을 마련해서. 로즈는 자신이 필을 불편해하는 만큼 필도 자신을 불편해하는 것을 잘 알았다. 그러나 방이 열여섯 칸이나 되는 큰 집을 필 혼자 몫으로 놔두고 로즈와 조지가 목장 안에 따로 거처를 짓는 것은 터무니없는 짓이었다. 아니, 안 될 말이었다. 필이 이 집에서 나가는 것도 가망 없는 일이었고, 그들 부부가 나가는 것도 있을 수 없는 일이었다. 어떻게든, 로즈는 필과 대화를 해야 했다. 잘 지내고 싶다는 뜻을 다시 전하고 그를 이해시켜야 했다. 결국에는 그도 인간이었으므로. 필도 인간이지 않은가?

그런데 필에게 **무엇을** 이해시켜야 할까? 그가 무례하고 지저분하고 남을 모욕하는 인간이라는 사실? 그 '대화'라는 것을 마치고 나서 필이 자기 동생에게 로즈가 자신을 무례하고 지저분하고 남을 모욕하는 인간이라고 욕했다는 말을 전하면 어떻게 될까? 주지는 로즈를 용서할까? 말할 것도 없이 피는 물보다 더 진했고, 남편과 아내는 피로 이어진 사이가 아니었다.

뒤이은 며칠 동안 로즈는 자신이 살짝 미쳤는지도 모른다는 생각이 들었다. 다른 여성이었다면 필이라는 사람을 알고도 끄떡없었으리라는 생각도 들었다. 로즈가 결혼한 상대는 필이 아니었으므로. 로즈는 머릿속에서 나직하고 차분한 목소리가 말하는 소리를 들었고, 그렇게 상상 속에서 시작된 대화는 수도 없이 여러 번 반복되었다. 그때마다 로즈는 이렇게 말을 꺼냈다. "필, 왜 저를 싫어하세요?"

그 말에 필은 이렇게 답했다. 로즈의 머릿속에서. "내가 당신을 싫어한다고? 무슨 소린지 모르겠군……."

필의 이상한 침묵이 그의 '버릇'일 뿐이라는 말을 로즈는 조지에게서 직접 들은 적이 있었다.

이어지는 상상 속에서, 필은 창밖을 가만히 내다보다가—둘이 대화하는 곳이 거실이었으므로—마침내 빙그레 웃으며 화해의 뜻으로 손을 내밀었고, 그것으로 끝이었다. 필의 호의가 있으면 로즈는 그의 헝클어진 머리도, 그에게서 풍기는 묘한 냄새도, 의자를 뒤로 당기고 등받이 위로 다리를 넘겨 앉는 버릇도, 로즈가 피아노를 칠 때 밴조를 따라 치는 괴상한 습관도—그리고 무엇보다—좀처럼 씻는 법이 없는 그의 두 손도 모두 흔쾌히 못 본 척할 작정이었다. 그 손! 그 손 **자체**가 필이 아니던가! 밴조를 어떻게 치든 어디까지나 그의 마음 아니던가! 로즈는 불안증 때문에 제정신으로 보기 힘든 상태였다. 어쩌면 두통도 원래는…….

그러나 문득 정신을 차렸는데 거실에 자기 혼자일 때, 주위의 모습은 하나도 변하지 않았고 조지는 집을 비웠고, 피터는 공부를 하느라 자기 방에 틀어박혀 있을 때…… 그럴 때마다 로즈는 낙담했고, 벼랑 끝에서 비틀거리는 느낌이 들었다. 안전그물도 없이 팽팽한 외줄 위를 걷는 기분으로, 로즈는 필에게 말을 걸 생각을 한 스스로의 뻔뻔함에 감탄할 뿐이었다.

필은 한낱 인간에 지나지 않는다고, 로즈는 스스로를 설득하려 했다. 그저 남모르는 문제를 지닌 인간일 뿐이라고. 그러나 벼랑 끝에서 비틀거릴 때, 외줄 위를 걸을 때, 로즈는 그가 인간을 아득히 초월한 존재인 것을 깨달았다. 아니면 인간보다 아득히 미미한 존재이거나. 인간의 어떠한 말로도 그의 마음을 움직일 수는 없었다.

분홍색 방에 안전하게 머무는 동안 조금이나마 자신감을 회복한 로즈는 머릿속으로 나누었던 대화를 복기해 보았다. 로즈의 용기를 꺾고 통증과 공허감에 빠뜨리는 원흉은 필의 모습과 소리였다. 그의 시선, 그의 눈, 문을 닫고 책을 펼칠 때 그가 발휘하는 불필요한 힘 같은 것들. 로즈는 그가 느닷없이 웃음을 터뜨릴까 봐 두려웠다. 그가 합숙소의 일꾼들을 찾아갔을 때 들려왔던 차갑게 조롱하는 웃음소리, 깨진 유리처럼 뾰족하고 섬뜩한, 번개처럼 파고드는 그 웃음소리를 들을까 봐서. 그 웃음의 표적은 로즈였을까, 아니면 아들인 피터? 그런데 이제 로즈는 인디언들 때문에 필의 심기를 거스르기까지 했다.

하지만 로즈가 인디언들에게 베푼 것이 뭐가 그리 대단하단 말인가? 늙은 말이 뜯을 풀 조금, 감자 몇 알, 그냥 두면 어차피 상할 쇠고기 한 토막이 다였다. 여름철에는 고기가 무서울 정도로 빨리 상했다. 다리 한 짝이 통으로 상해서 내다 버리는 일이 정기

적으로 일어나다 보니 까치 떼와 개, 야생화된 고양이들에게는 그때마다 축제가 벌어졌다. 그것이 한 가지 이유었다. 또 한 가지 이유는 인디언 아이가 겪은 모욕이었다. 그토록 어린 아이가. 그때 입을 다물고 넘어갔다면 로즈는 정말로 비겁한 사람이었다. 그리고 솔직히 말하면, 필이 그 인디언들을 대하던 방식은 로즈를 대하는 방식과 똑같았다.

로즈가 필에게 말을 걸 기회는 딱 한 번, 그나마도 그럴 용기를 냈을 때의 얘기였다. 그리고 그 용기는 자물쇠가 채워진 장식장 문 뒤의 늘 같은 자리에 있었다. 실은 꼭 그렇지만도 않았다. 마지막으로 술병을 꺼냈을 때 로즈는 그 병을 수건으로 싸서 욕실의 빨래 바구니 속에 감춰 두었다. 병 하나쯤은 사라져도 조지가 눈치채지 못하리라 생각해서였다. 그리고 술에 물을 타서 채워 놓는 대담한 방법보다는 아예 병째 들고 오는 것이 더 안전했다. 나중에 새 술병을 사다 놓으면 그만이었다.

로즈는 필과 이야기를 하고 나면 두 번 다시 그런 속임수를 부리지 않기로 마음먹었다.(스스로에게 그렇게 타일렀다.) 일단 그와 이야기를 끝내면, 자신의 기묘하고 사소한 절도 행각을 조지에게 털어놓을 생각이었다.

조지가 없는 식사 테이블에는 언제나 어색한 분위기가 두드러졌다. 조지가 있든 없든 그의 자리에는 식기가 차려졌고 그날의 고기 요리가 놓였다. 노인장이 떠난 후로 고기를 잘라 나눠 주는 일은 조지가 도맡았기 때문이었다. 테이블에는 하루도 빠짐없이 고기가 올라왔는데 각 부위가 나오는 차례도 엄격히 정해져 있어서, 눈치 빠른 사람은 암소를 잡은 지가 얼마나 됐는지 정확히 알아차렸다. 그랬다, 암소였다. 수소는 절대 잡지 않았다. 수소는 우시장에서 값이 더 비쌌거니와 고기 맛도 암소만 못했다.

사람들은 말했다. 먹고 또 먹어도 질리지 않는 고기는 오로지 쇠고기뿐이라고.

소를 잡으면 곧바로, 때로는 바로 그날 저녁에, 저민 쇠간이 테이블에 올라왔다. 기름에 지져서 테두리가 동그랗게 말린 간에 베이컨과 양파가 곁들이로 나왔다. 그다음은 빵 부스러기를 채워 구운 염통 차례였다. 갈비는 삶거나 졸여서 눅진하게 녹은 쇠기름에 잠긴 채로 며칠 동안 계속 나왔다. 뒤이어 로스트가 일주일 동안 이어졌다. 가끔은 10킬로그램이 넘는 고깃덩이가 나올 때도 있었다. 마지막은 스테이크였다. 쇠기름을 양껏 두른 팬에 구운 스테이크가 케첩을 듬뿍 뒤집어쓰고 나왔다. 앞다리 쪽은 테이블에 거의 올라오지 않았는데 뒷다리 쪽 고기를 다 먹을 즈음이면 파리떼가 고기를 덮은 흰 천을 뚫고 들어가 알을 까기 때문이었다. 앞다리는 열심히 살을 뜯는 구더기들과 함께 버려져 들짐승과 날짐승의 배를 불려 주었다.

그 통나무 저택에서 인간의 말은 혐오스러운 것, 바보들의 수다이자 천치들의 횡설수설이었다. 손님들이 양배추와 바람의 속도 이야기를 소심하게 꺼낸 것도 놀랄 일이 아니었다.

로즈는 이제 피터에게 말을 걸 엄두도 나지 않았지만, 스스로 생각하기에 이는 피터가 열여섯 살이고 남자애이기 때문에 생긴 문제였다. 로즈는 불확실한 미래에 모든 것을 바치는 아들이 이해가 가지 않았고, 그 미래를 위해 아들이 하는 일련의 행동 또한 이해가 가지 않았다. 피터는 굴에 물을 부어서 잡은 땅다람쥐 두 마리를 상자에 가두고 방충망으로 상자 입구를 막았다. 로즈는 땅다람쥐를 반려동물로 사는 것을 상상도 할 수 없었지만 피티는 그 짐승들이 마음에 들었는지 자기 방으로 데려갔다. 피터의 침대보를 갈러 갔던 롤라는 땅다람쥐를 보고 놀라서는, 로즈에게 그 '조그맣고 귀여운 녀석들'이 건강하게 잘 놀더라고 보고했다. 나중에 '이상한 냄새'를 맡은 롤라가 확인하러 가 보니 땅다람쥐는 둘 다 가죽이 벗겨진 주검이 되어 있었다. 신문지 위에 누워 네 발을 하늘로 쳐든 모습으로.

"집에서 그런 짓을 하면 안 돼." 로즈가 피터를 타일렀다. "다시는, 다시는 그러지 마라."

피터는 빙그레 웃으며 한 팔로 어머니의 어깨를 감쌌다. "남자가 어머니 말을 고분고분 잘 들으면 나중에 뭐가 되겠어요?"

언제 저렇게 커 버렸을까. 로즈는 속으로 생각하며 자기 손만 내려다보았다. 피터가 위층으로 후다닥 들고 올라간 토끼의 운명에 관해 로즈가 물어볼 수나 있었을까?

그 집에서는 인간의 말뿐 아니라 갑작스레 들리는 소리 또한 혐오스러웠다. 부엌 뒷방 문 옆의 트라이앵글이 울리는 맑은 소리를 들으면 로즈는 가슴이 방망이질했다. 그런데 조지가 은행 회의에 참석하려고 떠난 지 몇 시간 후인 지금, 그 소리가 울리기 시작했다.

일꾼들이 뒷방에 우르르 들어오면서, 롤라가 정신 나간 사람이라고 흉보는 남자의 주절주절 떠드는 목소리에 이어 일꾼들의 왁자한 웃음소리가 흐릿하게 들려왔다. 그 남자는 가끔 식사가 끝난 후에도 뒷방에 남아 롤라에게 낯간지러운 말을 들려주곤 했다.

"짜증나 죽겠지 뭐예요. 어휴, 진짜 정신 나간 사람이에요."

롤라는 로즈에게 그렇게 말했다. 그 정신 나간 남자 때문에 롤라가 머리 손질에 더욱 공을 들이면서 램프 불이 머리 마는 쇠막대를 달구는 시간은 더욱 길어졌고, 머리카락 타는 냄새는 계단을 타고 아래층까지 내려왔다. 그 젊은 남자는 달빛 아래서 롤라에게 자신이 돈을 모으는 중이라고 말했다. 롤라 말에 따르면 그는 시카고로 갈 생각이었다. 잡지에서 본 학교에 들어가 라디오 수리하는 법을 배워서 그 일로 돈을 많이 벌 거라고 했다.

롤라는 정찬실의 문을 열고 조지의 빈자리 앞에 로스트비프를 갖다 놓았다. 뒷방의 웃음소리가 롤라의 뒤를 따라 들려왔다. "식사 준비 다 됐습니다." 롤라가 큰 소리로 말하고는 문 옆의 트라이앵글을 쳤다.

이번이 마지막이라고, 이번이 정말로 마지막이라고 생각하며, 로즈는 용기를 얻으려고 술을 마셨다. 사실, 이날 오전에만도 세 번을 마셨다. 각오를 다지는 동안에. 술 냄새는 박하사탕으로 감추었다. 그러나 피터가 위층에서 내려왔을 때에는 멀찍이 거리를 유지했다. 피터의 머리카락은 빗질을 하려고 바른 물 때문에 젖어 있었다. 로즈가 술기운 덕분에 느끼는 차분한 기분은 감미로울 정도였다. "방에서 뭘 그렇게 열심히 하니?"

"토끼랑 할 일이 좀 있어요."

"필은 조금 늦을 것 같구나." 로즈는 피터와 함께 먼저 테이블에 앉을지 아니면 필이 올 때까지 기다릴지 결정해야 했다. 아들을 옆자리에 앉히고 테이블에 앉는 것이 자신에게 유리할지, 아니면 예의상 또는 그저 격식에 따라 필이 오기를 기다리는 것이 유리할지를. 로즈는 조지에게 느끼는 살짝 날카로운 분노를 지그시 억눌렀다. 조지가 함께 가자는 말을 하지 않은 탓에 이런 말도 안 되는 결정을 내려야 할 처지가 되었으므로. 테이블에 먼저 앉든 기다리든 뭐가 중요하겠는가? 그러니 온 세상이 거기에 달려 있었다. 그토록 사소한 일이 결정적인 것처럼 보이다니 로즈의 삶은, 또 조지와 피터의 삶은 도대체 어떻게 돼 버린 걸까? 나날의 삶이 너무나 뻔하다 보니 로즈는 다음 날 무슨 드레스를 입을지 고민하며 밤을 보내곤 했다. 날마다 우편 마차가 들르기를 기다리며 마차가 일으키는 먼지구름을 주의 깊게 찾아보곤 했다. 로즈는 우편 마차가 다니지 않는 일요일이 두려웠다. 눈길을 줄 것이, 자기 방에 있을 필을 떠올리지 않게 해 줄 것이 하나도 없었으므로. 소리는 내지 않았지만 필은 **분명히** 그곳에 있었다, 방문을 닫은 채로. 로즈는 숨이 막히는 기분과 함께 눈물이 왈칵 차올랐다.

뒷문 옆의 트라이앵글 소리가 잦아들고 일꾼들이 식사를 시작했을 때, 로즈는 의자에서 일어서서 잡지를 훌훌 넘기는 피터를 흘깃 보았다. 피터는 영문을 모르는 표정으로 어머니를 올려다보았다.

피터는 왜 그런 표정으로 어머니를 보았을까? 어머니가 뭘 했기에? 로즈는 매서운 말투로 말했다. 자신의 권위를 시험해 보려는 생각에서. "피터, 내가 하지 말라고 했지. 네가 토끼를 가지고 하는 일 말이야. 집 안에서는 안 된다고 했잖아. 그렇게 큰 부탁도 아니잖니." 그러고 나서 로즈는 깨달았다. 피터의 토끼는 우편 마차와 마찬가지로 조금도 중요한 일이 아니었다. 다음 날 어떤 드레스를 입을지 고민하는 것과 마찬가지로. "테이블로 가자."

그리하여 필은 테이블에 먼저 앉은 두 사람을 발견했다.

그는 두 사람을 흘깃 보았다. 그런 다음 조지의 의자를 뒤로 당겼다. 그는 테이블과 의자 사이에 서서 고기를 썰어 피터에게 건넸고, 피터는 그 고기를 자기 어머니에게 건넸다. 필은 고기가 담긴 두 번째 접시를 피터에게 내밀고 자기 의자를 당긴 다음 등받이 위로 다리를 넘겨 의자에 앉았다. 말은 한마디도 오가지 않았다. 음식을 씹는 동안 필은 새파란 눈으로 3600미터 높이의 산들을 바라보았다. 그 테이블에 앉은 사람들은 모두 그렇게 산을 감상했다. 침묵이 어색한 나머지 인간의 말이 지닌 리듬이 간절히 그리워진 이들은 대개 수목 한계선을 덮은 눈이 그 선 아래로 내려올지, 아니면 위로 올라갈지에 관해 이야기했다. 로즈는 뭔가 말하려고 입을 열다가 문득 산에 경의를 표하기는 싫다는 반감이 들었다. 그래서 산 이야기 대신 다른 화젯거리를 궁리하다가, 문득 은으로 된 포크와 나이프가 달그락거리는 소리에 귀가 아플 지경이라는 생각과 함께, 이렇게 말했다. "내일이 일 년 중에 낮이 가장 긴 날이네요."

"맞아요." 피터가 말했다. "내일이 하지예요."

"나는 낮이 더 긴 계절이 좋더라."

"저는 고기를 조금 더 먹어야겠어요. 고기 더 드실래요, 로즈?"

"고기를, 더?" 로즈는 깜짝 놀라서 피터를 보았다. 그때껏 손님이나 식구에게서 고기를 더 달라는 말을 들어 본 적이 없어서였다. 사려 깊은 주인장이었던 조지는 미리 손님들의 접시를 살피고는 더 달라는 말이 나오기 전에 고기를 권했다. 피터는 고기를 더 먹겠다는 뜻을 밝힘으로써 단지 격식만 거스른 것이 아니라 로즈에게도 더 먹겠냐고 **물어보았고**, 이로써 고기를 나누어 주는 사람의 권위를 순식간에 차지했다.

필이 자기 자리에서 일어나 조지의 자리로 가서 고기를 더 썰려고 했는지 어쨌는지, 로즈는 끝내 확인하지 못했다. 피터가 말을 마치기가 무섭게 일어서더니 조지의 자리로 가서 로스트비프를 두 장 썰었기 때문이었다. 로즈가 접시를 내밀기도 전에, 필은 뱀처럼 차가운 눈으로 피터를 한참 동안 보다가, 다음으로 로즈에게 그 눈을 돌렸다. 그러고는 눈을 한 번 깜박이고는 의자를 뒤로 밀고 일어서서 나가 버렸다. 로즈는 그가 먼저 자리를 뜨면서 실례한다고 말하는 것을 들어 본 적이 없었다. 필은 실례한다는 말을 절대로 하지 않았다. 그러나 그가 후식이 나오기 전에 자리를 뜨는 것 또한 본 적이 없기는 마찬가지였다. 심장이 정신없이 두근거리는 상태로, 로즈는 필이 거실 탁자에서 잡지를 고른 다음 의자에 앉아 읽는 모습을 가만히 지켜보았다.

로즈는 하얀 식탁보가 깔린 널따란 테이블 너머로 피터를 보며 빙긋 웃었다. 자신의 웃음이 어떤 의미로 비칠지 확신이 서지 않은 채로. 이내 로즈가 은색 종을 흔들었다.

후식은 '암브로시아'라는 기묘한 이름이 붙은 음식이었다. 얇게 저민 오렌지 위에다 잘게 썰어 상자에 담아 파는 코코넛 과육을 뿌린 것이었다. 로즈는 스푼으로 손을 뻗었다. 다음 순간 오렌지가 담긴 접시는 로즈의 무릎 위에 있다가, 뒤이어 바닥으로 떨어졌다.

"제가 치울게요." 피터가 곁으로 다가와 말했다.

"난 후식이 영 당기질 않아. 지금은." 로즈가 일어섰다.

"저도요." 피터가 말했고, 두 사람은 그대로 식사를 끝냈다. 피터는 위층으로, 아마도 토끼에게로 갔고, 로즈는 책장 앞에 서서 줄줄이 이어진 책등을 눈으로 훑었다. 차분해진 느낌이 들었다. 필이 잡지를 고를 때 그랬듯이 아무렇지 않게 책을 고를 여유가 느껴졌다. 차분한 기분과 불안한 기분이 왔다가 물러가는 방식은 신기하기만 했다. 로즈는 책을 한 권 골라 펼쳐서 한 줄 읽은 다음, 책에 손가락을 끼우고 덮었다. 방금 읽은 자리를 표시하려는 듯이, 손에 뭔가 들 것이, 말을 하는 동안 손으로 할 일이 필요한 듯이. 두 손이 힘없이 아래로 축 처져 있지 않도록.

로즈는 돌아서서 필에게 말을 건넸다.

"필." 로즈의 웃는 얼굴은 솔직하고, 친근하고, 차분했다. "저를 왜 그렇게 싫어하세요?"

침묵이 그늘처럼 드리워졌다. 로즈는 괘종시계의 문자판을 흘깃 보았다. 사방이 고요해진 까닭을 찾기라도 하듯이. 종소리가 정각을 알리기까지는 몇 분 더 기다려야 했다. 로즈가 다시 필에게로 시선을 돌렸다. 필의 눈은 로즈에게 못 박혀 있었다. 뱀처럼 차가운 두 눈이.

"가르쳐 주세요, 필."

필은 로즈가 귀로 듣기 전에 이미 눈으로 대답을 들려주었다. 로즈는 또다시 찾아올 침묵에 대비하여 마음을 다잡았지만, 찾아온 것은 침묵이 아니라 필의 목소리였다. "내가 왜 널 싫어하냐면, 네가 천박한 사기꾼이기 때문이야. 네가 조지의 술을 몰래 훔쳐 마시기 때문이기도 하고." 그렇게 말하고 나서 필은 다시 잡지 표지로 눈을 돌렸다.

로즈는 손을 들어 머리를 매만졌다. 그러고는 뒤로 돌아섰다. 몸을 최대한 꼿꼿이 가눈 채 분홍색 큰방까지 느릿느릿 걸어간 로즈는 방에 들어서서 문을 닫았다. 방 안에 들어서서는 어깨가 축 처진 채로, 가구를 손으로 짚으며 널따란 침대로 향했다. 침대에 얼굴을 묻고 엎드린 채로, 방금 들은 말을 부정하려고 안간

힘을 썼다. 눈물은 나오지 않았고, 열린 창으로 여름이 넘실넘실 들어오는데도 몸은 오한이 나서 덜덜 떨렸다. 쇼크에 빠진 사람처럼 늘어진 채로, 로즈는 바깥에서 들려오는 목장의 소리를 무력하게 받아들였다. 합숙소 문의 걸쇠가 철컹거리는 소리, 일꾼들이 점심시간을 이용하여 도축장 울타리에 조심스레 앉은 까치 떼를 겨누고 총을 쏘는 소리, 총알이 명중했을 때 환호하는 소리와 빗나갔을 때 탄식하는 소리 같은 것들이었다. 그런 소리가 잠시나마 가려 주었기 때문이었다. 필의 목소리를, 그의 야만스러운 침착성을, 그의 차가운 눈을, 잔인하도록 노골적인 '술'이라는 단어와 경멸이 담긴 '천박한'이라는 말을, 그리고 필이 먼저 자리를 떴을 때 로즈 자신의 얼굴에 떠올랐던 딱딱한 미소를. 그 미소는 자신에게 아들을 지킬 능력이 있다는 것을 피터에게 보여 주려고 지은 것이었다. 로즈는 의지와 능력 사이의 공백 속에서 질식할 것만 같았고, 쓸쓸함에 산산이 부서지는 것만 같았다.

이윽고 필의 당당한 발소리가 문 앞을 지나 복도 저편으로 멀어졌다. 얼마 전에 인디언들의 보호자가 된, 그전까지는 꼿꼿이의 명수였던 여성이, 주먹 쥔 손으로 자기 입을 틀어막았다.

위층의 피터는 길고 가느다란 양손을 포갠 채로 세이지브러시 언덕을 향해 난 지붕창 앞에 서 있었다. 이내 돌아선 그는 아버지의 책을 꽂아 둔 책장 위의 거울 앞으로 간 다음, 공들여 머리를 빗었다. 다 빗고 나서는 거울 속의 자신을 가만히 바라보며, 엄지손가락으로 빗살을 긁었다. 그의 입술이 하나의 이름을 뜻하는 모양으로 바뀌었다. "필……."

12장

식사 테이블의 상석에 앉기와 장부 정리하기, 가축 거래업자들과 흥정하기, 편지 쓰기, 전화 받기, 트럭 정비하기 등이 조지의 일이었듯이, 목초 수확 작업을 감독하는 것은 필의 일이었다. 거기에는 수확용 연장을 점검하고 대형 예초기 여덟 대 ─ 존 디어 제품 네 대 및 매코믹디어링 제품 네 대 ─ 와 예초기용 쇠스랑 여섯 개, 풀을 긁어모으는 원통형 갈퀴 여섯 개, 기중기 두 대를 수리하는 일, 부엌 오두막과 식당 오두막을 관리하는 일이 포함되었다. 오두막 두 채는 썰매에 싣고 야영지를 옮겨 다녔다. 필은 창고에서 커다란 방수포 천막 열두 개를 꺼내어 펼쳐 놓고 구멍 난 곳이나 찢어진 곳이 있는지 점검했다. 초여름에는 수로의 물길을 어느 쪽으로 틀어 목초지에 물을 댈지 결정했고, 목초가 잘 자라는지도 확인했다. 목초 수확 작업을 시작하는 날짜 또한 필이 정했는데 보통은 독립 기념일인 7월 4일 ─ 필 식으로 말하면 '영광스러운 4일' ─ 이 지나고 나서 최대한 빨리 시작했다.

7월 4일 당일에 외국인 노동자들은 헌든의 내기 당구장 바깥에 모여서, 도시 바깥에 드넓게 펼쳐진 목장에서 목초를 수확하는 삯일꾼이 되기 전의 마지막 일탈을 만끽했다.

마지막 한 번의 일탈. 그리고 뒤이은 구십 일 동안 그들은 거리에 나부끼는 성조기, 풀 냄새가 싱그러운 기차역 옆 잔디밭의 헌든 시립 관악대와 그들이 뿜빠거리는 금관 악기에 노랗게 빛나는 햇살, 축제 마당의 로데오, 흙먼지와 핫도그, 독립 기념일 전야의 밤하늘에 폭발하는 폭죽, 모닥불, 그리고 ─ 혹시 운이 좋으면 ─ 물처럼 흐르는 술과 술집 위층의 아담한 여인이 속삭이는 짜릿한 귓속말 같은 추억에 매달려 스스로를 지탱했다. 물론 법은 그들을 가만히 두지 않았다. 정신 나간 난동꾼들, 노동 운동의 정신에 감염된 자들을. 경찰은 그들을 부랑자라는 이유로 체포했고, 체포된 사람들은 법원 뒤편 유치장의 더러운 감방에서 하루 이틀 묵으며 노래를 부르고 울고 싸움질을 했다. 축제 끝에 파리해진 안색으로 목장에 도착한 그들은 입을 꾹 다문 채 스스로의 행동을 뉘우쳤다. 그들은 우편 마차나 지나가는 트럭을 얻어 타고 버뱅크 목장에 도착했고, 개중에는 트럭이 짐을 내리는 비치에서부터 걸어오는 사람도 있었다. 눈이 빨갛고 손이 덜덜 떨리지만 의욕은 넘치는 상태로, 그들은 일할 준비가 되어 있었다. 필은 집 앞에 서서 그들을 맞이했다. "안녕하신가, 친구."

"안녕하세요, 필." 그들이 인사를 하면 필은 손을 내밀어 악수를 청하곤 했다. 그들의 충성심에 감동했기 때문이었다. 필은 충성심에 마음이 움직였고, 감동하다 못해 목이 멘 적도 한두 번이 아니었다. 그는 일꾼들을 잘 통솔했고 일꾼들은 그를 잘 따랐으며, 그가 헌 신발처럼 무던한 사람이라고 자기들끼리 편하게 이야기했다.

"그래, 어느새 일 년이 흘렀군." 필은 일꾼들에게 그렇게 상기시키며 영속성이라는 긍지에 젖었다. 아직은 세상에 변치 않는 것이 있다는 긍지였다. 그는 일꾼들을 데리고 집 옆을 돌아 개들이 있는 창고로 향했다. 기억력이 안 좋은 개들은 인부들을 못 알아보고 벌떡 일어나 짖어 댔다.

"냉큼 엎드려, 이 개자식들아." 필은 껄껄 웃으며 개들을 향해 돌을 던졌다. 끼이잉. 개들은 창고 바닥 밑으로 달아나서도 나직하지만 반항적인 소리로 짖어 댔고, 목초를 베러 온 삯일꾼들은 건초 창고에 잠자리를 펴고는, 일꾼들이 다 모여서 무리를 이루어 기계와 말과 천막과 주방 오두막과 함께 들판으로 향하는 날을 기다렸다.

필의 한 가지 특징은 젠체하는 인간이 아니라는 것이었다. 그는 인정할 만한 상대는 인정했다. 언제나 그랬기에, 그는 남에게 솔직하게 자기 속을 터놓은 적이 한 번도 없는 이들에게서 신뢰를 얻었다. 목장에는 해마다 일을 하러 오는 잘생긴 백발노인이 한 명 있었는데 그는 원래 서커스단에서 일하던 사람이었다. 노인은 움직임도 서 있는 자세도 소년처럼 정정했지만, 눈빛에는 그가 필에게 털어놓은 비극들이 고스란히 비쳐 보였다. 용모가 그토록 수려했는데도 그는 서커스단에서 가장 천한 일꾼이었다. 말과 코끼리의 분뇨를 수레에 실어 치우는 것이 그의 일이었다. 도덕을 모르고 아무렇게나 살던 시절에 그의 웃음 띤 눈은 수많은 젊은 여성을 매혹시켰다. 그중 마지막 여성은 그의 아이를 낳고 죽었다.

아내의 죽음이라는 충격을 계기로 그는 정신을 차렸다. 풀처럼 덧없고 나약한 인간에게만 적용되는 엄격한 도덕률의 교범을 새로이 받아들였던 것이다. 그리하여 트럭 운전사로 승진한 후에는 새빨간 사자 우리를 짐칸에 싣고 이 마을에서 저 마을로 돌아다녔다. 그는 성서를 사서 램프 불빛에 기대어 읽어 나가며 다음번 유혹에 저항할 준비를, 또 그토록 원하던 아버지가 될 준비를 했다.

상상해 보라, 금빛 머리카락이 아름다운 딸아이 — 어찌나 예쁜지 곡예사들이 공중그네를 타러 나가기 전에 행운을 비는 뜻에서 한 번씩 쓰다듬은 그 여자아이 — 가, 스스로 공중그네의 매력에 이끌려 열두 살 나이에(그리고 여전히 아름다운 금발이었다.) 세계에서 가장 어린 공중 곡예사로 등록되었을 때 그가 느꼈을 기분을! 그는 아직도 지갑 속에 흐늘흐늘해진 등록 증서를 넣고 다니며 접힌 곳이 찢어질세라 조심스레 펴서 사람들에게 보여 주었고, 필과 그의 우정 또한 그 증서를 계기로 시작되었다. 그렇게 짐승의 분뇨를 치우던 이에게 자랑스러운 자식을 상으로 안겨 주는 것이 또한 운명이지 않던가!

그러나 필이 아는 운명은 교만한 자를 벌하고 꿈꾸는 자의 희망을 박살 냈다. 어느 날 밤 그 아이는 수많은 관객이 지켜보는 가운데 높다란 외줄에서 떨어져 산산이 부서진 채 대기실로 실려 갔다. 필이 아이 아버지의 눈에서 본 비극이 바로 그 일이었고, 이를 계기로 그 아버지는 서커스단을 떠나 임시직을 전전했다. 그런 비극을 겪고도 결코 불평을 하는 법이 없는 그에게서 필은 동료들과 화합하는 훌륭한 남자를 보았고, 그의 배짱과 그가 성서에 바치는 굳건한 헌신에 경의를 표했다. 밤이면 그는 자신을 좌절시킨 그 너덜너덜한 책을 램프 불빛에 의지하여 읽어 나갔다. 천막 천에 드리워진 거대한 그림자 속에서 하느님의 말씀 앞에 커다란 머리를 숙인 그의 마음을, 필은 함께 느꼈다. 필 또한 비통함이 무엇인지 알았으므로.

지독히도 엄격한 도덕률을 지녔기에, 필은 그 방면에서 자신보다 불행한 이들을 비난하는 일이 드물었다. 그의 지시를 받으며 일하는 이들 가운데 그가 자랑스레 친구로 여기는 남자 한 명은 전과자였다. 그 남자는 자신의 전과를 군이 밝힐 필요가 없었다. 필이 날카로운 직감으로 그에 관하여 알아야 할 것을 다 파악했기 때문이었다. 필은 그의 눈빛을 꿰뚫어 보았고, 그가 짓는 쓴웃음을 놓치지 않았으며, 볕이 안 드는 곳에서 최근 몇 년을 보낸 사람이 햇볕에 입게 마련인 화상을 알아보았다. 서커스단 출신 노인이 남들이 권총을 품고 다니는 방식으로 성서를 품고 다녔다면, 이 전과자는 부드러운 가죽으로 장정한 『셰익스피어 소네트』를 품고 다녔다. 필은 그 남자의 흉터—주머니칼에 베였을 법한 흉터—를 보고도 지적하거나 사연을 물을 위인이 아니었다. 사람이 무슨 일을 하건 그 까닭을 누가 알 것이며, 그 사람이 어떤 압박에 시달렸는지는 또 누가 알겠는가? 중요한 것은, 필이 높이 사는 점은, 그 남자가 교도소에서 무언가 귀중한 것을 지니고 나왔다는 사실이었다. 이는 그가 필연적으로 맞이할 삶의 끝을 당당하게 직면케 해 줄 냉정한 힘이었다. 그 끝이란 어느 자선 병원 아니면 정신병원의 병실에서 맞이할 죽음이었다. 헌든 같은 도시의 변두리 빈민촌에서, 조문객이라고는 (아마도) 비슷한 부류밖에 없이.

이름이 조인 그 남자는 교도소에 있는 동안 단순할지는 몰라도 멋진 기술을 배워서 나왔다. 말의 갈기털이나 꼬리털을 꼬고 땋아서 끈을 만드는 그 환상적인 기술은 너무도 세련돼서, 틀림없이 완전한 절망을 대가로 치러야만 손에 넣을 수 있는 것이었다.

이름이 조인 그 남자는 나이가 마흔 줄 앞쪽 아니면 서른 줄 뒤쪽으로, 검은 털과 흰 털을 꼬아서 연필만큼 가늘게 만든 시곗줄 몇 개를 시가 상자에 넣고 다녔다. 필은 예리한 눈으로 그 시곗줄 하나에 들어간 털의 길이가 100미터쯤은 되리라고 계산했다. 과연, 무제한의 시간이 주어지면 인간은 못 할 일이 없었다.

여름에는 일과 후의 저녁 시간이 길었다. 해는 산 위를 떠나지 않고 미적거리며 멀리서 일어난 산불의 연기 너머에서 불그스름한 빛을 발했다. 그러던 해가 순식간에 져 버리면 능선을 따라 핏빛 띠가 기다랗게 이어졌다. 필은 사라진 해의 뒤를 바짝 쫓아 어김없이 찾아드는 아득한 정적이, 그 비현실적인 소강상태가 마음에 들었고, 그 속으로 — 밤의 생명들이 어둠으로 기어들듯이 — 기어드는 자잘한 소리들도 좋아했다. 버드나무 이파리와 가지가 서로 부비고 더듬으며 속삭이는 소리, 개울물이 매끈한 돌을 쓰다듬고 어루만지며 흐르는 소리, 천막의 방수포 너머에서 배어 나오는 사이좋은 인간들의 나른한 목소리 같은 것들이었다. 태양이 사라지면서 공기가 급하게 식으면 개울 위의 하늘에 안개가 피어올라 새로 벤 목초의 풀 냄새를 짙게 머금고 유령처럼 둥둥 떠다녔다.

저녁을 먹고 나서 배가 조금 꺼졌을 무렵, 예초기의 운전을 맡은 일꾼 여덟 명이 몸을 숙이고 좁은 천막 입구에서 나와 트림을 하고 기지개를 켠 다음, 작업조를 해산시키기에 앞서 예초기를 매어 두었던 가로대 쪽으로 어슬렁어슬렁 걸어갔다. 예초기는 단순한 기계였다. 고대의 전차처럼 바퀴가 두 개였고, 차축 위에는 달랑 운전석 하나만 붙어 있었다. 무겁지만 조종하기는 쉬운 예초기는 풀 베는 날이 달린 장대를 수직으로 세우면 적당히 길들인 말도 거뜬히 끌 수 있었다. 그러나 지면을 스치며 풀을 깎는 2미터 길이의 장대를 일단 펴 놓으면 예리한 날 부분이 장대를 따라 좌우로 오가기 때문에, 이보다 더 위험한 기계도 없었다. 너무나 단순하면서 너무도 치명적이었다. 널따란 골짜기 어디선가 예초기 운전석에서 미끄러진 사람이 장대 날 앞에 떨어졌다는 소문은 한 해도 빠지지 않고 들려왔다. 그렇게 떨어져 피투성이가 되어 비명을 지르거나 아예 쇼크 상태에 빠져 축 늘어진 사람이 손이나 발 한 짝만 잃었다면 운이 좋은 경우였다. 이처럼 반쯤 길들인 말에 의지하여 위험 속에 살아갔기 때문에, 또 일과 후에는 다른 이들이 빈둥거리는 동안 예초기의 장대를 분해하여 그 치명적인 날을 조심스레 들고 페달로 돌리는 숫돌에 갈았기 때문에, 예초꾼들은 더 많은 품삯을 요구했다. 그들은 예스러운 방식으로 존중을 받았다. 천막은 가장 번듯한 것을 배정받았고 말을 하면 말발이 섰으며, 식사 시간에는 고기 접시를 맨 먼저 골라 집었고 스테이크도 가장 두툼한 것을 차지했다.

필은 고참 일꾼 셋과 기꺼이 함께 쓰는 천막 앞에 책상다리를 하고 앉아 있었다. 일꾼 중 둘은 예초꾼이었다. 필은 예초꾼들이 날을 가는 모습을 가만히 주시했다. 회전하는 숫돌에 닿은 강철의 비명은 사람을 몸서리치게 하기에 충분했다. 이름이 조인 그 남자도 예초꾼이었다. 그는 올해에는 일을 하러 오지 않았다.

돌아오겠다고 약속해 놓고서.

"또 올게요." 조는 필에게 그렇게 약속했다. 둘은 악수를 나누었다. 그는 죽었거나 교도소에 있었다. 그것 말고 무슨 이유가 있겠는가? 단순한 배신일 리는 없었다. 필은 그와 자신 사이에 무언가가 있다고 느꼈다. 서로를 알아보았다고.

때는 저녁, 사색의 시간이었다. 필은 한 사람이 다른 사람에게 재주를 전하는 방식에 관하여, 가죽띠를 기다랗게 땋아 만든 밧줄처럼 이런 성질과 저런 성질이 엮여서 인간의 성격을 만들어 가는 방식에 관하여 생각했다. 그것은 때로는 아름다웠고, 때로는 조잡했다. 필이 지금 땋고 있는 것은 조와 브롱코 헨리에게, 밧줄 땋기의 명수인 그 둘에게 바치는 소박한 경의였다. 그 둘은 저마다 필에게 어떤 것을 가르쳐 주었다.

필의 곁에 놓인 양철 대야에는 그가 물에 담가 놓은 기다란 생가죽 띠가 두 손으로 다 쥐지도 못할 만큼 잔뜩 들어 있었다. 햇빛에 하얗게 탈색되고 물에 퉁퉁 불은 생가죽은 퉁퉁한 애벌레와 닮아 보였다.

원래 필은 가죽 밧줄을 반 미터 넘게 땋을 생각이 조금도 없었다. 그저 밧줄을 땋는 솜씨가 아직 녹슬지 않은 것을 스스로에게 보여 주고 싶을 뿐이었다. 가죽 밧줄은 그늘에 잘 말려서 쇠기름을 먹이면 삼줄만큼이나 튼튼했고, 목장 일에는 삼줄보다 더욱 잘 어울렸다. 그런 밧줄은 꾀 많은 뱀처럼 움직였다. 이름이 조인 그 남자는 자기가 판지 여행 가방에 넣고 다니는 약 10미터 길이의 가죽 밧줄 한 묶음을 50달러에도 팔지 않을 거라고 으스댔고, 필도 그의 말을 의심치 않았다. 필은 자신의 재주 있는 손으로 만든 작품을 돈 때문에 팔아넘기지는 않겠다는 그의 결기를 높이 샀다. 돈을 깔보고 시간을 귀히 여기는 태도는 그가 교도소에서 얻은 또 다른 교훈이었다. 브롱코 헨리도 그런 식으로 죽음을 깔보는 법을 배웠다. 그리고 바로 그 태도를 통하여 범상한 인간들의 무리로부터 스스로를 갈라놓았다.

필이 가죽 밧줄을 이제 막 땋기 시작했을 때, 가로대에 묶어 둔 그의 적갈색 말이 갑자기 고개를 들고 푸륵거리다가, 히힝 울기 시작했다. 필은 코와 눈과 귀가 야생마처럼 예민한 자신의 적갈색 말이 자랑스러웠다. 그런데 잠시 후, 갑작스러운 정적과 숫돌에 갈리는 강철의 비명 사이로, 짐말을 묶은 사슬이 짤랑거리는 소리가 필의 귀에 들려왔다.

그렇다면 조지가 끄는 짐마차였다. 필은 그 사슬이 내는 소리를 훤히 알았다.

그랬다, 조지가 오는 중이었다, 짐마차에 통조림 궤짝과 하얀 천으로 싼 소의 다리 한 짝을 싣고서. 그러나 통조림과 쇠고기뿐 아니라 다른 짐도 실려 있었다. 조지 옆자리에 로즈 마나님께서 앉아 계셨고, 암사내 아들놈은 마차 짐칸 끄트머리에 앉아서 풀 밑동만 남은 들판에 하얀 테니스화가 닿을락 말락 하게 발을 대롱거렸다. 그렇게 버드나무 수풀을 지나 널따란 야영지로 들어서는 세 식구의 모습은 정말이지 볼만했다. 통나무에 튀어나온 옹이처럼 우락부락하게 생긴 조지의 머리에는 모자가 단정하게 얹혀 있었고, 그의 아내는 머리에 빨간 스카프를 둘러 질끈 묶은 차림이었다. 그 여자 딴에는 매력적이라고, 또는 — 그 시절의 여자들이 쓰던 말로는 — '까무러치게' 예쁘다고 생각해서 두른 스카프 같았다. 실제로 까무러칠 것 같기는 했다. 필은 그 스카프를 보고 시커먼 인디언 여자들이 두르고 다니는 머리띠밖에 떠오르지 않았다. 저 난잡한 여자는 뭐라도 되는 척을 어쩌면 저리도 열심히 하는지!

짐마차는 열려 있는 여러 천막 앞을 천천히 지나갔다. 남자들의 눈길이 그들에게 머물렀다. 그 여자는 앞을 똑바로 보고 있었지만, 필은 여자의 얼굴이 살며시 붉어지는 것을 놓치지 않았다.

소지가 일꾼 부리를 주방 오두막 앞으로 불러 모으자 주방장인 깡마른 영감이 중산모에 수건을 둘러 묶은 차림새로 시가를 피우며 나타났다. 주방장 영감은 조지의 아내를 보고 입에 물었던 시가를 땅에 휙 던졌다.

조지는 짐마차에서 엉금엉금 내려와 주방장에게 인사했다. 여자도 마차에서 내려오려고 꼼지락거렸지만, 발을 떼기 직전에 뒤에 있던 소년이 마차를 돌아 다가와서 손을 내밀었다. 깜찍하게 예절을 차리는 모습이 마차에서 내리는 어머니에게 손을 내미는 소공자 폰틀로이 경이 따로 없었다. 땅에 내려선 그 여자는 머리에 두른 헝겊 쪼가리를 매만지고는 목이 높이 올라오는 새 장화를 내려다보았다. 필이 짐작하기에 동부에서 목장으로 보내는 카탈로그를 보고 산 장화 같았다. 나침반이나 총 같은 물건을 파는 그 회사를 필은 우스갯소리로 '애비 에미 앤드 새끼'라고 불렀다. 노마님과 노인장이 크리스마스 선물을 살 때 애용하는 곳이었다.

어쩌면 그 소년과 필은 조지가 그 여자에게서 보지 못한 것을 보았는지도 몰랐다. 그 여자가 마차에서 내릴 때 도와줄 손길이 절실했다는 것을. 지금도 술에 취해 있을까? 조지는 술 취한 사람이 눈앞에서 널브러지는 꼴을 보지 않는 한 그런 것을 눈치챌 위인이 아니었다. 솔직히, 필은 그 여자가 술을 퍼마셨다는 것에 놀랐다. 처음에는 자신에게 말을 걸 용기를 내려고 한 짓이려니 싶었다. 그러나 필은 술병을 이미 확인해 보았다. 과연! 그 여자는 자기가 축낸 술병에 물을 채워 놓았고 — 그 정도야 세상에서 가장 오래된 속임수였으니 — 몇 병은 아예 슬쩍하기까지 했다. 필은 그 여자가 술을 숨겨 둔 곳이 어디인지 알아맞히는 데에 한 끼 밥값도 걸 수 있었다. 이제 그가 할 일은 그 여자가 제 손으로 목매

달기를 기다리는 것뿐이었다. 알코올 의존증은 그 여자의 천성이었다. 그 여자 스스로도 자기 남편의 의학서를 읽고 이미 아는지도 몰랐다. 조지의 술에 처음 손을 대고 해롱거렸을 때. 해롱해롱 술고래 로즈!

새 옷으로 예쁘게 차려입기는 소공자도 마찬가지였다. 소년은 새 테니스화에 맞추어 청바지도 새것을 입고 있었다. 그런데 이 지역의 남자들이 새 청바지를 사서 제일 먼저 하는 일이 뭐냐 하면, 개울에 바지를 던져 넣고 떠내려가지 않도록 돌로 눌러 둔 다음, 바지가 몸에 맞게 줄어들고 파란 염료와 염색 정착제가 다 빠질 때까지 며칠이고 기다리는 것이었다. 샌님들은 그런 수고를 하지 않았기에 청바지를 보면 샌님인지 아닌지 대번에 표가 났다.

소공자가 자기 엄마 곁에 잠시 서 있는 동안 필은 그 소년이 공터 너머 버드나무를 보고 있는 것을, 또 그 나무에 까치 가족이 막대기와 잔가지로 쥐 둥우리 비슷하게 지어 놓은 둥우리가 있는 것을 알아차렸다. 소년은 이내 거침없는 걸음걸이로 천막 앞을 지나 걸어갔다. 필은 그 둥우리를 살피러 가나 보다 하고 짐작했다.

야영지의 한가로운 저녁, 초록색 목초를 쌓아 피워 놓은 모깃불 냄새가 기분 좋게 감도는 나른한 저녁 시간에, 필은 남자들에게 그 소년 이야기를 들려주곤 했다. 소년이 자기 방에 틀어박혀 책과 그림만 들여다본다느니, 예전 비치에 살 때에는 뜬공과 파울 볼도 분간할 줄 모른다고 놀림을 받았다느니, 종이로 꽃을 접었다느니 하는 이야기였다. 그러면 남자들은 ─ 남자로서 마땅히 그래야 하듯이 ─ 무턱대고 화부터 냈다. 남자애도 여자애도 아닌 그 조그만 괴물에게, 단지 제 엄마의 얼굴이 반반하다는 이유 하나로 이제 버뱅크 집안의 짐마차를 타고 다니는 돌팔이 의사의 아들놈에게. 뜨내기 삯일꾼 중에는 노동 운동 패거리의 선동에 물든 자들이 많아서 불의를 보면 대번에 알아차렸다.

필은 가죽띠의 물기가 빠지도록 한 오라기씩 손에 든 채로 꼬고 엮는 작업을 계속했다. 영리한 손 덕분에 눈으로는 열린 천막 앞을 가로지르는 소년의 모습을 놓치지 않고 주시할 수 있었다. 소년이 다리를 움직여 걸음을 옮길 때마다 멜빵 청바지의 뻣뻣한 데님 천이 쓱 쓱 쓱 스치는 소리를 냈다. 순찰 경관처럼 딱딱한 걸음으로 걸어가는 소년의 엉덩이는 살짝 여성스럽게 씰룩거려서 필이 참고 봐 주기가 힘들었고, 새로 산 테니스화는 무방비한 흰색이었다. 한편 그 여자는 조지가 주방장과 잡담하는 동안 조금 떨어진 곳에 서서 아들이 걸어가는 모습을 지켜보는 중이었다. 누가 불었는지 모를 날카로운 휘파람 소리가 화살처럼 날아와 두 번째 천막 앞을 지나는 소년에게 꽂힌 순간 그 여자의 표정이 굳는 것을, 필은 놓치지 않았다. 그것은 남자가 여자를 희롱할 때 부는 휘파람이었다. 아니, 남자애한테는 차라리 죽는 것이 더 나은 조롱이었다.

필의 이야기가 낳은 결실인 휘파람 소리, 조지와 그 여자와 소년이 모두 들었을 그 무례한 휘파람 소리에서, 필은 일꾼들이 조지가 아니라 자신을 목장의 대장으로 여긴다는 확신을 얻었다. 그 여자뿐 아니라 조지가 함께 있는데도 소년을 지켜 주지 못했으므로.

딱하게도!

그러나 소년에게는 필이 높이 사는 점이 하나 있었다. 열린 천막 앞을 지나가며 기묘한 방식으로 조롱을 당하는 동안에도 소년은 결코 걸음을 멈추지도, 쭈뼛거리지도 않았던 것이다. 소년은 아예 어떤 소리도 못 들은 양 태연하게 걸어갔고, 자신을 구경하며 히죽거리는 남자들 앞을 다 지나간 후에는 고개를 들고 버드나무의 지저분한 둥우리를 올려다보았으며, 그 속에서 아직 몸도 못 가누고 꼼지락거리는 새끼 까치들이 지지배배 지저귀는 소리에 귀를 기울였다.

필은 가만히 지켜보았다. 손으로는 가죽 밧줄을 땋으면서. 소년은 엄마에게 돌아갈 때 앞서 왔던 길을 다시 갈 필요가 없었다. 천막 뒤를 돌아서, 남자들의 비웃음과 조롱하는 눈길을 피할 수도 있었다.

소년은 돌아섰다. 그러고는 열린 천막들 앞을 다시 똑바로 걸어갔다. 이번에는 휘파람 소리가 조금도 들리지 않았다. 이상하게도.

필은 원래부터 인정할 만한 상대는 인정하는 사람이었다. 소년에게는 흔치 않은 배짱이 있었다. 엄마 품에서 젖을 빠는 저 소년을 필이 꼬여 내 걸음마를 시킨다면 재미있지 않을까? 그렇지 않을까? 웬걸, 소년은 우정의 손길을 보면 냉큼 달려들 것이다. 그 손을 어른 남자가 내민다면. 그러면 저 여자는…… 저 여자는 버림받았다는 생각에 빠져 점점 더 의지할 것이다. 오랜 벗인 위스키에.

그리고 그다음은?

그다음은 뻔할 뻔 자였다. 그 여자와 조지의 파탄이 훨씬 더 앞당겨질 것이다. 왜냐하면 조지는, 아무리 눈치가 없다고 해도, 술독에 빠진 그 여자에게서 아내를 행복하게 해 주지 못하는 자신의 무능함을 볼 수밖에 없을 테니까.

거의 징그러울 정도로 완벽했다.

게다가 다른 의미에서도 기적같이 완벽했다. 궁극적인 해결책을 실천할 수단이 바로 이 순간 필의 손에 있었기 때문이있다. 방금 막 땋기 시작한 가죽 밧줄, 이 밧줄을 땋는 재능이 소년을 끌어낼 실마리였다. 이 가죽 밧줄은 말하자면 소년과 필 사이의 유대였다. 필의 손은 어느새 움직임을 멈춘 채 꿈쩍도 하지 않았다. 필은 생가죽 띠를 내려놓고 두 손을 마주 보도록 들어 가만히 바라보았다. 한 쌍의 커다란 거미 같은 자신의 손을. 문득 무엇에 쒼 느낌이, 홀린 느낌이 들었고, 온 정신이 한 가지 생각으로 부풀어 올랐다. 손에 쥔 이 가죽 밧줄이야말로 목표를 이룰 수단이라는 생각이었다.

"피터……." 부드럽게 부르는 소리.

소년은 뻣뻣한 걸음을 멈추지 않고 주방 오두막으로 향했다. 오두막의 화덕에 남은 마지막 가느다란 연기가 찌그러지고 녹슨 연통에서 희미한 실타래처럼 피어올라 버드나무 수풀 위로 흘러가다가 사라졌다.

"피터……!" 필이 조금 더 날카롭게 불렀다. 자신이 부르는 소리를 소년이 감히 무시한다는 생각이 언뜻 들어서였다.

소년은 돌풍을 만난 돛단배처럼 휙 방향을 틀어 필 쪽으로 걸어오더니 멈춰 서서는, 뻣뻣한 새 청바지의 양 주머니에 손을 꽂았다.

"부르셨어요, 버뱅크 씨?"

필은 짐짓 어리둥절한 표정을 짓더니 주위를 두리번거렸다. 고개를 오른쪽으로 다시 왼쪽으로 돌리며, 누구를 찾기라도 하듯이. "버뱅크 씨라고? 내 눈에는 버뱅크 씨가 안 보이는데. 내 이름은 필이야, 피트."

"예, 버뱅크 씨. 저를 부르셨나요?"

"흠, 그래. 너 같은 어린 친구가 나 같은 늙은이를 그냥 필이라고 부르기는 힘들겠지. 처음에는."

그러고 나서 필은 새로 만드는 가죽 밧줄을 위로 들었다. "이걸 한번 보렴, 피트."

피터가 밧줄을 보았다. 필은 피터의 눈 속에 비친 밧줄을 본 기분이 들었다. "멋진 작품이네요, 선생님."

"네 손으로 밧줄을 땋아 본 적이 있나, 피트?"

"아니요, 선생님. 한 번도 없습니다."

"피트, 내가 생각을 해 봤는데. 너랑 나는, 사이가 조금 꼬인 것 같구나. 처음 시작할 때부터 말이야."

"그런가요, 선생님?"

"아, 선생님 소리는 됐고." 필이 살짝 헛기침을 했다. "내 생각에는 그랬다는 거야. 살다 보면 그런 경우도 있게 마련이지. 나중에는 좋은 친구가 되는 사람들끼리도."

"그럴 것 같네요."

"흠, 내가 무슨 생각을 하는지 가르쳐 줄까?"

"무슨…… 무슨 생각을 하시는데요, 필?"

"봤지? 할 수 있잖아. 나를 필이라고 부르는 거. 난 이 밧줄을 다 땋으면 너한테 줄 거다. 이걸 다 만들면 너한테 주고, 밧줄 던지는 법도 가르쳐 주마. 너도 목장에서 지낼 거면 밧줄 던지는 법 정도는 알아 두는 게 좋잖아, 안 그래? 말 타는 법도 배우고. 피트, 여긴 지내기에 조금 쓸쓸한 곳이 될 수도 있어. 돌아가는 방식에 너 자신을 맞추지 않으면 말이야."

"감사합니다…… 필. 밧줄을 완성하려면 얼마나 걸릴까요?"

필은 또다시 밧줄이 소년의 눈 속에 통째로 비쳐 보이는 듯한 이상한 느낌을 받았다. 아무튼, 소년은 밧줄에 흥미를 보였다. 필은 어깨를 으쓱했다. "음, 짬이 날 때마다 틈틈이 땋으면 네가 학교로 돌아가기 전까지 끝날 거다."

피터는 대야의 물에 잠겨 있는 생가죽 띠들을 가만히 내려다보았다. "그럼 너무 오래 걸리진 않겠네요, 필."

"나중에 이 야영지에 들를 때 나를 찾아오렴. 와서 내가 제대로 하고 있는지 보는 거야." 필이 말했다.

그러자 소년은 뜻밖에도 필을 보며 빙그레 웃고는, 돌아서서 짐마차 쪽으로 다시 걸어갔다. 뻣뻣한 새 청바지에서 쓱 쓱 쓱 소리가 났다. 가위질을 할 때처럼.

특이한 녀석이로군. 필은 생각했다. 예, 선생님. 아니요, 선생님. 인간미 없는 꼬맹이 같으니. 말하는 게 꼭 빅트롤라 축음기 같았다. 감사합니다, 선생님. 하지만 소년의 말마따나 이제 너무 오래 걸리지는 않을 터였다.

13장

피터는 헌든에 있는 깔끔한 자기 방이 그리웠고, 친구와 함께 두는 체스가 그리웠다. 홀쭉한 몸을 흐느적거리듯 움직이는 그 친구는 고등학교 교사의 아들이었는데 피터와 마찬가지로 이때껏 친구를 사귀어 본 적이 없었고, 한번 웃음이 터지면 참을 줄을 몰라서 몸이 축 늘어지고 눈물이 그렁그렁할 때까지 킥킥거렸다. 피터는 하느님이 내려 주신 이 친구와 함께 각자가 그리는 미래에 관해 이야기하고 싶어 애가 탔다. 그 미래 속에서 한쪽은 이름난 외과 의사였고 다른 쪽은 이름난 영문학 교수였다. 둘은 처음에는 장난이었지만 나중에는 꽤 진지하게 서로를 '박사님'과 '교수님'으로 불렀다. 다만 남들 앞에서는 절대로 그러지 않았다.

둘은 헌든의 다른 얼굴, 즉 밤의 헌든에 익숙해졌다. 그 헌든은 복도의 불빛을 빼면 온통 시커먼 집들, 화려하게 생긴 금전 등록기 위에 전기를 덜 먹는 조그마한 알전구 몇 개만 켜 놓은 상점 같은 것들로 이루어져 있었다. 두 소년은 매춘굴인 '레드 화이트

앤드 블루 룸스'의 뒤쪽 계단을 오르내리는 남자들에 관하여, 떳떳이 밝히지 못할 볼일 때문에 경찰서장을 태우고 길모퉁이를 돌아가는 순찰차에 관하여 알게 되었다. 그러나 무엇보다 익숙해진 것은 기차역이었다. 역의 딱딱한 나무 벤치에는 인적이 없었고, 음수대에 졸졸거리는 물소리를 빼면 대기실은 적막했으며, 전보 신호음이 느닷없이 발작하듯 뚜뚜 울려 퍼지는 비좁은 전신 사무실에서는 그들의 친구인 야간 전신 기사가 허공을 멍하니 바라보며 어딘지 모를 곳에서 온 소식을 받아 적었다. 혼자서 적적했던 전신 기사는 이 수상쩍은 소년들을 반갑게 맞아 주고는 고체 연료 깡통에 불을 붙여 끓인 쓰디쓴 블랙커피를 대접했다. 그는 소년들에게 털어놓기를, 에스파냐어를 제대로 배워 기회의 땅인 아르헨티나로 떠나는 것이 자기 꿈이라고 했다. 그는 실제로 통신 교육 과정을 통해 에스파냐어를 배우고 있었으므로 소년들이 보기에는 꿈을 이루지 못할 까닭이 없었고, 그래서 그렇게 이야기해 주었다.

"부에나스 노체스(좋은 밤이에요.)." 소년들은 밤에 전신 기사에게 건넬 에스파냐어 인사말을 배웠다. "케 탈(잘 지내시죠)?" 그러면 기사는 전신기 앞의 의자에서 일어서서 문을 열고 소년들을 안으로 들였다. 위험한 짓이었다, 혹시 철도 감독관이 불쑥 들르기라도 했다가는 큰일이었으니! 밤이면 그 사무실은 헌든의 다른 이는 누구도 받아 주지 않는 성스러운 공간이었다. 다른 사람은 누구도, 전보에 실려 오는 아득히 먼 땅의 이야기를 애타게 그리는 두 소년의 마음을 이해하지 못했다. 미래의 교수와 미래의 외과 의사의 마음을.

어머니와 함께 그 아득히 먼 땅을 볼 수 있을지도 모른다는 생각에, 피터는 새로 잘 지내 보자는 필의 제안을 기꺼이 받아들였다. 어머니의 눈에 비친 원망의 빛은 무시했다. 피터가 생각하기에 세상에는 통찰력이 풍부한 사람이 드물었다. 여자들 중에는 특히 찾기 힘들었다.

이제 피터는 어머니의 분홍색 방 안에 서 있었다. 그 방은 도무지 편하게 있기가 힘든 곳이었다. 잘 알지도 못하는 남자가 어머니의 남편 행세를 하는 방이었고, 장롱 속에는 피터의 계획과 상관이 있는지 없는지 모를 그 남자의 물건들이 어머니의 물건과 나란히 들어 있기 때문이었다. 어머니의 향수와 화장품 옆에는 예리한 일자 면도칼이 놓여 있었다. 그 면도칼의 주인은 조지, 여태 자신의 진가를 증명하지 못한 남자였다. 조지가 이때껏 한 일이라고는 피터의 어머니가 언급하기를 꺼리는 저녁 식사 자리에서 그녀를 주지사에게 소개한 것이 고작이었다.

앞서 피터는 방에서 책을 읽다가 아래층으로 내려오던 길이었다. 그때 계단 발치에서 어머니가 갑자기 방문을 열고 말을 걸었다.

"피터, 잠깐 들어와서 얘기 좀 할래?" 어머니의 입 모양 때문에 피터는 불안해졌다. 바람에 흔들리는 풀잎이 생각나서였다.

그 분홍색 방에 서서 피터는 창밖을 바라보았다. 이제 들판에서 마당으로 옮겨다 놓은 풀 베는 기계들 위로 비가 내렸고, 그 빗줄기 너머로 필이 일하는 대장간의 입구에서 흘러나오는 연기와 기중기가 보였다. 가느다란 철봉으로 이루어진 그 거대한 구조물을 보면 교수대가 떠올랐다. 로즈는 하염없이 창밖만 보는 피터에게 다시 말을 걸며 아들의 시선을 눈으로 좇았다. "바깥에 뭐 볼 거라도 있니?"

"비 오는 거밖에 안 보여요. 무슨 얘기가 하고 싶으신데요?"

피터는 오래전부터 어머니와 대화하기를 두려워했다. 이제는 그리운 과거를 입에 올리지 않고는 대화하기가 불가능했기 때문이었고, 그렇게 해서 불려 나온 과거가 어떤 것이든, 피터는 감상적인 기분에 반감을 느꼈다. 이제 피터는 초조해서 주먹을 꽉 쥐고 싶어졌다.

"아무 얘기나. 내가 조금 적적했나 봐. 조지가 아까 말을 타고 나가 버렸거든."

"추워 보여요. 스웨터를 갖다 드릴게요."

"그이는 밤색 말을 타고 갔어." 로즈가 말을 이었다. "너 요즘 필하고 꽤 친해졌더구나. 그렇지?"

"그 사람은 저한테 줄 밧줄을 만들고 있어요."

"너한테 줄 밧줄을 만든다고?"

"손재주가 좋은 사람이에요. 생가죽으로 밧줄을 만들 만큼요."

"생가죽이라니, 그게 뭔데?"

피터는 끈기를 발휘했다. "별거 아니에요. 그냥 소가죽을 말려서 띠처럼 자른 건데요, 물에 담가 뒀다가…… 손으로 멋지게 빚어내는 거예요."

"빚어내다니?"

"땋아서 밧줄을 만든다고요."

"피터, 그 빗 좀 가만두면 안 되겠니."

피터가 빗살을 훑던 엄지손가락을 멈췄다. "저도 모르게 그만."

멋지게 빚어낸다고. 로즈는 속으로 생각했다. 그 말은 모르고 한 게 아닐 텐데. 피터가 창가에 서 있다 보니 로즈는 바깥의 환한 빛을 똑바로 보게 되어 눈이 조금 아팠다. 피터는 언제나 서 있는 것만 같았다. 절대로 앉는 법이 없이 늘 움직일 준비가, 들을 준비가 되어 있었다. 절대로 쉬지 않고, 어떤 상황이나 대화에도 섞이지 않고, 그저 끈기 있게…… 끈기 있게 무엇을 했을까? 기다렸을까? 피터는 방에 들어오면서 이상한 냄새를 함께 몰고 왔다. 어쩐지 익숙한 냄새였다. "어디서 들어 본 소리 같더라니. 내가 어렸을 때 누가 칠판에 분필로 글씨를 쓰는 소리가 나면, 방금처럼 등골이 오싹했어. 그때 미스 머천트라는 선생님이 계셨는데."

"미스 머천트요?"

"응, 그 선생님은 칠판에 아이들 이름을 적고 그 옆에 별을 그려 주셨어. 이유는 잊어버렸는데, 아마 우리가 잘한 일이 있을 때 칭찬하려고 그러셨을 거야. 그 별이 지금도 기억이 나. 우리가 좋아하는 색깔을 고르면 머천트 선생님이 그 색깔의 분필을 들고는, 칠판에서 한 번도 떼지 않고 별을 그려 주셨어. 그래, 별을 그린 게 아니라 별을 적었다고 해야겠지. 지금 생각해 보면 왜 다이아몬드나 스페이드가 아니라 언제나 별이었는지 궁금해. 왜 하트는 없었을까? 왜 항상 별이었는지 모르겠어."

이윽고 피터가 나직이 말했다. 로즈에게는 옆얼굴만 보이도록 얼굴을 튼 채로, 복화술 하는 사람처럼 입술을 거의 움직이지 않으면서. "별이란 게 원래 닿을 수 없는 거니까요."

"그래, 닿을 수 없지." 로즈는 자신의 발음이 어눌하게 들릴까 봐 겁이 났다. 요즘 들어 로즈는 술 때문에 발음이 어눌할까 봐 '닿을 수 없다.' 같은 말은 거의 입 밖에 내지 않았다. 로즈는 천천히 말했다. "하지만 그래 봤자 6학년이 되면 다들 키가 자라서 별에 손이 닿았는걸. 그런데 말이지, 피터." 로즈는 말을 이어 갔다. "우리 교실에는 밸런타인데이 상자란 게 있었어. 커다란 상자를 누가 집에서 가져오면, 아이들이 흰 주름 종이로 그 상자를 감싸고 커다란 빨간색 종이 하트를 붙였단다. 개중에는 한쪽이 찌그러진 하트도 있었어. 양쪽이 대칭이 되게 종이를 반으로 접는 법을 모르는 친구도 있었으니까. 어떤 애들은 그냥 손으로 그리기도 했고." 이제 로즈는 살짝 현기증이 드는 까닭이 창문으로 비쳐 든 차가운 빛에 눈이 피곤해서인지, 아니면 피터의 주변에서 풍기는 특이한 냄새 때문인지 슬슬 궁금해졌다.

"그럼 밸런타인 선물도 아주 많이 받았겠네요?" 피터가 말했다. 입술을 거의 움직이지 않으면서.

"선물을 많이 받았냐고?"

"그때도 예뻤을 거 아니에요."

어떻게 그런 말을. 로즈는 알 수가 없었다. 어떻게 그렇게 심한 오해를 할 수가 있을까. 로즈는 그저 피터를, 또 스스로를 납득시키려고 그 얘기를 꺼냈을 뿐이었다. 자신에게도 한때는 독자성이라는 것이 있었다고. 자기 이름이 붙은 책상이, 외투 보관실에는 자기 번호가 붙은 옷걸이가, 출석부에는 자기 이름이 적힌 칸이, 운동장의 그네와 그 너머의 널빤지 울타리가 보이는 교실 창밖 풍경이, 자신에게도 있었다고. 아니면 피터가 제대로 본 걸까, 로즈는 자기가 받은 별표와 밸런타인 선물로 자랑하고 싶었던 걸까, 자신이…… 예뻤다고? 그렇다면 대화를 이끄는 수법치고는 너무나 징그럽지 않은가, 상대가 어쩔 수 없이 내놓은 반응이 '그때도 예뻤을 거 아니에요.'라니!

평소와 달리 진지한 피터의 말투 때문에 로즈는 아들의 얼굴을 보았고, 아들의 말간 얼굴이 희한하게도 홍조로 물든 것을 알아차렸다. "너도 잘 알 거 아니야. 어떤 소리는 사람을 몸서리치게 한다는 걸."

"기억이 안 나는데요, 그런 걸 들어 본 적이 있는지." 피터가 말했다. 물론 소년은 또렷이 기억했다. 누군가 외친 암사내라는 욕을 들었을 때 목을 조를 것처럼 덮쳐 오던 공포를. 소년은 코피가 터질까 봐, 누군가에게 깔려서 숨통이 막힐까 봐 두려웠다. 한때는 방에 들어가는 것도 방에서 나오는 것도 겁이 나던 시절이 있었다. "저 이제 방에 올라가야 해요. 마무리할 일이 있어서요."

로즈는 조심스레 일어서서, 빙긋이 웃으며 손을 뻗어 깔끔하게 빗은 아들의 머리를 쓰다듬었다. 그러면서 웅얼거리듯 말했다. "같이 이야기하니까 좋구나. 그렇지? 우리는 서로에게," 그렇게 말하고 나서, 로즈는 발음이 뭉개질 위험을 무릅쓰고 말을 이었다. "닿을 수 없는 사람들이 아니야."

피터가 고개를 들었다. 그러고는 로즈의 눈을 똑바로 보며, 시선을 붙들고 놓아주지 않았다. "어머니, 이러지 않아도 되잖아요."

로즈는 피터의 눈을 피해 시선을 돌리려 했다. 그리고 물으려 했다. 이러지 않아도 된다니, 무엇을?

그러나 차마 묻지 못했다. 물었다가는 피터의 입으로 들을 것이므로. "이렇게 술을 마시지 않아도 되잖아요." 그랬다가는 세상이 다 아는 일이 될 것이므로.

피터의 눈은 끝까지 로즈의 시선을 놓아주지 않았다. "어머니가 이러지 않아도 되게끔 제가 처리할게요."

로즈는 묻고 싶었다. 처리하다니, 네가 무슨 수로? 만약 그때

물었다면 그들의 삶은 완전히 다른 방향으로 흘러갔겠지만, 가엾게도 로즈는 입을 꾹 다물었다.

이윽고 피터는 로즈를 남겨 둔 채 방을 나섰고(그런 다음 세상 누구보다 조용히 문을 닫았고), 로즈는 창문 쪽으로 돌아서서, 풀 베는 기계들 위로 쏟아지고 쏟아지고 또 쏟아지는 빗줄기를 가만히 바라보았다. 피터가 있던 자리에는 앞서 들어올 때 몰고 왔던 냄새만 감돌았다.

로즈는 나직이 혼잣말을 중얼거렸다. 클로로포름 냄새잖아.

가죽 밧줄은 완성까지 2미터도 안 남은 상태였다. 예전 같으면 필은 이미 밧줄 끄트머리를 왕관 매듭이나 터번 매듭으로 말끔하게 묶었을 터였다. 그러나 이번에는 멈추지 않고 계속 이어 나갔다. 밧줄을 땋는 동안 옆에 와서 머무는 피터를 어느새 기다리게 되었기 때문이었다. 피터는 더없이 훌륭한 관객이었던 것이, 필이 지나간 시절의 이야기를 들려주면 넋이 나간 사람처럼 열중해서 들었다. 필은 과거라는 회색빛 거미줄에 너무도 순순히 걸려드는 피터를 보며 한번은 큰 소리로 껄껄 웃고 말았다. 피터가 그의 이야기에 홀린 나머지 몸이 마비되다시피 했던 것이다. 그때 피터는 무슨 최면술에라도 걸린 사람처럼 초점 없는 눈으로 집 앞의 세이지브러시 언덕을 멍하니 응시했다. "어이, 친구, 저기 뭐가 보이길래 그래?" 필은 자신의 말에 움찔하는 소년을 보고 흐뭇해졌다. 밧줄 땋던 손을 멈출 정도로.

피터가 천천히 필에게로 눈을 돌렸다. 몽유병자의 눈처럼 보이는 그 두 눈을. "잠깐 예전 시절을 상상하고 있었어요, 필."

필은 소년의 얼굴을 보며 가만히 관찰했다. 대장간 입구로 비스듬히 비쳐 드는 햇살이 소년의 얼굴을 어떻게 물들이는지를. "그래, 당연히 그랬겠지." 필은 천천히 말했다. "네 엄마 말을 고분고분 들으면서 암사내로 크면 절대 안 된다. 예전 그 시절에는 진짜 사나이들이 살았어." 소년은 진지한 표정으로 고개를 끄덕였다. 필은 소년에게 자기가 아는 샘물의 수원지 뒤편에 홀로 우뚝 솟은 절벽이 있는데, 거기에 누군가 사람 이름의 머리글자와 날짜를 새겨 놓았다는 이야기를 들려주었다. 연도를 나타내는 숫자는 '1805'였다. "그건 분명 최초로 대륙 횡단에 성공했던 루이스와 클라크 탐험대의 대원이 남긴 흔적일 거야. 그 사람들이 지나간 후에 백인이 이 땅에 영구 정착지를 세우기까지 오십 년이 걸렸지. 그런데 피트, 내가 너만 한 아이였을 때 말이지, 저기 저 산 너머에서 어딘가로 이어지는 것처럼 보이는 돌무더기를 발견한 적이 있어. 정확히 어디로 이어지는진 나도 몰라. 끝까지 따라가 본 적이 없거든. 나중에 너하고 나 둘이서만 그 돌무더기를 다시 찾으러 가 보자, 어때? 이번엔 끝까지 한번 가 볼까?"

태양 ─ 필 식으로 말하면 '늙다리 해님' ─ 이 남쪽으로 후퇴하기 시작했다. 밤은 점점 쌀쌀해졌고, 아침의 서리는 두껍게 끼어서 늦게까지 녹지 않은 채 점점 해쓱해지는 태양에 맞서 고집스레 버텼다. 소 떼는 산에 부는 돌풍을 피해 들판으로 내려왔다. 눈발이 흩날릴 때까지 뜯을 양식인 누런 풀 밑동이 가득 뒤덮은 들판으로. 언제든 고개를 들어 집 앞의 언덕을 보면 거의 매번 세이지브러시 덤불 사이로 단단히 다져진 흙길을 따라 내려오는 암소 몇 마리가 보였고, 그들 한쪽 옆에는 큼직하게 자란 봄 송아지들이 한 줄로 기다랗게 따라왔다. 가끔은 암소가 쌍둥이를 낳는 경우도 있었지만 덤으로 태어난 송아지의 숫자는 산 너머나 들판에서 돌아오지 못하고 죽는 소들의 머릿수를 채우기에는 태부족이었다. 그렇게 돌아오지 못한 소들은 다리를 다쳐 늑대에게 갈가리 뜯기고 잡아먹히거나, 탄저병에 걸려 퉁퉁 부어 죽었다. 그 일대에서는 탄저병을 '검은다리병'이라고 불렀다. "걱정 마, 친구." 필이 피터에게 말했다. "밧줄은 네가 학교에 돌아가기 전까지 다 만들 거니까."

필은 피터에게 말 타는 법을 가르쳐 주었고, 갈기가 까맣고 얌전한 밤색 말을 피터에게 넘겨주고 나서는 함께 말을 타고 들판을 달려 목초 건조장으로 향했다. 피터는 필과 함께 건초 더미 주위로 말뚝 울타리를 치다가 점심때가 되면 도시락으로 싸 온 맵게 양념한 햄 샌드위치와 사과를 나누어 먹었고, 그러는 동안 필은 브롱코 헨리 이야기를 들려주었다. "올가을에는 우리 둘이 아주 즐겁게 지냈지. 안 그래, 친구?" 필이 물었다. 필 자신이 즐거운 시간을 보낸 것만은 확실했다.

"절대 못 잊을 거예요, 필." 피터가 엄숙한 표정으로 말했다.

둘의 유대를 상징하는 가죽 밧줄을, 필은 똬리 튼 뱀처럼 친친 감아 자루에 담아 두었다. 그러고는 아직 완성되지 않은 끄트머리를 계속 만들어 나가며, 쑥쑥 자라는 뱀처럼 길어지는 밧줄을 자루에 꾸역꾸역 밀어 넣었다.

솔직히 필은 소를 잡을 때마다 안팎이 뒤집힌 채 울타리 맨 위 난간에 한 장 두 장 널리는 생가죽을 써먹을 데가 있으리라고는 생각지도 못했다. 가죽에 덕지덕지 붙은 살점은 까치들이 조심스레 날아와 뜯어 먹었다. 가죽이 그 모양인 것은 합숙소의 일꾼들이 가죽 벗기는 데에 서툴렀을뿐더러, 일이야 빨리 해치우고 합숙소로 돌아가 빈둥대며 우스꽝스러운 하모니카나 불 생각에 안달이 났기 때문이었다. 가죽은 대부분 구멍이 숭숭 뚫려서 아무짝에도 쓸모가 없었지만, 어차피 필이 밧줄 땋기를 시작하기 전까지는 어디에 써먹을 생각을 한 사람도 없었다. 한 해가 지나는 동안 울타리에 널린 채 햇볕과 비바람에 마르고 오그라드는 생가죽이 스무 장에 이를 즈음이면 필은 일꾼들을 시켜 가죽을 한 군데에 쌓아 놓고는, 휘발유를 끼얹어 불을 질렀다. 가죽이 탈 때 나는 냄새는 또 얼마나 고약했던지!

생가죽 불태우기를 앞둔 9월이 되면 거의 해마다 사람들이 ─예전에는 마차를, 요즘은 고물 트럭을 타고─ 목장에 찾아와 한 장에 1달러 아니면 1달러 25센트를 제시하며 가죽을 팔라고 했지만, 필은 그들을 면전에서 비웃었다. 그런 자들은 그 돈을 주고 여기저기서 사들인 가죽을 두 배 값에 되팔았고, 개중에는 그런 식으로 부자가 된 자도 있었다. 유대인, 그런 자들은 하나같이 유대인이었다. 생가죽을 노리는 유대인, 쓰레기를 노리는 유대인, 쉬운 돈벌이를 귀신같이 알아보고 예초기나 쇠갈퀴나 기다란 파이프처럼 목장에 쌓이게 마련인 녹슨 쇳덩이의 값을 흥정하려 드는 유대인. 그러나 필은 그런 사기꾼들에게 푼돈을 받고 팔아넘기느니 차라리 고철은 수북이 쌓이게 내버려 두었고, 생가죽은 울타리에 널린 채 마르고 오그라들게 놔두었다가 짬을 내어 불태워 버렸다. 필은 유대인 중에서도 멀쩡한 부류, 즉 지성과 재능을 갖춘 유대인들에게는 조금도 불만이 없었다. 그들과 함께 어울릴 필요가 없는 한은. 하지만 맙소사, 그 밖의 떨거지들이란.

그 밖의 떨거지들, 필 식으로 말하자면 '방황하는 유대인'들은 남이 버리는 것을 주워서 부를 쌓았다. 헌든에 있는 커다란 백화점의 소유주는 처음에 어떤 식으로 돈을 벌었을까? 그가 고물 짐마차의 마부석에 앉아 죽은 짐승의 가죽을 놓고 값을 흥정하던 모습을, 필은 똑똑히 기억했다. 그런데 지금은? 이제 시내에 있는 그의 집은 하얀 기둥이 떠받치는 으리으리한 저택, 헌든에서 가장 거대한 저택이었고, 초록빛 잔디밭에는 스프링클러가 돌아갔다. 자갈이 깔린 진입로에 서 있는 피어스애로 승용차와 일본식 등롱을 달아 놓고 벌이는 파티 따위는 모두 짐승 가죽과 고철과 돈벌이를 알아보는 눈에서 나온 것들이었다.

그의 성은 그린버그였다.

분명히, 요즘 그는 유대계 성씨에 흔한 버그(berg)를 떼어 버리고 그린이라는 성을 썼다. 그린이라니! 그러고는 헌든의 사교계에 안면을 트고 은행의 아무개와 곧잘 어울린다고 했다. 그 아무개는 조지의 친구였다. 필은 기억을 더듬으며 쿡쿡 웃었다. 이발을 하러 드물게 헌든까지 갔던 어느 날, 필은 내친김에 아예 온몸의 때를 싹 빼기로 마음먹고 화이티 포터의 이발소 의자에 길게 누워 맞춤식 면도까지 받았다. 어차피 화이티는 면도를 할 때 손님에게 말을 별로 걸지 않았다. 화이티는 잡담을 나누고 싶거든 돈을 내라는 식으로 퉁명스레 영업하는 이발사였다. 그리하여 필은 길게 편 이발 의자에 누워 수건 아래로 기다란 다리와 외출용 싸구려 구두를 내놓고 있었고, 토요일이라 손님으로 붐비는 이발소에서 다른 이발사 둘은 도시 사람들의 덥수룩하게 자란 머리카락을 자르느라 정신이 없었으며, 시끌벅적하게 수다를 떠는 손님들 중 몇몇은 화이티가 고객의 편의 및 교양 습득을 위해 비치해 둔 《엘크스 매거진》과 뭔지 모를 잡지들을 읽으며 럭키 타이거 머릿기름의 냄새에 코를 킁킁댔다.

기다리는 손님들 중에는 여성도 한 명 있었다. 목에는 모피 목도리를 두르고 양손 새끼손가락에는 달걀만 한 다이아몬드 반지를 끼어 한껏 차려입은 모양새였다. 그린(그린버그)이 자기 혈통에 걸린 저주에서 벗어나려고 결혼한 가톨릭교도 여자였다. 그는 일찍이 노마님이 다니기도 했던 헌든 시내의 성당에 가톨릭교도 아내와 함께 미사를 보러 다녔기 때문에, 필은 언젠가 그린버그 부부의 본모습을 모른 채 자란 세대가 출현할 거라 짐작했다. 뭐, 어차피 자기 성이 그린인 줄 아는 그린버그의 다음 세대 역시 한창 자라는 중이었고, 그중 한 명인 여자애는 이발소에서 엄마와 함께 아빠를 기다리고 있었다.

그렇게 손님으로 북적이는 이발소에서, 거울과 줄줄이 놓인 화장수 병에 햇살이 비쳐 환한 토요일에, 손님들은 이야기를 나누고 농담을 하고 담배를 피우며 《엘크스 매거진》을 읽고 아이들은 로비에 노인들이 앉아 있는 호텔을 달음박질로 들락거리던 그때에, 화이티는 느닷없이 이발 의자의 손잡이를 당겨 필을 똑바로 일으켜 세워서는, 길게 누워 면도를 받으며 등졌던 세계로 그를 다시 불러냈다. 그곳은 럭키 타이거 머릿기름 냄새가 알싸한 별천지였다.

"이 정도면 충분하시겠습니까?" 화이티가 웃음기 섞인 목소리로 물었다. 필이 언젠가 이발 요금 75센트에 팁 25센트를 얹어 주면서 했던 말을 기억해 뒀다가 똑같이 써먹은 것이었다. 역시 화이티는 보통내기가 아니었다.

맞은편의 거울과 짝을 이루어 무한히 반복되는 세계를 비추는 커다란 거울 앞에 서서, 필은 홀쭉하고 벌거벗은 느낌이 드는, 수염이 사라져 여우를 닮은 인상이 훤히 드러난 자신의 얼굴을 바

라보았다. "아주 좋아, 친구. 이 정도면 충분하겠어." 그 순간 옆의
의자에 앉은 남자가 필에 세 말을 걸었다.

"안녕하시오, 버뱅크 씨." 인사를 건네는 남자의 목소리는 로
터리 클럽 회원처럼 우렁차고 쾌활했다.

커다랗고 굵은 목소리. 그토록 우렁찬 목소리에 이어 필이 꾸
며 낸 이삼 초 정도의 침묵은, 《엘크스 매거진》에 고개를 처박고
있던 손님들의 시선을 끌기에 충분했다.

이내 필이 말했다. "어이쿠, 하마터면 몰라 뵙고 그냥 갈 뻔했
네요, 그린버그 씨!"

뒤이은 침묵은 그야말로 살벌했고, 그 여자의 얼굴은 빨간색
으로 염색한 자기 머리만큼이나 빨개졌다. 그린버그? 그 얼굴에
는 차라리 **레드버그**가 더 어울렸다.

그러므로 필이 눈을 시퍼렇게 뜨고 있는 한은, 어림도 없었
다. 유대인들의 솔깃한 제안에 넘어가느니, 남들의 어수룩함이나
부주의함이나 순수한 선의를 이용하여 이익을 취하는 그자들에
게 놀아나느니, 차라리 소가죽은 울타리에 널린 채 썩어 버리고
고철은 녹슬다 못해 삭아서 가루가 되게 내버려 두는 편이 더 나
았다. 그렇다 보니 이 사기꾼들은 버뱅크 목장에 들르는 일이 거
의 없었다. 자기네 정보망을 통해 버뱅크 집안 사람들은 얼간이가
아니라는 소문을 들었던 것이다. 집시들 사이의 연락망처럼 긴밀
하게 이어진 자기네 정보망을 통해서.

「집시처럼」. 술고래 로즈가 피아노로 치는 노래의 제목처럼.

아무튼 유대인 이야기는 그것으로 끝이었다. 그런데 그랬던
필에게, 이제 소가죽을 써먹기에 더할 나위 없이 알맞은 일이 생
긴 셈이었다. 이렇게 될 줄 누가 상상이나 했을까!

필이 끈기 있게 가르쳐 주었는데도 피터는 안장에 앉는 자세가 엉거주춤했고, 말을 속보로 모는 동안에는 허리를 곧추세운 채 고삐를 느슨히 쥐고 몸을 위아래로 오르락내리락하려고 안간힘을 썼다. 필은 그런 소년의 모습이 한심하면서도 왠지 귀여워 보인다고 생각했다.

"연습만 더 하면 돼, 피트."

그러나 피터가 드넓게 구불구불 이어진 언덕을 넘고 또 넘은 까닭은 단지 승마 연습을 위해서가 아니었다. 남모르는 외진 곳을 돌면서 소년은 오랫동안 생각하고 오랫동안 탐색하며, 기도에 가까운 행위에 몰두했다. 간절한 탄원의 형태를 띤 그 기도를, 소년은 자기 아버지의 이름으로 드렸다.

피터는 찾고 또 찾았다. 이쪽 덤불에서 저쪽 덤불로 폴짝폴짝 날아다니는 조그마한 회색 새 한 쌍처럼, 소년의 회색 눈은 이곳저곳의 세이지브러시 덤불을 하나하나 재빨리 훑었다. 백골이 된 말의 눈구멍으로 자라난 블루벨 한 송이와 근처의 비탈 위에서 지켜보는 야윈 코요테 한 마리가 눈에 띄었다. 소년은 인디언이 화살촉을 만들 때 쓰던 마노와 석영을 찾았고, 옹기종기 자란 선인장이 널따랗게 늘어선 군락과 조우했고, 오래되어 초록색으로 녹이 슨 44구경 리볼버 총탄도 한 개 발견했다. 사람 손을 탄 것으로 보이는 쐐기 모양 돌멩이를 보았을 때에는 나중에 필에게 뭔지 물어보면 우쭐해 할 거라는 생각에 주워서 바지 주머니에 챙겨 두었다. 그러나 소년이 원래 찾고자 했던 깃은 한참이 지나도록 눈에 띄지 않았다.

그러던 어느 날 오후, 피터는 지면에 야트막하게 쌓인 연분홍색 돌무더기 앞에서 말을 세웠다. 그 돌무더기는 어쩌면 대자연이 심심풀이 삼아 만들어 놓은 것일 수도 있었지만, 저 옆에 다른 무더기가 있고 그 너머에 또 다른 부더기가 있었다. 정확히 스무 걸음 간격으로 이어진 돌무더기는 인간의 계획에 따라 만들어진 것, 태곳적의 어떤 의식을 위하여 세워진 것으로, 하나하나가 곧 등대였다. 틀림없이 전에 필이 말한 돌무더기였고, 일부는 흙에 거의 파묻힌 상태였다. 피터는 돌무더기를 따라가 보았지만 이윽고 해가 지자 산의 냉기가 슬금슬금 내려온 탓에 끝까지 가지는 못했다. 그날 밤 피터는 자기가 찾은 것을 필에게 보고할 기회가 얼마든지 있었다. 저녁이면 필은 자기 방에 틀어박혀 밴조를 퉁기며 소일했고, 그 밴조 소리가 피터에게는 방에 와서 얘기를 나누자는 초대였기 때문이었다. 그러나 피터는 자기가 찾은 것을 비밀에 부쳤다.

이튿날 피터는 아침 일찍 밤색 말에 올라 집을 나섰고, 돌무더기를 따라 점점 더 멀리 갔다. 정오 무렵에는 산에 낙오됐던 마지막 소들이 비탈을 내려가는 광경을 지켜보며 도시락을 먹었다. 피터는 소들이 키 큰 세이지브러시 덤불 사이로 구불구불 이어진 옛길을 다 내려갈 때까지 지켜본 다음, 다시 말에 올라 돌무더기를 따라갔다.

말을 타고 나아가는 동안 돌무더기의 크기는 점점 더 작아졌다. 피터는 돌무더기가 아예 사라지기 전에 그 끝을 찾으려는 사람처럼 서둘러 말을 달렸다. 돌무더기는 실제로 사라졌다. 시냇물이 말라붙은 골짜기 앞이 끝이었다. 좁다란 골짜기로 들어가는 실목은 간헐적인 홍수로 마모된 바윗돌과 함께 높은 곳에서 떨어진 돌멩이와 쓰레기로 막혀 있었다. 구멍이 숭숭 뚫린 잿빛 세이지브러시 뿌리, 버려진 오두막집에서 나온 것으로 보이는 회색으로 바랜 널빤지 같은 것들이었다. 그리고 회전초도. 아무리 가녀린 바람에도 되살아나는 유령 같은 가시덤불들, 말을 겁먹게 하는 그 원홍들도. 한쪽 벼랑에 소들이 다니는 옛길이 있는 그 골짜기에서, 피터는 그때껏 찾아 헤매던 짐승의 주검을 발견했다. 잘 어울리는 마무리 같았다. 어찌 보면 자신을 이곳까지 인도한 장본인이 필이었으므로.

피터는 자신을 바라보던 코요테가 그랬듯이 차분하게 주위를 둘러보며, 혹시 무슨 소리가 들리는지 귀를 쫑긋 세웠다. 그러고는 주머니에서 장갑을 꺼내어 외과 의사처럼 능숙하게 손에 끼고 말에서 내린 다음, 하느님이 미소 띤 얼굴로 내려다보는 기분을 느끼며, 작업에 착수했다.

목장에 사는 사람은 일요일을 제외하면 게으름을 피울 상상조차 하지 못했다. 바로 그 이유 때문에, 평소 자기 고집대로 살뿐더러 딱히 해야 할 일도 없었던 노인장조차도 울타리 구멍을 파거나 말편자를 박는 일꾼만큼이나 투철한 목적의식을 띠고서 군대식 걸음으로 양탄자가 닳도록 거실을 걸어 다녔다. 이는 자기가 하기 싫은 일은 남에게도 시키면 안 된다는 사고방식의 소유자였던 조지가 손수 정화조를 푼 까닭이기도 했다. 정화조 푸기는 아무에게도 시키기 힘든 일이었다. 로즈는 끄트머리에 양동이가 달린 기다란 장대를 정화조 깊숙이 담그는 남편의 모습을 (높다랗고 아름다운 보기산맥을 배경으로) 정찬실 창문을 통해 지켜보았고, 철제 손수레에 양동이를 비울 때마다 돌아서서 참았던 숨을 헐떡이는 남편의 모습도 지켜보았다. 그러다가 끝내는 로즈 자신도 돌아서고 말았다.

게다가 조지는 거의 종일 로즈 곁을 떠나 있었다. 피터와 필이 나란히 말을 타고 목초 건조장에 울타리를 지러 갈 때, 조지도 같은 일을 하러 자기 말을 몰고 다른 곳의 건조장으로 향했다. 피터와 함께 가는 사람이 조지였다면 얼마나 좋았을까! 그렇다면 로즈는 무료한 하루하루를 무슨 일을 하며 보냈을까? 집안일은 롤라가 하고 요리는 루이스 부인이 맡았는데?

로즈는 자주 트럭을 몰고 헌든으로 향했다.《헌든 레코더》에서 쓰는 말로 '쇼핑'이라는 일을 하러 간 로즈는 그린이 소유한 백화점에서 여성 판매원들의 손쉬운 사냥감이 되어 모자와 장갑과 구두를 샀다. 드레스—그 무렵에는 '프록'이라는 이름으로 불리기 시작한 옷—도 이것저것 입어 보았는데, 로즈가 보기에는 분명 오로지 자신에게 팔려고 주문해 놓은 옷들이었다. 로즈는 옷을 쓸모없고 나약한 인간으로 변해 가는 자신을 가리기 위한 의상이자 변장 도구이자 가면으로 여기기 시작했다. 현금이 거의 없었기에 옷값은 모두 외상 장부에 기록되었다. 조지는 아내에게 수표책을 줄 생각을 아예 떠올리지도 못했다. 무슨 영국 여왕이라도 되는 양 팁으로 줄 돈 이상의 현금은 안 들고 다니는 어머니를 보고 자란 탓에, 조지는 로즈가 시내에 갈 때면 10달러짜리 지폐 한 장 정도를 쥐어 주었다. 지갑에 뭐라도 넣고 다니라는 뜻에서. 조지는 그렇게 건네는 돈을 '잔돈'이라고 했다. 그렇게 받은 잔돈을 들고서 구두와 모자와 프록 값으로 한 200달러는 외상을 긁은 후에, 로즈는 시내까지 나와야 했던 진짜 용건을 치리하러 갔다. 넌서 약국에 들러 '처방약'을 산 다음, 켄터키 대로에 있는 어느 집 뒷문으로 들어갔다. 로즈가 스스로를 혐오하며 들어선 그 집은 여름이면 연보라색 능소화 덩굴로 덮여 있었다.

어느 날 오후에 로즈는 운전을 하다가 깜빡 도로를 벗어나는 바람에 겁을 먹고 어쩔 줄을 몰랐다. 지나가던 이웃 목장주가 로즈를 도와주었다. 차 흙받기에 작은 흠집이 생긴 까닭은 조지에게 거짓말로 둘러댔다.

두통은 가실 줄을 몰랐다. 로즈는 필이 지껄일지도 모르는 말을 맨몸으로 받을 생각에 두려웠다. 필이 당장이라도 조지 앞에서 지껄일지 모르는 말이 두려워서, 로즈는 분홍색 방에 틀어박혀 술만 마셨다. 이제 로즈는 필이 어떤 식으로 압박을 가하는지 알 것 같았다. 로즈가 술독에 빠져 산다고 조지에게 일러바치지 않은 것이 분명한 이상, 필은 밝히지 않는 것이 밝히는 것보다 더 위력적이라는 사실을 안다는 느낌이 들었다. 기이할 정도로 집요하게 자신의 뒤를 쫓던 필의 시선을, 로즈는 일찍이 알아채지 않았던가?

아아, 집은 또 얼마나 추웠던지! 통나무에 흙 반죽을 두껍게 발라 지은 벽은 햇빛이 들어올 틈을 허용치 않았고, 지하실에서는 물에 잠긴 바닥의 축축한 냉기가 스멀스멀 올라왔다. 로즈는 보일러 조작법은 고사하고 보일러 앞까지 징검다리처럼 이어진 물먹은 나무토막을 어떻게 디뎌야 할지조차 알 수가 없었다. 조지가 설명해 준 흡기구니 배기구니 하는 구멍의 용도와 석탄을 언제, 얼마나 넣어야 하는지도 이해가 안 가기는 마찬가지였다. 그렇다 보니 늦여름의 비 오는 날이면 보일러는 자주 불이 꺼졌고, 불을 다시 지피려는 로즈의 시도는 실패로 끝났다. 로즈는 조지에게 자신의 실수를 사과했고 남편이 불평 한마디 없이 묵묵히 지하실 계단을 내려가 피해를 수습하는 동안 그곳에서 들려오는 소리에 괴로워했다. 철문이 쾅 닫히는 소리, 평삽으로 석탄을 푸느라 콘크리트 바닥을 드르륵 긁는 소리에. 그런 소리를 들으면서, 또 분홍색 방 안을 분주히 오가면서, 로즈는 저녁 식사를 위해 옷을 차려입고 얼굴에 덮어쓸 가면을 준비했다. 남편이 에쁘게 단장한 자신의 모습을 보고 기뻐하기를 바라며, 갈수록 불안정해지는 자신의 움직임을, 방 안을 돌아다닐 때 휘청거리지 않으려고 가구를 살짝살짝 짚는 습관 같은 것을 못 알아차리기를 바라며.

그래도 벽난로 만지는 재주는 있었기에, 로즈는 창고와 작업장 근처에서 주운 쓰레기를 벽난로에서 태우기 시작했다. 말타기를 배워 볼까 하고 생각할 만큼 용기가 있던 시절에 사 놓은 암녹색 승마 바지를 입고서, 로즈는 통나무 쪼가리나 오렌지 궤짝, 사과 상자, 갈퀴를 만들고 남은 자투리 막대, 풀 베는 기계를 고정하려고 작업장에서 가져왔다가 그냥 버려 둔 기다란 장작 따위를 찾으러 다녔다.

땔감으로 쓸 만한 쓰레기가 점점 줄어들면서 로즈는 자신이 집 안의 온도를 올리고 괴로움을 잊으려고 애쓰는 사이에 어떤 질서를 구축한 것을 알아차렸다. 그럭저럭 깔끔해진 집 주변의 모습은 성취감마저 불러일으켰다. 평소에도 로즈는 골짜기에서 가장 부유한 목장의 집 앞마당이 왜 쓰레기장처럼 보이는지 도무지 이해가 가지 않았다. 그리고 이제 창고와 작업장 사이의 공터에 로즈가 모아서 쌓아 놓은 쓰레기 더미는 그야말로 장관이었다. 대부분은 버려진 헌옷과 양말, 작업용 멜빵바지, 강아지들이 합숙소 침대 밑에서 물어다가 내팽개친 후에 비바람에 구겨지고 줄어든 신발 따위였다.

개중에는 건드릴 엄두가 안 나는 쓰레기도 있었다. 곤죽 상태의 풀이 가득 찬 갓 잡은 소의 처녑은 원래 일꾼들이 집 뒤편 멀찍이 땅을 파고 묻어 두었지만, 늙은 개들이 파내어 창자를 질질 끌면서 가져다 놓은 것이었다. 함께 파낸 잘린 소머리 역시 건드릴 엄두가 안 나기는 마찬가지였다.

"전 아무렇지도 않아요." 피터는 그렇게 말하며 쇠스랑을 가져다가 창자와 처녑을 울지도 못하는 소머리와 함께 쇠로 된 손수레에 퍼 담고는, 터덜터덜 밀고 가서 다시 묻어 주었다. 지켜보는 개들이 그 장례식의 상주였다.

로즈는 목장 근처를 지나는 이들이 도축장 울타리의 맨 위 난간에 널린 소가죽을 보면 틀림없이 안 좋은 인상을 받을 거라 생각했다. 가죽에 붙은 살점을 서로 차지하려고 싸우는 까치 떼를 보고 사람들이 무슨 생각을 할까?

"어, 조금 있으면 필이 다 불태울 거야." 조지가 말했다. "해마다 한 번씩 모아서 불태우거든."

이따금 필은 일꾼 합숙소에서 만화책을 집어 들곤 했다. 『카첸재머 쌍둥이』나 『해피 훌리건』, 『매기와 지그스』 같은 만화였다. 대사를 더듬더듬 따라 읽으며 만화를 보는 일꾼들을 관찰할 때면 필은 만화의 조잡한 유머 아래에 숨은 사회 비판을 간파할 만큼 영리한 사람이 그들 가운데 있을지 궁금했다. 일꾼들 중에 누가, 『카첸재머 쌍둥이』를 읽고 마지막에 승리하는 것은 젊은 세대의 굴하지 않는 정신인 저돌성이라는 것을 알아차렸을까? 깡통을 모자 대신 쓰고 다니는 얼간이이지만 실은 아둔함을 갑옷으로 삼는 해피 훌리건을 스스로와 동일시한 사람이, 그들 가운데 과연 있을까? 예절이 지성보다 더 중요하다고 암시하는 『알폰스와 개스턴』의 대사 "자네 먼저, 친애하는 알폰스"와 "자네 먼저, 친애하는 개스턴!"을 그들은 어떤 식으로 이해했을까? 필은 일꾼들이 『매기와 지그스』를 읽다가 오페라 극장에 있어야 할 주인공 지그스가 딘티 무어의 술집으로 몰래 달아나 콘비프와 양배추를 먹는 장면에서 웃음을 터뜨리는 것을 가만히 관찰했다. 그런데 그들은 만화 속 리무진에 까만 먹칠을 하고 매기가 파티에 가려고 입은 멋진 옷에 화려한 색을 입힌 작가가, 실은 그저 출세에 안달하는 자들을 풍자할 뿐인 것을 과연 알아차렸을까?

이러한 사정을 아는 이라면, 필이 쌍안경으로 들판 너머 산을 관찰하는 조지를 보다가 불쑥 내뱉은 말을 들었더라도 어안이 벙벙하지는 않았을 것이다. "무슨 구경이라도 났냐, 지그스?"

조지는 꼼짝도 않고 서서 먼 산만 보았다. 그러다가 천천히 쌍안경을 내리고 필 쪽을 돌아보았다. "지그스?" 조지가 중얼거렸다. "지그스라니?"

남쪽 산 위에 소나기구름이 뭉게뭉게 솟아올랐다. 로즈는 천둥과 벼락이 두려웠는데, 이따금 너무 가까이서 칠 때면 전화벨이 따르릉 울리고 공기 중에 갑자기 비릿한 냄새가 풍겼기 때문이었다. 얼마 전 조지에게서 열차가 들어올 때 벼락에 맞아 죽은 비치의 역무원 이야기와 가시철사 울타리에 모여 있다가 죽은 소 여섯 마리 이야기를 들은 기억이 생생했다. 소들은 1킬로미터가 넘게 떨어진 곳에 벼락이 꽂혔는데도 순식간에 감전되어 몰살당했다고 했다. 이날 오후에는 그 지역 전체가 그해의 첫 가을 폭풍을 예고하는 적막에 뒤덮여 있었다. 루이스 부인이 저녁 식사에 내놓을 고기를 구우러 투덜거리며 자기 오두막집을 나서려면 아직 시간이 있었다. 롤라는 위층의 자기 방에서 《트루 로맨스》 잡지를 읽는 중이었다. 전에 롤라는 로즈에게 이날 오후 같은 날씨에 읽으려고 아껴 둔 기사가 있다고 얘기했다. 「내가 아기를 판 이유」라는 제목의 기사였다.

어깨에 스웨터를 두른 채 분홍색 방 안에 서서, 로즈는 저녁 식사 자리에서 어떤 '의상'을 입을지 멍하니 생각했다.

"당신은 언제 봐도 참 예뻐." 조지는 곧잘 그렇게 말하곤 했다. "당신하고 있으면 난 참 뿌듯해."

로즈는 조지에게, 들판에 나간 피터에게 별일이 없는지 걱정이 되었고, 혹시라도 전화벨이 울리면 자신이 참을 수 있을지 불안했다. 창가에 있어도 안전할까? 바깥에 보이는 시든 미루나무의 이파리가 바람에 흔들렸다.

저기 보이는 건 뭘까? 흙먼지?

도로에 흙먼지가! 이내 그 먼지구름을 뚫고 차 한 대가, 낡고 조그마한 트럭 한 대가 속도를 줄이더니, 망설이다가, 집 앞 공터로 들어와 멈춰 섰다.

로즈는 조심스레 일어섰다. 지난 몇 달 동안은 조심스레 걷는 법을 배우는 시간이었다. 의자에서 테이블로, 다시 다른 의자에서 벽으로, 매번 손을 옮겨 짚으며. 마치 손을 대는 곳에서 힘을 얻기라도 하듯이. 방 끝에서 끝까지 한 번에 걷기는 불가능했다. 그랬다가는 휘청거리다 넘어질지도 몰랐다. 로즈는 조심조심 걸음을 옮겨 거실까지 나와서 바깥의 낯선 소형 트럭을 바라보았다. 트럭은 운전석이 있는 쪽의 짐칸 옆면에 서툰 페인트 글씨로 **가죽 삽니다**라고 적혀 있었다. 페인트 글씨는 세월에 바랜 탓에 분필로 쓴 것처럼 거칠거칠했고, 트럭 짐칸에는 밧줄로 질끈 묶은 소가죽이 한 무더기 쌓여 있었다.

운전석 문을 열고 내려선 남자의 옷차림이 어찌나 멀끔하던지, 로즈는 놀라서 눈을 껌벅거렸다. 남자는 검은 슈트 차림에 챙이 넓은 편인 검은색 펠트 모자를 썼고, 수염은 성화(聖畫)에 나오는 선지자처럼 덥수룩했다. 조끼 앞쪽을 가로지른 회중시계의 금줄이 어둑해져 가는 햇빛을 받고 무디게 빛났다. 남자가 작은 대문을 지나 현관 계단으로 올라오는 동안 트럭 안에 앉아 있는 다른 사람이 로즈의 눈에 띄었다. 남자의 아들일까?

로즈는 남자가 노크를 하기 전에 현관문을 열었다.

남자가 모자를 벗고 고개를 살짝 숙였다. "안녕하십니까, 부인."

목소리가 점잖기도 하지. 로즈는 속으로 생각했다. 참 살갑고 점잖은 목소리야. "안녕하세요." 로즈가 웅얼거리듯 말했다.

"댁에 혹시 안 쓰시는 가죽이 있을까요?" 남자가 물었다.

몰라서 묻는 질문이 아니었다. 현관에서 100미터도 안 떨어진 곳에 도축장 울타리가 훤히 보였으므로. "글쎄요, 모르겠네요." 로즈는 남자 앞을 지나 포치로 나가서 의자를 손으로 짚은 다음, 우두커니 서서 울타리의 소가죽을 바라보았다. 그 눈꼴사나운 가죽을. "있기는 하네요. 나중에 불태울 거라던데요."

멀리서 천둥이 우르릉거렸다.

"불태운다고요?" 남자는 손에 든 검은 모자를 내려다보다가 로즈에게로 시선을 돌렸다.

"예, 사람들이 태울 거라고 했어요."

"가죽을 30달러에 파시는 건 어떻겠습니까, 부인?"

"30달러요?"

"그 이상은 드릴 수가 없습니다."

"아니, 그런 뜻으로 한 말이 아니에요." 로즈가 말했다. 의자 등받이를 짚은 손에 힘을 주면서.

"그게 아니라면 다른 사정이라도 있으신가요, 부인?"

로즈는 다른 사정이 무엇인지 설명할 수가 없었다. 그런데 30달러는 묘한 금액이었다. 버뱅크 집안 사람들에게 30달러는 돈도 아니었다. 30달러는 지난날의 로즈와 조니 고든에게는 거액이었겠지만, 버뱅크 집안 사람 앞으로 써 준 30달러짜리 수표 한 장은 돈으로 바꾸지 않은 다른 수표 한 다발과 함께 로즈가 조지의 사무실에서 본 서류함에 처박힐 운명이었다. 우편 주문 회사에서 받은 환불금, 얼마 안 되는 세금 환급금, 중고 안장을 사 간 사람이 보낸 몇 달러, 다 합하면 100달러쯤 될 해묵은 수표들이었다. 그런 수표도 소가죽처럼 때가 되면 의식을 치르듯이 불태워 버릴까? 로즈는 그 생각을 떠올리고 희미하게 웃었다.

"왜 그러십니까, 부인?"

"아뇨, 아니에요. 제가 뭐라고 했나요?" 로즈는 의자 등받이를 힘주어 붙잡았다. 로즈가 '쇼핑'을 하러 갈 때면 조지는 늘 10달러나 20달러를 쥐여 주었고, 그것으로 끝이었다. 외상 계좌 덕분에 로즈는 원하는 물건을 뭐든 살 수 있었지만 약국과 능소화 덩굴로 덮인 집에서 파는 물건은 예외였다. 거기서는 현금이 필요했다. "아뇨, 그 정도면 적당한 가격 같아요." 로즈는 상대의 침묵이 길어진다는 생각에 한마디를 덧붙였다. "수표는 제 남편 앞으로 써 주세요."

"부군 앞으로요?"

로즈는 눈앞이 뿌예지는 느낌이 들었다. 그래서 눈물을 틀어막으려고 억지로 웃었다.

"왜 그러십니까, 부인?"

"제가 뭐라고 했나요?" 로즈가 물었다. 아니, 로즈는 말이 아니리 생각을 했다. 소가죽을 불태우는 사람은 필이었다. 수표는 필이 받아야 했다. 소가죽 대신에 수표를 태우면 될 테니까. "수표는 필 앞으로 써 주세요."

"필 씨 앞으로 말입니까, 부인?"

"아, 맞아요. 필이에요." 로즈는 궁금했다. 이 사람이 왜 이상하다는 표정을 짓는 거지? "아뇨, 그러지 마세요." 로즈가 급히 말했다. 만약 돈으로 바꾸지 않거나 태워 버릴 거라면, 꼭 수표일 필요는 없지 않을까? 현금도 상관없지 않을까? 로즈에게는 현금을 만져 볼 기회가 아닌가! "돈을 현금으로 주실 수 있을까요?"

"당연히 그렇게 해 드리겠습니다. 부인." 로즈는 남자가 꺼내는 지갑을 유심히 바라보았다. 검은 양말처럼 기다란 지갑은 주둥이에 반들거리는 금속 테가 둘러져 있고 쇠구슬 두 개가 맞물려 닫히는 구조였다. 남자가 지갑을 열고 손을 넣자 은화가 짤랑거리는 소리가 났다. 언젠가 로즈와 조니가 이 땅에 온 지 얼마 안 됐을 무렵—이제는 오래된, 아아, 너무나 오래된 그 시절—이곳 사람들은 1달러짜리 은화를 사용했다. 환자가 진료비로 낸 1달러짜리 은화 두 개를 주머니에 넣고 짤랑거리며 조니는 빙그레 웃었다. "역시 은화 짤랑거리는 소리를 들어야 돈을 번 것 같다니까." 조니는 그렇게 말했다. "은화 소리 짤랑짤랑, 짤랑짤랑 은화 소리, 사랑하는 나의 은화." 로즈는 남자가 꺼낸 지폐를 물끄러미 보았다. 수많은 사람의 손을 거치며 이런저런 거래를 성립시켰을 닳고닳은 지폐를. 그 지폐들이 로즈의 손으로 건너왔다. "고맙습니다."

"**저야말로** 감사합니다." 남자는 예의 바르게 고개를 살짝 숙인 다음, 돌아서서 한 팔을 들어 트럭에 있는 다른 사람에게 신호를 보냈다. 그러고는 뒤도 돌아보지 않고 계단을 내려갔다. 로즈는 떠나가는 남자를 가만히 바라보았고, 그렇게 보는 동안 묘한 충동을 느꼈다. 그를 뒤쫓아 가서 불러 세우고 돈을 돌려주고 싶은 충동을. 그러나 목이 바싹 마르고 혀가 죽은 듯이 늘어져 말이 나오지 않았다. 그리고 정말이지, 손에 쥔 지폐가 안겨 주는 안도감은 소중하기 그지없었다. 그래서 로즈는 의자 등받이를 잡은 채 우두커니 서서 집으로부터 멀어지는 트럭을 바라보았다. 천천히 방향을 튼 다음 널빤지 다리를 덜컹거리며 건너서 도축장 울타리로 향하는 트럭을. 까치 떼가 구름처럼 날아올랐다가 멀찍이 떨어진 안전한 울타리에 더러운 재처럼 한 마리 한 마리 내려앉았다.

로즈는 의자 등받이를 마지막으로 한 번 짚으며 천천히 돌아선 다음, 현관문으로 들어섰다. 집 안에 들어온 로즈는 혼자서 쿡쿡 웃었다. 이게 다 어찌된 조홧속인지!

이상한 일, 너무도 이상한 일이었다.

버뱅크 집안의 남자와 결혼하고 나서 로즈는 교활해졌다.

정직하지 않은 사람이 되었다.

로즈는 알코올 의존자, 흔해 빠진 술고래가 되었다. 벌써 몇 주째 온전히 맑은 정신이 아니었다. 조지가 입을 다물고 있는 까닭은 오로지 그가 상냥한 사람이라서였다. 그러나 조지는 조만간 이혼을 요구할 것이다. 이제 로즈가 마지막으로 저지른 짓을, 고작 30달러 때문에 좀도둑이 된 것을 알면.

로즈는 방문에서 침대까지 가는 길이 얼마나 먼지 깜박 잊고 말았고, 정신을 차려 보니 짚기 편한 의자도 듬직한 테이블도 없이 서 있었다. 로즈는 비틀비틀 걸음을 옮기다가 침대까지 절반도 가지 못하고 쓰러졌다. 그 바람에 슬리퍼가 벗겨졌다. 멋진 슬리퍼, 너무나 멋져서 끝내 편해지지 못한 슬리퍼였다. 그것은 로즈를 위해 특별히 주문한 신발이사 '쇼핑'을 하러 갈 핑계였다. 밴더빌트 부인이 신을 법한 신발이었다. 조니의 마음속에만 있는 밴더빌트 부인, 오로지 조니 고든의 마음속에만 사는. 조니는 로즈가 밴더빌트 부인이라고 믿었고, 그래서 로즈는 밴더빌트 부인이 되었다. 로즈는 다른 사람이 믿어 주지 않으면 아무것도 되지 못했다. 아무것도 아니었다. 로즈는 오로지 다른 사람이 믿어 주는 모습으로만 살 수 있었다.

로즈는 슬리퍼를 버려 둔 채 침대로 비틀비틀 걸어갔다. 널따란 버뱅크 집안의 침대로. 그 침대에 누워서, 로즈는 울음소리를 막으려고 주먹으로 입을 틀어막았다.

그리하여 조지는 침대에 쓰러져 잠든 아내를 발견했다. 아내 곁에는 10달러짜리 지폐 세 장이 흩어져 있었다. 낙엽처럼.

14장

각목 더미는 조그마한 생명들의 피난처였다. 그 밑에서 땅다람쥐는 자신을 통째로 잡아먹으려 드는 오소리를 피해 안전하게 살아갔다. 그 밑에서 솜꼬리토끼는 앞발과 이빨로 각목을 긁어 대는 코요테를 피해 안전하게 숨었다. 일꾼들이 건초 더미 둘레에 울타리를 치려고 각목을 가지러 올 때까지 그곳에서 살아가며, 조그마한 생명들은 각목 더미 밑의 홈과 구멍을 속속들이 파악하고서 조그마한 울음소리로 큰 생명들을 뻔뻔스럽게 모욕했다. 그들은 두더지나 쥐처럼 자기네보다 더 작은 생명들과 이 요새를 공유했고, 가장 조그마한 생명들의 편에 서서 뱀을 상대로 함께 싸웠다. 나무껍질에 가죽이 스치는 스륵스륵 소리를 속삭이며, 다른 생명의 어린것을 잡아먹을 생각에 좁은 틈을 비집고 기어드는 뱀에 맞서서. 솜꼬리토끼는 뒷발의 기다란 발톱으로 뱀을 능히 찢어발겼다.

땅다람쥐와 솜꼬리토끼와 쥐를 피난처에서 쫓아내는 것이

목장에 사는 남자애들에게는 소일거리였다. 겁 많은 생명이 지나치게 기고만장해서 살이기는 은신처를 세상에 드러내려고 기운이 다 빠질 때까지 각목을 들어 옮기고 또 옮기는 것이. 그 생명이 놀라서 몸을 납작 웅크린 모습은 너무나 감동적이었다. 눈은 공포에 질려 미친 듯이 번들거리고 사지는 부들부들 떨리는데도, 조용히 웅크려 있으면 이번에도 위기를 넘길지 모른다는 꿈을 품은 모습은. 소년들은 보통은 그런 생명이 다른 은신처로 쪼르르 달아나도록 놔두고는, 시간이 흐르면 그것이 느낀 공포가 잦아들고 자신감이 되돌아올 거라 상상했다. 그러면서도 또다시 은신처의 각목을 붙잡고 들어 옮기기 시작했다. 무심한 끈기를 발휘하여, 그 작은 생명이 다시 한번 형용하기 힘든 위험에 노출될 때까지. 어떤 소년들은 그러다 지쳐서 그만두었다. 물떼새 울음소리에 정신이 팔려서 그만두는 경우도 있었다. 그 새가 손이 닿는 거리 바로 바깥에서 날개가 부러진 척 퍼덕거리는 까닭은 둥우리의 알이나 새끼에게서 인간의 관심을 돌리기 위해서였다. 몇몇 소년들은 양심의 가책이라는 것을 그때 처음으로 느꼈다. 어떤 소년들은 ─ 지루해서, 더 재미있는 소일거리일 줄 알았던 일에 실망해서 ─ 작은 생명들을 괴롭히거나 몽둥이로 때렸지만, 때로는 그런 짓조차도 이상하게 성에 차지 않았다. 바로 그렇게 쾌락을 좇는 것이 얼마나 공허한지 배워 갔다.

필은 소년 같은 분위기가 가시지 않는다는 말을 자주 들었다. 그의 눈에서, 발등이 높은 발로 사뿐사뿐 걷는 모습에서 그런 분위기가 풍겼다. 그는 마흔 살이었는데도 먼 곳을 자주 그리고 한참 동안 보는 사람 특유의 눈가 주름을 빼면 얼굴이 주름 없이 팽팽했다. 다만 손은 나이 먹은 티가 났는데, 이는 그가 장갑을 안 끼고 사는 데서 남들은 이해하기 힘든 긍지를 느끼기 때문이었다. 실제로 그는 지금도 남자애들이 하는 놀이에서 재미를 느꼈다. 버드나무 그늘에서 잠시 쉴 때면 그는 주머니칼을 꺼내어 긴 날과 짧은 날을 함께 펴서 엄지와 검지로 잡고 휙 던졌고, 그렇게 던진 칼은 한 번, 두 번, 세 번 회전한 다음 정확히 45도 각도로 땅에 꽂혔다. 그런 식으로 그는 나이를 먹어서도 '잭나이프 던지기'라는 오래된 놀이의 명수로 남았다. 그 놀이에서 진 사람은 벌칙으로 땅바닥에 대가리까지 박아 놓은 나무못을 이로 물고 뽑아야 했다. 덤으로 흙까지 함께 물고서. 필은 조지와 여러 번 그 놀이를 했고 조지가 입으로 뽑아야 했던 나무못 또한 여러 개였다.

필은 자기 앞에서 구슬치기의 명수라며 으스대는 소 구매업자의 어린 아들을 경악에 빠뜨린 적이 있었다. 아이가 꺼낸 보드라운 가죽 쌈지에는 마노와 석영을 깎아 만든 구슬과 그보다 더 싼 점토 구슬이 들어 있었다. 살이 뒤룩뒤룩 찐 꼬맹이로군. 필은 속으로 생각했다. 소중한 구슬 쌈지를 이 손에서 저 손으로 던지고 받으며 구슬이 쌈지 깊숙이서 잘그락거리는 소리를 즐기는, 욕심꾸러기 꼬맹이. 아이 아버지인 구매업자는 전에 본 적이 없는 사람으로, 자신이 타고 온 멋진 차의 발판에 조지와 나란히 앉아 잡담을 나누고 있었다. 아이가 어슬렁어슬렁 다가와 말을 걸었을 때, 필은 쭈그리고 앉아서 먼 곳을 바라보는 중이었다.

"내 구슬 구경할래요?" 아이가 필에게 물었다. 철면피처럼 뻔뻔하게.

"그럼, 구경하고 싶고말고." 필은 상냥하게 웃었다.

정말이지 구두쇠 같은 꼬맹이였다. 혹시 보는 사람이 있을까 봐 이쪽저쪽을 흘끔거리다가 구슬 쌈지의 끈을 풀고 무릎을 꿇은 다음 소중한 구슬을 땅바닥에 쏟아 놓는 꼴이라니. "다 합하면 이백 개예요." 아이가 나직이 말했다.

"이야, 대단한데!" 필은 그렇게 말하면서도 조지와 업자의 대화에 귀를 기울였다.

아이는 구슬을 한 주먹 쥐어 들고 한 개씩 떨어뜨려 땅바닥의 구슬에 맞혔다. "아저씨는 어렸을 때 구슬치기 해 봤어요?"

"응, 조금."

"그거 알아요?" 아이가 물었다.

"그거라니, 뭘?"

"올해 우리 학교에서 내가 구슬치기 대장 먹었어요." 필을 보는 아이의 눈은 당돌했다.

"이야, 대단한데!"

조지와 업자의 목소리는 웅얼거리는 소리로 계속 이어졌다. 둘이 아직 본론으로 들어가지 않은 것을 알았기에, 필은 마음 놓고 다른 일에 정신을 팔았다. 햇볕은 초원 한복판에 무자비하게 내리쬐었고 구매업자에게 보여 주려고 끌고 나온 ─ 업자만큼이나 호기심에 찬 ─ 소 떼는 멀찍이 서서 고개를 숙인 채 이쪽의 멋진 자동차를 가만히 바라보았다.

"이 년 연속 대장이에요." 아이는 뚱뚱했다. 너무 뚱뚱해서 더위를 못 견디고 헐떡거렸다. 그 살을 빼려면 운동을 한참 해야 할 듯싶었다. 필이 보기에 영락없는 도시 아이였지만, 제 아버지와 마찬가지로 장화를 신고 카우보이모자를 쓰고 있었다. 웃기는 차림새로군. 필은 속으로 생각했다. 구슬치기 대장이 입기에는 말이지.

"거참 뿌듯하겠구나." 필의 목소리는 덤덤했다.

햇볕은 정말로 뜨거웠다. 보아하니 조지와 업자는 한참 더 이야기를 나눌 모양이었다. 업자가 수첩을 꺼내어 무슨 계산을 하고 있었다. "나랑 구슬치기 할래요, 아저씨?"

거참 건방진 놈이군. 필은 속으로 생각했다. "이런, 나는 구슬이 한 개도 없는데."

"내 걸 조금 빌려준다거나 할 수도 있어요."

"빌려주면 빌려주는 거지, '할 수도 있다'는 건 뭐야? 차라리 이렇게 하자. 내가 네 구슬을 몇 개 사는 거야, 어때?"

뚱뚱한 꼬맹이의 눈이 게슴츠레해졌다. 머릿속의 뚱뚱한 욕심 주머니가 씰룩거리며 계산을 하는 기색이 훤히 보였다. 제 아버지가 수첩에 숫자를 끄적거리듯이, 아들 녀석은 욕심 주머니를 씰룩거렸다. 구슬 가운데 일부는 흙을 구워 만든 점토 구슬이었다. 그 구슬을 팔았다가 시합에 이겨서 따면, 아이는 필을 등쳐서 받아 낸 구슬 값을 고스란히 챙기는 셈이었다.

아이가 손끝으로 집어 따로 골라 놓은 구슬 몇 개는 볼 것도 말 것도 없이 점토로 만든 것들이었다.

"구슬 값은 얼마면 될까, 어린 친구?"

아이 아버지가 아들 교육을 제대로 시킨 모양이었다. "25센트는 받아야겠어요."

필은 그 구슬들이 10센트어치도 안 되는 것을 훤히 알았다. "좋았어, 어린 친구." 뒤이어 필이 늘 지니고 다니는 조그마한 지갑을 꺼냈다. 25센트짜리 은화와 함께 밑바닥에는 20달러짜리 금화도 몇 개 깔려 있는 지갑이었다.

"구슬은 아저씨가 먼저 치세요." 아이가 권했다.

"무슨 소리, 손님이 나중에 치게 할 수야 없지. 네가 먼저 쳐,

어린 친구."

아이의 실력은 꽤 훌륭했다. 필에게 차례를 넘겨주기도 전에 필이 산 구슬을 네 개나 되찾아 갈 정도였다. 필은 조그마한 막대를 주워 아이가 앞서 땅에 그려 놓은 원을 더 깊게 그렸다. "흠, 이제 내 차렌가?"

"아저씨가 칠 차례예요." 아이가 윗입술에 맺힌 땀을 핥았다.

"구슬은 이런 식으로 치면 될까?"

"그보다는 이렇게 치는 게 더 잘 맞아요."

"오호." 그렇게 말하고 나서 필은 땅에 한쪽 무릎을 댔다. 어릴 적 구슬치기를 할 때 그랬던 것처럼. 그런데 맙소사, 정말로 소년 시절로 돌아간 기분이었다. 햇볕이, 늙다리 해님의 따뜻한 기운이 등을 쓰다듬고, 땅에 댄 주먹에는 흙 알갱이가 까끌까끌하고, 구슬을 원 안에 튕겨 넣기 전에 숨을 길게 토할 때의 그 기분은. "자, 간다!" 그 말과 함께 필은 구슬을 던졌고, 싸구려 구슬 열 개를 단번에 원 바깥으로 튕겨 냈다. "이 구슬 열 개하고 석영 구슬 한 개하고 바꿔서 석영 구슬로 치는 건 어때?"

눈이 동그래져서, 넋이 나간 채로, 아이가 고개를 끄덕였다.

그렇게 필은 아이가 가진 구슬을 모조리 따 버렸다. 그러고는 자기가 딴 구슬을 아이 앞에 모아 놓은 다음, 손으로 한 움큼씩 쥐어 구슬 쌈지에 도로 넣어 주었다. "자, 구슬은 돌려주마. 네 아버지는 잘난 체하는 기술은 몇 가지 가르쳐 줬는지 몰라도, 그 기술을 어떻게 쓰는지는 하나도 안 가르쳐 준 것 같구나." 이제 아이는 구슬 쌈지를 던졌다 받았다 하지 않고 목숨처럼 소중히 품에 안았다. 필은 그렇게 남들에게 교훈을 심어 주는 것이 즐거웠다. 그는 일어서서 조지와 업자가 여태 이야기를 나누는 차 쪽으로 걸어갔다. "보아하니 소를 살 생각이 없구먼." 필이 느릿느릿 말했다. 눈으로는 업자의 얼굴을 똑바로 보며. "보아하니 당신은 나하고 내 동생의 시간을 좀먹으러 온 것 같아."

필은 그 나이에도 연을 만들어 날리곤 했다. 얼마 전까지는 일요일에 조지와 함께 집 뒤에서 캐치볼도 했다. 예전에는 끝내주는 일루수로 활약했을 정도였다. 필은 팽이치기도 잘했다. 그렇게 나이 먹는 법을 모르는 채로 소년 같은 분위기를 결코 잃지 않았다. 사람들은 어찌 된 영문인지 몰라 궁금해했다. 필은 도대체 어디가 류머티즘에 걸렸는지, 뼛골이 쑤시는 데는 어디인지, 불룩 나와야 마땅한 배는 왜 보이지 않는지를. 그리고 자신들이 잃어버린 그리운 옛 시절은 어디로 가 버렸는지도.

이제 피터와 함께 울타리를 치러 온 목초 건조장에서, 필은 각목 더미 아래에서 후다닥 튀어나온 솜꼬리토끼를 보고 특유의 소년 같은 장난기를 발휘하여 피터의 관심을 끌었다. 그 각목 더미는 몇 년이나 쓰지 않고 내버려 둔 오래된 것이었다. 일꾼들은 알싸한 냄새가 풍기는 새 소나무 각목을 마차로 실어다 근처에 한 더미 쌓아 놓았다. 집에서 장작으로 쓸 오래된 각목은 치우지 않고 그대로 놔둔 채로. 토끼는 조심성이 없는 것으로 보아 아마도 그 각목 더미를 오랫동안 독차지했던 모양이었다. 녀석은 뭐랄까, 마치 그 일대가 제 집 앞마당인 양 폴짝폴짝 뛰어다녔고, 필은 피터와 함께 잠시 쉬며 점심 도시락을 먹다가 그 토끼를 처음으로 발견했다. 볕이 너무 환하고 뜨거워서 둘은 목초 더미 그늘로 자리를 옮겨 풀 더미에 등을 기대고 다리를 쭉 뻗었다. 필은 옆의 풀 더미에서 마른 큰조아재비 잎 한 장을 뽑아 입에 물고 쭉쭉 빨면서, 땀에 젖은 피터의 얼굴과 팔이 신기하게도 반짝반짝 빛난다고 생각했다. 그러다가 헛기침을 하고 입에 물었던 풀잎을 뱉었다. "너 살이 꽤 탔구나." 필은 그 말을 하고 잠시 입을 다물었다. 그러고는 다시 말을 이었다. "브롱코 헨리는 말이지, 너랑 비슷한 나이였을 때까지 밧줄 던지기도 말타기도 해 본 적이 없었어. 야, 저 토끼 좀 봐."

어쩌나 태연한지 사람이 길들인 토끼 같았다. 필이 빙그레 웃으며 모자를 벗어 들더니 거리를 가늠한 다음, 토끼를 향해 휙 던졌다. 모자는 매처럼 솟아올라 매 같은 그림자를 드리우며 날다가 하강을 시작했다. 토끼는 모자 그림자에 놀라 움찔하고는 각목 더미 쪽으로 폴짝 뛰었다. 필은 일어서서 양달로 느긋하게 걸어 나가 모자를 주워 들고 툭툭 털었다. 그러고는 인상을 찌푸린 채 몸을 숙여 더미의 맨 위에 있는 각목을 쥐고 흔들었다. 각목이 덜그럭거리는 소리와 뜨겁게 내리쬐는 햇볕과 오후 들판의 냄새는 그를 웃음 짓게 했고, 그를 가물거리는 기억 속으로 이끌었다. "야, 피트. 이 토끼 꼬맹이가 바깥으로 안 튀어나오고 얼마나 버티는지 한번 보자." 그것은 소년들이 하는 놀이였다. 각목을 몇 개나 들어 옮겨야 작은 생명이 못 버티고 도망치는지 내기를 거는 것이었다.

피터가 각목 더미 한쪽 끄트머리에 서고 필은 반대쪽에 서서, 둘은 함께 각목을 하나씩 들어 더미 옆의 땅에 쌓았다. 열 개째 각목을 들어 옮길 때까지도 토끼는 여전히 더미 아래쪽 어딘가에 숨어서, 기다렸다. 필은 그 토끼를 전에 어디서 본 것 같다고 생각했다. 십중팔구 보았을 것이다. 그의 눈은 틀린 적이 거의 없었으므로. 목숨을 걸어도 좋을 만큼.

"배짱이 두둑한 놈이구나, 그렇지?" 필이 숨을 헐떡거리며 말했다. 피터의 말문을 여는 것은 진이 빠지는 일이었다. 그냥 대놓고 질문을 던져야 했다. 그러다 피터가 입을 떼면 필은 신기하게도 마음이 뿌듯했다.

"배짱이 있어야 살아남으니까 그렇겠죠." 피터가 말했다.

"이쯤 되면 내뺄 줄 알았는데."

둘은 각목 두 개를 더 옮겼다. 마지막 각목이 위태롭게 쌓여 있던 더미의 균형을 깨는 바람에 나머지 각목들이 거대한 놀이 블록처럼 와르르 무너져 새로운 형태로 쌓였다. 뒤이어 더미 아래쪽에서 뭔가 사납게 퍼덕거리는 기척이 나다가 천둥소리에 묻혀 버렸다.

그런데 이게 웬일인가? 토끼는 다리 한 짝이 부러진 채로 나타났다. 땅에 털퍼덕 쓰러져서, 성한 한쪽 뒷발로 지면을 박차며, 토끼는 괴로운 시간을 보내고 있었다. 필이 가만히 바라보는 사이에 피터가 토끼를 손으로 집어 한쪽 팔로 안았다. "각목에 깔렸구나." 필이 짧게 내뱉었다.

"그랬나 봐요."

"음, 네 손으로 편하게 해 줘라." 필이 명령했다. "제일 빠른 방법은 모가지를 비트는 거야. 우습지, 안 그래? 그렇게 배짱이 두둑하지만 않았어도 다치는 일은 없었을 거 아냐."

"세상의 이치를 보여 주는 것 같네요." 피터가 말했다.

그러니까 이 꼬맹이는 철학자 나부랭이였던 것이다. 그렇지 않은가? 필은 슬며시 웃음이 나왔다. "내 생각엔 앞일이 어떻게 될지는 아무도 모른다는 걸 보여 주는 것 같은데."

필은 토끼의 대가리를 쓰다듬으며 진정시키는 피터의 손을 응시했다. 그리고 잠시 후, 피터가 토끼의 목을 꺾었다. 솜씨가 어찌나 교묘한지 필은 찬탄밖에 나오지 않았다. 이때껏 그 비슷한 것조치 본 적이 없었으므로. 칙수가 끊어지면서 뇌의 긴장 신호로부터 해방된 토끼의 뒷다리는 이제 소년의 손안에 편안하게 늘어져 있었고, 눈은 죽음의 빛으로 나른하게 물들어 있었다. 피 한 방울 흘리지 않고 끝내다니! 정작 피를 흘린 것은 필 쪽이었다. 어딘가 날카로운 모서리에 손이 걸린 모양이었다.

피터는 피가 밴 필의 손을 흘깃 보았다. "깊이 베였는데요."

"이 정도쯤이야." 필은 태연하게 중얼거리며 파란 손수건을 꺼내어 다친 손을 닦았다. 드넓은 골짜기에 천둥소리가 우르릉거리며 메아리쳤다. 먹구름이 태양을 가렸다. 필은 집게손가락을 입으로 빨고 허공으로 쳐들었다. "폭풍에 따라잡힐 일은 없을 거다. 바람이 남쪽으로 부니까." 그렇게 말하면서도, 필은 좌절감에 울화가 치밀었다. 토끼를 갖고 놀려던 계획이 물거품이 되었기 때문이었다. 그가 마음속으로 붙잡기를 갈망하던 어린 날의 추억은 손가락 사이로 빠져나가고 말았다. 목초 더미 반대편으로 돌아가 남은 점심을 마저 먹는 동안, 필은 브롱코 헨리의 이야기를 다시 꺼냈다. "그래, 브롱코 헨리는 말타기나 밧줄 던지기를 쥐뿔만큼도 모르는 채로 이 골짜기에 도착했어. 너보다 더 깜깜한 상태로 말이야, 피터 도련님아. 아니, 넌 요즘은 말에 앉아 있는 걸 보면 아주 그럴듯하다고! 그런데 젠장, 브롱코 헨리는 순전히 배워서 그렇게 훌륭해진 거야. 그래, 나중에는 내 선생님이 돼 줄 정도였지. 그 사람은 나한테 배짱만 있으면 못할 일이 없다는 걸 가르쳐 줬어, 배짱하고 끈기만 있으면. 그러니까 조급증은 아주 비싼 값을 치러야 하는 재화인 거야, 피트. 그 사람은 나한테 눈을 쓰는 법도 가르쳐 줬어. 저쪽을 한번 봐, 저기. 뭐 보이는 거 있냐?" 필이 어깨를 으쓱했다. "네 눈에야 언덕 비탈밖에 안 보이겠지. 하지만 브롱코 헨리는, 그 사람이 저 언덕을 볼 땐 말이야, 네 생각에는 그 사람이 뭘 봤을 것 같아?"

"개요. 달려가는 개를 봤을 것 같아요."

필은 멍하니 피터를 바라보며, 마른 입술을 혀로 핥았다. "이런, **젠장**. 너 그걸 지금 바로 알아본 거야?"

"목장에 처음 왔을 때 봤어요."

"음, 아까 얘기로 돌아가자. 내 생각에 사람한테 필요한 건 살면서 이겨 내야 할 역경이야."

피터는 무릎을 당겨 팔로 끌어안은 자세로 앉아 있었다. "제 아버지는 그걸 걸림돌이라고 하셨어요. 그리고 그 걸림돌을 치워야 한다고 하셨죠."

"그렇게 말할 수도 있겠지. 피트, 너한테는 걸림돌이 있어. 이건 진지하게 하는 말이다, 피터 도련님아." 필은 자신도 모르는 사이에 아일랜드 억양으로 말하곤 했다. 그가 아일랜드계 이민자들을 좋아했기 때문이었다. 그들의 용기를, 그들의 무식함을.

"걸림돌이라뇨?" 피터의 눈빛은 평온했다.

"예를 들면, 네 엄마."

"제 어머니요?"

"맨날 푹 절어 있잖아." 필은 '아차' 싶어서 잠시 숨을 멈추었다. 너무 많이 떠들어 버렸나? 너무 일찍? 계획을 다 펼치기도 전에 꼬맹이하고 서먹한 사이가 돼 버린 걸까? 다 이해한다는 듯이 친근하게 웃는 표정을 유지하며, 필은 자신이 방금 왜 그렇게 말했는지 생각했다. 혹시 스스로도 다 알지는 못하는 어떤 동기 때문에 그런 말을 내뱉은 걸까? 이런 **개 같은**!

"푹 절어 있다니요?" 피터가 물었다. 필은 아이가 시치미를 뗀다고 생각했다. 이리둥절한 척, 그 흔한 표현을 못 알아들은 척.

"술 말이야, 피트. 술독에 푹 빠져 산다고." 피트는 '술독'이라는 말에 움찔했다. 아이한테는 너무 센 표현이었을까? 그러거나 말거나, 필이 확인하고 싶었던 것은 다름 아닌 그 움찔하는 몸짓이었다. 어쩌면 아이가 얼마나 움찔하는지 보려고, 보고 나서 판단하려고. 그리고 실제로 보고 나서, 필은 자기 말이 너무 심하지는 않았던 것을 확인했다. 이제는 **무슨 말을 해도** 아이가 심한 말로 받아들이지 않을 듯싶었다. "네 엄마가 올여름 내내 취한 상태였던 건 너도 알 텐데."

"예. 엄마가 그러는 거 저도 알아요. 전에는 술을 안 마셨는데."

"전에는 안 마셨어?" 필은 다시 아일랜드식 억양을 조금 섞어 물었다. 분위기를 조금은 가볍게 끌어가려고. 그런데 과연 가벼운 이야기일까?

"예, 입에도 안 댔어요."

"네 아버지는 어땠는데, 피트?"

"제 아버지요?"

"그래. 네 아버지. 내 짐작에 어마어마하게 퍼부었을 것 같은데? 그러니까 술 말이야, 피트." 필은 가슴이 슬며시 두근거렸다. 너무 심한 말인가? 방금 꼬맹이의 표정이 살짝 굳은 것 같은데? 필은 마른 윗입술을 혀로 축였다.

"마지막까지 퍼부었죠. 그러다가 자기 손으로 목을 맸어요."

필은 아이를 다독이려고 손을 뻗다가 다시 거두었다. 그리고는 나지막한 목소리로 말했다. "가엾은 녀석." 그 말을 들은 피터가 희미하게 웃었다. "그래도 네 앞날에는 좋은 일만 있을 거야."

"고마워요, 필." 피터가 중얼거렸다.

소나기구름은 필이 말한 방향으로 멀어져 갔다. 두 사람은 말을 타고 목초지 한쪽 구석의 세이지브러시 군락을 지나 집으로 돌아가는 길에 임자 없는 뇌조 둥우리를 발견했다. 남은 거라곤 새알 껍데기 몇 개뿐이었다. 지나가다가 우연히 뇌조 둥우리를 발견하기란 여간 힘든 일이 아니었다. 그러려면 한시도 방심하지 않고 주위를 유심히 살펴야 했다. 필은 언제나 그랬다.

그렇다 보니 당연히, 필은 도축장 울타리를 지나기 한참 전에 이미 그곳에 널어 두었던 소가죽이 사라진 것을 알아차렸다. 필의 기억은 사진처럼 정확했다. 그의 눈앞을 스쳐 간 것은 자잘한 부분까지 모조리 머릿속의 어두운 한구석에 깊이 새겨졌다. 우리 같은 사람들의 머릿속에서는 머리카락처럼 가늘고 흐릿한 형상이 둥둥 떠서 흘러 다니는 그곳, 불이 켜지고 또 꺼지며 두루뭉술한 형상들이 미끄러지듯 교차하는 그곳에.

소가죽이 사라진 것을 안 필은 불같이 화를 냈다. 안장을 디딘 발에 힘을 주어 벌떡 일어설 정도로. "이런, 빌어먹을!" 필이 외치며 자신의 적갈색 말을 박차로 찼고, 말은 보폭이 긴 구보로 힘차게 달려 마구간 앞마당으로 들어섰다.

"필…… 필, 왜 그러세요? 뭐가 잘못됐어요?" 피터가 물었다.

"잘못됐냐고? 잘못됐냐고 물은 거야, 지금? 소가죽이 몽땅 사라졌잖아. 그 여사가 이번엔 제대로 한 건 했어, 아주."

"제 어머니가 그랬을까요, 필……? 가죽을 팔았을까요?"

"보나 마나 뻔하지! 아니면 **공짜로** 줘 버렸든가."

"어머니가 왜 그런 짓을 하겠어요, 필. 왜 그러겠어요? 우리한테 그 가죽이 필요한 건 어머니도 아는데."

"왜긴, 술에 취했으니까 그랬지. 코가 비뚤어질 만큼. 아주 골이 노곳노곳할 정도로. 그래, 넌 네 아버지가 물려준 의학서를 읽었을 테니 알겠지, 네 어머니가 흔히 말하는 '알코올 의존증'이라는 걸 말이야. 네가 가진 책에는 아마 맨 앞쪽의 에이(A) 항목에 나올 거다."

"필…… 설마 제 어머니한테 뭐라고 하진 않을 거죠?"

"내가 뭐라고 따지기라도 할까 봐?"필이 으르렁거렸다. "난 한마디도 안 할 거다, 어차피 내 엉덩이에서 벗긴 가죽도 아니고. 하지만 내 동생 조지가 그 여자한테 한마디 할 거라는 건 불을 보듯 뻔하지. 이제 그 얼간이 자식도 흔히 말하는 '**사실**'이라는 걸 몇 가지 알 때가 됐으니까."

그들이 들어선 기다랗고 컴컴한 마구간에서는 먼지와 말똥과 건초의 냄새가 풍겼다. 물론, 세월의 냄새도. 까마득히 높은 곳의 창문으로 들어온 희끄무레한 빛이 칼처럼 바닥에 내리꽂혔다.

"필?"

필은 이제 하도 화가 나서 혀도 잘 돌아가지 않았다. "으음?"

이윽고 소년이 필의 팔을 만졌다. 그의 팔을 만졌다. "필…… 저한테 밧줄을 마무리할 가죽이 있어요."

"**너한테** 가죽이 있다고? 네가 가죽을 뭐에 쓰려고?"

소년의 손은 필의 팔을 잡은 채 꼼짝도 하지 않았다. "전에 가죽을 조금 잘라 놨어요, 필. 저도 배우고 싶었거든요…… 당신처럼 밧줄을 잘 땋는 법을요. 제가 가진 걸 받아 주세요, 그래 주시겠어요?"둘은 서로 마주 보고 있었고, 소년의 손은 필의 팔을 잡은 채 꼼짝도 하지 않았다. "저한테 잘해 주셨잖아요, 필."

제가 가진 걸 받아 주세요. 저한테 잘해 주셨잖아요. 그 순간, 세월의 냄새가 풍기는 그곳에서, 필은 가슴 깊숙이서 벅차오르는 어떤 것을 느꼈다. 그가 오래전 단 한 번 느꼈을 뿐 다시 느낄 날이 오리라고는 바라지도 원하지도 않았던 것이었다. 잃어버리면 마음이 산산이 무너져 내리는 것이었기에.

아아, 물론. 소년의 제안은 그저 예쁘장한 제 어머니를 곤경에서 구해 내려는 싸구려 미끼인지도 몰랐다. 하지만 필처럼 밧줄을 잘 **땋고** 싶다지 않는가! 필처럼 밧줄을 잘 땋고 싶어서가 아니라면 무슨 이유로 가죽을 챙겨 놓았겠는가! 그를 **닮고** 싶어서 한 짓이 아닌가! 그것 말고 무슨 이유가 있어서 소의 생가죽을 기다란 띠로 잘라 놓았겠는가? 소년은 필이 **되고** 싶어 했다. 필과 합쳐지고 싶었던 것이다, 필이 오래전 단 한 번 어떤 이와 하나가 되고 싶었던 것처럼. 그런데 그 어떤 이는 이미 사라지고 없었다. 필이 스무 살이었을 적에, 야생마 조련장의 울타리에 걸터앉아 구경하던 그의 눈앞에서, 말발굽에 밟혀 죽었다. 그런데 아아, 안타깝게도, 필은 몸에 닿은 손의 감촉이 어떤 일을 일으키는지 거의 잊고 살았기에, 그의 심장은 피터의 손이 자기 몸에 머무르는 일 초 일 초를 세며 그 손에서 전해지는 힘의 세기에 환희했다. 그 힘은 필에게 그가 마음속으로 궁금해하던 답을 가르쳐 주었다.

부디 바라건대(사람은 무언가 믿지 않으면 살 수 없으므로) 그 일은 운명이 아니었을까? 소년이 그 비밀의 장소에서 필의 알몸을 보았던 것은 운명이 아니었을까, 필과 조지만 아는…… 그리고 브롱코 헨리만 아는 그곳에서? 똑같이 운명처럼, 필도 소년의 적나라한 본모습을 지켜보았다. 영원 같은 시간 동안 야유와 조롱을 견디며 열린 천막들 앞을 당당하게, 숨김없이 걸어가던 소년을……. 세상에서 추방된 자를. 그러나 필은 알았다, 뼛속 깊이 잘 알았다. 추방자의 삶이 어떤 것인지를. 그래서 그는 세상을 혐오했다. 세상이 먼저 그를 혐오했으므로.

필은 잠긴 목소리로 말했다. "넌 정말 상냥하구나, 피터." 그러고는 기다란 팔로 소년의 어깨를 감싸 안았다. 이날이 오기 전 언젠가 필은 유혹을 받은 적이 있었지만, 거절했다. 두 번 다시 누구에게 손을 뻗지 않겠다는, 오래전의 충실한 마음에서 비롯된 맹세를 철석같이 지켰기 때문이었다. "이거 하나는 분명히 말해 둘게. 앞으로는 네가 걱정할 일이 아무것도 없을 거야. 그리고 있잖아, 가죽 밧줄은 오늘 밤에 다 완성할 거야. 그러니까 피트, 내가 밧줄 땋는 동안 네가 옆에서 지켜봐 줄래?" 그리하여 그날 밤 소년이 지켜보는 가운데 필은 가죽 밧줄을 다 땋았다. 손에 생긴 새 상처는 아랑곳하지 않고서.

감동하기는 피터도 마찬가지였다. 피터의 삿된 탄원을 까마득히 초월한 어딘가 경악스러운 방식으로, 가엾은 어머니가 아들의 계획을 가로채어 정확히 실행했기 때문이었다. 그리고 어깨를 감싸 안은 필의 손길을 느끼며 서 있는 동안, 피터는 이렇게 속삭이는 목소리를 들은 것만 같았다. 너는 너 스스로 믿었던 만큼 특별한 아이라고.

아침 식사 테이블에 맨 먼저 앉는 것이 필에게는 자존심이 걸린 문제였다.

"어흠, 신사 여러분." 필은 뒷문으로 느긋하게 들어오는 일꾼들을 보며 짐짓 격식을 차리는 척 말하곤 했다. "또 하룻밤을 무사히 보냈구려. 다들 안녕히 주무셨는지!"

아니면 전에 목장에서 일했던 독일계 이민자를 기리는 뜻에서 독일어 아침 인사인 "구텐 모르겐."을 외칠 때도 있었다. 그렇게 남들이 모르는 말을 쓰는 데서 쾌락을 느꼈다. 필은 아침을 푸짐하게 먹는 것을 좋아했고 식탁 앞에서 깨작거리는 사람을 보면 가만히 넘어가는 법이 없었다. "계란 몇 개 더 먹어." 필은 커피도 제대로 못 넘기는 애송이 일꾼에게 재촉하곤 했다. "자, 여기." 그러고는 다른 일꾼들에게 눈을 찡긋했다. 크림 오트밀과 팬케이크, 달걀프라이, 장밋빛을 띤 슬라이스 햄, 그리고 크림을 넉넉히 넣은 커피. 아침 식단은 절대로 바뀐 적이 없었고, 앞으로도 그럴 터였다. 젊은 일꾼들은 필의 말을 거스르지 못했고 다른 이들은 흥미진진하게 구경했다. 필은 남을 놀리기를 좋아했고, 남들에게 농담을 걸기도 좋아했다. 그래서 아침 식사 자리에서도 남들에게 농담을 걸었다. 거기에는 조지도 포함되었다.

아침잠이 많은 조지는 예전에도 다른 사람들이 자리에 앉아 식사를 시작한 후에야 나타나곤 했고, 조지의 침묵은 필이 떠는 아침 방정만큼이나 전염성이 있었다. 이따금 필은 그런 조지에게 짜증이 나서 한 번씩 들쑤셔 주곤 했다.

"간밤에 무리했냐, 조지?" 필은 일꾼들에게 윙크하며 그렇게 물었다. "잠의 신하고 레슬링이라도 한판 한 거야?"

결혼하고 나서부터 조지는 아침 식탁에 오 분 정도 늦게 나타났다. 밥을 빨리 먹는 이들은 이미 접시를 다 비우고 의자를 뒤로 빼서 느긋하게 앉아 담배를 말 즈음이었다.

요즘 들어 조지가 오 분 이상 늦는 날이면 필은 짐짓 순진한 척 눈을 동그랗게 뜨고 이렇게 물었다. "무슨 일 있었냐, 조지? 마나님이 네 잠옷 위에 늘어져서 안 비켜 주던?"

나중에 필은 경악으로 물들었던 그 자리의 침묵을 떠올리며 웃음을 터뜨리곤 했다. 왜냐하면 일꾼들은, 그 떠돌이들, 집 없는 방랑자들은, 여성을 좋은 여자와 나쁜 여자라는 두 부류로 나누어 생각했기 때문이었다. 그들이 보기에 나쁜 여자는 짐승보다 나은 취급을 받을 자격이 없었고, 그래서 짐승과 마찬가지로 써먹고 버렸다.

　　아아, 하지만 좋은 여자는! 좋은 여자는 순수했고, 섹스하고는 무관했고, 하느님처럼 신성했다. 좋은 여자는 누이나 어머니, 어린 시절 눈길만 받아도 마음이 몽글몽글해지던 첫사랑 같은 이들이었다. 여행 가방에 고이 챙겨 다니는 그 좋은 여자들의 초상화와 사진은 일꾼들에게 성화(聖畵)이자 제단이었다.

　　마당에서 이따금 눈에 띄는 그 조그마한 여자, 요즘은 자기 덩치만 한 쓰레기를 질질 끌고 다니는, 눈을 가리는 머리카락을 신기할 정도로 조그마한 손으로 치우는 그 여자…… 그 여자는 좋은 여자였다. 침대나 잠옷 따위하고는 감히 엮어서 생각하기 힘든 사람이었다.

　　조지는 소심하게 달그락거리는 포크 소리와 나이프 소리, 쨍강거리는 접시 소리가 섞인 침묵 속에서 얼굴이 붉어졌다. 일꾼들이 자기 접시에 고개를 박고 있는 잠시 동안의 침묵은 필이 긴 팔을 뻗어 핫케이크 접시를 쥐면서 끝났다. 그렇게 필 식으로 말해 '거침없는 손길'을 뻗을 때, 파란 샴브레이 셔츠의 소매가 손목 저 위까지 올라가면서 드러난 필의 살갗은 놀랍도록 새하얬다. 그것은 바위 밑에서 살아가는 생물이나 지닐 법한 살갗이었다. 소매 바깥의 손은 하도 터서 벌게질 지경이었는데도, 세상의 풍파에 시달리며 긁히고 파인 두 손은.

사람은 누구나 예상대로 반복되는 일상에 의지하게 마련이었다. 태양의 고도, 쐐기꼴 대열을 이루어 남쪽으로 날아가는 기러기 떼의 섬뜩한 울음소리, 봄볕에 녹는 얼음, 남쪽 비탈에 살며시 고개를 드는 초록빛 풀, 자주색 카마시아 꽃을 흔들고 지나가는 따뜻한 산들바람 같은 것들에. 태양과 기러기, 얼음, 풀, 나부끼는 카마시아 꽃은 모두 알기 쉬운 미래를 가리키는 징표이자, 세상이 제대로 돌아간다는 신호였다.

그런데 이날은 아침 늦게까지 필이 나타나지 않았다. 요리사에게 인사하는 쾌활한 목소리도, 일꾼들에게 건네는 "안녕, 여러분."도, 그가 재미있어하는 외국어 인사말도 전혀 들리지 않았다.

루이스 부인이 첫 번째 팬케이크 쟁반을 들고 왔다. 말을 잘 듣지 않는 다리를 천천히, 무겁게 끌면서.

조지와 피터도 그때껏 얼굴을 내밀지 않았다. 일꾼들은 호기심에 동요했다. 그들은 불안감을 감추려고 방금 전 합숙소에서 일어난 장난에 관해 다시 길게 이야기했다. 일꾼들 가운데 한 명이 물뱀을 잡았다. 이제 사방에 서리가 내리기 시작했으니 십중팔구 올여름에 보게 될 마지막 물뱀이었다. 그 일꾼 ─ 누군지는 아직 밝혀지지 않은 사람 ─ 은 물뱀을 자고 있는 동료의 침대에 집어넣었다. 동료는 무슨 기척을 느끼고 잠에서 깨어 이리저리 더듬거리다가, 자기 턱밑에 뱀이 똬리를 틀고 느긋하게 축 늘어져 자고 있는 것을 알아차렸다. 지금 화가 나서 씩씩거리는 사람은 그 동료뿐이었다. 그런 장난은 어린애한테나 치는 것이라고 여겼기 때문이었다. 그가 지금껏 거둔 유일한 성취는 나이를 먹어 어른이 된 것뿐이었기에, 그는 자신의 존엄을 지키려고 전전긍긍했다. 범인이 누군지 알아내면 그는 자기 식대로 따끔한 맛을 보여 줄 작정이었다. 어디 두고 보라지.

"그 뱀은 분명 거기서 자고 있었을걸." 한 일꾼이 그렇게 말하더니 조그맣게 킥킥거렸다. "하지만 뱀이란 짐승은 다른 뱀이 자는 곳이 아니면 절대 잠들지 않는 법이거든. 그러니까 나는 자네 옆에서 자는 건 절대 사양이야."

"누가 그렇게 해 달래?" 장난을 당한 일꾼이 으르렁거렸다.

그때 조지가 들어와 아침 인사를 했다.

피터도 소리 없이 들어와 자리에 앉았다. 소년은 팬케이크 한 장을 자기 몫으로 덜었다. 빨리 먹는 일꾼은 이미 접시를 다 비우고 의자를 뒤로 뺀 채 이를 쑤시는 중이었다.

이를 쑤시던 그 일꾼은 이날도 자기가 제일 먼저 식사를 마친 것이 조금은 뿌듯했던지, 아침 식사 자리에 늦게 나타난 필을 보고 골려 주고 싶은 마음이 들었다. 그래서 무슨 말을 하려고 입을 열었다가, 필의 얼굴을 보고 다시 다물었다. 필은 세수를 하고 나서 뒤쪽 변소의 롤러식 수건으로 얼굴을 꼼꼼히 닦지 않은 티가 또렷했고—아니면 그 물기가 다 땀이었을까?—머리도 손가락빗으로 대강 넘긴 티가 났다. 필은 자기 의자를 뒤로 당기고 앉았다.

그런데 입을 다문 채 그냥 얌전히 앉았다. 루이스 부인이 느릿느릿 걸어 들어와 김이 모락모락 나는 커피 잔을 필 앞에 놓았다. 필은 손을 뻗어 잔을 들었다가 다시 내려놓고는, 자기 손을 가만히 내려다보았다. 그러다가 묘하게 부드러운 표정으로 식탁을 둘러보더니 의자를 뒤로 밀고 일어서서, 부엌 뒷방을 나섰다. 그대로 자취를 감춘 그는 삼십 분 후에 대장간 입구에 앉아 있는 모습이 눈에 띄었다. 세이지브러시 언덕 바로 위에 솟은 해가 그의 얼굴을 한가득 비추었다. 지면을 덮은 새 아침의 서리가 물러가기 시작할 무렵이었다.

그다음으로 사람들의 눈에 띄었을 때 필은 천천히, 노인처럼 느릿느릿 걸으며 집으로 돌아가고 있었다. 그는 자기 방으로 들어가 문을 닫았다. 방 안에서는 어떤 소리도 나지 않았고, 조지가 노크를 했을 때에도 대답이 돌아오지 않았다. 조지는 숨을 들이쉬고 일찍이 한 번도 해 본 적이 없는 일을 감행했다. 들어오라는 허락도 받지 않고서 문을 열고 형의 방에 들어서는 일이었다. "내가 차로 헌든까지 데려다줄게." 조지가 말했다.

"그래."

필은 품이 안 맞는 나들이용 슈트를 주섬주섬 입었다. 군용품 판매점에서 산 구두도 신었다. 화이티 포터네 이발소 의자에 앉은 지가 한참 되다 보니 숱이 많은 머리가 하도 길게 자라서, 모자가 정수리에 얹힌 꼴이 광대처럼 우스꽝스러웠다. 거실을 지나 현관문으로 향하는 동안 필의 걸음걸이는 뻣뻣하기 그지없었다. 로즈는 그가 다가오자 거실을 떠나 부엌으로 들어간 다음, 자리를 피할 더 그럴듯한 핑계를 스스로에게 대려고 떨리는 손으로 커피를 한 잔 따랐다. 로즈는 집 안을 서서히 물들이는 침묵의 원인도, 그 침묵 속에서 무슨 일이 일어나는지도 도무지 알 수가 없었다. 낡은 리오 트럭의 배기가스가 차가운 아침 대기 속으로 몽글몽글 피어오르는 차고를 향해 걸어가던 필의 모습을 마지막으로, 로즈는 두 번 다시 그를 보지 못했다. 그는 조지가 차를 빼는 동안 차고 옆에 서서 기다렸다. 언덕 비탈은 온통 그늘이었다. 로즈는 커피를 한 모금 홀짝였다. 이틀 전에 만취한 상태로 침대에 쓰러져 잠든 이후로 술은 입에도 대지 않았다. 조지가 마침내 말을 꺼낼 때, 틀림없이 꺼낼 터이므로, 말짱한 정신으로 그의 말을 들겠노라 다짐했기 때문이었다. 그런데 왜 아직 아무 말이 없을까? 어째서? 로즈는 그날 아침에 벌어진 일이 무엇이든 간에 다 자기 탓이라는 얼토당토않은 생각에 사로잡혀 견디기가 힘들었다. 죄책감이란 원래 그런 식으로 숨통을 조르며 속을 뒤집어 놓는 법이었다.

헌든에서 기다리겠다는 조지의 전보를 받은 노마님과 노인장은 곧바로 다음번 헌든행 열차를 타러 출발하는 수밖에 없다는 데에 의견의 일치를 보았다.

"아뇨, 그 사람이 알아서 잘할 거예요." 노마님이 말했다. "팁만 넉넉히 주면 알아서 잘해요." 그 사람이란 부부가 호텔 스위트룸에 가정집 분위기를 내려고 기르는 제라늄 화분에 물을 주러 오는 청소부 여성이었다. "지금 몇 시죠?"

정장 분위기가 희미하게 나는 가벼운 톱코트 차림의 노인장이 조끼 주머니에서 회중시계를 꺼냈다. "정확히 5시 37분."

"이 콩알만 한 시계, 정말 지긋지긋해요." 노마님은 손목에 찬 보석 시계의 조그마한 문자판을 보며 이맛살을 찌푸렸다. "전부터 항상 그랬어요. 숫자도 안 보이고 시간도 안 맞고. 식사는 기차에서 뭘 사 먹으면 되겠죠." 그러던 노마님이 갑자기 두 손에 얼굴을 묻었고, 노인장은 그럴 줄 알았다는 듯이 대번에 아내에게 다가갔다.

"그래, 그래." 노인장이 나지막이 소곤거렸다.

"미안해요, 이제 괜찮아요." 노마님의 목소리는 꿋꿋했다. 몇 분 후에 부부는 함께 호텔 방을 나섰고, 노인장은 문이 잠겼는지 확인하려고 문손잡이를 한번 돌려 보았다. 미리 내려 보낸 짐 가방이 있는 로비 건너편의 식당에서는 큰 호텔이 돌아가는 방식에 익숙지 않은 단기 숙박객 몇몇이 샹들리에 아래에서 이른 저녁을 먹는 중이었다.

"아뇨, 난 아무렇지도 않아요." 운전사의 뒤를 따라 회전문으로 향하는 사이에 노마님이 말했다. "언젠가 이런 날이 올 줄 알고 마음을 다잡아 뒀으니까요."

입관 때가 일요일 밤이었던 것을 감안하면 이미 나들이용 슈트 차림이었던 필은 운이 좋은 셈이었지만, 물론 때가 때인 만큼 그린스 백화점의 소유주인 그린 씨는 기꺼이 신사복 매장의 문을 열어 주었을 터였다. 날씨는 맑았다. 실은 늦더위가 이어졌다. 나른하게. 그리하여 눅눅한 공기에서 먼 곳의 산불 냄새가 감도는 골짜기 전역을 나른한 분위기가 뒤덮었다. 소 떼에게 건초를 먹이는 겨울철 일과를 아직 시작하기 전이다 보니 장례식 날인 월요일에도 사람들은 한가했다. 버뱅크 집안과 거래하는 가게는 한 곳도 빠짐없이 조문을 왔고, 거래처가 아닌 가게에서도 조문을 왔다. 장사꾼들은 그렇게 앞날을 내다보는 눈이 있었다. 당연히 은행에서도 여럿이 조문을 왔다. 목장주들도 가족과 함께 장례식에 참석했다. 목장주 부인들 — 가운데 몇몇 — 의 코트는 그네들 남편이 덫을 놓아 잡은 짐승을 주도(州都)의 모피 가공업자에게 맡겨 옷으로 만들어서 크리스마스에 깜짝 선물로 준 것이었다. 그 일대에 흔한 비버나 바위담비, 여우 같은 짐승들이었다. 장례식은 (그 지역에서 으레 그렇듯이) 오후 2시에 시작할 예정이었기 때문에 조문객들은 식이 끝난 후에 함께 슈거볼 카페나 호텔에서 맛있는 식사를 하고 멋진 곳에 들를 계획을 세웠다. 장례식처럼 특별한 일이 없으면 대부분 만날 일이 없는 사람들이었으므로.

베이커 장의사의 깊숙한 곳에 진열된 관들 가운데 하나를 고르는 우울한 임무는 당연히 조지의 몫이었다. 뒷골목 쪽으로 나 있는 창문에는 햇빛이 거의 들지 않았다. 망자의 보금자리, 즉 가짜 은장식으로 꾸민 싸구려 나무 상자를 바깥에 지나가는 이들이 괜스레 들여다보지 못하도록, 유리창은 일부러 지저분하게 방치되어 있었다. 이곳에도 마호가니로 짠 값비싼 관은 있었다. 버뱅크 집안 말고도 그들과 비슷하게 잘사는 두세 집 정도를 염두에 두고 비치해 둔 상품이었다. "아뇨, 불은 안 켜도 돼요." 조지가 웅얼거리듯 말했다. "이대로도 충분히 잘 보여요."

"기운 내, 조지." 베이커 씨가 말했다.

"전 괜찮아요. 여기 있는 이걸로 할게요."

"이건 아주 훌륭한 물건이야, 조지. 훌륭한 남자한테 잘 어울리지. 난 자네가 제대로 고를 줄 이미 알고 있었네."

교회에서는 석탄 타는 냄새와 오래되고 묵직한 나무 냄새가 났다. 성공회 신자 — 필 식으로 말하면 '성공주의자' — 가 아닌 사람들은 장례식에 추도문을 읽는 순서가 없어서 아쉽다고 소곤거렸다. 그런 사람들은 필에 관해서라면 할 말이 너무나 많다고 자기들끼리 얘기했다. 그의 지성과 서글서글함, 젠체하지 않는 소탈함, 공평무사함 같은 것들에 관하여. 물론 그들은 필의 밴조 연주 실력과 명랑한 휘파람, 소년 같은 장난기, 그가 붉게 트고 흉터투성이인 억센 손으로 만든 작품들 또한 기억했다. 조각을 새긴 작은 의자, 쇠를 두드려 만든 철물 같은 것들이었다. 식에 참석하지 않고 집에 남은 루이스 부인은 언젠가 필이 양말 뒤꿈치를 꿰

맬 때 넣어 쓰라며 깜짝 선물로 만들어 준 동그란 나무 봉을 보며 눈물지었다.

노인장과 노마님은 묘지에서 곧장 기차역으로 향했다. 안 그랬다가는 헌든에서 하룻밤 묵어야 했기 때문이었다. 딱히 할 말도 그 말을 들어 줄 사람도 없다는 것을, 부부는 알았다.

"그런 표정 할 것 없어요." 노마님이 노인장에게 단호하게 말했다. "당신은 아무 잘못도 없으니까요, 특히 이번 일에선, 아무것도 잘못한 게 없어요. 사람은 저마다 다르게 태어나서 생긴 대로 살다가, 운명이 부를 때가 되면 가는 거니까요."

"당신한테도 똑같은 말을 들려주고 싶군." 노인장의 목소리는 부드러웠다.

"아, 꽃이 정말 많았어요." 노마님이 불쑥 말했다. 장례식장에는 헌든 병원의 모든 병실을 다 꾸미고도 남을 만큼 꽃이 많았다. 자선 병동의 병실에까지 다 나누어 줄 만큼.

"당신이 로즈의 뺨에 입을 맞추는 걸 봤어."

"이제는 로즈라고 부르는군요. 그걸 봤어요? 뭐, 그 정도야 당연히 해야죠. 나는 그 둘이 잘 지내기만 바라니까요."

"그럼, 할 수 있고말고. 그때 보니까 당신, 반지를 안 끼었던데."

"내 반지요? 아, 맞아요."

"난 언제나 당신 손이 마음에 들었어. 사실, 당신은 손이 예뻐서 반지 같은 거 안 끼어도 돼."

"내 생각엔 로즈야말로 반지 같은 게 필요 없는 사람이에요. 그래도 가끔은 그런 것 덕분에 흐뭇할 때가 있죠. 상징 같은 거랄까요? 어쨌거나 고마워요, 그렇게 상냥하게 말해 줘서. 난 트럭에

서 내리는 로즈를 봤어요. 조지한테 손을 내미는 모습, 문득 생가
난 것처럼 조지를 보는 모습도 봤고요. 정말 잘 어울려요, 그 둘은.
그래서 로즈한테 다가가서 말했죠. '저기, 이 반지를…….'"

그들이 예약한 자리는 솔트레이크시티로 돌아가는 황록색
특급 열차의 널따란 특실이었기에, 노마님은 남의 눈에 띌 걱정
없이 잠시 훌쩍였다. 그러던 노마님이 마침내 눈물을 그치자 노인
장은 의자에서 일어서서 선로가 굽이진 곳을 도느라 기우뚱하는
열차의 움직임에 맞추어 균형을 잡으며 짐 가방 쪽으로 걸어가서
는, 이름의 머리글자가 새겨진 고급 트럼프 카드 두 벌을 꺼낸 다
음 승무원 호출용 벨을 눌렀고, 웃는 얼굴로 나타난 승무원은 접
이식 탁자를 가져와 조립해 주었다. 그리하여 버뱅크 씨 부부는
차창 옆의 탁자 앞에 마주 앉아 러시안 뱅크 게임을 했고, 기차가
아무리 속력을 높여도 그들 곁에는 보름달이 느긋하게 둥둥 떠갔
다. 실에 붙잡힌 노란 풍선처럼.

"생각해 보면, 뭔가 이상한 일이 일어날 거라는 예감은 항상
있었던 것 같아요."

"……영문 모를 소리를 하는군. 하지만 당신은 미리 마음을
다잡아 뒀다고 했잖아. 그리고 당신이 언제나 인내했던 걸 잊으면
안 돼. 언제나 상냥했던 것도."

노마님은 의자에 앉은 채 갑자기 몸을 숙이더니, 반지 없이
떨리는 양손을 진정시키려고 주무르기 시작했다. "상냥함이란!"
노마님의 목소리가 갈라졌다. "그걸 빼면 세상에 남는 게 뭐가 있
을까요?"

"아무것도 없지. 정말로."

그 말에 노마님은 엷게 웃었고, 부드러운 목소리로 이렇게 말

했다. "그거 알아요? 우리 이번 크리스마스는 애들하고 같이 보내야 해요. 로즈가 꼭 그러자고 했어요. 전에 우리끼리 보낼 때는 폭삭 늙은 기분이 들었는데."

"내가 장담하는데 당신은 늙어 보인 적이 한 번도 없어."

"정말요? 그래도 내 곁에는 언제나 당신이 있었으니까요. 늘 당신이 있었죠, 로즈 곁에 **조지**가 있는 것처럼. 로즈는 이제 겨우 서른일곱이고요."

"가끔은 당신 얘기를 따라잡기가 힘들 때도 있어."

"그래요……? 정말로요?" 노마님은 고개를 들고 남편의 눈을 똑바로 마주 보았다.

영문을 모르기는 필을 진찰한 의사도 마찬가지였다. 그는 필이 입원하자마자 채혈을 하고 혈액 배양 검사를 준비했다. 필의 혈액으로 만든 배양체 —— 조그맣고 투명한 젤리처럼 생긴 시험관 속의 덩어리 —— 는 이미 분석 장비를 갖춘 주립 병원으로 보내 놓은 상태였다. 필이 마지막으로 일으킨 경련은 다행히도 짧게 끝나기는 했으나 진정 소름이 끼칠 정도로 지독했다. 아무튼, 사인이 무엇인지는 하루 이틀이면 알 터였다. 간호사에게도 말했다시피 의사가 보기에 배양체를 보내어 분석하는 일은 처음부터 끝까지 소 잃고 외양간 고치기나 다름없었다.

시험관 속의 배양체가 의사에게 가르쳐 줄 사실을 이미 아는 사람이 한 명 있었다.

장례식에 참석하고 싶은 마음을 꾹 참고 목장에서 가족을 기다리는 동안, 피터는 즐거운 하루를 보냈다. 목장의 개들 가운데 콜리 잡종 한 마리가 창고에서부터 그를 따라다니며 혼자서 놀이를 했다. 지면 높이로 난 지하실 창문 유리에 비친 제 얼굴을 물려고 주둥이를 딱딱거리는 놀이였다. 그를 따르기 시작한 첫 번째 개였다. 그가 목장에서 처음으로 사귄 친구였다. 그가 집으로 들어가자 개는 현관문 바깥에서 친구를 찾으며 낑낑댔다. 이후 피터는 조지가 쌓아 놓은 《새터데이 이브닝 포스트》를 엄지손가락으로 넘기며 한동안 찬찬히 훑어보았다. 그 잡지 더미에서 피터는 조지가 품은 자그마한 꿈의 증거를 발견했다. 오래되어 조금 해어진 피어스애로 자동차 브로슈어였다. 피터의 표정이 함박웃음으로 물들다시피 한 까닭은 문득 조지에게 따스한 연대감을 느꼈기 때문이었다. 저 위풍당당한 기계에 반하지 않을 사람이 누가 있을까? 당돌한 곡선을 그리는 흙받기 덮개와 그 위에 자리 잡은 전조등의 자태에? 피어스애로는 지위와 권세를 누리는 이들의 차였고, 피터가 아는 한 거기에 필적할 만한 차는 (늙은 퍼싱 장군 같은 사람들이 선호하는) 로코모빌뿐이었다.

태양이 정점을 지나 미끄러지듯 내려가자 시커먼 집 그늘이 도로를 넘어 언덕 비탈을 기어올랐다. 피터는 거실 책장에 꽂힌 책들의 등을 죽 훑어보았다. 눈을 바짝 들이대고(실내가 어두웠으므로) 살펴본 책들은 분야가 다양한 점이 눈에 띄었다. 한쪽에 러시아 황제의 딸이 쓴 글을 모은 『러시아 제국 궁정 회고록』이 있고 그 바로 옆에 『미국 서부의 초본 식물』이, 그 옆에는 에드먼드 호일의 『현내 카드 게임 사전』이 꽂힌 식이었다. 어떤 책은 꿈을, 어떤 책은 사실을 담고 있었다. 그리고 한쪽에는 『성공회 기도서』가 있었다. 피터는 이날 헌든에서도 바로 그 기도서를 읽으리라 짐작하며 책을 뽑아 들었다. 책을 펼치자 '시편 읽기: 여섯째 날'

항목이 나왔다. 그러나 이날은 9월 4일이었으므로 피터는 책장을 앞쪽으로 넘겼고, 마침 집 그늘이 이미 언덕 비탈을 기어오를 무렵이었기에 '넷째 날 저녁 기도를 위한 시편'을 읽었다. 22장 20절의 내용이 이날과 기이하게 잘 어울려서, 감동한 피터는 「장례 예식 절차」 부분을 펼쳐 읽어 보았는데 이 또한 똑같이 잘 어울릴뿐더러 길이도 예상보다 훨씬 더 짧았다. 그가 아직 아홉 달도 안 된 과거에 처음 읽었던 「혼인성사」의 내용과 거의 비슷한 길이였다. 소멸을 기념하는 자리에 긴 말은 필요치 않은 모양이었다. 머리가 하얀 신부가 읽을 법한 속도로 「장례 예식 절차」의 전례문을 천천히 다 읽고 나서 시계를 보니 고작 십오 분이 지나 있었다. 쉼표와 마침표마다 적당히 쉰 시간을 포함해도 그 정도였다. 그러나 사람들은 관을 지고 들어왔다가 지고 나가야 했고, 그 관은 틀림없이 무거울 터였다. 그러므로 예식이 다 끝나려면 삼십 분은 너끈히 걸릴 듯싶었다.

헌든에 있는 깔끔하고 조용한 하숙방의 창문을 통해 피터는 1킬로미터 남짓 떨어진 언덕 위의 공동묘지로 향하는 장례 행렬을 대여섯 번 지켜보았고, 햇빛을 받아 반짝이는 유리병과 유리단지 속에서 시들어 가는 꽃들도 본 적이 있었다. 영구차가 너무 느리게 움직여서 행렬이 다 지나가려면 늘 삼십 분은 족히 걸렸지만, 겨울이면 그보다 조금 빨리 끝났다. 그러나 이날은 날씨가 무더웠다. 이어지는 장의 제목은 「매장 예식」이었다. (이번에도 늙은 신부가 읽을 법한 속도로 읽어서) 다 읽는 데에 약 십오 분이 걸렸고, 그다음은 빈 영구차와 함께 돌아갈 차례였다. 영구차는 파란색 뷰익으로, 그해에 뽑은 새 차였다. 피터는 그 영구차에 관한 기사를 《헌든 레코더》에서 읽은 적이 있었다. 장의사인 베이커 씨가 식구들과 함께 헌 영구차를 몰고 시카고까지 가서 새 영구차를 인수한 다음, 그대로 몰고 돌아왔다는 기사였다. 기자는 그들 가족이 소풍 삼아 돌아오는 길에 겪은 갖가지 자잘한 모험을 잔잔한 유머와 함께 글로 엮었다.

헌든으로 돌아온 장례 행렬은 어딘가 들러서 커피와 샌드위치를 먹은 후에 인사를 나눌 테고, 그렇게 모든 일이 마무리되고 나면 5시가 넘어서 캄캄할 터였다.

그러나 기도서에 담긴 말들은 얼마나 황홀한가. 얼마나 장엄하고, 얼마나 멋지게 제 몫을 다하는가. 피터의 아버지는 그 말들을 얼마나 마음에 들어 했을까, 그 말들이 그의 장례식에서 울려 퍼졌더라면. 그러나 그렇게 되지 않았다. 그의 아버지는 하느님을 비웃고 자기 목숨을 스스로 거두었으므로. 그러나 아아, 그 장례식에서 읊을 말이 과연 있기는 했을까, 무슨 말로 그의 아버지를 기릴 수 있었을까!

피터의 어머니와 조지가 집에 도착했을 때는 이미 저녁때가 한참 지난 시각이었다. 앞서 부엌에서 정찬실로 들어온 하녀가 피터에게 깍듯한 말투로 물었다. "두 분 자리는 치우지 말고 그대로 둘까요?"

"그렇게 해 줘요." 피터는 그 말을 남기고 위층 자기 방으로 올라가 손을 깨끗이 씻은 다음, 머리에 물을 바르고 빗질을 했다. 이윽고 개들이 미리 인기척을 알아채고 짖는 소리가 나자 피터는 꼼꼼히 하던 빗질을 멈추고 일어서서는, 창문을 열고 바깥을 내다보았다. 두 사람의 모습은 처음에는 언덕 그늘에 가려 보이지 않았다. 피터의 귀에 어머니의 가녀린 목소리가 들려왔다. 이내 두 사람이 천천히 달빛이 비치는 곳으로 나왔다. 달빛 속에서 어머니는 얼마나 아름다운가, 그런 어머니를 안고 가만히 서서 입을 맞추는 조지는 또 얼마나 의젓한가! 지금 이 광경을 위해서가 아니라면, 어머니 인생의 진정한 출발점을 연극의 한 장면처럼 보여 주는 지금 이 광경을 위해서가 아니라면, 피터의 아버지는 무엇을 위해 스스로 목숨을 거두었겠는가. 무엇을 위해 스스로를 희생하고 비치에 있는 다른 언덕 아래에, 한 줌 종이꽃 아래에, 자신의 꿈이 담긴 책에 대한 믿음을 간직한 채 묻혀 있겠는가?

개들은 그늘 속에 머물며 힘없이 낑낑대다가, 이내 묘할 정도로 조용해졌다. 눈앞의 광경에 감동한 피터는 몇 시간 전에 읽고서 마음 깊이 감동했던 시편 구절을 나직이 읊조렸다.

칼에 맞아 죽지 않게 이 목숨 건져 주시고
저의 하나뿐인 소중한 것, 개의 아가리에서 빼내 주소서.

피터는 그 기도서가 자주 쓰이는지, 혹시 그 구절만 잘라 내어 자기 스크랩북에 붙이면 안 될지 궁금했다. 아직 붉은색은 띠고 있으나 향기를 잃은 장미 꽃잎보다는 그 시편 구절이 스크랩북의 마지막 항목으로 훨씬 더 잘 어울렸다. 이제 로즈는 구원받았으므로. 이는 피터 아버지의 희생 덕분이었고, 피터 스스로가 아버지의 묵직한 검은 책에서 얻은 지식을 통해 가능하다는 것을 알고 저지른 어떤 희생 덕분이었다. 이제 그 개는 죽었다.

8월 어느 날 오후, 아버지가 남긴 검은 표지의 의학서를 읽다가, 피터는 탄저병 ─ 그 일대에서 쓰는 말로는 '검은다리병' ─ 이 인수 공통 전염병이며, 감염되어 죽은 동물의 가죽을 사람이 취급할 경우에는, 베이거나 찢어진 피부를 통해 탄저균이 사람 몸속의 혈류로 확실히 침투한다는 것을 알았다. 가령 손에 상처를 입은 사람이 장갑도 끼지 않고서 탄저병에 걸려 죽은 소의 가죽으로 밧줄을 땋거나 할 때처럼.

작품 해설 애니 프루

『파워 오브 도그』는 랜덤하우스 출판사의 담당 편집자가 제안한 수정안을 작가인 토머스 새비지가 거부하면서 1967년 당시 보스턴에 있던 리틀 브라운 앤드 컴퍼니 출판사를 통하여 출간되었다. 책은 매우 높은 평가를 받으며《뉴욕 타임스》의 '추천 신간 도서' 목록에 두 달 가까이 머물렀고, 다섯 차례나 영화화 계약을 맺었다.(실제로 영화화된 적은 한 번도 없다.) 새비지가 발표한 장편 소설 열세 편 가운데 다섯 번째 작품이자 나를 포함한 일부 독자들이 새비지의 최고 걸작으로 꼽는 이 책은, 극적인 사건과 긴장감을 담은 심리 연구인 한편으로 발표 당시에는 거의 논의되지 않던 주제를 다룬 점에서 비범하다. 그 주제란 다름 아닌 남성성이 지배하는 세계인 목장에서 동성애 혐오라는 형태로 표출되는 억압된 동성애다. 거칠고도 눈부신 이 비정(非情)파 서부 소설은 월터 밴 틸버그 클라크의『퓨마 발자국(Track of the Cat)』이나 월러스 스테그너의『큰 바위 사탕 산(The Big Rock Candy Mountain)』,

캐서린 앤 포터의 「정오의 와인(Noon Wine)」과 어깨를 나란히 한다. 작가인 새비지는 미국 동부와 서부를 무대로 힘이 넘치는 지적인 소설을 여러 편 썼지만, 가장 생생하고 기억에 오래 남는 것은 몬태나주와 아이다호주와 유타주를 배경으로 한 이야기들이다. 새비지는 미국 서부의 어딘가 애달프고 쓸쓸하고 섬뜩한 구석을 포착하여 자신의 책 갈피갈피에 영원토록 새겨 놓았는데, 그중에서도 가장 강렬하고 애절한 『파워 오브 도그』는 그야말로 문학 예술의 걸작이다.

비록 서부 소설 작가로 분류되는 경우가 드물기는 하지만, 토머스 새비지는 지방 작가들의 집합소로 알음알음 소문이 난 몬태나주 출신 작가로는 가장 먼저 이름을 알린 축에 속한다. 새비지의 소설은 인물 조형 방식이 정성스럽고, 명료하고 균형 잡힌 문장을 통한 풍경 묘사를 두드러지게 중시하며, 타고난 극적 구성 감각과 문학적 긴장감을 가득 담고 있다. 새비지의 작풍이 무르익어 가면서 인간의 존재적 조건을 묘파하는 그의 뛰어난 솜씨는 더욱 명확해졌다. 도서 평론가인 조너선 야들리는 새비지가 1983년에 발표한 장편소설 『메리에게, 사랑을 담아서(For Mary, With Love)』를 두고 이렇게 논평했다. "(새비지는) 긴 세월 동안 눈에 띄게 알찬 경력을 이어 오며 스스로가 진정으로 중요한 작가인 것을 입증했다. 그를 알아본 독자가 그토록 적다니, 안타깝다 못해 화가 날 지경이다."

1960년대 후반의 서평가들은 대부분, 심지어 『파워 오브 도그』에 내재된 비극을 알아차린 이들조차도, 이 책의 동성애 문제를 외면한 채 선함 대 악함, 잔인함 대 너그러운 상냥함, 또는 의미를 알 수 없는 "충동과 지성의 조심스러운 투쟁"* 같은 식으로 단순한 대립 구도만 전하는 데에 머물렀다. 단 한 사람, 이름을 밝히지 않은 《퍼블리셔스 위클리》의 서평가만이 비록 맨 처음에 나오는 송아지 거세 장면에 비위가 상하기는 했어도 『파워 오브 도그』의 주제를 간파하고 다음과 같이 명확하게 평했다.

긴장감과 힘이 넘치는 소설이지만, 첫 문단부터 잔인한 장면을 지나치게 노골적으로 묘사한 탓에 책을 덮는 독자가 많을 것이다. 배경은 1924년 유타주, 거친 목장 지대를 무대로 작가 새비지는 어느 형제의 이야기를 펼쳐 보인다. 조지는 둔하고 투박하지만 본성이 너그럽고, 필은 성 정체성을 밝히지 못하는 동성애자다. 조지가 과부인 로즈를 아내로 맞이하여 목장에 데려오자 필은 로즈의 삶을 지옥으로 만들고, 이 때문에 로즈는 남의 눈을 피해 술에 의존한다. 이후 로즈의 어린 아들이자 영리한 괴짜인 피터가 여름 방학을 보내러 목장에 왔다가 그곳에서 벌어지는 일을 눈치챈다. 필이 피터를 상대로 동성애적 관계를 도모하는 사이에 어린 피터는 필을 노리고 악마나 할 법한 교묘한 복수를 꾸미는데, 이는 대단히 섬뜩하다. 외딴 서부를 무대로 펼쳐지는 이 심리극은 문학성은 뛰어나지만 상업성은 약하다.**

『파워 오브 도그』는 크게 호평을 받았다. "강렬한 비극"이나 "긴장감과 힘이 넘치는", "올해의 소설" 같은 찬사와 함께 《허드슨 리뷰》의 서평가 윌리엄 프리처드는 "내가 아는 한 현대 서

---

* 엘리엇 프레몬트스미스, 《뉴욕 타임스 북 리뷰》 1967년 3월 3일 자.
** 《퍼블리셔스 위클리》 1967년 1월 2일 자.

부를 다룬 책 가운데 단연 최고"라고 적었지만, 판매 부수는 얼마 되지 않았다. 그렇게 무시당한 이 책이 최근 다시 출간되도록 힘쓴 리틀 브라운 출판사의 편집자 에밀리 설킨 타코데스는 말하길, 1967년도 당시의 출고 기록은 출판사에 남아 있지 않지만 "하드커버판이 1000부 넘게 팔리지는 않았을 것"*이라고 언급한 바 있다. 요즘도 목장의 책꽂이에서 간혹 눈에 띄는 경우가 있기는 해도 오늘날 이 책은 일반 독자들뿐 아니라 서부 문학 전문가들에게 조차도 사실상 미지의 대상이다. 『파워 오브 도그』가 지금의 독자들과 만날 또 한 번의 기회를 얻은 것을 축하할 이유가 바로 이것이다.

토머스 새비지는 1915년 미국 유타주의 솔트레이크시티에서 둘 다 수려한 용모로 이름난 엘리자베스(본래 성은 이어리언)와 벤저민 새비지 부부의 아들로 태어났다. 엘리자베스 이어리언은 아이다호주의 유명한 양 목장 소유주 집안의 맏딸이었고, 그 어머니는 영향력과 인맥을 자랑하며 '양들의 제왕(the Sheep Queen)'으로 불리는 사람이었다. 목장 자체는 그 앞대의 남성 가장이 금맥을 발견하면서 세운 것이었다.

새비지의 부모는 아들이 두 살이었을 때 이혼했다. 삼 년 후에 어머니가 성이 브레너인 몬태나주의 부유한 목장주와 결혼하면서, 새비지는 몬태나주 서남부에 있는 비버헤드 카운티의 목장에서 톰 브레너라는 이름으로 자랐다. 특이한 대가족 둘 — 이어리언 집안과 브레너 집안 — 의 일원이었던 그는 인물 연구의 소재가 풍부했던 점에서 운이 좋았다. 브레너 집안은 소를, 이어리

---

* 2000년 10월 10일, 사적인 통화에서.

언 집안은 양을 키우는 부유하고 명망 있는 목장주 집안이었던 점 또한 그에게는 행운이었다. 이들은 가족을 살뜰히 챙겼는데 외가인 이어리언 집안이 유독 그러했다. 새비지의 작품 가운데 가장 잘 알려진 자전소설 『누나가 내 이름을 부르는 소리가 들렸다』(2001년 리틀 브라운 출판사가 『양들의 제왕』이라는 제목으로 재간)에는 이런 구절이 있다.

> 식구들 모두 서로를 아꼈다. 둘째 이모인 모드 이모는 언젠가 나에게 이렇게 말했다. "있잖아, 톰, 우리 식구들은 원래부터 누구보다도 서로를 더 아꼈어." 우리가 서로를 남보다 더 잘났다고 여겼다는 말이 아니라, 적어도 식구들끼리는 서로에게 더 좋은 친구가 되어주었다는 말이었다. 우리는 틈만 나면 즐거운 일을 벌였다.*
>
> (중략) 우리는 해마다 조지 스웨링건이 금맥을 발견한 곳으로 소풍을 가서 그가 먹었던 것과 똑같은 음식을 먹었는데 어떤 해에는 무려 쉰 명이 몰려가기도 했다. 음식은 콩 통조림과 베이컨, 모닥불 위의 프라이팬에 지진 송어, 말린 사과를 넣어 만든 애플파이 같은 것들이었다. 손을 뻗으면 찬송가를 곧잘 불렀던 아내 리지와 스웨링건이 만져질 것만 같았다. 우리는 그들이 자랑스러웠고, 그들도 우리를 자랑스러워할 거라는 기분이 들었다. 그들은 다른 누구보다 우리를 좋아했을 것이다.**

---

* 토머스 새비지, 『누나가 내 이름을 부르는 소리가 들렸다(I Heard My Sister Speak My Name)』, 138쪽(리틀 브라운, 1977).

** 앞의 책, 140쪽. 스웨링건은 새비지가 이어리언을 대신하여 사용한 가상의 성씨다.

거칠고 남성적인 기풍이 지배하던 비버헤드 카운티는 이제
는 사라진 지 오래인 야생마가 뛰놀던 몬태나주의 한 자락으로,
한두 세대만 거슬러 올라가도 개척 시대였다. 그곳은 소와 양, 말,
개, 총, 울타리, 사유지 등으로 이루어진 남자들의 세상이었다. 울
타리가 없는 개방형 방목장이 아직 사람들의 기억 속에 생생했고,
아메리카 원주민들과 벌이는 분쟁 또한 마찬가지였다. 1920년대
에 브레너 목장의 주인 저택은 전기(처음에는 델코 발전기로, 나중
에는 풍력 발전 장치로)를 비롯한 몇 가지 편의 시설을 갖추고 있었
다. 1920년대의 몬태나주에는 자동차가 어느 정도 보급되어 있었
기에 어린 새비지는 마차보다 더 고급스러운 이 탈것에 열광했지
만(클래식 카에 대한 새비지의 관심은 그의 네 번째 장편소설 『전차에
대한 신뢰(Trust in Chariots)』(1961)의 뼈대가 되었는데, 가정을 버린
채 롤스로이스를 몰고 미 대륙을 횡단하는 남자의 일탈을 그린 이 소설
은 작가 본인이 1939년 세계 박람회에 출품되었던 롤스로이스 세단을
구입한 1952년의 경험하고도 관련이 있다.), 목장 지대에서는 여전
히 철도가 가장 중요했고 마차 또한 주요한 운송 수단이었다. 그
곳에서 남자들은 말을 타는 솜씨를 기준으로 평가받았다. 목장에
서 먹는 음식은 대개 집에서 기르거나 훔치거나 사냥한 짐승의 고
기와 감자, 콩이었다. 커피는 아무것도 넣지 않고 블랙으로 들이
켰다. 반면에 이어리언 집안과 브레너 집안의 식탁은 양쪽 다 당
시에는 보기 힘들었던 진미가 넘쳐 났다.

　시부의 문화는 엄격한 직업 윤리의 지배를 받았으며, 그곳에
서 목장 경영에 성공하려면 억센 인간이 되어야 했다.(이는 지금
도 마찬가지다.) 이런 식의 전원생활은 21세기 미국에서는 멸종하
다시피 했다. 보통 사람들은 포장도로와 텔레비전, 라디오, 자동

차, 온수 샤워, 전화기, 비행기 등이 없는 사회를 상상도 못 한다. 일부 유서 깊은 목장의 특징, 즉 고된 육체노동을 하는 이들이 티 나지 않는 대부호라는 점 역시 아는 사람이 별로 없기는 마찬가 지다. 토머스 새비지가 스물한 살 때까지 살았던 세상이 바로 그 런 곳이었다. 비버헤드 카운티 고등학교(본인 말로는 타자기를 빨 리 치는 재주 말고는 아무것도 못 배운 학교)를 졸업하고 몬태나 주 립 대학교에서 이 년간 글쓰기를 공부한 새비지는 이후 몇 년에 걸쳐 몬태나주와 아이다호주에서 말을 길들이고 양을 치는 일을 했으며, 이 시기에 주말 밤이면 무슨 의식처럼 반드시 읍내에 나 가 술에 진탕 취해서는 "자동차 발판에 앉아 토하곤 했다"*. 말을 길들이던 그 시절의 이야기는 1937년 잡지 《코로넷》에 톰 브레너 라는 이름으로 기고한 새비지의 첫 출판 원고 「야생마 조련사(The Bronc Stomper)」에도 담겨 있는데, 이 글은 보기 드문 주제를 다룬 것 말고는 그리 신통치 않았다. 오랜 세월이 지난 후에 새비지는 이렇게 적었다.

1936년에 나는 앞으로 뭘 하고 살지 슬슬 고민하기 시작했다. 여 기저기 떠돌던 그 시절에 어쩌면 길을 찾을 생각에서였는지, 나는 말을 길들이는 법에 관한 글을 한 편 써서 《코로넷》에 투고했다가 놀랍게도 원고료로 75달러짜리 수표를 받았다. 그중 50달러는 금광 개발 회사의 주식에 투자했다가 몽땅 날렸다. 남은 25달러로는 나를 고등학교 무도회에 초대해 준 어린 사촌 동생에게 빨간색 드레스를

* 토머스 새비지, 『제가 「파워 오브 도그」를 쓴 토머스 새비지입니다(I, Thosmas Savage, am the author of The Power of the Dog)』, 5쪽. 이 자전 에세이는 리틀 브라운 출판사가 만든 홍보용 책자였다.

사 주었다. 그 후 칠 년 동안은 글을 한 편도 팔지 못했다.*

이 무렵부터 새비지는 마음속에 어떤 동요를 느꼈고, 목장 일꾼이 아닌 다른 삶의 가능성을 어렴풋이 느끼기 시작했다. 그는 동부인 메인주의 워터빌에 있는 콜비 대학교의 영문학과에 편입했다.

스물한 살 생일날 아침, 저는 눈을 뜨자마자 비터루트 골짜기로 양을 치러 갔습니다. 스스로에게 지금 도대체 뭘 하고 있냐고 묻고 싶어지더군요. 세상에서 제일 좋은 새아버지이자 제 어머니를 몹시도 사랑했던 제 새아버지가 저를 콜비 대학교에 넣어 주셨는데요. 제가 몬태나주 미술라의 고등학교를 졸업한 미인이 있다는 소문을 들은 곳이 바로 거기입니다. 저희 둘은 그해 여름 내내 편지를 주고받았고 제가 고향으로 돌아온 1939년 여름에 결혼식을 올렸습니다.**

새비지는 콜비 대학교를 졸업한 후에 시카고의 보험 회사에서 손해 사정사라는 내키지 않는 일을 시작했다. 이후 오랫동안 그는 카우보이와 목장 잡부, 배관공 조수, 용접공, 철도 노동자 등으로 일했다. 한때는 보스턴의 서포크 대학교와 매사추세츠주의 브랜다이스 대학교에서 영어를 가르치기도 했으며 뉴햄프셔주의 프랜코니아 대학교와 뉴욕주의 바사 대학교에서는 단기 강사

---

* 앞의 책자, 5~6쪽.
** 토머스 새비지, 필자가 받은 2000년 9월 15일 자 편지에서.

로 일했다. 이처럼 수많은 직업을 전전하는 동안에도 글은 꾸준히 썼다.

앞서 언급한 결혼 상대인 엘리자베스 피츠제럴드는 나중에 본인도 소설가가 되었으며 1988년 숨을 거둘 때까지 새비지와 부부로 지냈다. 둘은 아들 브러실과 러셀, 딸 엘리자베스까지 세 자녀를 두었다. 1952년에 새비지 가족은 메인주 해안 지대에 집을 구입한 후 눈 폭풍에 집이 날아가 버린 1978년 2월까지 그곳에서 살았다. 새비지는 그때 일을 다음과 같이 우울하게 회상했다. "집을 수리하는 데에 2만 5000달러가 들었지요." 이듬해 새비지는 구겐하임 재단의 재정 지원을 받아 장편소설 『그녀의 관점에서 본 문제(Her Side of It)』를 썼는데, 이 책은 자기 내면의 여러 고뇌와 싸우는 알코올 의존증 작가의 이야기를 담고 있다.

1982년에 새비지 가족은 메인주의 집을 팔고 서북부 워싱턴주의 퓨젓만 근처에 있는 위드비섬으로 이주했다. 이곳에서 새비지는 오래전에 헤어진 누나에게서 물려받은 땅에 집을 지었는데 다름 아닌 『누나가 내 이름을 부르는 소리가 들렸다』를 통해 영원한 생명을 얻은 그 누나였다. 아내를 여읜 후에 섬을 떠난 그는 2001년 현재 딸이 사는 곳에서 가까운 동부 버지니아주의 버지니아비치에서 지낸다.

콜비 대학교에 다니던 젊은 시절, 새비지는 험준한 고개와 거친 몬태나주의 겨울 탓에 바깥세상과 단절된 외딴 목장 공동체에 철도가 얼마나 중요했는지 보여 주는 단편소설을 쓰며 작가 경력을 시작했다.

그 원고는 당시 《애틀랜틱》의 편집자였던 에드 위크스에게 보냈습니다. 에드는 원고를 돌려보내며 글에 인간처럼 행동하는 인물이 한 명도 안 보인다면서, 장편소설로 고쳐 써 보라고 하더군요. (중략) 『고갯길(The Pass)』의 초고는 그렇게 콜비 대학교에 다닐 적에 썼습니다. 매리너 학장님께서 제게 글을 쓰는 한은 결석해도 좋다고 허락해 주셨지요.[*]

 1944년 더블데이 출판사에서 펴낸 『고갯길』에는 작가 이름이 '토머스 새비지'로 적혀 있는데, 이는 큰아들이 태어난 것을 계기로 솔트레이크시티에 갔다가 자신의 출생증명서를 확인한 톰 브레너가 그때껏 일했던 직장과 다녔던 학교의 모든 기록을 본래 이름인 토머스 새비지로 고치려고 갖은 애를 쓴 결과였다. "정말로 힘든 일이었지만, 제 아내의 대학 졸업 앨범에 적힌 성을 브레너에서 새비지로 고치는 것만 빼고 결국에는 다 해냈습니다. 졸업 앨범 이름은 끝내 안 고쳐 주더군요."[**] 이처럼 이름과 정체성, 동부 해안 지대의 문화와 서부 산악 지대의 풍광, 육체노동과 글쓰기, 잃어버린 과거와 사적인 비밀 등이 복잡하게 얽힌 가족사는 새비지의 삶과 그가 쓴 소설, 또 그 속에 등장하는 인물들을 특징짓는다. 새비지의 작품 속에는 체념과 상실과 가족의 결별과 복잡한 정서 상태가 얽히고설킨 난맥상이 존재하며, 이는 상당 부분 작가 본인의 삶에서 비롯된 것들이다. 어린 시절 내내 파란만장한 인간사에 휘말렸던 경험과 브레너 집안에서 체득한 외부자

[*] 앞의 편지.
[**] 앞의 편지.

의 시점 덕분에, 새비지는 말 속에 숨은 뜻과 몸짓과 어조와 침묵의 의미를 더없이 날카롭게 간파하는 눈을 길렀다. 그는 자료 조사는 거의 하지 않고 자신의 인생 경험과 기억과 상상에 의지하여 글을 쓴다고 여러 차례 밝힌 바 있다. 1977년에 발표한 자전 소설 『누나가 내 이름을 부르는 소리가 들렸다』는 새비지의 삶에서 실제로 일어난 특별한 사건, 즉 쉰 살이 넘어서 자기와 마찬가지로 오십 대인 누나를 처음으로 만난 일을 극화한 것으로, 그에게 누나가 있다는 사실은 그때껏 그를 포함하여 아무도 알지 못했다. 그의 아름다운 어머니는 당시로부터 십 년도 더 전에 숨을 거두었으나, 법적 증거와 서류를 파헤친 끝에 오래전 그녀가 임시로 가짜 신분을 사용하면서까지 감추려 했던 비밀이 밝혀지고 만다. 1912년에 그녀는 딸을 낳았지만, 케케묵은 멜로드라마의 설정처럼 남의 집 문간에 그 아기를 버렸던 것이다. 이 소설은 새비지가 다루는 소재들을 분석할 때 특히 유용하다.

새비지의 첫 장편소설 『고갯길』은 더없이 절절한 풍경 묘사가 전편을 관통하는데, 험준한 고개 인근의 초원에 정착한 목장주 및 스칸디나비아계 이주민 농부들의 흥망성쇠를 철저히 좌우하는 것이 바로 이 풍경이다. 이 지역 사람들은 푸른 가을 지평선의 아지랑이와 막막하게 펼쳐진 초원을 도무지 이해가 안 갈 만큼 사랑하고, 봄철의 폭풍과 타는 듯한 가뭄에 맞서 기꺼이 스스로의 힘을 시험한다. 눈부신 묘사가 촘촘히 박혀 있는 이 소설은 등장인물의 내면세계를 능란하게 그려 내는 새비지의 솜씨를 일찌감치 보여 주며 특히 여성 인물들을 드물게 깊이 이해하고 다루고 있다. 『고갯길』에 나오는 목장 사람들의 언어와 사고는 오늘날의 독자가 읽어도 놀랍도록 생생해서, 이 지역의 전기나 다름없는 제

임스 갤빈의 소설 『초원(The Meadow)』이나 칠코틴 지역을 배경으로 재미난 이야기를 쓴 캐나다 작가 폴 세인트피에르의 『스미스네 경주마 길들이기(Breaking Smith's Quarter Horse)』, 『스미스와 그 밖의 사건들(Smith and Other Events)』 같은 책과 가히 어깨를 나란히 한다.

서부의 풍경에 대한 애타는 그리움과 연민으로 물든 이 소설을 읽다 보면 비좁은 동부의 공간 속에 갇힌 새비지가 자신이 태어난 땅을 재창조한 데에는 비단 글쓰기뿐 아니라 사적인 이유도 있으리라는 생각을 떨치기 힘들다. 그러나 그런 땅의 삶은 인간에게 전부를 바치도록 요구하고, 남김없이 앗아 간다. 『고갯길』의 어느 등장인물이 자기가 놓은 덫에 걸려 얼어 죽는 장면에서 젊은 아낙은 남편에게 이렇게 말한다. "초원이 그 사람을 죽였어요. 그 사람은 초원을 사랑했는데 초원한테 죽은 거예요." 그 거친 땅이 사람을 죽이는 방법은 한두 가지가 아니라는 것을 새비지는 자신이 쓴 서부 소설을 통해 보여 준다. 『고갯길』을 발표하고 나서 몇 년 후에 그는 인터뷰에서 다음과 같이 말했다.

저는 오래전부터 풍경이 인간을 빚어낸다고 믿었습니다. 예컨대 서부 출신은 어딘가 다르다는 말을 사람들은 곧잘 하지요. 시카고를 떠난 사람은 서부에 발을 디디자마자 그곳 사람들이 꽤 다르다는 것을 알아챌 겁니다. 한 가지 분명한 건, 그곳 사람들한테는 개방성이 있다는 겁니다. 세 생각에 서부 사람들이 남다른 까닭은 그들이 로키산맥을—이와 똑같이 광활한 지평선을—차마 바라볼 엄두를 못 낸다는 사실, 그래서 유럽이나 이웃 나라나 아무튼 뭐 그런 것들이 세상에 존재한다고 상상할 엄두를 못 낸다는 사실과 관련이 있는 것 같습니다.*

『고갯길』과 『로나 핸슨(Lona Hanson)』뿐 아니라 『파워 오브
도그』 또한 어느 정도는 미국 풍경 소설의 황금기, 즉 두루뭉술하
게 나누어 지난 세기의 앞쪽 절반에 해당하는 시기를 놓치고 뒤늦
게 도착한 소설로 보아도 좋을 것이다. 앞서 말한 새비지의 작품
들에서 풍경은 단지 배경 장식이 아니라 이야기를 추동하고 인물
의 삶을 통제하는 힘으로 이용된다. 이는 윌라 캐더와 마저리 키
넌 롤링스, 월터 D. 에드먼즈, 윌리엄 포크너, 플래너리 오코너,
존 스타인벡, 그리고 어니스트 헤밍웨이가 쓴 거의 모든 작품들처
럼 '장소성'이 깊이 밴 여러 소설들과 맥을 같이하며, 당시에는 눈
에 띄게 달랐던 미국 여러 지방의 풍경과 개척 정신, 자원을 사냥
하는 자본가 중심 민주주의의 약진 등을 묘파하기에 잘 어울리는
수법이다. 노먼 메일러가 미개척지에 대해 적대적이고 착취적인
인물들을 그린 『벌거벗은 자와 죽은 자』를 발표할 1948년 무렵이
면 그 이전의 풍경 소설들은 이미 찾아보기 힘들었다.

새비지의 중요한 작품인 『파워 오브 도그』의 제목은 필 버뱅
크의 눈에는 보이지만 그의 동생 조지에게는 안 보이는 또렷한 풍
경을 가리키는 중층적인 단서이다. 사실 필은 질주하는 개의 형상
과 비슷하게 생긴 언덕 위의 돌덩어리들을 이용하여 사람들을 시
험한다. 그 형상을 못 보는 이들은 지성과 통찰력이 부족하다. 필
에게는 스스로가 지닌 그 능력이 곧 남달리 예리한 감성의 증거이

---

* 진 W. 로스의 인터뷰, 《당대 작가 온라인(Contemporary Authors Online)》(게일 그
  룹, 1999)에 수록(www.gale.com/c/literature-contemporary-authors).

기 때문이다.

목장 저택 앞의 언덕에 점점이 드러난 바위에서, 언덕 자락을 여드름처럼 흉하게 뒤덮은 세이지브러시 덤불에서, 그는 질주하는 개의 놀라운 형상을 보았다. 개의 날쌘한 두 뒷다리는 튼튼한 양어깨를 앞쪽으로 떠밀었다. 더운 김을 뿜으며 아래로 수그린 주둥이는 북쪽 산의 골짜기와 능선과 산그늘로 도망 다니는 겁에 질린 어떤 것—어떤 생각—을 쫓고 있었다. 그 추적이 어떻게 끝날지 필은 머릿속으로 조금도 의심치 않았다. 개는 먹잇감을 붙잡을 운명이었다. 그는 눈을 들어 산을 보기만 해도 그 개의 숨결 냄새를 맡을 수 있었다. 그러나 거대한 개가 그토록 또렷이 보이는데도 그 형상을 알아본 이는 필 말고는 딱 한 사람뿐이었고, 조지는 결코 그 한 사람이 아니었다.*

달리 보면 그 개는 필 자신이며, 또는 필이 그 개의 먹이라고 볼 수도 있다. 그 개는 한편으로 좋았던 옛 시절과의 연결 고리이기도 하다. 그러나 그 제목은 『성공회 기도서』에서 따온 것이라는 점에서 가장 강렬한 의미를 지닌다.

칼에 맞아 죽지 않게 이 목숨 건져 주시고
하나밖에 없는 목숨, 개 입에서 빼내 주소서.**

---

* 이 책, 95쪽.
** 이 책, 363쪽. 『해설판 공동번역 성서』(일과놀이, 1999), 948쪽, 시편 22장 20절. (대한성공회의 『성공회 기도서』에는 위의 『공동번역 성서』판 시편이 실려 있지만, 이 책의 본문에서는 원문의 의미에 충실하고자 뒤 구절의 '하나밖에 없는 목

버뱅크 목장은 몬태나주 서남부의 가축 운송 기지인 비치 인근에 자리 잡고 있으며, 오랜 세월 동안 필과 조지의 양친인 '노인장'과 '노마님'이 경영해 왔다. 이 늙은 버뱅크 부부는 부유한 동부 출신으로 다른 목장 사람들보다는 더 호사스러운 삶을 영위했지만, 아들인 필과 책에는 밝혀지지 않은 어떤 불화를 겪은 끝에 이야기가 시작되는 1924년이면 이미 솔트레이크시티의 호텔 스위트룸에서 은퇴 생활을 즐기는 중이다. 버뱅크 집안은 이 계곡 지대에서 가장 유력한 목장주로 꼽힌다. 이야기의 도입부에서는 두 아들이 그 목장을 맡아 경영하는데 필은 마흔 살, 조지는 서른여덟 살이다. 형제는 전통과 인습에서 벗어나, 어릴 적부터 함께 쓰던 방을 지금도 함께 쓰고 있다.

목장에서 필은 목초 건조 및 소 키우기, 일꾼들 통솔하기, 기차역이 있는 비치까지 소 떼 몰고 가기 등 광활한 목장의 일과를 관리하는 반면에 조지는 목장의 대외 업무 전반을 두루 맡아서 장부를 관리하고, 은행원 및 주지사와 면담을 하고, 일요일 오후에는 괘종시계의 태엽을 감는다. 시골의 노동 분업 방식에서 목장 일은 남자의 일에 해당한다.* 필은 걸핏하면 일꾼 합숙소를 찾아가 좋았던 옛 시절, 즉 목장 일꾼들이 진짜 사나이였고 그들의 우두머리가 브롱코 헨리였던 시절의 이야기를 나눈다. 필은 카우보

<hr>

숨'을 '저의 하나뿐인 소중한 것(my darling)'으로, '개 입'을 '개의 아가리(power of the dog)'로 옮겼다. ─옮긴이)

* 윌 펠로스의 책 『농장 소년들: 중서부 농촌 지역 남성 동성애자들의 삶(Farm Boys: Lives of Gay men from the Rural Midwest)』(위스콘신 주립 대학교 출판부, 1998)은 보수적인 미국 농촌에서 성별에 따라 철저한 분업이 이루어지는 것을 잘 보여 준다.

이들과 잘 지내는 자신의 능력에 긍지를 품은 한편으로 동생인 조시에게는 그늘을 불편하게 하는 구석이 있다고 여긴다.

이들 형제는 상반된 인간상의 완벽한 사례다. 필은 호리호리하고 용모가 준수하다. 영리하고 재주가 많은 그는 대단한 독서가이자 박제 기술자, 소가죽과 말총으로 밧줄을 땋는 달인, 체스의 고수, 대장장이인 동시에 금속 세공 기술자, 화살촉 수집가(이면서 아메리카 원주민보다 더 훌륭한 화살촉을 직접 만드는 장인), 밴조 연주자, 말타기의 달인, 건초 쌓기용 기중기 조립 기술자, 화술의 달인이기도 하다. 한편으로 그는 성질 급한 심술꾼이자 주변의 모든 것을 쉬지 않고 헐뜯는 불평꾼이기도 하다. 말을 어떻게 해야 잔인하게 들리는지 정확히 아는 그는 남의 화를 긁으며 희열에 젖는다. 사실, 그는 표독스러운 불여우(bitch)다. 그는 여름에도 한 달에 달랑 한 번 목욕을 하며 그나마도 욕조가 아니라 남들은 모르는 물웅덩이를 찾아가고, 장갑을 끼지 않는 것을 철칙으로 삼아 자기 손을 상처 나고 못이 박이고 지저분한 상태로 유지한다. 머리도 어쩌다 한번 깎는다. 그는 삶에 난관이 있어야 비로소 그 난관을 돌파하고자 열심히 살게 된다고 믿는 사람이다.

반면에 조지는 차분한 성격에 머리 회전은 느려도 기억력이 좋고, 남을 궁휼히 여기는 마음이 있어서 누구도 비난하는 법이 없으며, 말수가 적은 사람이다. 조지는 몸집이 통통하고(필은 그런 동생을 골리려고 '뚱뚱'이라고 부른다.), 변덕스러운 형 필과 달리 우직하며, 잔인한 형과 달리 상냥하다. 이들 형제는 언뜻 선과 악, 아벨과 카인, 약자와 강자, 정상과 이상(異常)의 의인화로 비치기 쉽다. 이 모든 균형 관계가 어느 정도는 들어맞지만, 두 인물 모두 그보다는 훨씬 더 복잡하다.

필은 술에 취했다가는 자신의 어떤 사연을 무심코 입 밖에 낼지도 모른다는 두려움 때문에 아주 드물게만 술을 입에 댄다. 그런 그가 술집에서 비치의 의사이자 술병을 입에 달고 사는 조니 고든을 모욕하고 폭행하는데, 이 사건은 비극적인 결과를 낳는다. 모욕 당한 기억에 마음을 갉아 먹힌 조니가 일 년 후에 스스로 목숨을 끊어 버린 것이다. 필은 약함과 오만함을 혐오하고, 터무니없는 소리를 들으면 결코 봐주는 법 없이 자신의 비열한 주장으로 짓뭉개 버린다. 그에게 모욕당한 사람으로는 술 취한 의사 말고도 소가죽 거래상으로 자수성가한 유대인 백화점 소유주, 구슬 쌈지를 내보이며 잘난 척하는 비만 아동, 늙은 아메리카 원주민도 있다. 그의 입은 증오와 멸시를 뿜어내는 화산이다. 그는 출세를 꿈꾸는 유대인들을 너무나 싫어한 나머지 쓸 데도 없는 소가죽을 유대인 행상에게 파느니 차라리 불태워 버리는 사치를 즐긴다. 그는 특히 '암사내(sissy)'들을 대놓고 혐오하는데 이는 지금도 서부에서 여성스러운 면이 있는 소년과 성인 남성을 특정하여 가리키는 말이다. 필은 술고래 의사의 암사내 아들인 피터 고든을 유독 심하게 조롱하는데, 딱하게도 피터는 종이꽃을 접는 재주마저 뛰어나다. 자살한 조니의 시체를 발견하고 책장 가득한 의학서를 물려받은 장본인이 바로 그의 아들 피터였다. 종이꽃을 접는 재주와 달리 약학과 야생 식물에 대한 피터의 마르지 않는 호기심은 남들에게 잘 알려지지 않았다. 피터는 들꽃의 복잡한 잎과 뿌리 구조를 세밀화로 그리는 취미가 있다.

이 소설에서는 아주 드물게 언급되기만 할 뿐 제대로 묘사도 되지 않는 인물이 실은 가장 중요하다. 다름 아닌 브롱코 헨리, 필이 어린 시절에 우러러보던 이상적인 카우보이다. 이 영웅은 책의 곳곳에서 지나가는 말처럼 짧게 언급되는데, 그러는 사이에 독자는 차츰 브롱코 헨리가 필의 모질고 무정한 마음에 막대한 정서적 지배력을 행사하는 것을 깨달아 간다. 누구도, 무엇도 브롱코 헨리를 능가하지 못한다. 독자는 과거의 어느 시점에 필이 브롱코 헨리를 탐한 것을, 그를 만진 것을—어쩌면 사랑했던 것을—알게 된다. 그러고 나서 몹시 불행한 일이 일어났다. 독자는 스무 살이던 필의 눈앞에서 브롱코 헨리가 사고로 숨을 거둔 것을 이야기의 결말에 가까워져서야 비로소 알게 된다. 언덕 비탈에서 질주하는 개의 형상을 처음 본 사람이 브롱코 헨리였던 것도 마찬가지로 그제야 알게 된다.

그러나 필이 지금처럼 못된 소리를 일삼는 심술꾼이 된 것은 그가 겪은 비통함과 상실 때문이 아니었다. 브롱코 헨리의 죽음은 필이 거의 병적으로 암사내와 정반대되는 풍모를 가꾸는 까닭을 설명하지 못한다. 고약한 냄새, 지저분한 차림새, 거친 손, 문법을 일부러 틀리는 말버릇, 말타기와 밧줄 땋기 같은 남성적인 일에서 보여 주는 놀라운 재주 같은 것들 말이다. 필의 복잡한 성격을 이해하기 위한 주요한 단서는, 아마도 그가 브롱코 헨리를 만지고 또 소유하고자 했을 때 어쩔 수 없이 스스로가 동성애자라는 엄청난 사실을 깨닫고 직시했으리라는 점이다. 그가 스스로에 관하여 깨달은 이 사실은 그의 삶에서 남모르는 난관이 되는데, 이는 그가 살아가는 카우보이들의 세계에서는 차마 말도 못 꺼낼 만큼 혐오스럽고 끔찍한 것이다. 서부의 관례에 따라 그는 스스로를 남자다운, 동성애를 혐오하는 목장주로 재창조했다. 거칠고 냄새 나는 필을 암사내로 오해할 사람은 아무도 없다. 이를 감안하면 그의 사갈(蛇蝎) 같은 말본새는 혹시 모를 비판자들의 허를 찔러 당황케 하려는 예방 차원의 빈정거리기로 볼 수도 있다. "그래서 그는 세상을 혐오했다. 세상이 먼저 그를 혐오했으므로."* 그는 송곳니를 기르고 있었던 것이다.

작가인 새비지는 조지로 하여금 죽은 의사의 아내 로즈에게 연정을 품게 하고 결국에는 남몰래 로즈와 결혼하게 하면서 이야기의 긴장감을 극도로 끌어 올린다. 조지가 필에게 결혼 소식을 알리자 필은 로즈를 버뱅크 집안의 돈을 노리는 사기꾼으로 여기고 격분하고, 이로써 파국의 막이 열린다. 조지와 로즈 부부는 전에 노인장과 노마님이 쓰던 저택 큰방을 신방으로 꾸미지만 필은 온 힘을 다해 갖가지 자잘한 방식으로 로즈를 조롱하여 그녀를 산지옥에 빠뜨리고, 괴로워하던 로즈는 결국 남몰래 술에 의지한다.

그러다가 로즈의 암사내 아들, 즉 열여섯 살 소년 피터가 목장에서 여름 방학을 보낼 거라는 소식이 전해진다. 필은 질겁해서 속으로 이렇게 생각한다.

아니면 혹시 조지는 여름이 되어 헌든의 그 꼬맹이가 집을 살금살금 들락거릴 날이 올까 봐서, 그렇게 되면 자신이 마누라의 첫 남자가 아닌 것을 끊임없이 떠올리게 될까 봐서 걱정인 걸까? 필은 자신만큼이나 조지도 암사내를 싫어하리라고 직감했다. 그런데 이제 딱 암사내 같은 놈 하나가 집에 눌러앉을 판이었다. 빈둥거리면서, 남의 말을 엿들으면서. 필은 암사내들의 걸음걸이도 말하는 꼬락서니도 혐오했다.**

* 이 책, 348쪽.
** 이 책, 172쪽.

필은 합숙소의 일꾼들에게 피터의 고상한 척하는 태도와 종이꽃 접기에 관해 들려주며 그들이 이제 곧 도착할 암사내를 환영하도록 준비시킨다. 피터가 목장에 오면서 저택 안에 감도는 긴장감은 끈적거리는 느낌이 날 정도로 짙어지고, 식사 시간은 공포로 변한다. 피터는 제대로 하는 일이 하나도 없다. 피터가 혼자만의 비밀 물구덩이에서 벌거벗고 있는 필을 놀라게 했을 때, 경악한 필은 화가 머리끝까지 뻗쳐 소리를 지른다. 그러나 피터는 필만큼이나 예리한 눈을 지녔기에 필이 자기 어머니에게 하는 짓을 비롯하여 목장의 여러 가지 사정을 간파한다. 피터에게는 섬뜩하고 용의주도한 구석이, 어머니 로즈를 늘 당혹케 하는 냉정함이 있다. 뻣뻣한 새 청바지를 입은 피터가 자신을 조롱하는 음흉한 휘파람 소리를 듣고도 목장 일꾼들 앞을 꿋꿋이 걸어갔을 때, 저간의 사정을 압축해서 보여 주는 이 형벌 같은 사건 앞에서는 필조차도 이 소년에게 굳은 심지와 용기가 있다고 인정하고 만다.

필은 원래부터 인정할 만한 상대는 인정하는 사람이었다. 소년에게는 흔치 않은 배짱이 있었다. 엄마 품에서 젖을 빠는 저 소년을 필이 꼬여 내 걸음마를 시킨다면 재미있지 않을까? 그렇지 않을까? 웬걸, 소년은 우정의 손길을 보면 냉큼 달려들 것이다. 그 손을 어른 남자가 내민다면. 그러면 저 여자는…… 저 여자는 버림받았다는 생각에 빠져 점점 더 의지할 것이다. 오랜 벗인 위스키에.
그리고 그다음은?*

---

* 이 책, 301쪽.

필은 로즈가 술독에 더욱 깊이 빠질 것이며 조지가 그런 아내를 결국 내쫓을 것이라고 예상한다. 그리하여 필은 피터에게 자신이 땋던 가죽 밧줄을 주겠노라고 제안하며 첫 번째 접촉에 나선다. 필은 피터에게 밧줄 땋기와 말타기를 가르쳐 주겠노라며 우정의 손길을 내밀고, 피터는 그 손길을 받아들이는 것처럼 보인다. 이처럼 급변한 우호적 관계(『보물섬』에서 존 호킨스에게 웃으며 접근한 롱 존 실버의 의도와 크게 다르지 않은 관계)를 이어 가는 내내 필은 피터에게 좋았던 지난날의 비범한 인물, 즉 브롱코 헨리의 이야기를 들려준다.

"그래, 나중에는 내 선생님이 돼 줄 정도였지. 그 사람은 나한테 배짱만 있으면 못할 일이 없다는 걸 가르쳐 줬어, 배짱하고 끈기만 있으면. 그러니까 조급증은 아주 비싼 값을 치러야 하는 재화인 거야, 피트. 그 사람은 나한테 눈을 쓰는 법도 가르쳐 줬어. 저쪽을 한번 봐, 저기. 뭐 보이는 거 있냐?" 필이 어깨를 으쓱했다. "네 눈에야 언덕 비탈밖에 안 보이겠지. 하지만 브롱코 헨리는, 그 사람이 저 언덕을 볼 땐 말이야, 네 생각에는 그 사람이 뭘 봤을 것 같아?"

"개요. 달려가는 개를 봤을 것 같아요."

필은 멍하니 피터를 바라보며, 마른 입술을 혀로 핥았다. "이런, **젠장**. 너 그걸 지금 바로 알아본 거야?"

"목장에 처음 왔을 때 봤어요."*

필의 태도가 변해 가면서 관능적인 느낌도 짙어지는데 이는

---

* 이 책, 342~343쪽.

남의 몸에 절대로 손을 대지 않는 필이 피터의 어깨에 팔을 걸치면서 더욱 강렬해진다. 마치 정서적 부연 설명 같은 이 친밀한 행위는 로즈가 유대인 행상에게 소가죽을 팔아넘긴 일에 필이 격분하면서 촉발된 것이다. 필이 복수심에 불타 악을 쓰는 동안 피터는 담담한 표정으로 그의 말을 듣지만, 그에게는 자신만의 비밀스러운 계획이 있다. 그 계획은 뼛속 깊이 오싹하며, 가학적이고 잔인한 필이 꾸민 어떤 음모보다도 무시무시하다. 피터는 이미 필하고는 급이 다르기 때문이다.

새비지의 자전소설인 『누나가 내 이름을 부르는 소리가 들렸다』를 읽다 보면 『파워 오브 도그』에 나오는 인물들의 원형이 여럿 눈에 띈다. 조지 버뱅크의 모델은 새비지의 무뚝뚝하고 우직하고 조용했던 새아버지다. 노인장과 노마님은 허구적으로 묘사한 선대 브레너 부부다. 브레너 집안의 형제들 가운데 한 명은 필 버뱅크의 원형이 되었다. 『양 떼의 제왕』으로 재출간된 자전소설의 주인공인 가공의 인물 톰 버튼은 얼마 전 자신의 동복 누나로 밝혀진 여성에게 편지를 쓴다. 여기서 그는 부유한 목장주와 재혼한 어머니가 남편의 둘째 형 에드에게 교묘하게 모욕당한 사연을 아래와 같이 적는다.

에드는 독신으로 살 운명이었어요. 여성 혐오자였거든요. 머리가 좋아서 체스나 퍼즐 풀기, 낱말 놀이에 능했지요. 그 사람이 '바오바브나무(baobab)'의 늣을 다 알았던 게 기억나네요. 지금은 없어진 수준 높은 잡지들도 분야를 안 가리고 탐독했어요. 《아시아》, 《센추리 매거진》, 《월즈 위크》, 《멘토》 같은 잡지들을요. (중략) 《컨트리 라이프》는 출세에 목매는 부류나 자기 소유물에 의지하는 인간들을 거냥한 잡지라며 한쪽으로 치워 놨지만요.

에드는 체격이 날씬했고, 우락부락한 이목구비 위쪽의 덥수룩한 검은 머리는 끽해야 일 년에 네 번밖에 안 깎았어요. 이발소가 있는 읍내에 가는 걸 질색했거든요. 거기선 남자들이 오순도순 모여서 실없는 농담을 나누고 공공장소에서 음식을 쩝쩝거린다면서요. 에드는 길고 뾰족한 코를 안테나처럼 들이밀고 다니며 아무리 사소한 소문도 재빨리 포착해서는, 자기 머릿속으로 끌어들여 부풀리곤 했지요. (중략) 웃을 때면 당나귀가 힝힝거리는 것처럼 불쾌한 소리를 냈어요. 웃음소리가 그 사람 눈앞의 공기를 가득 채우고 앞으로 밀어붙이는 느낌이 들 정도로요.

에드는 남들에 관해 진실된 말을 많이 했어요. 그중에 상냥한 말은 한마디도 들어 본 적이 없지만요.*

뒤이어 버튼은 이 새아버지의 형이 자신의 동복 여동생을 얼마나 끔찍이 챙겼는지에 관하여 이야기한다.

그 애는 에드의 으뜸가는 고문 도구가 되고 말았어요. 에드가 우리 어머니한테서 그 애를 떼어 내려고 수작을 부리기 시작했거든요. 그 인간의 솜씨는 정말이지 훌륭했어요. (중략) 에드는 일부러 어머니 옆에서 그 애한테 말을 걸었어요. 자기 딸이 에드를 그렇게 잘 따르고 그렇게 좋은 말상대로 여기는 걸 보면서 어머니는 틀림없이 자기가 제정신인지 의심했을 거예요.**

* 『누나가 내 이름을 부르는 소리가 들렸다』, 223~226쪽.
** 앞의 책, 228쪽.

버튼/새비지의 어머니가 피아노로 슈만이나 슈베르트의 곡을 연주할 때면, 에드는 그녀를 방해하려고 자기 방으로 가서 밴조로 정신없이 흥겨운 곡을 연주했다. "에드의 목표는 우리 어머니의 정신을 무너뜨리는 거였어요. 그리고 성공을 거뒀고요."* 이 악질적인 행위는 새비지의 손을 거쳐 『파워 오브 도그』에서 시커먼 독초처럼 자라나 가공할 위력을 발휘한다. 어린 새비지는 새아버지의 형이 죽어 버렸으면 하고 빈 적이 한두 번이 아니었지만, 그때는 너무 어렸던 탓에 "약점을 찾아 그를 끝장낼 힘"이 없었다. 에드는 결국 제 손으로 최후를 맞는다. 건초 더미 주위로 울타리를 치면서 "가을비에 젖어 질척해진 소똥이 묻은 장대"를 만지다가, "굳은살이 박인 맨손의 손바닥"에 그만 나무 거스러미가 박혔던 것이다.** 고작 며칠 만에 숨을 거둔 에드의 사인은 탄저병이었고, 그 치명적인 병을 일으키는 탄저균이 사람에게 옮겨 가는 경로는 감염된 소를 문 벌레에 물리거나, 감염된 소의 우유를 마시거나, 감염된 소의 가죽 또는 생체 조직을 만지는 것이었다.

새비지는 드라마 쓰기의 감각을 타고난 덕분에 몬태나주에서 경험한 자기 가족사의 편린들로 흡인력과 긴장감이 넘치는 장편소설을 쌓아 올렸다. 작가가 자신의 글감 주머니에 제아무리 특출한 소재를 지녔다 한들, 그 자투리 소재들을 한 땀 한 땀 꿰매어 고전적이고 힘이 넘치는 이야기를 지어서 독자의 상상 속에 어떤 장소와 사건을 영원토록 새겨 놓는 것은 아예 차원이 다른 일이다. 새비지는 거장의 솜씨로 혐오스러운 남자에 관한 어린 시절

---

* 앞의 책, 같은 쪽.
** 앞의 책, 같은 쪽.

의 기억으로부터 미국 문학사에서 가장 강렬하고 사악하다고 할 만한 인물을 창조했다. 그는 그 남자가 죽는 꼴이 보고 싶었던 어린 시절의 소원을 기묘한 방식으로 이루었다. 왜냐하면 『파워 오브 도그』를 처음 펼친 독자 한 명 한 명이 필 버뱅크의 통쾌하고도 무시무시한 최후 앞에서 숨이 턱 막힐 때마다, 자라서 토머스 새비지가 되는 그 아이는 자기 어머니의 숙적을 제거한 가공의 인물 피터 고든만큼이나 확실하게 그 남자를 다시 죽이는 셈이기 때문이다.

옮긴이 **장성주**
출판 편집자를 거쳐 번역자 및 기획자로 일하고 있다. 우리말로 옮긴 책에 스티븐 킹의 『별
도 없는 한밤에』, 『언더 더 돔』, 〈다크 타워〉 시리즈, 켄 리우의 『종이 동물원』, 『제왕의 위
엄』, 『어딘가 상상도 못 할 곳에, 수많은 순록 떼가』, 윌리엄 깁슨의 『모나 리자 오버드라이
브』, 레이 브래드버리의 『일러스트레이티드 맨』, 데즈카 오사무의 『아돌프에게 고한다』, 우
메즈 가즈오의 『표류 교실』 등이 있다. 2019년 『종이 동물원』으로 제13회 유영번역상을 수
상했다.

파워
오브
도그

1판 1쇄 펴냄 2021년 10월 15일
1판 3쇄 펴냄 2022년 10월 12일

지은이   토머스 새비지
옮긴이   장성주
발행인   박근섭 · 박상준
펴낸곳   (주)민음사

출판등록   1966. 5. 19. 제16-490호
주소   (우편번호 06027) 서울특별시 강남구 도산대로1길 62(신사동)
            강남출판문화센터 5층
대표전화   02-515-2000 | 팩시밀리 02-515-2007
홈페이지   www.minumsa.com

한국어판   ⓒ민음사, 2021. Printed in Seoul, Korea

ISBN   978-89-374-4490-6 (03840)

* 잘못 만들어진 책은 구입처에서 교환해 드립니다.